KNAUR

Von Lotte & Søren Hammer sind bereits folgende Titel erschienen:
Schweinehunde
Das weiße Grab
Einsame Herzen
Totenmoor

Über die Autoren:
Lotte Hammer und Søren Hammer sind Geschwister. Lotte ist ausgebildete OP-Krankenschwester. Søren ist Lehrer für Mathematik, Dänisch und Englisch. Beide leben in Frederiksvaerk. Ihre Serie um den dänischen Kommissar Konrad Simonsen ist international erfolgreich und erscheint in über zwanzig Ländern.
Mehr Informationen unter: www.hammerhammer.com

LOTTE & SØREN HAMMER

TODESHAFEN

KRIMINALROMAN

Aus dem Dänischen von
Günther Frauenlob und Maike Dörries

KNAUR

Die dänische Originalausgabe erschien 2014 unter dem Titel
»Den sindssyge Polak« bei Gyldendal, Kopenhagen.

Besuchen Sie uns im Internet:
www.knaur.de

Aus Verantwortung für die Umwelt hat sich die Verlagsgruppe Droemer Knaur zu einer nachhaltigen Buchproduktion verpflichtet. Der bewusste Umgang mit unseren Ressourcen, der Schutz unseres Klimas und der Natur gehören zu unseren obersten Unternehmenszielen.
Gemeinsam mit unseren Partnern und Lieferanten setzen wir uns für eine klimaneutrale Buchproduktion ein, die den Erwerb von Klimazertifikaten zur Kompensation des CO^{2}-Ausstoßes einschließt.
Weitere Informationen finden Sie unter: www.klimaneutralerverlag.de

MIX
Papier aus verantwortungsvollen Quellen
FSC® C083411

Deutsche Erstausgabe März 2020
Knaur Taschenbuch

Redaktion: Maria Koettnitz
Covergestaltung: NETWORK! Werbeagentur, München
Coverabbildung: Paul O'Toole / Arcangel
Satz: Adobe InDesign im Verlag
Druck und Bindung: CPI books GmbH, Leck
ISBN 978-3-426-52364-3

2 4 5 3 1

Teil 1

[DAS AUSFLUGSBOOT]

Kapitel 1

Sonntag, 22. August 2010,
Christianshavn

Der Mann stand auf einer Brücke in Amager und sah hinüber zur Marmorkirche, deren vergoldete Kuppel das Sonnenlicht reflektierte. Es war Jahre her, dass er das letzte Mal in Kopenhagen gewesen war, und der Ort verunsicherte ihn. Er zog einsamere Gegenden vor, am liebsten war ihm Wald. Er drehte sich um und folgte mit den Augen dem Kanal, bis dieser nicht weit entfernt am Erdkehlgraven zwischen Frederiksholm und Refshalevej nach Osten abknickte. An den grasbewachsenen Ufern standen einzelne Büsche, auch einige wenige Birken klammerten sich an der Böschung fest und wuchsen bogenförmig nach oben. Ein paar Kinder badeten. Er hörte ihr Lachen und überlegte, wie weit sie entfernt sein mochten. Es mussten mindestens fünfzig Meter sein, weit genug, damit sie ihn nicht wiedererkannten. Er beobachtete sie eine Weile, dann wandte er den Blick ab.

Als er wieder in Richtung Kanal sah, kam das Ausflugsboot in Sicht. Er hielt den Atem an. Da waren Kinder an Bord, viele Kinder, das war nicht so vereinbart. Einen Moment lang erwog er, sein Vorhaben aufzugeben. Dann biss er die Zähne zusammen und ballte die Hände zu Fäusten. Sie hatte ihm geholfen, jetzt musste er ihr helfen. Loyalität, Zusammenhalt, Kameradschaft – nur das war von Wert.

Der Sprung war nicht weit. Es war viel leichter, sich auf das Boot herabzulassen, als er sich das vorgestellt hatte. Perfekt ausbalanciert landete er auf dem Dach eines Raumes am Ende des Bootes und sprang von dort auf das Deck, wo er sich schnell zwischen zwei Bankreihen rollte, um nicht gesehen zu werden. Kurz darauf sah er die drei Masten der Georg Stage über sich vorübergleiten, während die Reiseführerin auf Englisch etwas über das Schulschiff berichtete. Mit dem Unterarm wischte er sich den Schweiß von der Stirn und zählte langsam bis zehn. Sein Puls beruhigte sich. Er streifte in der Enge zwischen den Sitzreihen seinen Rucksack ab, holte das Messer heraus und wartete ruhig, während er spürte, wie die Auf- und Abwärtsbewegungen des Bootes zunahmen. Es fuhr gerade in den Bumløbet ein, wo es in einem großzügigen Bogen nach Steuerbord abbiegen und dann nach Norden in Richtung Außenhafen fahren würde. Die Touristenführerin erzählte jetzt etwas ironisch vom legendären U-Boot Sælen, das rechter Hand zu sehen war und mittlerweile als Museumsschiff diente. Vorher war es als dänischer Beitrag zur Koalition der Willigen im Irakkrieg zum Einsatz gekommen. »Ein U-Boot im Wüstenkrieg«, wiederholte sie spitz.

Der Mann zwischen den Bankreihen kannte sich mit militärischen Details aus und wusste, dass das legendäre Boot bereits vierzig Jahre auf dem Buckel hatte, als es 2003 in den Golf entsandt worden war. Auf dem Weg in den Krieg war das Kühlsystem zusammengebrochen, was bedeutete, dass die Besatzung mehrere Tage bei 45 Grad klaustrophobischer Hitze aushalten musste. Schimmel, Schwellungen, Entzündungen und Allergien waren die Folge gewesen. Nach dem Einsatz war das Schiff als Ladung auf einem deutschen Frachtschiff wieder nach Hause transportiert worden. Die Regierung war trotzdem zufrieden gewesen

und hatte stolz verkündet, dass nun auch Dänemark seinen Beitrag im Kampf gegen Terror und Diktatur geleistet habe. Politische Rhetorik aus der Oberliga, während das militärische Stahlmonster eher in der dritten oder vierten Liga rangierte. Wie er das alles hasste, dachte der Mann.
Er verdrängte die Gedanken und konzentrierte sich auf eine längliche Wolkenformation am Himmel. Als diese sich etwa um 90 Grad gedreht hatte, stand er auf. Schnell, aber ohne zu rennen, ging er durch den Mittelgang des Bootes. Seine ersten beiden Opfer tötete er, noch ehe die Touristenführerin ihn bemerkte und zu schreien begann. Der Kapitän drehte kurz den Kopf, dann war es auch um ihn geschehen. Er kippte lautlos auf das Steuerruder, während sein Blut auf die Instrumente tropfte. Danach erstickte der Angreifer die Schreie der Frau, indem er ihr in rascher Folge in den Bauch und den Nacken stach. Sie krümmte sich verblüfft zusammen und schlug mit den Armen um sich. Der Mann drehte sich um und fokussierte die letzte Erwachsene an Bord, von sich selbst einmal abgesehen. Sie war Asiatin, Japanerin oder Chinesin, das war nicht zu erkennen. Er konnte sich nicht entschließen, sie zu töten. Den Kindern wollte er nichts tun, bei ihr aber hatte er Zweifel. Sie löste das Problem selbst, indem sie über die Reling sprang und im Wasser wild und unbeholfen mit den Armen ruderte, da sie allem Anschein nach nicht schwimmen konnte. Was sie rief, konnte er nicht verstehen. Er warf das Messer ins Wasser und bereute es zugleich, es war ein gutes Messer gewesen, ein Messer, das ihm gute Dienste geleistet hatte.
Zurück bei seinem Rucksack, zog er sich aus. Unter seinen Kleidern trug er eine Badehose. Die Kinder starrten ihn schockiert an. Einige hielten sich an den Händen, niemand

sagte etwas. Er wich ihren Blicken aus, steckte Schuhe und Kleider in seinen wasserdichten Rucksack, schnallte ihn sich auf den Rücken und zog die Riemen straff. Dann zog er die Schwimmflossen an, steckte sich den Schnorchel in den Mund, warf zur Orientierung einen Blick nach rechts und links und ließ sich nach hinten über die Reling kippen.

Mit kraftvollen Zügen entfernte er sich vom Boot. Als er den südlichen Wellenbrecher am Fort Trekroner erreichte, kletterte er schnell über die Steine, warf sich auf der anderen Seite wieder ins Wasser und schwamm ohne große Anstrengung in Richtung Fort Middelgrund. Auf halber Strecke wollte er seitwärts abbiegen, den Nordhafen in einem großen Bogen umrunden und der Küstenlinie nach Norden folgen, bis er die Haubitzen-Batterie am Fort Charlottenlund sehen konnte. Er hatte einen weiten Weg vor sich, gut acht bis zehn Kilometer, aber die Wassertemperatur betrug fünfzehn Grad, sodass er keine Unterkühlung riskierte. Außerdem liebte er das Schwimmen und hatte Bananen, Energieriegel und Trinkwasser dabei.

Kapitel 2

Sonntag, 22. August 2010,
Kopenhagen, Nordhafen

Der Kapitän der Oslo-Fähre Pearl Seaways rieb sich müde die Augen, um die Punkte zu vertreiben, die immer wieder am Rand seines Sichtfeldes aufblitzten, während er mit der anderen Hand den Kurs minimal korrigierte, um auf die richtige Route zu kommen. Die Fähre musste drehen, um dann rückwärts am DFDS-Terminal anzulegen. Er hatte dieses Manöver schon so oft unternommen, dass es zur Routine geworden war. Trotzdem überließ er diese Aufgabe nie einem anderen. Er unterdrückte ein Gähnen und bat den ersten Steuermann, der hinter ihm stand und über den Hafen spähte, um einen frischen Kaffee.

Die Nacht war lang gewesen, und er hatte nicht genug Schlaf bekommen.

Um drei Uhr war er geweckt worden, weil einer der Passagiere, ein vierjähriger Junge, krank geworden war und über hohes Fieber, Kopfschmerzen und eine besorgniserregende Nackensteife geklagt hatte. Er hatte sich in aller Eile angezogen und war an Deck 7 gelaufen, um das Kind in Augenschein zu nehmen. Nach einem kurzen Funkkontakt mit dem Krankenhaus in Esbjerg hatte er den Entschluss gefasst, über die Lautsprecheranlage des Schiffes nach einem Arzt zu fragen, auch wenn er so mehr als tausend Passagiere aus dem Schlaf riss. Sein Aufruf war erfolgreich, kurz darauf meldeten sich vier Ärzte an der Information, von denen einer eine Meningitis bei dem Jungen diagnostizierte. Er veranlasste, dass der Junge sofort in ein Krankenhaus gebracht wurde. Ein Helikopter wurde aus Göteborg requiriert, während der Kapitän die Fähre stoppte und so in Position legte, dass das Helikopterdeck für die Evakuierung optimal positioniert war. Auch wenn er danach nichts mehr hatte tun können, war er auf der Brücke geblieben, bis kurz vor fünf die Nachricht aus dem Sahlgrenska Universitätskrankenhaus gekommen war, dass der Junge außer Lebensgefahr war, nachdem das Leben des Kleinen durchaus auf Messers Schneide gestanden hatte. Erst danach war er ins Bett gegangen, ohne aber schlafen zu können, dafür war ihm das Schicksal des Jungen zu nahegegangen.

Der Kapitän streckte die Hand nach der Kaffeetasse aus und stellte zu seiner Überraschung fest, dass sie leer war. Für einen Augenblick fragte er sich, ob er tatsächlich um eine neue Tasse gebeten oder das nur gedacht hatte. Dann ging sein Blick nach hinten zum Steuermann, der unverändert hinter ihm stand, was ihn verwunderte.

»Was ist denn los? Was gucken Sie so?«

»Das Ausflugsschiff, sehen Sie das auch?«

»Klar sehe ich das, was ist damit?«

»Was macht das da? Das sollte nicht da sein.«

Der Kapitän konzentrierte sich auf das kleine Boot, das direkt auf sie zuhielt und eigentlich längst abgedreht haben sollte.

»Sehen Sie sich das mal durch das Fernglas an«, befahl er.

Die Brücke lag in Höhe von Deck 5. Durch die im Halbkreis angeordneten, schräg stehenden Panoramafenster hatten sie eine gute Übersicht. Der Steuermann trat ans Fenster und sah sich alles genau an. Der Kapitän wartete mit einer tiefen Sorgenfalte auf der Stirn, während sich das Ausflugsboot mit ungebremstem Tempo immer weiter näherte. Er gab das Warnsignal. Fünf kurze Stöße, die sogar noch drinnen auf der Brücke infernalisch laut waren. Ein paar Arbeiter am Langelinie Pier drehten sich zu der Fähre um, aber das Ausflugsschiff reagierte nicht. Er gab ein weiteres Warnsignal, mit demselben ernüchternden Resultat. Schließlich sagte der Steuermann:

»Es sieht so aus, als wäre der Steuermann über dem Steuer zusammengebrochen und …«

Die Fortsetzung ließ auf sich warten, der Steuermann setzte noch einmal das Fernglas an die Augen.

»Was jetzt? Gib mir eine klare Auskunft.«

»Da sind Kinder an Bord.«

»Zeit, Abstand. Wie dicht kommen sie uns?«

»Das sind keine dänischen Kinder. Das sind Asiaten.«

Der Kapitän war fünfundvierzig Jahre alt und hatte schon früh den Höhepunkt seiner Karriere erreicht. Als Personalchef für bald zweihundert Menschen hatte er die Verantwortung für ein Millionengeschäft, war aber in erster Linie ein äußerst tüchtiger Seemann, denn ohne diese Fähigkeit hätte er es niemals so weit gebracht.

»Ein Matrose soll auf das untere Deck gehen und mir per Funk in kurzen Abständen die Entfernung durchgeben.«

Während der später erfolgten Marinebefragung erhielt der Kapitän von allen Seiten uneingeschränktes Lob, weil er in der extrem angespannten Situation erkannt hatte, dass er mit maximalem Rudereinschlag und vollem Schub voraus die Fähre so zur Seite manövrieren konnte, dass das Ausflugsboot der Kollision um Haaresbreite entgehen konnte. Doch die Wirklichkeit war eine andere. Er hatte die Abdrift des Ausflugsbootes nicht berücksichtigt. Strömung und Wellen führten dazu, dass die Route des Bootes nicht linear, sondern bogenförmig war. Außerdem hatte die Geschwindigkeit in den letzten schicksalhaften Minuten beständig zugenommen, was niemand hatte vorhersehen können.

Die Durchsagen des Matrosen waren erschreckend. *Fünfzig Meter*, kurz darauf: *vierzig Meter, vielleicht weniger*. Und dann: *Verdammt, wir kommen nicht vorbei*. Das Ausflugsschiff war aus dem Sichtfeld des Kapitäns verschwunden, sodass er die letzten dreißig Sekunden nur bange abwarten konnte. Er hatte beide Hände auf das Steuer gelegt und gedacht, dass er vielleicht beten sollte, bis … bis er erleichtert aufatmen und sagen konnte, dass doch noch einmal alles gut gegangen war, es aber auf *Messers Schneide* gestanden habe. Wie immer alles auf *Messers Schneide* stand.

Die Meldung des Matrosen über die eingetroffene Katastrophe war überraschend leise: *Wir haben sie genau in der Mitte getroffen*. Und dann hysterisch und kaum zu verstehen: *Verdammt, haltet die Schrauben an, haltet die Schrauben an, die werden sonst angesaugt*.

Der Kapitän unterbrach die Verbindung und dachte an die beiden Schrauben mit einem Durchmesser von jeweils fünf Metern. Ihr Gewicht hatte er vergessen.

Es war schlichtweg unmöglich, dem Rat des Matrosen zu folgen. Dem widersprachen die Naturgesetze.

Kapitel 3

Sonntag, 22. August 2010,
Marmormole, Nordhafen

Hauptkommissar Konrad Simonsen kniff die Augen zusammen und ließ seinen Blick über den Hafen schweifen. Auf dem Wasser herrschte hektische Aktivität. Fünfzehn bis zwanzig Boote nahmen an der Bergung teil. Bei den meisten handelte es sich um Gummiboote mit vier oder fünf Mann Besatzung aus den verschiedensten Organisationen: Marine, Falck, Wasserschutzpolizei, Küstenwache sowie zwei Lotsenboote des Kopenhagener Hafens. Die größeren Boote transportierten Wrackteile des Ausflugsschiffes an Land, während die Männer in den Gummibooten sich darauf konzentrierten, Überlebende zu retten oder Tote zu bergen. Auf dem Kai warteten mehrere Rettungswagen, und über dem Hafenbecken kreisten zwei Helikopter, darunter eine Sikorsky von der Seenotrettung, leicht zu erkennen an der kanariengelben Tür und dem überdimensionalen RESCUE-Zeichen darüber. Der Hubschrauber flog in zehn Metern Höhe das ganze Hafengebiet ab. Hoch darüber hing ein Helikopter einer Sendeanstalt. Den Einsatz koordinierte eine Frau von der Kopenhagener Hafenbehörde. Sie stand bei den Rettungswagen und bellte hin und wieder einen Befehl in ihr Funkgerät.

Konrad Simonsen war Anfang sechzig, groß und untersetzt und strahlte mit seiner Ruhe und seinem ganzen Wesen Autorität aus. Er war als Ermittlungsleiter unumstritten und brauchte nie viele Worte. Er ging auf die Einsatzleiterin zu, blieb aber in ein paar Metern Entfernung stehen, um sie nicht bei der Arbeit zu stören. Nach einigen wenigen Minuten hatte sie Zeit für ihn.

»Ihre Techniker müssen warten, bis wir fertig sind«, sagte sie mit heiserer Stimme. »Ich will hier nicht noch mehr Chaos.«

»Was meinen Sie, wie lange wird das dauern?«

»Eine Stunde, vielleicht zwei. Ich gebe Ihnen Bescheid.«

»Gibt es Überlebende?«

»Nein, bis jetzt nicht.«

»Wie viele Tote? Kinder und Erwachsene?«

»Weiß ich nicht. Die Schrauben waren die reinste Häckselmaschine, da ist Zählen so gut wie unmöglich.«

Konrad Simonsen nickte verständnisvoll, obwohl er wusste, dass Schiffsschrauben Körper nur selten zerhackten.

»Als ich kam, herrschte hier ein einziges Durcheinander, inzwischen sind aber alle Leichen oder Leichenteile ins Rigshospital gebracht worden. Hoffe ich. Jedenfalls ist es jetzt eine ganze Weile her, dass wir die letzten …, dass wir noch etwas gefunden haben. Bitte entschuldigen Sie, dass ich nicht mehr Zeit habe. Gehen Sie bitte runter zu Ihrem Kollegen und warten Sie dort.«

Sie zeigte über den Kai in Richtung Stadt, bevor sie sich wieder ihrer Arbeit zuwandte.

Arne Pedersen war dreiundvierzig Jahre alt und jetzt schon gut zehn Jahre bei der Kopenhagener Kriminalpolizei, die meiste Zeit davon als Konrad Simonsens rechte Hand. Erst vor Kurzem war ihm diese Position auch offiziell zugestanden worden, indem er zum stellvertretenden Morddezernatsleiter befördert worden war. Ein Titel, auf den er sehr stolz war, mehr, als er einzuräumen bereit war. Er war in seine Gedanken versunken und bemerkte seinen Chef erst spät.

»Hallo, Konrad. Ich steh noch immer nur dumm rum. Wir können nichts tun. Sie wollten mich nicht mal hierherlassen. Die Techniker müssen am Rand des Hafenareals warten, bis der Bereich freigegeben wird. Was ist mit dem Kameramann vom Fernsehen? Hatte der was Neues?«

Einige Stunden zuvor war ein Kameramann mit einer Filmsequenz zum Hauptkommissar gekommen. Er war Passagier der Oslo-Fähre gewesen und hatte an Deck eine Zigarette geraucht, während die Fähre anlegte. Dabei hatte er das Ausflugsschiff bemerkt und sich gewundert, dass es in diesem Teil des Hafens unterwegs war. Er hatte mit seiner Kamera das Boot eingezoomt und mindestens drei tote Erwachsene an Deck gesehen. Dann hatte er etwa bis zur Kollision gefilmt. An Land war er auf direktem Weg ins Präsidium gefahren. Konrad Simonsen hatte seinen Vize ausgesandt, gleich nachdem sie den Film gesehen hatten.

»Nein, mehr konnte der uns auch nicht sagen. Die Nachrichten werden fortlaufend aktualisiert, noch ist aber nicht von einem Verbrechen die Rede. Die Comtesse ist in der Rechtsmedizin, Klavs hat seinen Kurs natürlich unterbrochen und ist morgen wieder hier. Pauline hat, wie du weißt, Urlaub. Sie geht nicht an ihr Handy.«

Die drei gehörten gemeinsam mit Arne Pedersen zum inneren Kreis des Morddezernats.

Die Comtesse, ihr richtiger Name war Nathalie von Rosen, war Konrad Simonsens Frau. Sie hatten erst vor Kurzem geheiratet, und bis jetzt war es ihnen gelungen, Arbeit und Privatleben einigermaßen zu kombinieren. Klavs Arnold war erst vor wenigen Jahren zum Team gestoßen, nachdem er von Esbjerg nach Kopenhagen gezogen war. Im Moment war er in Odense bei einem Seminar. Pauline Berg war mit ihren knapp dreißig Jahren die Jüngste im Team. Ihre Persönlichkeit brachte einige Probleme mit sich, seit sie 2007 Opfer einer Entführung gewesen war. Über weite Strecken war sie arbeitstechnisch keine oder nur eine geringe Hilfe.

»Können wir Pauline ihren Urlaub nicht einfach zugestehen?«, fragte Arne Pedersen. »Sie braucht ihn sicher.«

Seine diplomatische Ausdrucksweise war trotzdem nicht misszuverstehen.

»Wäre ich dieser Meinung, hätte ich sie wohl kaum angerufen«, erwiderte Konrad Simonsen mürrisch. »Aber reden wir jetzt nicht über sie. Weißt du, ob das Ausflugsschiff gesunken ist?«

Statt zu antworten, trat Arne Pedersen ein paar Schritte zur Seite und zeigte nach unten auf das Wasser.

Die Hälfte des Ausflugsschiffes, genauer gesagt, der Bug, dümpelte vor der Kaimauer. Das Schiff war etwa in der Mitte in zwei Teile zerbrochen. Die soliden Holzplanken sahen aus, als wären sie mit einer gigantischen Axt zerhackt worden. »Der andere Teil mit dem schweren Motor ist gesunken«, sagte er.

»Wenn irgendwie möglich, sollte der noch heute gehoben werden. Sorg dafür, dass die Techniker Bescheid bekommen, damit sie Taucher beschaffen und was sie sonst noch brauchen.«

»Habe ich bereits. Die stehen parat. Es fehlt nur noch die Genehmigung.«

»Ausgezeichnet. Sonst noch was?«

»Nein. Die Gummiboote sammeln jetzt noch die Reste ein. Kein schöner Anblick. Von daher ist es mir nur recht, dass ich Abstand wahren muss.«
»Wenn ich das richtig verstanden habe, sind die fertig.«
»Wie schön.«
»Wissen wir schon, wie viele tote Erwachsene es gibt?«
»Nur vom Film des Kameramanns. Du und ich, wir haben da doch drei Tote gesehen, deshalb gehe ich mal von dieser Zahl aus. Aber bestätigt hat mir das noch niemand. Oh?«
Arne Pedersen zeigte in Richtung des nördlichen Wellenbrechers vom Trekroner Fort, einem langen steinernen Arm, der den Hafen schützte. In dichter Reihe waren dort Retter positioniert, die das Meer absuchten. Konrad Simonsen konnte nichts Besonderes erkennen, sein Vize schien aber etwas gesehen zu haben.
»Da drüben tut sich was«, sagte Pedersen.
Konrad Simonsen ließ ihn stehen und ging zurück zu den Krankenwagen. Auf halber Strecke begegnete er einer Falck-Sanitäterin.
»Wir haben einen Überlebenden gefunden. Vielleicht zwei. Es sind Kinder«, sagte sie leise.

Kapitel 4

Sonntag, 22. August 2010,
Süd-Seeland

Merkwürdig, dachte der Mann, wie eine Sache im Leben die nächste nach sich zog. Dann schaute er lächelnd aus dem Seitenfenster, obgleich es keinen Grund zum Lächeln gab. Er musterte die Frau am Steuer von der Seite und dachte weiter, dass es beim letzten Mal, als sie seine Hilfe in Anspruch genommen hatte, nicht nach Plan gelaufen war, was der Grund dafür war, dass sie jetzt hier saßen. Zu seiner eigenen Verwunderung stellte er fest, dass er die zwei Jahre zurückliegende Episode glasklar vor Augen hatte, obgleich er in der Zwischenzeit höchst selten daran gedacht hatte.

Nachdem er ihr sein Messer gezeigt hatte, waren sie und das Kind ihm widerstandslos gefolgt. Sie waren eine Weile durch die Dünen gelaufen, und das Mädchen hatte Blumen für seine Mutter gepflückt, blassrote Existenzen, die sich mühsam in den Sand krallten. In der Mulde hatte er sie so gefesselt, dass es keine Spuren hinterließ, falls sie sich wehrte oder zu befreien versuchte. Er hatte vier Pflöcke tief in die Erde geschlagen. Den Fesselstrick für ihre Arme hatte er durch die Ärmel ihrer Windjacke gezogen, die Füße hatte er mit ihren Schnürsenkeln zusammengebunden. Zu seinem Glück trug sie einen Rock, was alles viel einfacher machte.

»Sieh mich an und hör gut zu. Du wurdest aufgefordert,

dich von Mads Eggert fernzuhalten, jetzt musst du es eben auf die harte Tour lernen. Hast du verstanden, Juli?«
Er hatte ihr das gesagt, während ihre Tochter ein Stück entfernt mit einer gelben Plastikschippe im Sand gebuddelt hatte. Daran erinnerte er sich deutlich, an den Rest, an die Dinge, die aus dem Ruder gelaufen waren, wollte er lieber nicht denken. Es war ein Unglück, ein Unfall und nicht vorherzusehen gewesen.
Er hatte hinter sich aufgeräumt und mit ihrem Daumen die 112 in ihr Handy getippt. Was anderes hatte er nicht tun können.

Er schob die Gedanken beiseite.
»Hast du lange auf mich gewartet?«
Die Frau wollte den Kopf schütteln, ließ es dann aber bleiben. Sie hatte einen Abstecher nach Rødovre gemacht, um ein paar Dinge zu holen, ehe sie an den Strand gefahren war, aber das musste sie ihm ja nicht auf die Nase binden.
»Eine Weile. Aber ich habe einen Kaffee getrunken und bin noch nicht so lange am Strand.«
Der Mann hatte schon seit Jahren keinen Kaffee mehr getrunken, er konnte sich kaum an den Geschmack erinnern.
»Freust du dich, wieder in deinen Wald zu kommen?«, fragte sie.
Oh ja, er freute sich auf den Wald.

Kapitel 5

Sonntag, 22. August 2010,
Rechtsmedizinisches Institut, Universität Kopenhagen

Die Comtesse lehnte an der Wand im Obduktionsraum B, dem größten der vier Obduktionssäle in der Kopenhagener Rechtsmedizin. Die Mittvierzigerin wurde von ihren Kollegen als professionell, dienstbeflissen und sympathisch geschätzt. Außer ihr waren sieben Personen anwesend. Eine junge Obduzentin, die sie noch nie gesehen hatte, dazu zwei Fotografen, einer vom Institut und einer von der Polizei, ein Mitarbeiter der Rechtsmedizin, ein Kommissar aus ihrer Abteilung, der Abteilungsleiter des Instituts sowie ein Japaner unbestimmbaren Alters, der einen Meter neben ihr mit dem Rücken an der Wand lehnte. Alle trugen Kittel, sterile weiße Gummistiefel, Mundschutz und Haarnetz.

Auf einer Metallpritsche in der Mitte des Raumes lag die Leiche eines japanischen Jungen. Der Mitarbeiter hatte den Bauch geöffnet, den Organblock herausgenommen und auf den Obduktionstisch im hinteren Teil des Raumes gelegt. Jetzt war er dabei, die Haut im Nacken aufzuschneiden, um sie über den Schädel nach vorne zu ziehen, um Schädeldecke und Stirn freizulegen. Danach sägte er den Schädel auf, um das Gehirn zu entnehmen. Die Säge brummte niederfrequent. Früher war die viel lauter gewesen, dachte die Comtesse. Der Japaner räusperte sich, und sie wandte sich ihm zu, weil sie glaubte, er wolle etwas sagen. Aber er glitt zurück in seinen unergründlichen Gesichtsausdruck, von dem sie nicht ablesen konnte, ob er dem Geschehen im Raum folgte oder sich mental in seine eigene Welt zurückgezogen hatte.

Der Leichnam wurde auf den Bauch gedreht und aus verschiedenen Winkeln und Abständen fotografiert. Sechs parallel verlaufende, tiefe Schnitte von der Schulterpartie bis runter zu den Beinen bezeugten den Kontakt des Jungen mit einer der Schrauben der Oslo-Fähre. Der Abteilungsleiter erläuterte der Obduzentin die verschiedenen Charakteristika der Verletzungen. Sie nickte, stellte Fragen und ging danach zu ihrem Arbeitstisch in der Ecke, um einige Sätze in ihr Diktafon zu sprechen, die nur als unverständliches Gemurmel zu hören waren. Die Comtesse versuchte vergeblich, Augenkontakt mit dem Abteilungsleiter zu bekommen, den sie gut kannte und mochte.

Sein Name war Hans Holgersen. Er war Oberarzt und leitender Rechtsmediziner, sie hatten bei Obduktionen oder Tatortuntersuchungen häufig miteinander zu tun. Er war lange Jahre engster Mitarbeiter des legendären Professors Arthur Elvang gewesen. Im Gegensatz zu seinem ehemaligen Chef war er in der Zusammenarbeit aber umgänglich und unkompliziert.

Die Obduzentin arbeitete im hinteren Teil des Raumes weiter. Sie entnahm Gewebeproben aus den Organen des Jungen, die später analysiert werden sollten. Das gehörte zum Standardprogramm, von dem bei keiner Obduktion abgewichen wurde. Während die Obduzentin mit den Gewebeproben beschäftigt war, schwärzte der Mitarbeiter die Fingerkuppen des Jungen mit einer kleinen Rolle, um dessen Fingerabdrücke zu nehmen.

Endlich bekam die Comtesse Augenkontakt zu Hans Holgersen und signalisierte ihm mit ausgestrecktem Daumen und Zeigefinger, dass sie zwei Minuten mit ihm reden wollte. Er sagte ein paar Worte zu seiner jungen Kollegin, die gleich darauf zu ihr kam.

Die Obduzentin nahm ihren Mundschutz ab. Ohne Maske sah man ihr die Erschöpfung an. Mit einer routinierten Geste zog sie sich die Gummihandschuhe so von der Hand, dass sie kein Blut an die Finger bekam, und warf sie in einem perfekten Bogen in den Abfalleimer, der wenige Meter entfernt in der Ecke stand.

»Könnt ihr mir irgendwas Vorläufiges geben, wie die Erwachsenen auf dem Boot zu Tode gekommen sind? Und wie viele es waren? Da haben wir noch immer keine Bestätigung.«

Die Frau zögerte und sah die Comtesse unsicher an.

»Das gehört eigentlich nicht zu meiner Machtbefugnis.«

Dann besann sie sich eines anderen. Vielleicht hatte sie ein Zeichen von Hans Holgersen bekommen, das die Comtesse nicht wahrgenommen hatte. Sie bat die Kommissarin, ihr aus dem Raum zu folgen.

»Okay, kommen Sie, aber denken Sie dran, dass die Ergebnisse wirklich noch vorläufig sind.«

Die Frau lief rasch in ein Büro, wo sie ihren Kittel in einen Wäschekorb warf, die Schuhe wechselte und einen Notizblock aus der Schreibtischschublade nahm.

»Die toten Kinder können in vier Gruppen eingeteilt werden: die, die an den Verletzungen durch die Kollision mit der Fähre gestorben sind, die Ertrunkenen, die, die von den Schiffsschrauben getötet wurden, und schließlich die, die im Wasser an den erlittenen Verletzungen verblutet sind.«

Die Comtesse nickte und wiederholte nicht, dass ihr primäres Interesse nicht den Kindern galt.

»Wir haben fünfzehn Kinder, alle im Schulalter, um elf Jahre alt, nehmen wir an, alles Asiaten«, fasste die Obduzentin zusammen.
Die Zahl passte nicht zu den im Morddezernat gezählten Köpfen auf dem Video des Fotografen. Demnach fehlten zwei Kinder.
»Es gibt zwei Überlebende«, erklärte die junge Frau. »Ein Mädchen liegt in der Traumatologie, ihr Zustand ist kritisch. Von dem Jungen weiß ich nicht, wo er gerade ist, aber er war unverletzt.«
Die Information war neu für die Comtesse. Ein erfreuliches Detail in all dem Schrecken.
»Was ist mit den Erwachsenen, können Sie darüber etwas sagen?«
»Die sind im Keller, es kann noch eine Weile dauern, bis wir uns um sie kümmern können.«
»Aber Sie haben sie sich schon mal angeschaut?«
Die junge Frau nickte.
»Es sind fünf Erwachsene. Eine Asiatin in den Dreißigern, die ertrunken ist, zwei kaukasische Männer und zwei Frauen, die allem Anschein nach durch Messerstiche zu Tode gekommen sind. Die beiden Frauen und einer der Männer sind um die dreißig, der zweite Mann ist in den Fünfzigern und … sehr übel zugerichtet.«
Die Comtesse unterbrach sie.
»Sind Sie sicher, dass es fünf Erwachsene waren, nicht vier?«
Sie hörte selber, wie dumm die Frage klang, als ob sie der Frau nicht zutraute, richtig zählen zu können, aber sie wollte ganz sicher sein.
»Fünf, ja, von denen vier identifiziert sind, nur die eine Frau noch nicht.«

Sie konsultierte ihren Block und las die Namen vor. Zuerst den des Bootsführers, dann den der Reiseleiterin, danach den der Japanerin und zuletzt den Namen des männlichen Passagiers. Die Comtesse hatte das Gefühl, einen Schlag aufs Zwerchfell zu bekommen.

»Könnten Sie den letzten Namen bitte noch einmal wiederholen?«

»Jonas Ziegler. Er hatte seinen Führerschein dabei.«

»Ich muss die Toten sehen! Sofort!«

Die Frau zögerte, aber die Comtesse war bereits auf dem Weg zur Tür. Sie hatte die Stimme erhoben und verzichtete auf jede Höflichkeit. Die junge Obduzentin lief hinter der Comtesse her und überholte sie bis zum Fahrstuhl. Die Comtesse ignorierte ihre halbherzigen Proteste.

Im Keller war es kalt, höchstens fünf Grad. Die Frau schüttelte sich, während die Comtesse die Kälte gar nicht wahrnahm. Im Gegenteil hatte sie das Gefühl, innerlich zu verbrennen.

Der Raum, den sie betraten, war groß und wenig einladend. Grelle Neonröhren unter der Decke. Die Leichen lagen nebeneinander auf fahrbaren Stahlpritschen, jede mit einem weißen Laken zugedeckt. Die Comtesse lief an den ersten vorbei, bei denen es sich offensichtlich um Kinder handelte. Bei den Erwachsenen blieb sie stehen und wartete auf die Obduzentin.

»Wo liegt die noch nicht identifizierte Frau?«

Die Frau zeigte auf die zweitletzte Pritsche.

»Soll ich?«, fragte sie mit einer kurzen Handbewegung.

»Ja, bitte.«

Sie zog das Laken vom Gesicht der Leiche.

Die Comtesse bedankte sich und erklärte beherrscht ruhig,

dass sie die Tote identifizieren könne, aber vorher noch etwas erledigen müsse. Sie nahm ihr Handy und wählte Konrad Simonsens Nummer, kam aber nicht durch. Danach rief sie im Morddezernat an und sagte, er solle sie sofort zurückrufen, wahrscheinlich saß er gerade in einer Sitzung, die unterbrochen werden müsse, egal worum es ging. In weniger als einer halben Minute war er am Apparat.

»Pauline Berg ist tot, erstochen«, teilte sie ihm nüchtern mit. »Sie war mit auf dem Ausflugsboot.«

Kapitel 6

Montag, 23. August 2010,
Polizeipräsidium

Das Konferenzzimmer war brechend voll. Einige der von überallher angereisten Kollegen mussten stehen. Sie hatten keine Order erhalten, niemand hatte das Ganze koordiniert, sie alle waren an diesem Morgen wie durch eine gemeinschaftliche Eingebung ins Polizeipräsidium gekommen, um einzuspringen, wo es nötig war. Es kam äußerst selten vor, dass in Dänemark Polizisten ermordet wurden, aber wenn es passierte, reagierte das Polizeikorps äußerst solidarisch: Alle meldeten sich freiwillig, unabhängig von Urlaub, freien Tagen, Nachtschichten, Überstunden oder anderen Formen arbeitsmäßiger Rechtsansprüche.

Einen Teil der Anwesenden kannte Konrad Simonsen, aber die fest angestellten Kollegen im Morddezernat waren absolut in der Minderheit. Die meisten hatte er noch nie gesehen, dies galt besonders für die vielen jungen Kollegen, die ihn erwartungsvoll ansahen. Ein paar der Gesichter überraschten ihn, unter ihnen seine eigene Tochter, die mit einer Handvoll jüngerer Polizeibeamter von der Polizei Vestegnen zusammensaß. Sie wollte eigentlich an diesem Tag mit ihrem Freund in den Urlaub fahren, wusste er, zehn Tage Prag, aber das schien nicht mehr aktuell zu sein. Sie lächelte ihn an, und er erwiderte unbeholfen ihr Lächeln, wobei er sich nicht wohlfühlte. Auch Poul Troulsen war da, ein inzwischen pensionierter Kollege aus dem Morddezernat, ein

Systematiker, wie er im Buche stand, trocken, methodisch und effektiv, was Konrad Simonsen erst richtig klar geworden war, als Troulsen nicht mehr da war. Ihn konnte er gut gebrauchen. Außerdem glänzte die obere Chefetage mit Anwesenheit, Polizeipräsidentin und Reichspolizeipräsident saßen in der hintersten Reihe und versuchten erfolglos, mit der Menge zu verschmelzen.

Die Comtesse kam zu ihm und schlug ihm vor, die Versammlung mit einer Schweigeminute für die Ermordeten zu beginnen. Das war die korrekte Einleitung, auch wenn ihm die Zeit unter den Nägeln brannte. Um halb acht wollte er einen Teil der Kollegen auf den Straßen entlang der Route des Ausflugsbootes verteilen, exakt vierundzwanzig Stunden nachdem es abgelegt hatte. Viele Menschen folgten festen Tagesabläufen, weshalb er hoffte, auf diese Art brauchbare Zeugen finden zu können. Das Problem war allerdings, dass er plötzlich die fünffache Anzahl an Beamten zu verteilen hatte, was fantastisch war, aber eben zeitraubend. Er beschloss spontan, seine Tagesordnung umzustellen. Er hob die Arme, die offenen Handflächen seinen Zuhörern zugewandt, und staunte, wie schnell es ruhig wurde. Nach ein paar gefassten ernsten Sätzen zu der Tragödie vom Vortag und deren Opfern folgte er dem Vorschlag der Comtesse. Ich kann so etwas nicht, dachte er, als er die Hände faltete und den Kopf neigte, ohne dabei die große Wanduhr aus den Augen zu lassen, deren Sekundenzeiger sich plötzlich enervierend langsam vorwärtsbewegte.

Der Vortag hatte arbeitsmäßig und emotional an Konrad Simonsen gezehrt. Am stärksten an die Nieren gegangen war ihm der gemeinsame Besuch mit der Comtesse bei Paulines Eltern, um ihnen den Tod ihrer Tochter mitzuteilen. Diese

Situationen waren immer furchtbar – der unangenehmste Teil ihres Berufes –, und der Umstand, dass sie die Tote persönlich kannten, machte es nicht einfacher. Später hatte es eine Pressekonferenz gegeben, und die Comtesse und er waren erst nach Mitternacht heimgekommen. Mitten in der Nacht hatte der Chef der Kriminaltechnik, Kurt Melsing, ihn aus dem Schlaf geklingelt, um ihm Informationen über den ermordeten männlichen Passagier mitzuteilen. Diese Art der Informationsvermittlung fiel eigentlich nicht in Melsings Zuständigkeitsbereich, aber das spielte in dieser Situation keine Rolle. Bei dem Mann handelte es sich um einen vierunddreißigjährigen Verkäufer mit Wohnsitz in Kopenhagen NV. Sein Name war Jonas Ziegler. Den Namen kannte Konrad Simonsen bereits von der Comtesse, aber Kurt Melsing hatte noch eine weitere Information: Jonas Ziegler war vor seiner Verkäuferkarriere als Forstarbeiter bei der Forst- und Naturbehörde der Gemeinde Halsnæs angestellt gewesen. In diesem Zusammenhang hatte Pauline Berg zu ihm Kontakt aufgenommen. Damit war die Verbindung zu einem ungeliebten Thema geknüpft, dem eigentlichen Grund für Kurt Melsings nächtlichen Anruf.

Pauline Berg war phasenweise manisch besessen gewesen von dem Tod einer jungen Frau, den sie als Einzige als Mordfall erachtete. Der Fall war gegen ihren Willen zu den Akten gelegt worden, weshalb sie den größten Teil ihrer Freizeit und einen nicht geringen Anteil ihrer Arbeitszeit darauf verwendet hatte. Im Rahmen ihrer privaten Ermittlungen war sie auf Jonas Ziegler gestoßen. Konrad Simonsen war damit gezwungen, Paulines »Fall« wieder aufzurollen, was sie immer wieder vergeblich von ihm gefordert hatte.

Auch die Comtesse war durch das Telefonat wach geworden. »War es der Name Jonas Ziegler, der dich vermuten lassen hat, dass Pauline eine von den Toten ist?«
»Ja. Aber ist das nicht gleichgültig?«
Sie klang traurig. Er antwortete nicht, und sie lagen eine Weile schweigend in der Dunkelheit, ohne wieder einschlafen zu können.
»Was geht dir durch den Kopf?«, fragte sie schließlich.
»Ob du, Arne und Klavs zu stark persönlich in diesen Fall involviert seid und es besser wäre, euch abzuziehen.«
Sie setzte sich mit einem Ruck im Bett auf, es verging aber noch eine Weile, ehe sie etwas sagte.
»Und was ist mit dir und deinen Gefühlen?«
»Kein Problem.«
Wütend holte sie tief Luft. »Verdammt, Konrad.« Es kam äußerst selten vor, dass sie fluchte. Sie legte sich wieder hin, mit dem Rücken zu ihm, und sagte leise:
»Manchmal bist du so ein Arsch.«
Der Sekundenzeiger schloss den Kreis, und Konrad Simonsen beendete die Schweigeminute mit einem kurzen »Danke«. Die folgende Organisation der Zeugensuche überließ er Arne Pedersen, während Konrad Simonsen sich mit der Comtesse, Poul Troulsen und Klavs Arnold aus dem Saal zurückzog. Arne Pedersen kam gut allein zurecht. Im Flur angekommen, vergeudete Konrad Simonsen keine Zeit. Die Comtesse bekam den umfangreichsten Bereich zugewiesen. Er reichte ihr eine Karte.
»Rekrutier so viele Beamte, wie du brauchst, aber lass mir eine Handvoll der erfahrensten Ermittler da. Sammel alle vorhandenen Videoaufnahmen entlang der Strecke, die ich rot markiert habe, gerne auch mehr, wenn du genügend

Leute hast. Und das möglichst schnell, am besten noch heute. Sichere alles, nicht nur unsere eigenen Überwachungskameras, auch die Aufnahmen von Tankstellen, Fabrikgeländen, Einkaufszentren, Schulen, Geld- und Wechselautomaten, Banken, Hotels, Restaurants, Taxis, Bussen, Bahnstationen, Bahnsteigen, Radarfallen und allen Plätzen, die mir jetzt spontan nicht einfallen. Kurz gesagt, alles, was irgendwo aufgenommen wurde. Ich weiß, dass das ein Scheißjob ist, aber diese Arbeit ist äußerst wichtig. Bitte Malte, die Filme zu systematisieren und in eine chronologische Reihenfolge zu bringen, und er soll sie so bearbeiten, dass wir sie auf unseren PCs sehen können.«

Die Comtesse protestierte halbherzig.

»Malte steckt mitten im Examen. Ich kann die IT-Abteilung bitten, uns eine GIS-Applikation zu erstellen.«

Malte Borup war die studentische Aushilfskraft mit fast abgeschlossenem Informatikstudium. Es war abzusehen, dass sie ihn nicht mehr lange als Aushilfe in der Abteilung haben würden. Konrad Simonsen wischte ihre Vorschläge vom Tisch.

»Auf keinen Fall, die IT-Abteilung braucht für alles hundert Jahre. Nutz unsere Kontakte für eine Sonderregelung an der Uni, sieh zu, dass er kommen kann, ich brauche ihn dringend.«

Klavs gab seinem Chef trocken Rückendeckung.

»Außerdem sind die ITler miserable Hacker.«

Die Comtesse akzeptierte mit einem knappen: »Okay, sonst noch was?«

Als sie keine Antwort erhielt, kehrte sie in den Sitzungssaal zurück.

Als Nächster wurde Poul Troulsen instruiert. Konrad Simonsen verwendete zwei Halbsätze darauf, wie gut es war, ihn wieder im Team zu haben, die nächsten zehn waren eine Einweisung in den Fall.

»Wir wissen zu diesem Zeitpunkt noch nicht, ob der Mörder einer der Toten ist. Die Möglichkeit besteht aber, noch können wir nichts ausschließen …«

Poul Troulsen fiel ihm ins Wort.

»Soweit ich mitbekommen habe, hat ein Kind überlebt?«

»Der Junge steht unter Schock und kann noch nicht verhört werden. Er befindet sich in der japanischen Botschaft. Die Japaner haben aber versprochen, das Außenministerium zu informieren, sobald sie etwas wissen.«

Poul Troulsen war noch nicht ganz überzeugt.

»Wenn der Täter oder die Täter von außen gekommen sind, ist die vorrangigste Frage, wie sie aufs Boot gelangt sind, da alles darauf hindeutet, dass sie nicht von Anfang an dabei waren«, sagte Konrad Simonsen. »Das wissen wir von mehreren Zeugen, unter anderem der Frau am Ticketschalter. Aber das ist nicht deine einzige Aufgabe. Krieg alles über das Ausflugsboot heraus, was es zu wissen gibt, technische Besonderheiten, Einrichtung, Geschwindigkeit, Lautsprecheranlage, Rettungsvorkehrungen in Notsituationen und so weiter. Fang bei der Reederei an. Und besorg dir einen Polizeiausweis und such dir ein freies Büro. Nimm dir die Leute, die du brauchst.«

Poul Troulsen wiederholte gewissenhaft und geduldig seine Aufgaben und verzichtete fürs Erste auf Polizeiausweis, Büro und Mitarbeiter. Konrad Simonsen wahrte die freundliche Fassade und seufzte befreit, kaum dass Troulsen ihm den Rücken zugekehrt hatte.

Gleich darauf begannen die Kollegen aus dem Saal zu strömen. Konrad Simonsen zog Klavs Arnold ein Stück den Flur hinunter, wo es ruhiger war. Dort erzählte er ihm von Jonas Ziegler und seiner früheren Anstellung bei der Gemeinde Halsnæs. Der Jütländer kombinierte schnell. Er war selbst mit Pauline Berg nach Melby gefahren, wo sie einen Forstmitarbeiter treffen wollte, der nie aufgetaucht war. Er war damals nur mitgekommen, um Pauline Berg eine Freude zu machen und ihr ein wenig Verständnis zu zeigen. Arnold erinnerte sich auch an ein Detail.

»Pauline hat ihn Forstbegeher genannt, nicht Forstarbeiter. Da bin ich ganz sicher.«

»Förster, Forstverwalter, Forstbegeher oder Forstarbeiter, wer kennt da schon den Unterschied? Aber wenn du glaubst, dass es von Bedeutung ist, hak weiter nach.«

Klavs Arnold antwortete nicht. Aber ihm schien schlagartig klar zu sein, worin seine Aufgabe bestand.

»Glaubst du, dass Pauline trotz allem ...«, fragte er aufgewühlt. »Also, dass sie in welcher Form auch immer ...«

Die Worte blieben ihm im Hals stecken, und Konrad Simonsen fertigte ihn brüsk ab. »Es ist viel zu früh, irgendetwas zu sagen, im Moment glaube ich an gar nichts.«

»Was für eine Scheiße, Konrad.«

Konrad Simonsen ignorierte seinen Ausbruch.

»Fang in Paulines Wohnung an, und beschaff dir vor allen Dingen ihre Telefonlisten. Such nach Aufzeichnungen zu ... ihrem Fall. Die wird sie gemacht haben, also finde sie. Sobald du was hast, melde dich bei mir. Und noch etwas: Könntest du Anna Mia und vielleicht ein paar Kollegen von ihrer Station mitnehmen? Es ist mir peinlich, dass sie hier ist, aber wenn sie mit dir unterwegs ist, weiß ich wenigstens, was sie tut.«

Klavs Arnold zog die Augenbrauen hoch.
»Deine Tochter hat doch wohl wie alle anderen das Recht, zu helfen. Sie kannte Pauline schließlich gut.«
Konrad Simonsen sah ihn an.
»Ist irgendetwas an den Aufgaben, die ich dir gegeben habe, unklar?«
Arnold schüttelte den Kopf.
»Dann leg los.«

Kapitel 7

Montag, 23. August 2010,
Polizeipräsidium

Konrad Simonsens Tag gestaltete sich relativ ruhig. Die einzelnen Gruppen erledigten ihre Aufgaben, und er wurde nur dann in die Überlegungen einbezogen, wenn es wirklich Neuigkeiten gab. Gegen neun Uhr traf Malte Borup ein, der ohne große Proteste seine letzten Prüfungsvorbereitungen auf Eis gelegt hatte, um bei den Ermittlungen zu helfen. Konrad Simonsen instruierte ihn, woraufhin der Student direkt mit der Arbeit begann.

Kurz darauf erhielt Konrad Simonsen die vorläufigen Personeninformationen über die vier erwachsenen Opfer an Bord des Ausflugsschiffes, darunter Pauline Berg. Die Aufzeichnungen über die japanische Lehrerin hatte er schnell durchgearbeitet. Sie und drei andere Lehrer waren mit ihren fünften Klassen als Teil eines Kulturaustausches zwischen Dänemark und Japan in Kopenhagen. Die Kinder und ihre Lehrer kamen aus der Stadt Sendai, die nördlich von Tokio am Stillen Ozean lag. Sie waren seit neun Tagen in Kopenhagen. Mehrere Zeugen an Land hatten die Lehrerin zwischen Amager und Seeland von Bord springen sehen. Kurz darauf hatte das Ausflugsschiff Kurs auf den Außenhafen genommen. Aus dieser Information konnten sie schließen, dass die Lehrerin aus Angst vor dem Attentäter ins Wasser gesprungen war. Sie hatte wild mit den Armen gerudert, und drei Zeugen hatten versucht, sie zu retten, aber keiner hatte sie rechtzeitig erreicht.

Aus anderen Zeugenaussagen, die Konrad Simonsen vorlagen, ging hervor, dass auf dem Schiff noch alles in Ordnung gewesen war, als es über den Stadsgraven an Frederiksholm vorbeigefahren war. Der Tatort lag deshalb mit ziemlicher Sicherheit im Bereich Nyholm an der Grenze zu Amager.
Pauline Berg, Jonas Ziegler, der Kapitän und die Touristenführerin waren gegen 9.30 Uhr vor Søndre Toldbod ermordet worden. Die japanische Lehrerin ertrank etwa zur selben Zeit. Ihr Leichnam war kurz nach 11.00 Uhr in Langelinie gefunden worden, etwa anderthalb Stunden, nachdem sie über Bord gesprungen war.
Weder die Touristenführerin noch der Kapitän waren für die Ermittlungen von besonderem Interesse. Der Kapitän war zweiundfünfzig Jahre alt, wohnte in Greve und war ein Familienmensch ohne polizeibekannte Aktivitäten. Die Touristenführerin, eine dreiundzwanzigjährige Englischstudentin an der Universität Kopenhagen, lebte allein in einem Appartement in der City. Keiner der beiden hatte eine Akte, weshalb Konrad Simonsen davon ausging, dass sie zufällige Opfer waren. Aber auch ihre Leben würden in den kommenden Tagen natürlich gründlich auf den Kopf gestellt werden, sodass sich das Bild jederzeit wieder ändern konnte. Trotzdem lautete seine Schlussfolgerung, dass, wenn der Täter denn ein Motiv gehabt hatte, Pauline Berg und/oder Jonas Ziegler seine Zielobjekte waren.
Jonas Ziegler war 1977 geboren und aufgewachsen in dem kleinen Städtchen Ølsted auf Halsnæs. Nach der Schule hatte er 1992 eine Lehre als Schmied im Stahlwalzwerk Frederiksværk begonnen. Er bekam seinen Gesellenbrief und arbeitete bis 2002 im Betrieb, als er wegen eines Rückenleidens auf lange Zeit krankgeschrieben war. Im Januar 2003

fand Jonas Ziegler Arbeit als Naturbeauftragter in den Technischen Diensten der Gemeinde Frederiksværk. Zwei Jahre später wechselte er den Arbeitgeber, nicht aber sein Aufgabenfeld. Bis 2009 arbeitete er daraufhin in der Forst- und Naturbehörde von Nord-Seeland. Dann wechselte er erneut die Tätigkeit und begann als Angestellter im regionalen Supermarkt DagligKøb in Tune, wo er bis zu seinem Tod tätig war. Jonas Ziegler hatte bis auf eine Anzeige wegen Alkohol am Steuer eine weiße Weste. Im November 2009 war er aus der Gemeinde Halsnæs nach Kopenhagen NV gezogen.

Konrad Simonsen las alle Informationen über den Mann und überflog dann die beigelegten Fotos, die aber kaum zusätzliche Informationen boten. Er hatte die Akte gerade zugeklappt, als Klavs Arnold aus Pauline Bergs Wohnung in Rødovre anrief, weil er Informationen von anderen Kollegen erhalten hatte. Pauline Berg hatte in den letzten zwei Wochen dreimal mit Jonas Ziegler telefoniert. Die ersten beiden Male hatte sie ihn, beim letzten Mal er sie angerufen. Außerdem hatten sie das Ausflugsschiff gleichzeitig am Gammel Strand betreten und nebeneinander in der Mitte des Decks Platz genommen.

Konrad Simonsen bedankte sich für die Informationen und hatte kaum den Hörer aufgelegt, als Kurt Melsing seinen vorläufigen Bericht ablieferte. Mithilfe von DNA-Untersuchungen der Stichwunden der vier Ermordeten war es möglich, die Reihenfolge der Morde zu ermitteln, da jeweils Blut der vorherigen Opfer übertragen worden war. Zuerst war Jonas Ziegler durch einen Stich in den Hals ermordet worden. Der Täter hatte dabei hinter ihm gestanden. Dann hatte er Pauline Berg durch zwei Stiche in den Rücken getötet, wovon einer das Herz getroffen hatte. Sie war vor ihrem Tod noch aufgesprungen, dann aber zwischen die Bankreihen gesackt, weshalb sie auf dem Film des Kameramanns nicht zu sehen gewesen war. Das nächste Opfer war der Kapitän. Ihm war die Kehle durchgeschnitten worden. Er war im Sitzen ermordet worden, und auch bei ihm war der Mörder von hinten gekommen. Als Letzte war die Touristenführerin ermordet worden. Ihr hatte der Täter den Bauch aufgeschlitzt und ihr dann in den Nacken gestochen. Bei dem Messer handelte es sich mit größter Wahrscheinlichkeit um ein militärisches Kampfmesser, was mit Sicherheit aber erst später festzustellen war.

Kurt Melsings Informationen bewiesen, dass der Mörder keiner der vier Toten war. Eine halbe Stunde später wurde diese Schlussfolgerung durch den knappen Bericht des überlebenden japanischen Jungen bestätigt. Er sprach von einem Mann, der die dänischen Erwachsenen mit einem Messer erstochen hatte und von Bord gegangen war, nachdem die Lehrerin ins Wasser gesprungen war. Der Bericht stellte in Aussicht, dass der Junge später auch von der dänischen Polizei befragt werden könne, dass bis dahin aber sicher noch einige Tage ins Land gingen, sodass diese Befragung vermutlich in Japan stattfinden musste.

Wie immer, wenn er sich eine kurze Pause wünschte, trat Konrad Simonsen ans Fenster seines Büros und schaute nach unten auf die Straße, ohne wirklich etwas zu sehen. Er war in Gedanken weit weg.

Pauline Berg und den anderen Ermordeten nützten weder Trauer noch lähmende Niedergeschlagenheit, und es oblag ihm, die Ermittlungen so zu führen, dass private Gefühle der Lösung des Falls nicht im Wege standen. Er erwartete, dass seine engsten Mitarbeiter mit Einsatz und Enthusiasmus vorgingen. Waren sie dazu nicht in der Lage, konnte er sie nicht gebrauchen. Einsatz und Enthusiasmus, so einfach war das.

Konrad Simonsen übernahm seine eigenen aufmunternden Worte, als er kurz darauf einen Bericht über Pauline Bergs manisches Interesse an dem Todesfall verfasste, den nur sie für einen Mordfall gehalten hatte. Er hatte diesen Fall, der plötzlich so relevant war, möglicherweise sogar das Motiv für die Morde auf dem Ausflugsschiff, mehr als einmal zum Teufel gewünscht. Es vereinfachte seine Arbeit, dass er sich an die meisten Fakten erinnerte und nur wenige Details nachschlagen musste.

Pauline Berg war 2006 mit siebenundzwanzig Jahren zum Morddezernat gekommen. Sie war pflichtbewusst, tüchtig, lernbereit und unglaublich ambitioniert gewesen. Nach einem Jahr war sie Opfer einer Entführung geworden und in einem Bunker in Nord-Seeland gefangen gewesen. Ihre Befreiung war in letzter Sekunde gelungen, aber die Geschehnisse hatten ihrer Psyche einen massiven Knacks zugefügt. Nach einer längeren Erholungsphase war sie ins Dezernat zurückgekehrt, physisch gesund, aber mit veränderter Persönlichkeit. Sie tat oft nur das, wozu sie Lust hatte, und nahm nur die Befehle entgegen, die ihr passten. Des Weiteren hatte sie sich eine ausgeprägt antiautoritäre Attitude zugelegt. Und mehr als einmal war sie kurz davor gewesen, sich das Leben zu nehmen.

Nur in einem Fall war sie wirklich engagiert. Während Paulines Entführung hatte sich eine junge Frau aus eigenem Antrieb bei der Polizei gemeldet und entscheidende Hinweise für die Lösung des Falls gegeben. Die Frau hieß Juli Denissen und wohnte in Frederiksværk. Knapp ein Jahr später,

am 10. Juli 2008, war diese Frau tot in einem Naturschutzgebiet am Kattegat zwischen Asserbo und Hundested von Jonas Ziegler gefunden worden, der etwas weiter landeinwärts im Wald gearbeitet und das Kind der Frau weinen gehört hatte. Er hatte, wie vermutlich auch die Frau selbst, die 112 gerufen, aber als der Rettungswagen eintraf, war sie bereits tot.
Die Todesursache war eine Hirnblutung. Die Obduktion, die im Krankenhaus von Hillerød durchgeführt worden war, zeigte, dass Juli Denissen genetisch dazu veranlagt war. Die Blutung könnte durch eine Panikattacke ausgelöst worden sein, aber früher oder später wäre es wohl auch ohne Fremdeinfluss dazu gekommen.
Im Laufe der Ermittlungen war das Morddezernat von einer Reihe von Freunden und Verwandten von Juli Denissen kontaktiert worden. Sie alle waren davon überzeugt, dass Juli Opfer eines Verbrechens geworden war. Durch einen Zufall hatte Konrad ausgerechnet Pauline gebeten, sich um die Angehörigen zu kümmern, natürlich mit der Absicht, diese zu beruhigen und davon zu überzeugen, dass es sich doch um einen natürlichen Tod handelte. Das war vermutlich der größte Fehler seiner Karriere. Die fast konspirative Besessenheit von Familie und Freunden war enthusiastisch von Pauline aufgegriffen worden, die fortan nicht mehr lockerließ, eigene Ermittlungen in diesem Fall anzustellen. Mithilfe des pensionierten Rechtsmediziners Arthur Elvang, der den Obduktionsbericht noch einmal akribisch durchgearbeitet hatte, war es Konrad schließlich gelungen, die Angehörigen von einem natürlichen Tod zu überzeugen. Nur Pauline Berg hatte sich nicht überzeugen lassen. Sie war wie besessen von diesem Fall gewesen. Zur großen Ver-

ärgerung des Morddezernats und besonders Konrad Simonsens, dem es einfach nicht gelingen wollte, seine Mitarbeiterin zu überzeugen. Irgendwann hatten alle, auch er selbst, aufgegeben und de facto Pauline Bergs Fanatismus akzeptiert. Es gab keinen anderen Ausweg, wollten sie ihr nicht kündigen, woran ihm ebenso wenig gelegen war wie der Polizeidirektion. Die Konsequenz war, dass er und seine Mitarbeiter Pauline Berg auch privat immer wieder unterstützten, um ihren Gespensterfall zu »lösen«. So wussten sie wenigstens, was sie unternahm. Im Dezernat nannten sie den Fall den Juli-nicht-Fall, gerne begleitet von einem ironischen Lächeln.

Konrad Simonsen faltete die Hände unter dem Kinn. Dass er sich jetzt fragte, ob der Juli-Fall nicht doch ein Fall war, lag auf der Hand, doch mit dieser Erkenntnis wurde ihm bewusst, dass dieser Zweifel sich nicht zum ersten Mal meldete, er sich aber nicht ums Verrecken erinnern konnte, wann oder in welchem Zusammenhang das zuvor gewesen war, was ihn maßlos fuchste.

Verärgert über sich selbst, schloss er seinen Bericht ab und schickte ihn an eine Reihe von Kollegen.

Eine Viertelstunde später klopfte es leise.

Eine jüngere dunkelhaarige Frau mit recht groben Gesichtszügen stand in der Tür.

»Darf ich mich setzen?«, fragte sie mit tiefer Stimme.

Konrad Simonsen zog die Stirn in Falten.

»Das kommt in hohem Maße darauf an, wer Sie sind und was Sie wollen.«

Zu seiner großen Überraschung setzte sie sich mit einem entwaffnenden Lächeln, das sie wie von Zauberhand in eine hübsche Frau verwandelte.

»Sie müssen entschuldigen, aber meine Beine sind wirklich müde. Ich heiße Anica Buch und bin erst seit Kurzem bei der Kriminalpolizei in Glostrup. Ich bin heute als Freiwillige hier und habe mögliche Zeugen befragt. Längerfristig habe ich das Ziel, hier bei Ihnen angestellt zu werden, aber keine Sorge, ich gehe gleich wieder.«

»Ich mache mir keine Sorgen. Was wollen Sie?«

Sie erzählte, dass sie den Bericht über Pauline Berg gelesen habe, den er vor Kurzem verschickt hatte. Am Computer ihres Chefs, aber das sei vollkommen korrekt abgelaufen.

»Ich bin jetzt hier«, fuhr sie fort, »weil mein Chef mir verboten hat, dem Chef des Morddezernats eine einfache E-Mail zu schreiben. Das stehe mir nicht zu, meinte er.«

»Und er hat Ihnen nicht verboten, persönlich hier aufzutauchen?«

»Davon hat er nichts gesagt.«

»Gut, und was wollen Sie mir sagen?«

»Dass es im Krankenhaus von Hillerød überhaupt keinen Obduktionsraum gibt. Sie schreiben, dass die junge Frau, die in Melby Overdrev gestorben ist, also Juli Denissen, in Hillerød obduziert wurde, aber das kann nicht stimmen. Vielleicht ist das nur ein unwesentliches Detail, ich wollte aber, dass Sie das wissen.«

Konrad Simonsen war enttäuscht. Die Frau hatte seine Neugier geweckt, und er hatte wirklich auf einen wesentlichen Beitrag von ihr gehofft. Aber sie irrte sich. In Überlastphasen wurde das Krankenhaus in Hillerød als Ausweichstelle für das Rigshospital genutzt, das wusste er von höchster Stelle, nämlich von Professor Arthur Elvang. Er unterrichtete sie darüber und erwartete, dass sie rot wurde und verschwand.

Aber sie blieb sitzen und sagte: »Wer auch immer Ihnen das erzählt hat, es stimmt nicht. Überlastphasen? Was ist denn im Sommer 2008 los gewesen, als diese Frau gestorben ist? Außerdem ist die Obduktionskapazität ausschließlich durch die Anzahl der Räumlichkeiten begrenzt, nicht durch die zur Verfügung stehenden Rechtsmediziner. Im Rigshospital können bis zu vierzehn Obduktionen pro Tag vorgenommen werden. Merken Sie nicht, dass da was nicht stimmt?«
Ja, das kam ihm auch seltsam vor. Er stand auf, ohne seine wachsende Verärgerung zu zeigen. Irgendwo hatte er eine Kopie des Obduktionsberichts von Juli Denissen. Er brauchte fünf Minuten, um ihn zu finden. Anica Buch blieb sitzen, ohne dass sie weiter miteinander redeten. In einer Mischung aus Verärgerung über die Unterbrechung und Schadenfreude darüber, recht zu haben, warf er den Obduktionsbericht vor ihr auf den Tisch, auf deren Blättern das Logo des Hillerøder Krankenhauses prangte.
Anica Buch beugte sich nicht einmal vor.
»Das zeigt, dass die Obduktion entweder niemals stattgefunden hat oder auf gefälschtem Papier verfasst wurde. Wäre sie durchgeführt worden, dann in Kopenhagen, Odense, Aarhus oder im Ausland. Das ist einfach so. Eine andere Möglichkeit gibt es nicht.«
Er hatte wieder auf seinem Stuhl Platz genommen.
»Das ist einfach so?«
Sie nickte leicht verunsichert.
»Okay, klären Sie das. Nehmen Sie Kontakt mit dem Rechtsmediziner auf, sein Name steht in dem Bericht. Und finden Sie heraus, was da passiert ist. Sie können da drüben Platz nehmen.« Er zeigte auf eine Erweiterung seines Büros, eine Art Nebenraum, der vor ein paar Jahren eingerichtet

worden war, nachdem er nach seiner Herzoperation den Dienst wieder aufgenommen hatte. Sie stand auf und ging ins Nebenzimmer, wo sie sich noch einmal umdrehte.

»Mein Chef wird nicht begeistert sein, wenn ich nicht in einer Viertelstunde wieder zurück bin. Und er wird noch wütender, wenn er erfährt, dass ich hier bin.«

Konrad Simonsen beruhigte sie, niemand würde wütend werden.

Zwanzig Minuten später war sie mit ihrer Lektüre fertig und setzte sich vor seinen Schreibtisch, ohne ihn zu unterbrechen. Er sah von seinen Papieren auf.

»Und?«

Ihr Bericht war kurz, präzise und ohne jeden Triumph darüber, dass sie recht hatte. Der Name des Rechtsmediziners lautete Hans Arne Tholstrup. Er hatte wie seine Frau bis zum Frühjahr 2008 im Rechtsmedizinischen Institut in Kopenhagen gearbeitet. Da hatte seine Frau ihn verlassen, woraufhin ihm ein Jahr Auszeit gewährt worden war, nach der er an das Krankenhaus in Hillerød wechselte, wo er den Leichnam von Juli Denissen begutachtete und sie für tot erklärte. Die Polizei von Nord-Seeland veranlasste in Anbetracht der Umstände des Todes der jungen Frau eine Obduktion. Zu diesem Zeitpunkt näherten Hans Arne Tholstrup und seine Ex-Frau sich wieder an, da diese ihren Liebhaber bereits verlassen hatte. Tholstrup war deshalb bereit, nach Kopenhagen zu fahren und die Tote selbst zu obduzieren, natürlich im Rigshospital. Die Obduktion wurde am nächsten Tag durchgeführt, und als er einen Tag später wieder zurück in Hillerød war, schrieb er den Obduktionsbericht, und zwar auf dem Papier des Hillerøder Krankenhauses. Anica Buch fügte hinzu:

»Zwei andere Obduzenten, die noch in der Ausbildung waren, haben die Obduktion verfolgt. Ich habe mit einer der beiden gesprochen, und sie erinnerte sich dank der speziellen Umstände sehr genau an die Obduktion.«

»Sie haben Tholstrup nicht direkt kontaktiert?«

»Er ist tot. Er hat letztes Jahr Selbstmord begangen, nachdem seine neue Lebensgefährtin ihn verlassen hatte.«

Konrad Simonsen antwortete ihr nicht. Der Zweifel war wieder da. Der Gedanke, den er nie richtig zu greifen bekommen hatte, galt möglicherweise der Obduktion, die Anica Buch jetzt unter die Lupe genommen hatte. Es wäre logisch, wenn sein Unterbewusstsein ihn immer wieder auf diesen Punkt, diesen Fehler, gestoßen hätte. Aber da war noch mehr. Er stand auf, um sie nach draußen zu führen.

»Die Taucher im Nordhafen, die den anderen Teil des Ausflugsschiffs zu heben versuchen …«

»Was ist mit denen?«

»Haben Sie dafür gesorgt, dass die auch den Meeresgrund absuchen?«

»Warum?«

»Die Handys der Kinder. Vielleicht haben die was gefilmt, das wir … gebrauchen können.«

Er sah sie stumm an. Sie war ziemlich übermotiviert und besserwisserisch, und ihre neunmalklugen Vorschläge hatte er natürlich längst in die Wege geleitet. Sie schien es fast darauf anzulegen, abgewiesen zu werden.

»Sie haben eine ganz schön irritierende Art. Da sollten Sie vielleicht noch dran arbeiten.«

»Das höre ich nicht zum ersten Mal.«

»Und das hat nichts bewirkt?«

»Doch, ich versuche es ja, jeden Tag aufs Neue.«

Sie lächelte ehrlich und entwaffnend.
»Schicken Sie mir eine Mail mit Ihren persönlichen Daten. Und danke für die Hilfe.«
Er schloss die Tür hinter ihr, während seine Gedanken bereits bei Arthur Elvang waren. Warum hatte der Professor ihm diese Lügengeschichte aufgetischt?

Kapitel 8

Montag, 23. August 2010,
Polizeipräsidium

Am späten Nachmittag starb das japanische Mädchen, das die Katastrophe überlebt hatte. Sie wurde elf Jahre alt, und die Anzahl der Opfer stieg damit auf einundzwanzig. Konrad Simonsen nahm die Mitteilung vom Tod des Kindes ohne nennenswerte Reaktion auf. Er beendete das Gespräch und informierte Arne Pedersen, der auf der anderen Seite seines Schreibtisches saß. Konrad Simonsen schaute auf seine Uhr, es war bald fünf.

»Poul Troulsen ist auf dem Weg ins Präsidium. Geh seine Ergebnisse mit ihm durch. Ich bin in einer Stunde zurück, und dann muss er fertig sein, und wenn du ihn rausschmeißen musst.«

Arne Pedersen beschwerte sich nicht über seine Aufgabe, obgleich sie beide wussten, wie viel Geduld sie erforderte.

»Ich mache eine frühe Mittagspause und versuche, ein bisschen abzuschalten. Sorg dafür, dass Troulsen morgen wiederkommt, ich brauche ihn. Stell dich darauf ein, dass du heute Abend auch hier sein musst, dafür übernehme ich morgen früh. Fragen?«

Arne Pedersen nickte zustimmend, Fragen hatte er keine.

Poul Troulsen hatte erstklassige Ermittlungsarbeit geleistet: minutiös, gewissenhaft, systematisch, und seine Zusammenfassung war genauso unerträglich umständlich und pedantisch, wie Arne Pedersen es befürchtet hatte. Die Reederei hatte dem pensionierten Polizeibeamten ein Ausflugsboot und einen Bootsführer zur Verfügung gestellt, mit dem er viermal die Strecke abgefahren war. Die beiden ersten Touren hatte er genutzt, um Eindrücke zu sammeln und Zeiten zu messen, die beiden letzten, um zu überprüfen, ob während der Fahrt jemand an Bord gesprungen sein konnte, und wenn ja, wo dies stattgefunden haben könnte. Er hatte eine Seekarte vom Kopenhagener Hafen mitgebracht, auf der die Route des Ausflugsbootes eingezeichnet war, der erste Teil in Rot bis zu einem Kreuz im Wasser zwischen Søndre Toldbod und Nyholm, die restliche Strecke in Blau, diese war das Boot nicht mehr gefahren.

Mithilfe der Seekarte fasste Arne Pedersen später für Konrad Simonsen und die Comtesse die Essenz von Poul Troulsens ausführlichen Ermittlungen zusammen.

»Die einzige Möglichkeit für den Mörder, an Bord des Ausflugsboots zu gelangen, ist von einer der Brücken auf der Strecke. Es sei denn, er war schon von Anfang an auf dem Boot, was mehrere unserer Zeugen verneinen. Das Ausflugsboot hat auf der roten Strecke sechs Brücken passiert, vier auf der Seeland-, zwei auf der Amager-Seite. Die vier ersten Brücken liegen mitten in Kopenhagen und waren zu dem Zeitpunkt stark befahren, dort ist es eher unwahrscheinlich, dass eine Person unbemerkt an Bord gelangt ist. Außerdem gibt es messerscharfe Aufnahmen eines belgischen Fotografen, der das Boot unter der letzten seeländischen Brücke abgelichtet hat, der Christian IVs Bro. Er war in der Stadt, um in seinem Magazin einen Artikel über die Radfahrgewohnheiten der Kopenhagener zu schreiben, und hat eine Serie Bilder von einer Radlergruppe auf dem Weg über die Brücke geschossen – mit Christiansborg und der

Börse im Hintergrund und dem Ausflugsboot unter der Brücke als Vordergrund. Auf keinem der Bilder waren Fußgänger zu sehen. Blieben noch zwei Brücken, eine namenlose zwischen Arsenaløen und Frederiksholm und die Batteribroen zwischen Frederiksholm und Nyholm.« Arne Pedersen tippte mit dem Finger auf die letzte Brücke.

»Er ist hier von der Batteribroen auf das Boot gesprungen, da sind Troulsen und ich uns einig. Ich habe leider kaum Zeugen für den Bereich, bis jetzt zwei. In der Gegend ist generell nicht viel los, also eine logische Stelle für den Täter, um raus aufs offene Wasser zu kommen, bevor er zuschlägt, damit er von Land nicht unmittelbar zu sehen ist.«

Die Comtesse fragte skeptisch nach.

»Und von dort ist es kein Problem, an Bord des Boots zu springen?«

»Offensichtlich nicht. Poul hat einen Beamten vier Versuche machen lassen, und es ist einfacher, als man glaubt. Von der Straßenebene bis zum Deck sind es drei Meter, wenn man sich zum richtigen Zeitpunkt an das Geländer hängt, kann man direkt auf das Dach des kleinen Lagerraums im hinteren Bootsteil steigen, in dem die Rettungsausrüstung verstaut ist. Wenn man sich von der östlichen Seite der Brücke herablässt, muss man nur darauf achten, nach dem Landen schnell vom Dach zu springen, um nicht von der Brücke ausgehebelt zu werden, sozusagen. Trotzdem ist das in jedem Fall die günstigere Seite, weil die Passagiere sich zu dem Zeitpunkt bereits unter der Brücke befinden und instinktiv die Blicke nach vorne richten. Und was noch wichtiger ist: Der Guide, der sonst gegen die Fahrtrichtung mit den Passagieren spricht, sitzt ebenfalls.«

»Ich gehe davon aus, dass Poul eine Truppe Techniker auf

das Geländer angesetzt hat, ehe er einen meiner Leute zum Versuchskaninchen gemacht hat?«

Arne Pedersen bestätigte, dass dem so war.

»Hat Poul sonst noch was herausgefunden?«

»Oh ja, jede Menge. Zum Beispiel, dass das Ausflugsboot 2001 in der Bootsbauerei Gilleleje gebaut wurde, mit Platz für 167 Passagiere exklusive Bootsführer und Guide. Es wird von zwei Leroy-Somer-Elektromotoren angetrieben, ist 20 Meter lang, 5,2 Meter breit und wiegt … hab ich vergessen. Die Reederei hat sich für das Holzboot und gegen ein Glasfaserboot entschieden, weil Holzboote besser in ihr Hafenrundfahrtkonzept passen. Sie wirken rustikaler, wenn man zum Beispiel eine Rundfahrt durch die Altstadt macht. Außerdem verfügt es über 180 wiederaufladbare Lithium-Ionen-Batterien, die in acht …«

Konrad Simonsen unterbrach ihn.

»Sonst noch was *Relevantes,* Arne?«

Arne Pedersen schüttelte den Kopf.

»Konrad, du solltest heute Abend übers Fernsehen nach Zeugen suchen, die sich gestern um etwa 9.30 Uhr in der Nähe der Batteribroen zwischen Frederiksholm und Nyholm aufgehalten haben.«

Konrad Simonsen war irritiert. Zeugensuche übers Fernsehen war nicht sein Ding, auch wenn es vernünftig war.

Die Comtesse, die schon eine Weile die Seekarte betrachtete, sagte:

»Es gibt drei Inseln – Arsenaløen, Frederiksholm und Nyholm – und vier Brücken, von denen eine für den allgemeinen Verkehr gesperrt und nur für Busse geöffnet ist. Ich denke, wir haben gute Chancen, mithilfe meiner Überwachungskameras die Bewegungen auf den Inseln zu rekonstruieren, also welche Fahrzeuge sich wann wo befunden haben. Aber das ist eine komplexe Arbeit. Könnte ich ein paar Statistiker oder Mathematiker von der Uni anheuern?«

»Natürlich kannst du das, je früher, desto besser. Wegen der Priorisierung des Falls müssen wir auf das Budget keine Rücksicht nehmen«, sagte Konrad Simonsen.

Arne Pedersen und die Comtesse grinsten sich verstohlen an. Ihr Chef nahm nie Rücksicht auf das Budget.

»Wir haben noch etwas in Erfahrung gebracht«, sagte er zögernd. »Wenn der Täter nicht einfach ein durchgeknallter Psychopath ist, müssen wir davon ausgehen, dass Pauline und/oder Jonas Ziegler Ziel seiner Aktion waren, und weiter, dass zumindest einer der beiden ihn gekannt und möglicherweise gefürchtet hat.«

Seine Kollegen stimmten seiner Schlussfolgerung zu. Ansonsten wäre es viel einfacher für den Mörder gewesen, am Gammel Strand mit den anderen Passagieren an Bord zu gehen. Die Zeugen in der Nähe der Ticketkasse und die Kameras am Højbro Plads hätte er mit Sonnenbrille, Mütze und abgewandtem Gesicht täuschen können.

»Womit wir wieder bei Pauline Berg wären«, sagte Arne Pedersen bedrückt.

Kapitel 9

Montag, 23. August 2010,
Søllerød

Klavs Arnold und Anna Mia trafen kurz vor zehn Uhr abends bei der Comtesse und Konrad Simonsen in Søllerød ein. Es war Konrads Vorschlag gewesen, sich zu Hause bei ihnen zu treffen und nicht im Polizeipräsidium, wo es ihm unangenehm war, mit seiner Tochter gesehen zu werden. Anna Mia nahm die Comtesse in den Arm und drückte ihrem Vater einen Kuss auf die Stirn. Sie war bester Laune und frisch, obwohl sie seit mindestens vierzehn Stunden auf den Beinen war. Dafür entwickelte Klavs Arnold schon am zweiten Ermittlungstag dunkle Schatten um die Augen.

Klavs begann mit einer Zusammenfassung der Ergebnisse ihrer Durchsuchung von Pauline Bergs Wohnung und ihrem Büro im Polizeipräsidium. Das waren nicht viele, genau genommen nur eins. In Paulines Keller hatten sie sechs Umzugskartons mit Dingen der verstorbenen Juli Denissen gefunden, hauptsächlich Bücher und Zeitschriften, aber auch ihren Mac, ihre Kalender, ihr Handy und persönliche Unterlagen. Dazu eine Reihe Fotos von Juli Denissens Wohnung in Frederiksværk, wie sie zum Zeitpunkt ihres Todes ausgesehen hatte. Der selbst ernannte Aufklärungstrupp, den Konrad Simonsen vergeblich immer wieder in seine Schranken zu weisen versucht hatte, war verantwortlich für die Fotos und dafür, dass Juli Denissens Familie die Sachen ihrer Tochter Pauline Berg übergeben hatte.

Anna Mia unterbrach Klavs Arnold.
»Zu den Fotos später noch mehr, die sind nämlich interessant.«
Ihre Augen strahlten enthusiastisch. Die Comtesse konnte sich nicht erinnern, sie jemals so … kindlich glücklich erlebt zu haben. Vielleicht hatte sie ja ihre Berufung im Leben gefunden, Kommissarin wie ihr Vater – wie banal das auch sein mochte. Klavs Arnold reagierte mit stoischer Gelassenheit auf die Unterbrechung, und die Comtesse dachte amüsiert, dass es vermutlich nicht das erste Mal an diesem Tag war, dass Anna Mia ihre Begeisterung nicht zurückhalten konnte. Klavs Arnold lächelte Anna Mia an, oder über sie – schwer zu sagen.
»Wir wissen, dass Pauline Papierkalender benutzte, haben aber keinen gefunden. Wir wissen weiter, dass Pauline einen Laptop hatte, aber auch der war unauffindbar. Und wir haben vergeblich nach zwei Ordnern zum Juli-nicht-Fall gesucht, die sie bei sich aufbewahrt hat. Wir gehen deshalb davon aus, dass diese Gegenstände aus ihrer Wohnung entwendet wurden, und glauben, dass das gestern Vormittag passiert sein muss. Der Nachbar meinte, er hätte ihre Wohnungstür zuschlagen und Schritte auf der Treppe gehört. Da war Pauline aber bereits tot.«
»Pauline hat sich beim Einzug in die Wohnung ein neues Hochsicherheitsschloss installieren lassen«, sagte die Comtesse nachdenklich. »Das hat ihr ein Gefühl von Sicherheit gegeben nach dem Überfall. Ich war dabei, als sie das Schloss ausgesucht hat, und weiß, dass es nur zwei Schlüssel dazu gab, auf die sie manisch aufgepasst hat.«
Sie sah Klavs Arnold an. Der Jütländer nickte. »Ja, ein Schlüssel befand sich in ihrer Wohnung, gut versteckt im

hinteren Teil einer Schublade. Der andere steckte in ihrer Tasche, die sie aus dem Hafenbecken gefischt haben.«

»Das Schloss zu öffnen, erfordert Spezialwerkzeuge und eine gute Portion Übung«, stellte die Comtesse nüchtern fest. »Was ihr ja sicher selbst festgestellt habt, als euch die Wohnung geöffnet wurde?«

Beide nickten.

»Wir haben gleich die Techniker bestellt«, sagte Klavs Arnold. »Und ich habe alle Überwachungsbänder aus der Umgebung gesichert. Der Wohnblock wird überwacht, aber die Kameras sind an deutlich sichtbaren Stellen angebracht und leicht zu umgehen. Alles in allem erwarte ich von der Seite keine neuen Erkenntnisse. Ich meine … es wird kaum irgendein Junkie bei ihr eingebrochen sein.«

Konrad Simonsen brummte zustimmend.

Es entstand eine Pause, bis Anna Mia verstand, dass sie übernehmen sollte. Sie begann mit einem sporadischen Durchlauf von Juli Denissens Leben, was rasch überstanden war.

1985 in Frederiksværk als Jüngste von zwei Geschwistern geboren. Instabiles Elternhaus, beide Elternteile waren Trinker, aber nichtsdestotrotz hatte sie ohne größere Probleme die Schule durchlaufen und mit der Fachhochschulreife auf dem Gymnasium Frederiksværk abgeschlossen. 2004 heiratete sie, das Paar kaufte eine Wohnung, in der sie bis zu ihrem Tod wohnte. Ein Jahr nach der Hochzeit bekamen die beiden eine Tochter und wurden kurz darauf geschieden. Sie hatte diverse, kurze Anstellungen, unter anderem als Vertretungslehrerin an der Grundschule, Kindergartenhelferin und Kellnerin. Zwischendurch war sie arbeitslos und bekam Sozialhilfe. 2008 hat ihr Sachbearbeiter sie mehr oder weniger genötigt, eine Ausbildung als Ernährungsassistentin an der Technischen Schule in Frederiksværk zu absolvieren. Sie träumte davon, eines Tages Architektin zu werden.

»Nichts Auffälliges so weit«, fuhr Anna Mia eifrig fort. »Auf den ersten Blick ein recht durchschnittliches, ziemlich langweiliges Leben. Aber auch nur auf den ersten Blick. Stellt ihr grad mal eure Tassen weg?«

Sie nahm vier Papierbögen aus ihrer Tasche, faltete sie auseinander und verteilte sie auf dem Wohnzimmertisch. Die A3-Ausdrucke waren erstaunlich scharf, das Motiv war Juli Denissens Wohnung.

»Beim Betrachten der Bilder ist mir etwas aufgefallen, etwas Durchgängiges, könnt ihr es sehen?«

Konrad Simonsen hatte während Klavs Arnolds und Anna Mias Bericht nicht viel gesagt. Jetzt richtete er sich auf dem Sofa auf und zog automatisch die Aufmerksamkeit auf sich. Er bat um einen Augenblick Ruhe zum Nachdenken. Als er damit fertig war, antwortete er seiner Tochter:

»Wenn man auf etwas Interessantes stößt, teilt man es seinen Kollegen ohne großes Theater mit. Und wenn du Teil eines Teams bist, heißt es, *uns* ist aufgefallen, und nicht, *mir* ist aufgefallen.«

Anna Mia sah ihren Vater perplex an, dann die Comtesse, deren Mimik eindeutig sagte, dass sie ihrem Mann zustimmte. Klavs Arnold rettete seine neue Partnerin aus der peinlichen Pause, indem er sich zuerst an sie und danach an seinen Chef wandte.

»Dein Vater hat recht, du musst noch eine Menge lernen. Und spar dir das Schmollen, du bist bei einer Mordermittlung dabei, da ist kein Platz für persönliche Befindlichkeiten. Aber Konrad, hör dir trotzdem an, auf was wir gestoßen sind. Und sei ruhig ein bisschen stolz auf uns, weil wir das verdient haben.«

Anna Mia schluckte und nahm den Faden wieder auf, indem sie auf die Bilder zeigte.

»Juli Denissens Schreibtisch wird von einer PH-3/2-Tischlampe beleuchtet, einem Designklassiker in der Preisklasse um 6000 Kronen. Auf dem Fensterbrett steht ein Blumenübertopf aus der Königlichen Porzellanfabrik, angenommener Wert: 4000 Kronen. Und im Regal seht ihr eine französische Empire-Kaminuhr, die mindestens 10 000 Kronen gekostet haben dürfte. Im Eingangsflur lag ein persischer Luri-Baktiari-Läufer, der kaum für unter 8000 Kronen zu kriegen ist. Und hier die absolute Perle der Sammlung.«

Anna Mia öffnete ein Bild auf ihrem Handy und zeigte es der Comtesse und ihrem Vater.

»Bitte schön! H.C. Andersens *Märchen für Kinder*, die Erstausgabe mit unter anderem *Der Prinzessin auf der Erbse* und *Des Kaisers neue Kleider*, in tadellosem Zustand, wie ihr seht. Mit Widmung des Autors. Der Mann von Bruun Rasmussens Kunstauktionshaus, mit dem ich gesprochen habe, hat mir eine vorsichtige Schätzung von nicht unter 100 000 Kronen genannt.«

»Du warst bei Bruun Rasmussen, um die Schätzung vornehmen zu lassen?«, fragte die Comtesse neugierig.

»Nein, war ich nicht, die Begutachtung lief über Video und das Handy.«

Die Comtesse fühlte sich wie ein Dinosaurier. Natürlich, wie auch sonst? Was für eine dämliche Frage.

»Juli Denissen hat zwar nebenbei und schwarz beim lokalen

Käsehändler gejobbt und privat geputzt, aber das kann finanziell unmöglich für die Anschaffung solcher Wertgegenstände gereicht haben. Über Geschmack lässt sich ja bekanntermaßen streiten, aber das macht die Sachen nicht billiger. Bestimmt gibt es noch mehr, die Durchsicht der Fotos frisst Zeit, uns fehlen noch etliche, aber das H.-C.-Andersen-Buch haben wir in Paulines Keller gefunden.«

»Was ist mir ihrer Kleidung?«, fragte die Comtesse. »Dafür lässt sich auch ein Vermögen ausgeben, wie ich aus eigener Erfahrung sagen kann.«

»Ihre Klamotten waren billig«, erwiderte Anna Mia. »Vermutlich vom Kvickly-Markt, auch die Garderobe ihrer Tochter könnte von dort sein. Wir würden gerne nach Frederiksværk zu ihrer Bank fahren. Können wir das morgen machen, Papa?«

Das waren in der Tat keine uninteressanten Informationen, dachte Konrad Simonsen. Er hatte Juli Denissen persönlich getroffen, als sie sich im Zusammenhang mit Pauline Bergs Entführung bei ihnen gemeldet hatte. Zu dem Zeitpunkt war das Handy der jungen Frau kaputt gewesen, und sie hatte ihm erklärt, dass sie sich kein neues leisten könne. Das passte nicht so recht zu den echten Perserteppichen, und dafür wollte er gerne eine Erklärung haben.

»Sag mal, wolltet ihr nicht nach Prag? Was sagt Oliver dazu, dass du hier bist?«

»Oliver sagt, was er sagen soll, wenn er mich liebt, nämlich, dass wir den Urlaub auch verschieben können, wenn es mir so viel bedeutet, hier mitzumachen.«

»Ich bin nur froh, dass ich in dieser Zeit kein junger Mann mehr bin«, kommentierte Klavs Arnold trocken.

Konrad wandte sich an ihn.

»Hältst du Juli Denissen für relevant genug, um dafür deine Zeit für sie zu investieren, Klavs? Wäre es nicht besser, Kollegen vor Ort für den Fall abzustellen?«
Klavs Arnold war noch skeptisch, was er offen zugab. Auch die Comtesse hatte keine eindeutige Antwort, und Anna Mia wurde nicht gefragt. Konrad Simonsen dachte gründlich nach, ehe er eine Entscheidung traf.
»Stell eine Handvoll Leute zusammen, die sich Juli Denissen systematischer vornehmen. Das heißt: Finanzen, Teledaten, Mails, ihre Kalender, ihr Mac, Facebook, Freunde, Mitschüler, Lehrer, Freunde, Liebhaber, Ex-Mann, Familie, du weißt schon, das volle Programm. Wenn du Anna Mia brauchst, setz sie ein, wenn nicht …«
Klavs Arnold wartete nicht, bis Konrad fertig war.
»Das tue ich.«
»Gut, dann mach es so. Aber wenn du Zeugen findest, die dir besonders wichtig erscheinen, nimmst du einen erfahrenen Kollegen mit. Und du, mein Mädchen, erstattest Klavs und nur Klavs Bericht und hältst dich bitte vom Morddezernat fern, weil das sonst schnell falsch interpretiert werden könnte. Aber lass mich auch noch sagen, dass ihr hervorragende Arbeit geleistet habt. Wie ich es erwarte, wenn ihr mir zuarbeitet.«
Klavs Arnold grinste ungeniert. Seine Leistungen an diesem Tag unterschieden sich nicht von den Leistungen, die er an allen anderen Tagen ablieferte. Aber Anna Mia strahlte, sie sehnte sich nach fachlicher Anerkennung von ihrem Vater. Konrad Simonsen hielt das Lob für angebracht und dachte, dass seine Tochter ihm mehr geholfen hatte, als sie ahnte. Plötzlich hatte er nämlich die Antwort auf das Problem, das schon den ganzen Tag in ihm rumorte. Vor zwei Jahren hat-

te sich schon einmal jemand über Juli Denissen gewundert, oder genauer gesagt, über ihren Obduktionsbericht, der so unauffällig und durchschnittlich war wie ihr ganzes Leben. Es war nur ein ganz kurzer Moment gewesen, in dem der ehemalige Professor und Staatsobduzent Arthur Elvang verwundert den Kopf über irgendetwas in dem Bericht geschüttelt hatte, den er im Rechtsmedizinischen Institut in Konrads Beisein noch einmal durchgegangen war – ein sicheres Zeichen, dass irgendetwas darin nicht stimmte. Damals hatte Konrad Simonsen die Sache nicht weiterverfolgt, ein Fehler, den er jetzt korrigieren wollte.

Kapitel 10

Mittwoch, 25. August 2010,
Polizeipräsidium

Nachdem Konrad Simonsen am Sonntag gegen neun Uhr abends per Fernsehaufruf um Zeugen aus dem Bereich der Batteribroen gebeten hatte, war die Polizei mit Hinweisen überschwemmt worden. Alle wollten der Polizei helfen oder ihrem Hass auf den Kindermörder Luft machen. Der weitaus größte Teil der Aussagen war wertlos, viele riefen nur an, um zu sagen, dass sie nichts gesehen hätten oder nicht in der Nähe der Brücke gewesen wären. Andere kamen mit ebenso wohlgemeinten wie wertlosen Ratschlägen für die Aufklärung des Falls, und wieder andere bezichtigten ihre Nachbarn, den Schwiegersohn oder den Postboten der Tat.

Nach anderthalb Tagen Arbeit hatte sich die Anzahl der brauchbaren Tipps auf zwei reduziert, aber die waren dafür auch wirklich gut. Mehrere Personen hatten unabhängig voneinander von einem Rettungswagen gesprochen, obwohl der sicher nichts mit einem Mann auf der Brücke zu tun hatte. Die Informationen waren aber eine Überprüfung wert, dachte Konrad Simonsen und betraute Anica Buch, die junge Frau, die sich zwei Tage zuvor an ihn gewandt hatte, mit den Nachforschungen über den Einsatz des Rettungswagens.

Er hatte sich über sie informiert, und was er erfahren hatte, gefiel ihm. Sie war nach Aussage ihrer Kollegen und Vorgesetzten arbeitsam, aufgeweckt und tüchtig, hatte aber unangenehm spitze Ellbogen. Letzteres musste kein Nachteil sein, Konrad Simonsen mochte es, wenn seine Mitarbeiter ambitioniert waren. Außerdem war sie keine geborene Dänin. Sie und ihre Mutter waren 1990 aus dem ehemaligen Jugoslawien geflohen, wo ihre Mutter – eine hochstehende Sicherheitspolizistin – politisch in Ungnade gefallen war. Die Mutter hatte in Dänemark wieder geheiratet, und ihr Mann hatte das damals elf Jahre alte Mädchen adoptiert. Ihr Vorname wurde von Danica in Anica geändert, und sie nahm den Nachnamen ihres Adoptivvaters an. Ein Jahr später war sie dänische Staatsbürgerin geworden.

Der zweite Hinweis war noch vielversprechender: Eine ältere Frau hatte ihren Hund auf dem Gelände der Charlotte-Amalies-Bastion hinter dem Refshalevej ausgeführt, kaum zweihundert Meter von der Batteribroen entfernt. Gegen neun oder Viertel nach neun, sie war sich nicht ganz sicher, war ihr ein Wagen aufgefallen, der von Frederiksholm nach Nyholm fuhr und auf der Brücke einen Mann abgesetzt hatte, während ein anderer Wagen an dem ersten vorbeigefahren war. Sie kannte sich mit Autos nicht aus und konnte die Marke nicht angeben, aber das Auto, das überholt hatte, trug irgendein Reklamelogo auf der Seite. Auch den Mann auf der Brücke konnte sie nicht näher beschreiben. Ihr war nur aufgefallen, dass er groß war und einen kleinen Wanderrucksack auf dem Rücken hatte. An sich keine weltbewegende Information, aber in Verbindung mit den Ergebnissen der Arbeitsgruppe, die den Verkehr am betreffenden Ort analysiert hat, ein wichtiger Hinweis.

Die Autogruppe hatte sich das ambitionierte Ziel gesetzt, alle Autos zu identifizieren, die am Sonntag, den 22. August, zwischen 7.00 und 11.00 Uhr in Nyholm unterwegs gewesen waren. Die Aufgabe war sicher nicht hundertprozentig zu erfüllen, da man problemlos nach Nyholm kommen konnte, ohne auch nur von einer Kamera eingefangen zu werden. Allerdings musste man dafür ganz bewusst einen sehr großen Umweg in Kauf nehmen. Verkompliziert wurde die Arbeit noch dadurch, dass viele der Videoaufnahmen von schlechter Qualität waren, was besonders für die Geldautomatenkamera an der Ecke Prinsessegade/Refshalevej galt. Trotzdem hielt Konrad Simonsen innerhalb kürzester Zeit Bilder von drei Fahrzeugen mit Reklameaufschriften in der Hand, die in Nyholm unterwegs gewesen waren. Eines davon zeigte einen Bus. Er legte es gleich zu den Akten. Das zweite mit dem Wagen eines Baumarktes erwies sich ebenfalls recht schnell als uninteressant, weshalb er sein ganzes Augenmerk auf das dritte Bild richtete, das einen silberfarbenen Ford S-Max zeigte, auf dessen Seiten Wahlreklamen für einen Politiker prangten. Die Wahl war zwar erst in einem Jahr, viele rechneten aber damit, dass die Regierung nicht so lange durchhielt. Die Zeugin bestätigte, ohne zu zögern, dass das der Wagen war, den sie gesehen hatte. Von dem Politiker erfuhr die Polizei, dass der Wagen seinem Bruder gehörte. Bereitwillig nannte er ihnen dessen Namen und Adresse. Der nächste Anruf galt dem Besitzer des Wagens. Der Mann bestätigte, einen Wagen mit Wahlwerbung zu fahren, leugnete aber, zum betreffenden Zeitpunkt in Nyholm gewesen zu sein. Sein beharrliches Leugnen war verdächtig.

Nach dieser Aussage des Autobesitzers sah Konrad Simonsen sich noch einmal die Fotos an. Eine Person auf dem Beifahrersitz verdeckte den Fahrer und hatte das Gesicht leider von der Kamera abgewendet. Der Frisur nach handelte es sich um eine Frau. Er notierte Namen und Adresse des Mannes auf der Rückseite des Fotos, faltete es zusammen und ging in Arne Pedersens Büro.

Konrad Simonsen hatte noch nicht Platz genommen, als Arne Pedersen ihm schon zufrieden mitteilte, dass es den Kriminaltechnikern gelungen war, biologische Spuren am Geländer der Batteribroen zu finden, die mit den DNA-Spuren auf dem Boot zwischen den Bankreihen weitestgehend übereinstimmten. Die Spuren auf dem Boot waren zwar spärlich, vor Gericht sollte die Übereinstimmung als Beweis aber ausreichen. Das Beste war, dass an der untersten Querstange des Geländers zehn deutliche Fingerabdrücke gefunden worden waren. Vermutlich hatte sich der Täter dort vor dem Sprung festgehalten. Leider waren die Fingerabdrücke in keiner der polizeilichen Datenbanken archiviert.

Konrad Simonsen war trotzdem zufrieden. Des Weiteren hatten die Taucher im Hafenbecken zwei Handys gefunden, was nicht leicht war, da das Becken gut zehn Meter tief war, der Boden aus Sand und Schlamm bestand und die Taucher nur langsam vorankamen. Aus diesem Grund war bis jetzt auch nur das halbe Hafenbecken abgesucht worden. Die Kriminaltechnik hatte versprochen, die Handys bis zum Abend auszulesen.

»Und da ist noch etwas«, fuhr Arne Pedersen fort. »Die Techniker und der Rechtsmediziner sind zu dem Schluss gekommen, dass die Tatwaffe ein Nahkampfmesser war. Kurt Melsing hat mit dem FBI in Washington und dem SKL in Linköping zusammengearbeitet, und beide Dienste haben uns schnell übereinstimmende Resultate geliefert. Normalerweise kommen da viele verschiedene Messer infrage, in diesem Fall waren sie sich aber beide einig, dass es sich um ein NR-40 handeln muss, ein sowjetisches Kampfmesser aus dem Zweiten Weltkrieg. Wegen der speziellen S-Form des Handschutzes. Der Abdruck war bei zwei Opfern deutlich zu erkennen, bei denen der Täter bis zum Anschlag zugestoßen hat, wodurch auch die Ermittlung der Klingenlänge möglich war. Hergestellt wurde es in der ZiK-Fabrik in Slatoust im Ural.«

»Das Messer ist also kein gewöhnliches Messer?«, unterbrach Konrad Simonsen ihn.

»Ganz und gar nicht. Laut Melsing ist es heutzutage eine echte Rarität. Absolute Spitzenklasse. Ein Messer für Feinschmecker, sozusagen. Mir ist da aber eine Sache in den Sinn gekommen, Konrad. Der Täter schwimmt gut, er hat ein seltenes Kampfmesser, geht akribisch vor und ist ein geübter Nahkämpfer. Das deutet alles auf einen professionellen Soldaten hin.«

»Was ist mit dem japanischen Jungen?«, fragte Konrad Simonsen, ohne auf Pedersens Vermutung einzugehen.

»Der ist jetzt in Tokio. Morgen erfahre ich mehr. Aber wie ich sehe, hast du etwas für mich?«

Arne Pedersen zeigte auf das Papier in Konrad Simonsens Händen.

Sein Chef erklärte ihm den Sachverhalt und bat ihn, am Abend zu dem Fahrer des Wagens zu fahren.

Kapitel 11

Mittwoch, 25. August 2010,
Ballerup

Der etwa vierzigjährige Fahrer des silbernen Ford S-Max wohnte in einer stillen Wohnstraße zwischen Ring IV und Hareskoven. Arne Pedersen saß mit ihm auf der Terrasse und versuchte, ihn davon zu überzeugen, mit der Polizei auf vernünftige Weise zusammenzuarbeiten. Dem Mann war sichtlich nicht wohl in seiner Haut. Arne Pedersen zeigte ihm das Standbild aus dem Video.

»Wer ist die Frau neben Ihnen? Können Sie mir das sagen?«

Der Kommissar hatte längst erraten, dass es wieder einmal um eine Affäre ging, die nicht ans Licht kommen durfte. Ansonsten vernünftige Bürger verloren da schnell jede Empathie für die Gesellschaft. Der Mann warf kaum einen Blick auf das Foto und blickte stattdessen ängstlich in Richtung Haus, als fürchtete er, seine Frau könne nach draußen kommen. Dann drehte er das Foto um. Arne Pedersen sagte versöhnlich:

»Wir können das diskret behandeln. Es ist nicht die Aufgabe der Polizei, in Ihren Privatangelegenheiten herumzuschnüffeln. Ich brauche nur ein paar Informationen, dann gehe ich wieder.«

Der Mann schüttelte den Kopf.

»Das ist nicht mein Wagen. Ich kann Ihnen nichts dazu sagen«, sagte er und schlug halbherzig mit der Hand auf den Gartentisch. Arne Pedersen sah ihn verwundert an.

»Wollen Sie mir weismachen, Sie hätten nie so eine Reklame am Auto gehabt? Ihr Wagen steht in der Garage. Ich habe gesehen, dass Sie das Banner entfernt haben.«

Der Mann erklärte umständlich, dass die Entfernung der Werbung ein Zufall sei und er überdies ein wasserdichtes Alibi habe. Er gab an, Chiropraktiker zu sein und von Freitag bis Sonntag an einer Konferenz in Slagelse teilgenommen zu haben, weshalb er gar nicht in Christianshavn gewesen sein könne. Arne Pedersen ließ ihn aussprechen.

»Ich bin dieses Herumgeeiere leid, es reicht jetzt«, sagte er genervt. »Ich ermittle die Morde an fünfzehn Kindern und habe wirklich Wichtigeres zu tun, als mir Ihre Ausflüchte anzuhören. Es stimmt, dass Sie ab Freitag auf dieser Konferenz waren, aber Sie haben die Konferenz am Samstag gegen vier Uhr verlassen und sind erst am nächsten Tag zurückgekommen. Gegen Mittag.«

Drei Beamte hatten das Alibi des Mannes überprüft, das wahrscheinlich ursprünglich nur als Deckgeschichte für seine Frau gedacht gewesen war. Außerdem hatte die Auto-Gruppe Arne Pedersen ein superscharfes Frontalbild des Wagens geliefert, auf dem zu erkennen war, dass neben dem Mann eine hübsche, sehr junge Frau saß, fast noch ein Mädchen. Der Rest war nicht schwer zu erraten. Arne Pedersen hatte ein paar Männer zum Galionshotel geschickt, dem einzigen Hotel in Nyholm, einen Treffer gelandet und weitere Bilder bekommen.

»Hier sind Sie und die Frau, deren Namen ich wissen möchte, auf der Öresund-Autobahn in Richtung Kopenhagen. Das Foto wurde am Sonntagmorgen um 10.15 Uhr aufgenommen. Sie haben die Nacht im Galionshotel in Nyholm verbracht, genauer gesagt im Zimmer 64. Eingeschrieben ha-

ben Sie sich als Vater und Tochter Ole und Pia Jensen aus dem Platanvej in Køge. Nicht gerade originell. Hier habe ich ein Foto aus der Hotellobby. Und dies hier wurde eine Stunde später aufgenommen, als Sie auf dem Weg ins Restaurant waren. Ich muss schon sagen, Sie scheinen ein sehr inniges Verhältnis zu Ihrer Tochter zu haben. Eine sehr fragwürdige Verbindung, aber das geht mich nichts an. Ausgecheckt haben Sie am Sonntag um neun Uhr. Sie haben 1655 Kronen mit Ihrer Kreditkarte bezahlt. Für die Übernachtung und die Sachen, die Sie aus der Minibar entnommen haben. Zehn Minuten später waren Sie dann aber wieder da, weil die kleine Pia ihre Tasche vergessen hatte. Und dann gibt es noch dieses Foto, auf dem Sie in Amager am Strandvej tanken. Das Foto ist zwar nur schwarz-weiß, aber die Nummernschilder Ihres Wagens sind deutlich zu erkennen.«
Der Mann sackte in sich zusammen, und seine Augen begannen zu glänzen. Trotzdem gab er nicht auf.
»Bei den Fotos handelt es sich um Fälschungen, die haben Sie doch nur fabriziert. Ich will nicht mehr mit Ihnen reden. Verschwinden Sie!«
Arne Pedersen blieb sitzen und versuchte es mit einer langen Pause, aber ohne Erfolg.
»Verdammt, jetzt hören Sie aber auf«, rief er schließlich. »Halten Sie das etwa für ein Spiel? Wenn Sie mir nicht augenblicklich den Namen der Frau nennen und mir sagen, was Sie auf der Brücke gesehen haben, schreibe ich Sie zur Fahndung aus und gebe eine Beschreibung an das Frühstücksfernsehen, wo dann auch Ihr Gesicht gezeigt wird.«
Der Mann brach endgültig zusammen, und Arne Pedersen sah, dass er gewonnen hatte, auch wenn sein Gegenüber sich noch immer sträubte.

»Wir haben auf dieser Brücke nichts von Bedeutung gesehen. Da war ein Auto, das einen Mann abgesetzt hat, das haben wir überholt, können Ihnen aber weder sagen, wie das Auto, noch, wie der Mann aussah. Sonst hätten wir natürlich eine Aussage gemacht.«
»Der Name der Frau, Adresse und Handynummer. Jetzt!«
Er schnaubte und brachte den Namen kaum über die Lippen.
»Emilie … Emilie Damgaard.«
Er stotterte sich auch durch die Telefonnummer, die er offensichtlich im Kopf hatte.
»Und wie alt ist diese Emilie?«, fuhr Arne Pedersen gnadenlos fort.
»Fünfzehn.«
»Glück für Sie. Und die Adresse?«
Der Mann stemmte die Ellbogen auf den Tisch und legte die Hände vor die Augen.
»Sie ist die Tochter meines Nachbarn. Können Sie mich jetzt endlich in Frieden lassen?«
Arne Pedersen ließ sich nicht erweichen und verhörte ihn weiter, bis er sicher war, dass der Mann wirklich alles gesagt hatte.

Kapitel 12

Donnerstag, 26. August 2010,
Halsnæs

Für Anna Mia waren es gute Tage. Sie blühte bei ihrem Debüt als Kriminalkommissarin richtig auf, und ihre gute Laune übertrug sich auf Klavs Arnold. Sie war ein Naturtalent, nicht nur, was die Ermittlungen, sondern auch die Menschenführung anging, sodass die Kollegen, die mit Klavs Arnold am Juli-Denissen-Fall arbeiteten, nach einem halben Tag auch für Anna Mia arbeiteten. Die Bereitschaft der Kollegen, ihr zuzuhören, hatte nichts damit zu tun, dass sie Konrad Simonsens Tochter war. Natürlich hatte sie gewisse Anfängerprobleme, aber sie saugte alles auf, was Klavs Arnold ihr sagte, und beging keinen Fehler zweimal.

Die letzten drei Arbeitstage hatten Klavs Arnold und Anna Mia im Frederiksværk Hotel verbracht, wo sie über einen kleinen, aber gut ausgestatteten Konferenzraum verfügten. So war es am praktischsten, weil die meisten Menschen, mit denen sie reden mussten, in der Gemeinde Halsnæs wohnten. Außerdem wurde ihnen der Raum gratis zur Verfügung gestellt, sodass ihnen niemand den Vorwurf machen konnte, Steuergelder zu verschwenden. Als dem Hotelbesitzer bewusst wurde, an welchem Fall sie arbeiteten, hatte er jede Bezahlung abgelehnt und dafür gesorgt, dass sie jederzeit frischen Kaffee, Wasser und Obst hatten. Sie sollten dafür nur den Teufel hinter Schloss und Riegel bringen, der die japanischen Kinder auf dem Gewissen hatte.

Die Resultate blieben nicht aus. Es zeichnete sich bald ein Bild von Juli Denissens Leben ab, in dem zwei Dinge besonders ins Auge stachen. Die Frau schien sehr spontan gewesen zu sein und sich von einer Sekunde auf die andere für eine Idee oder einen Gedanken begeistern zu lassen, in die sie dann in den nächsten Tagen, Wochen oder in seltenen Fällen Monaten alle Energie investierte. Bis eine neue, oftmals komplett andere Idee in ihrem Kopf aufpoppte und übernahm. Oft stürzte sie sich in Projekte, für die ihr jegliche Qualifikation fehlte, ohne dass sie dies auch nur im Geringsten zu stören schien. In anderen Fällen gelang es ihr mit ansteckendem Enthusiasmus, Menschen um sich herum für ihre Ideen zu begeistern, um sie dann kurz darauf wieder aufzugeben. Sicher war diese Begeisterung inspirierend und anregend für ihre Umgebung, Freunde und Liebhaber, für sie selbst aber eher zerstörerisch. Sie brachte nie etwas zu Ende, und hinter ihr stapelten sich abgebrochene Projekte und verbrannte Erde.

»Das sagt viel über ihre Persönlichkeit aus«, schloss Anna Mia. »Ich sehe in ihrem Leben nur einen einzigen Fixpunkt, und das war ihre Tochter.«

Klavs Arnold begnügte sich damit, zustimmend zu nicken.

»In einem Monat schreibt sie zusammen mit einer Freundin an einem Kinderbuch, geplant waren 400 Seiten. Dann will sie im Ort eine Mineralwasserfirma gründen, eine Art Pendant zur Brauerei, während sie kurz darauf ihre ganze Energie in den Gewässerschutz steckt. Kein leichtes Leben, aber in gewisser Weise ein ähnliches Muster wie mit ihren Sugardaddys.«

Auch in diesem Punkt wich Juli Denissen von der Menge ab. Sie war sexuell sehr aktiv, wobei all ihre Männer deutlich älter als sie gewesen waren – zwischen fünfundvierzig und sechzig. Außerdem waren sie alle wohlhabend, zwei richtiggehend reich. Die Männer waren in den letzten zwei Tagen minutiös unter die Lupe genommen worden, was nicht sonderlich schwer gewesen war, da Malte Borup in Juli Denissens Laptop die Zugangsdaten zu ihrem Mailkonto gefunden hatte. Ob dabei alles nach Recht und Gesetz vorgegangen war, war fraglich, aber Anna Mia hatte den Studenten ohne Probleme überreden können. Und als das Resultat in Form von Juli Denissens Mailkorrespondenz der letzten vier Monate vor ihrem Tod vorlag, hatten sie das nicht an die große Glocke gehängt. Anhand der Vornamen und Mailadressen der Männer war es leicht gewesen, deren richtige Adressen ausfindig zu machen.

Von ihrer Scheidung im Herbst 2005 bis zu ihrem Tod im Sommer 2008 hatte Juli Denissen Beziehungen mit elf verschiedenen Männern gehabt. Die Beziehungen dauerten in der Regel zwei oder drei Monate, dann servierte sie ihren Partner ab und suchte sich schnell einen neuen. Die Bankangestellte, die Juli Denissens Konto betreute, erteilte bereitwillig Auskunft über die Männer, nachdem sie in der Bank erst lauthals herausposaunt hatte, keine Angaben machen zu können. Sie war später zu ihnen ins Hotel gekommen und hatte sich als ausgemachte Tratschtante und Goldgrube für die Polizei erwiesen.

»Man soll über Tote ja nichts Schlechtes sagen, aber die hat ja für die ganze Stadt die Beine breitgemacht. Das war leicht zu sehen, man musste nur die Augen aufmachen. Jede Woche gab es einen Neuen. Und glauben Sie mir, sie hat sich aushalten lassen und alle um den Finger gewickelt. Sie wissen das natürlich nicht von mir, aber der Kredit für ihre

Wohnung wurde von dem Restaurateur in Melby abbezahlt, während sie Stütze kassiert hat. Auch der Kredit für das Auto war plötzlich weg. Den hat der Immobilienmakler unten im Zentrum übernommen, dabei hat der sogar Frau und Kinder. Sie mögen das ja für eine Lüge halten, aber er ist auch Mitglied bei …«

Sie redete und redete, und Anna Mia feuerte den Wortstrom mit kurzen Kommentaren wie *Was Sie nicht sagen* oder *Das ist ja ungeheuerlich* immer weiter an, während Klavs Arnold fleißig Notizen machte.

Eine Stunde später waren die Informationen sortiert, und sie hatten einen Überblick.

»Baustoffhändler, Radiologe, Restaurateur, Polizeiassessor, Makler, Dirigent, Autohändler«, resümierte Anna Mia. »Alle möglichen Typen, Hauptsache, sie haben Geld. Ich glaube, wir sollten Beamte zu allen schicken, um die andere Seite der Geschichte zu hören. Vielleicht taucht dabei ja etwas Interessantes auf. Das sollten möglichst ältere Männer sein, damit die Leute sich ihnen anvertrauen, so von Mann zu Mann. Und bei denen, die verheiratet sind, braucht er eine Deckhistorie, vielleicht etwas über eine Autoversicherung, das könnte funktionieren. Es ist sicher das Beste, wenn du die instruierst.«

»Den Schrotthändler aus Ølsted mit dem langen Vorstrafenregister übernehmen wir selbst, aber beim Letzten, das heißt bei seiner Witwe, will ich einen erfahreneren Kollegen als dich dabeihaben.«

»Weil er mit ihr zusammen war, als sie gestorben ist? Meinst du das?«, fragte sie etwas enttäuscht.

»Ja, genau. Und weil ich nicht genau weiß, wonach ich suche oder ob ich überhaupt nach etwas suche. Deshalb wäre

mir ein etwas erfahrenerer Sparringspartner lieber. Aber wir beide haben unsere wichtigste Frage eigentlich bereits beantwortet, nämlich wie Juli Denissen sich ihre teuren Sachen leisten konnte, außerdem, dass es allem Anschein nach keine Verbindung zu Jonas Ziegler gab, der sie gefunden hat. Eigentlich könnten wir dann unseren abschließenden Bericht schreiben.«
Anna Mia nickte. Dann fuhren sie in den Hafen, um etwas zu essen.
»Weißt du etwas über diesen Autohändler?«, fragte Klavs Arnold unterwegs.
Sie zögerte eine Sekunde.
»Zwei Verurteilungen wegen Unterschlagung und Versicherungsbetrug, 1998 und 2004. Und dann eine Verurteilung wegen schwerer Gewalt. Da saß er anderthalb Jahre im Gefängnis. Außerdem wird er der Hehlerei verdächtigt.«
»Und zu ihm willst du nur einen älteren Beamten schicken?«
Anna Mia zitterte vor Wut auf sich selbst.
»Ja, das wollte ich. Was für eine Scheiße.«
»Kann man wohl sagen.«
Sie antwortete nicht.
»Du arbeitest erst seit drei Tagen als Kommissarin«, sagte er versöhnlich. »Willst du deine Ansprüche an dich selbst nicht ein bisschen anpassen? Du hast Talent, und das weißt du ganz genau. Aber zaubern kannst auch du nicht.«

Kapitel 13

Donnerstag, 26. August 2010,
Nyholm, Amager

Von der Immobilie Kongebrovej 2 auf Nyholm hatte man eigentlich einen hervorragenden Blick auf die Batteribroen, von der der Mörder am Sonntag, dem 22. August, um etwa 9.30 Uhr auf das Ausflugsboot gesprungen war. In der Mitte des Gevierts befand sich ein abgegrenzter Innenhof mit sechs Parkplätzen für die drei Unternehmen, die das Gebäude beherbergte, samt Sandkasten und dazugehörigem Klettergerüst für die Kinder.

Anica Buch stand vor der Tordurchfahrt zum Innenhof des Peter-Willemoes-Palais, der Mitte des 19. Jahrhunderts als Verwaltungsgebäude für die dänische Flotte gebaut worden war. Als Konrad Simonsen sie am Tag zuvor gebeten hatte, die Umstände um den Einsatz des Rettungswagens näher zu untersuchen, hatte sie sich riesig gefreut, und ihre Arbeit hatte sich sehr positiv entwickelt, nicht nur für die Ermittlungen im Allgemeinen, sondern auch für sie persönlich, was für Anica Buch das Wesentlichere war.

Der Rettungswagen war wie erwartet nicht schwer aufzuspüren gewesen. Am Sonntag um 9.48 Uhr war ein Rettungswagen zu der Adresse gerufen worden, wo sie jetzt stand, um sich um einen verletzten Mann im Innenhof zu kümmern. Der Vorfall hatte sich also ereignet, nachdem der Mann auf das Ausflugsboot gesprungen war, was Anica Buch anfangs maßlos geärgert hatte. Trotzdem ging sie der Sache weiter nach, was sich als richtig erweisen sollte. Als der Rettungswagen um 9.55 Uhr eintraf, fanden die Sanitäter einen verletzten Mann im Sandkasten liegen. Neben ihm saß der Hausmeister, der die 112 gewählt hatte. Der Verletzte hieß Kim Steensen und besaß eine kleinere Telemarketingfirma mit Räumlichkeiten in der ersten Etage im Südflügel des Palais. Obgleich Kim Steensen übel zugerichtet worden war – er hatte eine solide Tracht Prügel eingesteckt –, wollte er nicht im Krankenwagen mitfahren, der leer wieder abfahren musste. Er wollte auch keine Anzeige wegen Körperverletzung stellen. Der Hausmeister hatte ihm schließlich über die Treppe nach oben in seine Büroräume geholfen. Wenig später war er von einem seiner Angestellten wieder nach unten begleitet worden, wo er von einem Freund abgeholt worden war.

Anica Buch versuchte, den Verlauf der Ereignisse zu rekonstruieren. Der Hausmeister hatte gesagt, Steensen wäre, kurz nachdem er aus seinem Auto gestiegen war, von einem Rockertypen zusammengeschlagen worden, der wie aus dem Nichts aufgetaucht sei. Er hatte das Ganze durch ein Kellerfenster beobachtet und den Krankenwagen gerufen. Zwischen den Schlägen hatte der Rocker irgendwas von irgendwelchen Mädchen gerufen, die ihren Lohn spätestens im Laufe der nächsten Stunde kriegen sollten.

Im nächsten Ermittlungsschritt hatte sie Kim Steensen genauer unter die Lupe genommen – ein höchst lohnenswertes Unterfangen. Sein Lebensweg war gesäumt von Betrug, Schwindel und Hochstapelei, zurzeit im Bereich Telemarketing, wo neun junge Leute am Telefon Energiesparlampen verkauften. Chinesische Billigware, deren Vorzüge grob übertrieben dargestellt wurden. Es waren hauptsächlich ältere Menschen, die ihm auf den Leim gingen.

Anica Buch ging davon aus, dass der Angreifer in einem Versteck auf Kim Steensen gewartet hatte, entweder im Innenhof oder draußen auf der Straße in der Nähe der Durchfahrt, da er nur rund sechs Sekunden Zeit hatte, durch das elektronische Tor zu kommen, nachdem Steensen mit seinem Wagen auf den Innenhof gefahren war. Auf der Straße gab es keine wirklich brauchbaren Verstecke, es sei denn, er hatte sich Zutritt zum Eingang der Nummer 2b gleich links neben der Durchfahrt verschafft. Dafür brauchte er aber einen Schlüssel oder ein konkretes Anliegen, damit ihm jemand öffnete. Sie klingelte bei allen Bewohnern, und im dritten Stock hatte sie Erfolg. Der pensionierte Lehrer erinnerte sich sehr gut an den flegelhaften Zeitungsboten, der ihn am Sonntagmorgen rausgeklingelt hatte.
Mit einem Mal passte alles wunderbar zusammen. Aus der ersten Etage des Treppenhauses hatte man den perfekten Blick auf das Ende der Danneskiold-Samsø-Allé, von wo Kim Steensen in seinem dunkelblauen Škoda Octavia kommen musste. So hatte er immer noch Zeit genug, um nach unten zu laufen und hinter der Tür zu warten, bis er hinter dem Pkw durchs Tor schlüpfen konnte. Besonders interessant war dabei, dass derjenige, der vom Fenster aus die Allee beobachtet hatte, zum kritischen Zeitpunkt auch die Batteribroen im Blick hatte, also den Moment, als der Mörder sich dort aufgehalten hat.
Anica Buch war klar, dass sie nicht allein weiterarbeiten konnte, darum rief sie im Polizeipräsidium an und bat, mit Konrad Simonsen verbunden zu werden. Sie wurde stattdessen direkt zu Arne Pedersen durchgestellt, der Mühe hatte, sich auf Anica Buchs Bericht zu konzentrieren. Denn er hatte sich maßlos über Konrad Simonsen geärgert, der

seine schlechte Laune an ihm ausgelassen hatte, weil er aufgrund anderer dringlicher Aufgaben den geplanten Besuch bei dem pensionierten Chef der Rechtsmedizin, Arthur Elvang, verschieben musste.

Als Anica Buch mit ihrer Zusammenfassung fertig war, fuhr Arne Pedersen zu ihr raus.

Sie wartete vor dem Palais auf ihn und fasste noch einmal zusammen, was sie herausgefunden hatte. Dann begaben sie sich in den ersten Stock des Treppenhauses, wo der Angreifer laut Anica Buchs Theorie auf Kim Steensen gewartet hatte. Arne Pedersen schaute lange aus dem Fenster, man sah wirklich genau auf die Brücke. Die junge Kollegin hatte recht.

Anica Buch stand erwartungsvoll hinter ihm, ohne ihn zu stören.

»Haben Sie den Fensterrahmen auf Fingerabdrücke untersucht?«

»Ja, auf Fingerabdrücke und biologische Spuren, aber mögliche Sohlenabdrücke habe ich noch nicht genommen. Auch die Kriminaltechnik habe ich noch nicht angefordert. Das steht mir ja nicht zu.«

»Und haben Sie etwas gefunden?«

»Eine Reihe ausgezeichneter Fingerabdrücke, die ohne Weiteres zu ein und derselben Person gehören können, ich hatte aber noch keine Zeit, mir das genauer anzusehen.«

Arne Pedersen kommentierte ihre Aussage mit kurzem, anerkennendem Nicken. Sie war lehrbuchmäßig vorgegangen. Als sie die Treppe hinuntergingen, sagte er:

»Ich brauche eine sofortige Auswertung der Fingerabdrücke. Wir rufen einen Kriminaltechniker.«

Sie gingen zu Kim Steensens Firma. Der Inhaber war nicht

da, aber sie brachten schnell in Erfahrung, dass Kim Steensen am Sonntagvormittag ordentlich durchgewalkt ins Büro gekommen war und Order erteilt hatte, den Zwillingsschwestern, die bis Juni bei ihm angestellt gewesen waren, augenblicklich ihren noch ausstehenden Lohn zu überweisen. Gleich darauf standen sie mit der Adresse der Zwillinge wieder draußen vor dem Haus.
Bei den Zwillingen lief es etwas weniger reibungslos. Sie studierten und wohnten in einer Wohnung etwa einen halben Kilometer vom Peter-Willemoes-Palais entfernt. Die eine lag vergrippt und schlapp auf dem Sofa, die andere schwänzte aus Solidarität ihre Kurse, um auf ihre Schwester aufzupassen. Sie waren beide nicht sonderlich kooperativ.
Es war Anica Buch, die sie zurechtstutzte.
»Der Rocker, der Kim Steensen verprügelt hat, damit ihr euer Geld kriegt, wusste, wann sein Opfer zur Arbeit kommen würde. Die Information hatte er von euch. Das macht euch mitschuldig an grober Gewalt und Erpressung, was für eine Bewährungsstrafe und einen Eintrag im Führungszeugnis völlig ausreicht. Und damit steckt ihr beiden gründlich in der Scheiße, es sei denn, wir sehen über eure Mitwirkung hinweg. Dafür müsstet ihr allerdings mit uns zusammenarbeiten.«
Arne Pedersen ergänzte:
»Anica, lass uns gehen. Ich hab keine Lust, mich mit zwei Rotzgören rumzuärgern, die nicht kapieren, dass es hier um fünfzehn tote Kinder geht. Wir rufen einen Streifenwagen, der die beiden ins Präsidium fährt, das ist einfacher für uns.«
»Halt, warten Sie«, sagte die junge Frau auf dem Sofa mit

heiserer Stimme. »Wir sind um unseren Lohn betrogen worden, was wir in unserer Not unserem Onkel erzählt haben, der gute Verbindungen zu den Hells Angels hat. Er hat uns versprochen, das Problem zu lösen, ohne zu vertiefen, wie er das machen wollte. Er hat Steensen aber sicher nicht persönlich vermöbelt, weil er seit 2003 im Rollstuhl sitzt. Verkehrsunfall.«

Anica Buch nahm einen Block und einen Kugelschreiber zur Hand.

»Und wie heißt Ihr Onkel?«

Auf dem Weg zu seinem Auto bekam Arne Pedersen eine SMS. Die Fingerabdrücke vom Fenster waren durch die Kriminaltechnische Identifikationsdatenbank geschickt worden und hatten ein Match ergeben. Jetzt hatten sie zwei Namen. Sie stiegen in den Wagen, aber Arne Pedersen fuhr nicht los.

»Was ist jetzt?«, fragte Anica Buch.

»Wir fordern Unterstützung aus Karlslunde an.«

»Task Force Ost?«

Arne Pedersen nickte. Die Task Force Ost war eine Sondereinheit zur Bekämpfung organisierter Bandenkriminalität östlich des Großen Belts. Die Einheit kannte sich bestens im Rockermilieu aus.

Die letzten Mosaiksteinchen fielen an ihren Platz: der Angreifer war ein Hangaround mit dem sehnlichsten Wunsch, eines Tages Prospect der HA zu werden. Der Onkel der Zwillinge war ehemaliges Mitglied der HA und kam regelmäßig in das Klubhaus im Svanevej im Nordwesten. Der Rest war leicht auszurechnen.

»Und wie geht's jetzt weiter?«, fragte Anica Buch.

Arne Pedersen ließ sich Zeit mit der Antwort.

»Der Angreifer ist bereit auszusagen, wenn die HA ihn dazu auffordert, wovon auszugehen ist. Viele der Mitglieder haben selbst Kinder. Der Rest betrifft Sie dann nicht mehr. Aber keine Bange, Konrad und ich werden Ihren Einsatz nicht vergessen.«

Kapitel 14

Donnerstag, 26. August 2010,
Polizeipräsidium

Die Comtesse verhörte Emilie Damgaard, die junge Nachbarin des Chiropraktikers aus Ballerup, mit dem Arne Pedersen seine liebe Mühe gehabt hatte, bis er endlich mit dem Namen seines Seitensprungs herausgerückt war.
Die Comtesse verabredete sich mit dem Mädchen, das gerade in der elften Klasse am Gymnasium Borupgaard angefangen hatte, für eine kurze Befragung ins Polizeipräsidium zu kommen. Danach hatte sie mit Emilie Damgaards Mutter gesprochen, die als gesetzliche Erziehungsberechtigte vor oder nach der Vernehmung unterrichtet werden musste. Die Comtesse hatte sich für die Vorher-Variante entschieden, um einen Beisitzer aus dem Sozialamt zu umgehen. Sie hatte der Mutter nicht alle Details erzählt und hoffte, dass das Mädchen allein ins Präsidium kam.
Emilie Damgaards Zeugenaussage konnte entscheidend sein, die Comtesse hatte sich gründlich vorbereitet. Die Energie, die sie zu Beginn der Ermittlungen vermisst hatte, war endlich wieder da. Das war ihrem Mann Konrad zu verdanken, der mit gutem Beispiel vorangegangen war. Nach den ersten Tagen, in denen es ihr schwergefallen war, die Trauer über Pauline Bergs Tod abzuschütteln, fühlte sie sich endlich wieder in der Lage, sich auf ihre Arbeit zu konzentrieren. Soweit sie es beurteilen konnte, galt dies ebenso für Arne Pedersen und Klavs Arnold, die anfangs auch nicht

ganz optimal funktioniert hatten. Vermutlich, weil sie sich allesamt ein wenig schuldig fühlten, Pauline Berg und ihre Ermittlungen um Juli Denissens Tod nicht ernst genommen zu haben.

Die Comtesse hatte einen Ford S-Max aufgetrieben, wie ihn der Chiropraktiker besaß, und einen Kameramann angeheuert, der eine kurze Filmsequenz angefertigt hatte, die aus dem Autoinneren mit Perspektive vom Beifahrersitz aufgenommen war. Der Film startete auf dem Parkplatz des Galionshotels und endete zwei Minuten und zwölf Sekunden später, als der Wagen rechts auf den Kongebrovej einbog und das Peter-Willemoes-Palais passierte, nachdem er dreimal über die Batteribroen gefahren war, weil Emilie ihre Tasche im Hotel vergessen hatte. Die zweite Passage war die entscheidende.

Die Comtesse hatte von zwei unterschiedlichen Stellen Hilfe bekommen. Die Autodaten-Gruppe interessierte speziell das Fahrzeug, das gegen 9.05 Uhr einen Passagier auf der Brücke abgesetzt hatte, an dem der Chiropraktiker und Emilie Damgaard vorbeigefahren waren. Von ihnen hatte sie die Information bekommen, dass es sich um ein dunkelblaues oder schwarzes, viertüriges Auto neueren Fabrikats handelte.

Auch die Suche nach Mobiltelefonen und Kameras auf dem Grund des Nordhafens hatte zu verwertbaren Informationen geführt. Nach mehreren Tagen harter Arbeit waren drei Handys geborgen worden, die den japanischen Kindern gehört hatten. Auf einem gab es eine Videosequenz von dem Moment, als das Ausflugsboot Frederiksholm umrundete und Kurs auf Seeland nahm. Auf der Batteribroen in etwa hundert Metern Entfernung war eine Gestalt zu erkennen,

die mit Blick in Richtung Kamera hinter dem Geländer stand, zwei Sekunden später aber von der Straße verdeckt wurde. Anhand der Aufnahme konnte die Größe der Person ermittelt werden, circa eins achtundachtzig – darüber hinaus konnten die Techniker dem Video aber keine weiteren Erkenntnisse entnehmen, nicht einmal über die Farbe der Kleidung.
Die Comtesse konnte nur raten. Auf der Batteribroen ließ sie den Ford einen schwarzen Toyota Yaris überholen, aus dem gerade ein unauffällig gekleideter Kollege mit der passenden Größe ausstieg.
Die letzte Information hatte die Comtesse nach Arne Pedersens Verhör des Chiropraktikers bekommen. Er konnte sich nicht an Details von der Brücke erinnern, ihm war aber eingefallen, dass das Autoradio gelaufen war, eingestellt auf Radio 80, ein kommerzieller Kanal, der rund um die Uhr Werbung, Nachrichten und Popmusik sendete. Die Comtesse forderte bei Radio 80 eine Aufnahme vom Sonntagmorgen an und konnte anhand des Überwachungsbandes auf dem Parkplatz des Galionshotels die Tonaufnahme mit ihrem kurzen Film synchronisieren – zumindest theoretisch. Blieb zu hoffen, dass ihr nicht geringer Aufwand Emilie Damgaards Gedächtnis auf die Sprünge half. Solche Filme waren oft besser als ein Durchgang vor Ort. Sollte der Film allerdings nicht die erhoffte Wirkung zeigen, musste sie auf Plan B zurückgreifen und mit dem Mädchen zur Brücke fahren.
Der stille Wunsch, Emilie Damgaard möge ohne ihre Mutter kommen, wurde erhört. Das Mädchen kam allein. Die Comtesse ging mit ihr in Konrad Simonsens Büro, um auf dem großen Flachbildschirm in dem Annex ihren Film zu zeigen. Emilie lächelte einnehmend, ungezwungen und of-

fensichtlich kein bisschen nervös. Ein sehr sympathisches Mädchen, dachte die Comtesse.
»Würdest du mir ein paar Sätze über dich selber sagen?«, leitete die Comtesse das Gespräch ein.
Das Mädchen erzählte etwas über sich und das Verhältnis zu seinem Nachbarn. Das reichte der Comtesse, es gab keinen Grund, genauer nachzuhaken. Sie spielte den Film ab. Nach den gut zwei Minuten bat Emilie sie, ihn sich noch einmal anschauen zu dürfen. Da war etwas ... etwas, das sie nicht genau benennen konnte ... Nach dem zweiten Schauen wusste sie es.
»Ich liebe das Lied, aber es kommt zu früh. Es hat auf dem Rückweg angefangen, als wir vor der Brücke um die Ecke gebogen sind, da bin ich ganz sicher. Können Sie das ändern?«
Die Comtesse fügte Bild- und Tonspur neu zusammen, und nach vier Versuchen war Emilie Damgaard zufrieden. Und dann war es, als fiele das Mädchen in Trance. »Ja, genau, wie wahr.« Sie summte das Lied mit. »Das ist so cool.«
»Als wir auf die Brücke gefahren sind, habe ich den Refrain von Céline Dion lauter gedreht, richtig laut, und ich hab mitgesungen, aber Casper hat es wieder leiser gemacht, weshalb er erst spät mitbekommen hat, dass das Auto vor uns am Rand angehalten hat und der Mann ausgestiegen ist. Er hat geflucht. *Blöde Kuh, pass doch auf.* Können wir das noch mal abspielen? Laut, wenn wir an die Brücke kommen, und leiser, aber nicht viel, wenn wir überholen?«
Die Comtesse kam Emilies Wunsch nach. Das Mädchen sang mit überraschend kräftiger Stimme und sauberer Intonation mit. *Near, far, wherever you are, I believe that the heart does go on*. Ihre Stimme verschmolz mit Céline Dions

lyrischem Sopran, sie wiegte sich im Takt der Violinen, die sanft im Hintergrund klagten. *Once more you open the door,* sie hob die Arme, als dirigiere sie das Orchester, und ließ der Stimme freien Lauf, *and you're here in my heart, and my heart will go on and on.* Mitten in der Strophe brach sie ab und sah die Comtesse erstaunt an.

»Er hat mich angesehen, ich meine, wir haben uns angesehen, jetzt erinnere ich mich ganz deutlich daran. Er hatte einen Pferdeschwanz, dunkle Haare, und er war nicht mehr jung, mindestens vierzig, groß, sehr groß ... und schlank. Durchtrainiert sah er aus, mit Rucksack, ich seh sein Gesicht ganz deutlich vor mir.«

Die Comtesse jubelte innerlich.

»Glaubst du, dass du dir das Gesicht des Mannes bis morgen merken kannst?«, fragte sie.

»Ganz bestimmt, ich hab ihn ganz deutlich vor Augen.«

»Könntest du morgen noch einmal ins Präsidium kommen, um mit einem anderen Zeugen und einem Phantombildzeichner zusammen ein Bild zu erstellen?«

Das Mädchen lächelte.

»Habe ich eine Wahl?«

»Eigentlich nicht. Wir holen dich gerne ab und bringen dich später nach Hause. Und wir können mit deiner Schule sprechen, damit du freibekommst.«

Sie vereinbarten einen Termin um zehn Uhr am nächsten Vormittag.

»Casper wollte Ihnen nichts von mir sagen, obwohl er wusste, dass ich eine mögliche Zeugin bin?«, fragte Emilie auf dem Weg aus dem Büro. Sie fing den Blick der Comtesse ein und las darin die Antwort, obwohl die Comtesse versuchte, der Frage auszuweichen.

»Das kann ich dir nicht sagen. Caspers Vernehmung geht dich nichts an, und umgekehrt erfährt er nichts von deiner Vernehmung.«

Emilie Damgaards Augen wurden hart.

»So ein Arschloch«, fauchte sie.

Die Comtesse konnte ihr nur zustimmen.

Kapitel 15

Freitag, 27. August 2010,
Hjortekær

Konrad Simonsen schickte die Comtesse und einen Beamten aus Glostrup nach Japan, um den Jungen zu befragen, der die sonntägliche Tragödie im Nordhafen überlebt hatte. Es mochte merkwürdig erscheinen, dass er gerade sie auswählte, da sicher auch ein paar andere gerne für fünf Tage nach Japan gereist wären, aber Konrad Simonsen stand zu seiner Entscheidung. Sie war früh am Morgen zum Flughafen gefahren, und er vermisste sie bereits, was ihn etwas irritierte. Als würde er nicht richtig funktionieren, wenn sie nicht da war.

Die Seniorenresidenz Hvide Svane lag idyllisch am Hirschpark. Sie war rund um eine alte herrschaftliche Villa errichtet worden. Die weiße Backsteinfassade und die glänzend schwarzen Dachpfannen hoben sich freundlich von dem tristen Grau der Wolken ab. Die Nebengebäude der Villa orientierten sich stilistisch am Hauptgebäude, und der Garten mit den vielen Rasenflächen war gepflegt und wurde von Kieswegen durchzogen, an denen zahlreiche Bänke standen. Konrad Simonsen dachte, dass es sicher nicht ganz billig war, hier seinen Lebensabend zu verbringen, aber Arthur Elvang hatte es sich verdient. Er hatte all die Jahre, die Konrad Simonsen ihn kannte, härter und mehr gearbeitet als jeder andere.

Eine Angestellte begleitete Konrad Simonsen von der Verwaltung im Hauptgebäude zum Zimmer des pensionierten Professors. Sie klopfte zweimal fest an, ehe sie die Tür öffnete und mit lauter Stimme verkündete, dass Besuch gekommen sei, *ein Bekannter von der Polizei.* Der Alte am Fenster zuckte zusammen, und Konrad Simonsen dachte, dass sie ihn möglicherweise geweckt hatte. Sie verließ den Raum mit der überflüssigen Bemerkung, dass Arthur Elvang nicht mehr gut sah. Konrad Simonsen betrat das Zimmer, legte den Blumenstrauß auf eine Kommode und fragte sich, ob er sich setzen durfte, bevor Elvang ihn erkannt und seinen Besuch akzeptiert hätte. Er blieb stehen.

Arthur Elvang war zeit seines Berufslebens berüchtigt gewesen für seine schroffe, ungastliche Art, besonders gegenüber Menschen, die wichtige Stellungen einnahmen. Nur dank seiner Kompetenz, seiner langen Erfahrung und seines internationalen Renommees wurde dieses Verhalten toleriert, so auch von Konrad Simonsen.

Der Professor war blind und extrem abgemagert. Sein Körper bestand nur noch aus Haut und Knochen. Es kam einem Wunder gleich, dass er noch am Leben war. Konrad stellte sich vor, ohne eine Reaktion zu bekommen.

»Ich hätte ein paar wichtige Fragen an Sie«, fügte er hinzu.

Endlich schienen seine Worte zu dem Alten durchzudringen.

»Ich auch eine an Sie. Versprechen Sie mir, mich in Frieden zu lassen, wenn sie mich erst in die Kiste gelegt haben?«

Konrad Simonsen setzte sich und fragte sich mit einem Mal, warum er gekommen war.

»Das ist ein schöner Ort hier«, sagte er zögernd.

Der Alte sah irritiert in die Richtung, aus der die Stimme gekommen war.

»Wundervoll. Besonders genieße ich es, wenn diese hirntote Kuh, die Sie hergebracht hat, mich anschreit, weil sie meint, dass ich, weil ich nichts sehe, folglich auch nichts höre. Die bringt mich noch um, ich erschrecke mich jedes Mal zu Tode.«

Arthur Elvang wollte in den Garten gebracht werden. Als Konrad Simonsen ihn über den Flur stützte, sagte Elvang:

»Können Sie diese Kuh nicht in Untersuchungshaft nehmen? Nur für ein paar Monate. Dann verspreche ich auch, Ihnen zu helfen, egal, was es ist.«

Konrad Simonsen lachte, unsicher, ob es als Spaß gemeint war.

Sie setzten sich auf eine Bank an der Hauswand. Die Sonne war durch die Wolken gebrochen und wärmte sie. Der Professor hatte sich warm geredet, anscheinend war das einzige tadellos funktionierende Organ sein Gehirn. Konrad Simonsen spürte die alte Unsicherheit, die er immer gegenüber Elvang verspürt hatte, in sich aufsteigen. Sein einziger Trost war, dass das nicht nur ihm so ging. Vorsichtig stellte er seine erste Frage.

»Sie haben mir vor zwei Jahren bei einem Fall geholfen und mich glauben lassen, dass es am Krankenhaus Hillerød so etwas wie eine rechtsmedizinische Abteilung gibt.«

Konrad Simonsens Angst, dass der Alte sich möglicherweise nicht erinnerte, war unbegründet.

»Das war diese Geschichte von der jungen Berg und ihren konspirativen Freunden, nicht wahr? Die Tote in Nord-Seeland?«

Konrad Simonsen bejahte.

»Sie hatten eine Liste mit zehn Punkten erstellt, angeblich alles Versäumnisse der Polizei, die vor der Öffentlichkeit geheim gehalten wurden. Der Ort der Obduktion war einer davon.«

Es war genau, wie Konrad Simonsen es vermutet hatte. Der Professor hatte die rechtsmedizinische Abteilung erfunden, um nicht lang und breit auf die privaten Probleme des Rechtsmediziners Hans Arne Tholstrup eingehen zu müssen, der die Obduktion vorgenommen hatte. Das war leichter und glaubwürdiger, auch wenn es nicht stimmte. Dass der Alte den korrekten Sachverhalt kannte, stand auf einem anderen Blatt. Er ging alles haarfein durch und schloss mit einem bitteren Kommentar über die Frau des Rechtsmediziners:

»Else hat munter rumgehurt, und Hans Arne war der Einzige im ganzen Institut, der davon nichts wusste. Aber als Pathologin war sie besser als er. Sagen Sie mal, können Sie sehen, ob da oben im ersten Stock des Gebäudes links von uns jemand am Fenster steht?«

Konrad sah niemanden.

»Dann gehen Sie mal zu dem Pflaumenbaum und pflücken Sie mir eine Handvoll Pflaumen. Dass Sie diesen Unfug über Hillerød geglaubt haben, hat mich echt überrascht.«

Konrad Simonsen pflückte fünf Pflaumen, wobei er wie ein Schuljunge, der auf frischer Tat ertappt zu werden fürchtete, immer wieder hoch zu dem Fenster blickte.

Als er mit seinem Fang zurückkam, steckte sich der Professor gleich eine Pflaume in den Mund. Der dunkelgelbe Saft lief ihm über das Kinn, während er voller Genuss kaute. Die nächste Pflaume erlitt dasselbe Schicksal, nachdem er sich mit dem Ärmel das Kinn abgewischt hatte. Konrad Simonsen nutzte die Gelegenheit, um das eigentliche Anliegen seines Kommens vorzubringen.

»Als Sie damals den Obduktionsbericht durchgegangen sind, haben Sie irgendwann gestockt. Irgendwas in dem Protokoll hat Sie gewundert.«

Zu Konrad Simonsens Überraschung erinnerte sich der Professor auch daran sehr gut. Er aß gerade seine dritte Pflaume und war kaum zu verstehen, als er antwortete.

»Zwei Studenten haben an der Obduktion mitgearbeitet und behauptet, sie hätten sowohl Arinoase als auch Arinosin in der Scheide der Frau gefunden. Das ist, gelinde gesagt, merkwürdig.«

»Können Sie mir das genauer erklären?«

»Es ist nicht ungewöhnlich, dass Studenten in der Facharztausbildung bei Obduktionen Proben nehmen, insbesondere Sperma in Anus, Vagina und Mundhöhle. Normalerweise gehören die Ergebnisse dieser Proben aber nicht in den offiziellen Obduktionsbericht. Auch wenn es öfter mal vorkommt, insbesondere, wenn es schnell gehen muss. Vermutlich hat einer der Studenten sich über das Aussehen einiger Zellen gewundert, als sie den Abstrich aus der Scheide der Toten untersucht haben, und deshalb eine chemische Analyse gemacht. Dabei muss aber was schiefgelaufen sein, denn das Vorkommen dieser Stoffe an dieser Stelle ist im höchsten Maße unwahrscheinlich. Deshalb habe ich mich gewundert.«

»Was sind Arinosin und … der andere Stoff, den Sie genannt haben?«

»Arinoase ist ein Enzym und Arinosin ein Protein. Bei beiden handelt es sich um Spurenstoffe, die im Schleim von Schnecken zu finden sind.«

»Von Schnecken?«

»Nein, von einem Elch, spreche ich so undeutlich?«

»Das würde heißen, dass ihr jemand eine Schnecke in die Scheide gesteckt hat?«
»Ja, oder dass sie das selbst gemacht hat. Ich zweifle auf jeden Fall daran, dass das Tier von sich aus da reingekrochen ist.«
»Könnte das ihre Panikattacke erklären? Also ihren hohen Adrenalinspiegel oder wie auch immer das heißt? Und damit ihre Gehirnblutung?«
»Woher soll ich das denn wissen? Ich bin doch kein Hellseher. Stellen Sie mir anständige Fragen oder verschwinden Sie.«
Konrad Simonsen mopste sich eine der verbliebenen Pflaumen, stand auf und ging ein paar Schritte zur Seite, um nicht gehört zu werden.
Er rief Klavs Arnold an und fragte, ob bekannt wäre, dass Juli Denissen an irgendwelchen Phobien gelitten hatte. Klavs wusste nicht gleich eine Antwort, versprach aber, schnell zurückzurufen. Und dann teilte Klavs ihm noch mit, dass die Taucher nach langer Suche die Mordwaffe am Grund des Hafens gefunden hatten. Wie vermutet, handelte es sich um ein russisches Kampfmesser aus dem Zweiten Weltkrieg. Das Messer war der Kriminaltechnik übergeben worden, sodass die endgültige Bestätigung bald vorliegen sollte.
Konrad ging zurück zum Professor. Er hatte kaum Platz genommen, als er eine SMS erhielt. Die Nachricht kam von Anna Mia und bestätigte seinen Verdacht: *JD hatte panische Angst vor Schnecken. Laut einer Freundin begann sie schon zu weinen, wenn sie nur eine gesehen hat.*
»Ach, ich dachte, Sie wären gegangen«, sagte Arthur Elvang. »Wo ist meine letzte Pflaume?«

Kapitel 16

Freitag, 27. August 2010,
Frederiksværk

Es gibt drei Möglichkeiten«, sagte Anna Mia. »Entweder hat sich einer der Lover, die sie in die Wüste geschickt hat, gerächt. Oder die Frau eines ihrer Geliebten wollte ihr Angst einjagen. Oder etwas ganz anderes …«

Anna Mia ließ sich in ihrem Enthusiasmus nicht von Klavs Arnolds sarkastischer Zustimmung zu ihrem dritten Punkt stoppen. Arne Pedersen, der auf Klavs Arnolds Aufforderung hin dem Verhör beiwohnen sollte, lachte.

Sie waren auf dem Weg zu ihrer letzten Zeugin in Frederiksværk, der Witwe des Mannes, der bis zu Denissens Tod ein Verhältnis mit der jungen Frau gehabt hatte.

»Dann hatte Pauline doch recht«, sagte Arne Pedersen. »Mit dem Tod stimmt etwas nicht. Es ist echt verdammt schwer nachzuvollziehen, dass wir sie so oft abgewiesen haben.«

Konrad Simonsen hatte ihnen mitgeteilt, was er von Arthur Elvang erfahren und später vom Rechtsmedizinischen Institut bestätigt bekommen hatte, wo das Präparat, das seinerzeit von dem Abstrich gemacht worden war, in aller Eile noch einmal analysiert worden war. Paulines Annahme, dass am 10. Juli 2008 in Melby Overdrev ein Verbrechen stattgefunden hatte, war vollkommen korrekt.

»Das Verhör bekommt damit noch mehr Gewicht, und was geschehen ist, können wir ebenso wenig ändern wie die Fehler, die wir gemacht haben«, sagte Klavs Arnold.

Die anderen schwiegen.
»Wer von euch hat meinen Vater eigentlich überredet, dass ich heute dabei sein darf?«, fragte Anna Mia.
»Du beteiligst dich nicht, sondern hörst nur zu. Und dein Vater musste gar nicht überredet werden. Aber danach ist Schluss. Und ruf ihn nicht mehr an, um …«
»Über was ich mit meinem Vater rede, geht dich nichts an«, schimpfte Anna Mia.
Klavs Arnold redete unbeeindruckt weiter.
»Du wirst ihn nicht bedrängen, weiter dabei sein zu dürfen. Du hast deinen Job richtig gut gemacht, aber nach dem Verhör heute ist Schluss.«
»Okay, okay«, antwortete sie resigniert.
»Aber sag mal. Du studierst doch Jura. Was meinst du, wie viele Jahre haben der oder die, die Juli Denissen überfallen haben, zu erwarten?«
Sie war überrascht über den Themenwechsel und antwortete nach kurzer Bedenkzeit.
»Juli Denissens Tod war eine Folgewirkung, die der Täter nicht vorhersehen konnte. Es ist deshalb kein Mord, dafür braucht es einen klaren Vorsatz. Nötigung, eventuell unter Gewalteinwirkung, das kann bis zu vier Jahre geben. Andererseits gibt es bei uns keine vollständige Strafkumulierung, also vermutlich eher drei bis vier Jahre. Vermutlich wird strafverschärfend auch die Kränkung berücksichtigt, die ihr und dem Kind zugefügt wurde.«
»Vier Jahre. Das ist nicht viel. Außerdem würde der bestimmt bereits nach drei Jahren entlassen.«
»Tja, davon kannst du ausgehen. Es gibt aber noch etwas: Durch die neuen Erkenntnisse haben wir jetzt höchst offiziell Zugang zu Juli Denissens Mails.«

Arne Pedersen wusste, dass die Kollegen bereits mit den Daten arbeiteten.

Die Witwe empfing sie in ihrem Wohnzimmer. Sie war knapp fünfzig und sehr wohlhabend nach dem Tod ihres Mannes, was dem Haus deutlich anzusehen war. Etwas protzig und provinziell, dachte Anna Mia, als sie sich auf den reich verzierten Renaissancestuhl setzte, der so hässlich wie teuer war. Die Witwe hieß Ella von Eggert. Den Adelstitel hatte sie sich vor knapp einem Jahr gekauft, nach dem Tod ihres Mannes, der ein äußerst erfolgreicher Architekt und kompetenter Geschäftsmann gewesen war. Ihm gehörte ein Büro mit mehr als vierzig Angestellten, das einen jährlichen Gewinn von durchschnittlich 5 Millionen Kronen abwarf. Das Paar hatte 1998 geheiratet. Vorher war sie für kurze Zeit seine Sekretärin gewesen. Nach der Hochzeit war sie zu ihrem Mann in die Villa gezogen. Frederiksværk war seine Heimatstadt, in der er bis auf die Studienzeit sein ganzes Leben verbracht hatte. Die Ehe war kinderlos, und im Juli 2009 war Mads Eggert bei einem Autounfall auf dem Weg zur Arbeit zu Tode gekommen. Er hatte in einer Kurve die Kontrolle über seinen Wagen verloren, einen Maserati Grand Cabrio. Das Auto war direkt aus Italien importiert, noch bevor es offiziell zum Verkauf gestanden hatte. Der Wagen war von der Straße abgekommen, hatte sich überschlagen und den Fahrer dabei zerquetscht.

Klavs Arnold erklärte Ella von Eggert, warum sie gekommen waren. Mit dem nötigen Respekt, aber ohne Umschweife informierte er die Frau, dass ihr Mann bis zu ihrem Tod ein Verhältnis mit Juli Denissen gehabt hatte.

»Was können Sie uns über dieses Verhältnis sagen?«, fragte er.

Ella von Eggert gab an, nichts davon gewusst zu haben.
»Sie wirken nicht gerade überrascht darüber, dass Ihr Mann ein Verhältnis mit einer anderen Frau hatte.«
Sie seufzte übertrieben. »Nein, das bin ich nicht. Es war nicht das erste Mal. Aber es war nie was Ernstes. Wir haben das gemeinsam durchgestanden.«
»Mehrere Male?«
»Drei Mal. Also ich weiß von drei Fällen, sollte ich wohl hinzufügen. Das liegt aber lange zurück. Das erste Mal 2001, und dann noch einmal zwei Jahre später. Aber ist das wirklich wichtig? Unsere Ehe hat das verkraftet, die Frauen hatten keine Bedeutung.«
Klavs Arnold dachte, dass sie damit vermutlich recht hatte.
»Mads war ein sehr extrovertierter Mensch«, fuhr sie fort. »Daran war nichts zu ändern.«
»Wir wissen, dass Ihr Mann seiner Geliebten im Mai 2008 ein sehr teures Buch geschenkt hat. Vorsichtig geschätzt, hat es einen Wert von rund 100 000 Kronen. Wissen Sie davon auch nichts?«
Ella von Eggert dachte nach.
»Nein, wie schon gesagt. Ich kenne das Mädchen nicht. Und wenn Mads ihm etwas von seinem Geld geben wollte, war das seine Sache.«
Arne Pedersen zeigte der Frau ein Bild von Juli Denissen. Sie schüttelte den Kopf.
»Tut mir leid, die habe ich nie gesehen.«
Dasselbe geschah, als sie ihr ein Foto von Jonas Ziegler zeigten.
»Die Geliebten, von denen Sie gewusst haben, das war 2001 und … 2003?«, fragte Arne Pedersen.
Die Frau nickte. »Ja?«

»Wie alt waren diese Liebschaften?«
»In meinem Alter, nehme ich an. Also damals. Eine war vielleicht ein bisschen jünger. Warum fragen Sie?«
Auch Klavs Arnold stellte sich diese Frage. Trotzdem sagte er wie im Reflex:
»Wir stellen die Fragen, Sie antworten, nicht umgekehrt.«
Die zwei Männer befragten die Frau noch eine halbe Stunde, ohne etwas Interessantes zu erfahren. Schließlich gingen ihnen die Fragen aus.
Sie waren kaum aus der Tür, als Anna Mia sie triumphierend ansah.
»Sie lügt. Sie kannte Juli Denissen ganz genau. Sie hat Mädchen gesagt, habt ihr das nicht bemerkt? Warum sollte sie das sonst sagen. Sie muss gewusst haben, dass Juli Denissen deutlich jünger war als die anderen Frauen, mit denen ihr Mann etwas hatte. Da war von Frauen die Rede, nicht von Mädchen.«
»Gut beobachtet«, sagte Arne Pedersen lobend.
»Du hast es ja selbst gehört«, fuhr Anna Mia fort. »Deshalb hast du sie das doch gefragt, oder?«
»Du hast wirklich mit Bravour bestanden, Anna Mia.«

Teil 2

[DER WALDMANN]

Kapitel 17

Montag, 30. August 2010,
Polizeipräsidium

Arne Pedersen, Klavs Arnold und Konrad Simonsen starteten ihren Arbeitstag mit einer Durchsicht der Umstände von Juli Denissens Tod.

Eine große Karte von Melby Overdrev, die Malte Borup aus Ausdrucken von Google Earth zusammengestellt hatte, war auf dem Boden ausgebreitet. Die drei Männer saßen auf Stühlen darum herum und diskutierten. Jonas Ziegler hatte ausgesagt, dass er im Wald war, als er das Kind weinen gehört hatte, er sei dann dem Geräusch gefolgt und habe die tote Frau gefunden. Pauline Berg hat mehrfach darauf hingewiesen, dass die Aussage wegen der Entfernung nicht stimmen könne. Was es wahrscheinlicher machte, dass er die Schreie der Frau gehört hatte und nicht die des Kindes.

»Es sei denn, Jonas Ziegler war an dem Überfall beteiligt«, sagte Arne Pedersen. »Entweder war Juli Denissen gefesselt, oder es gab mehrere Täter.«

Eine der anderen ungeklärten Fragen war Julis Jacke. Dass sie diese Mitte Juli dabeigehabt hatte, deutete darauf hin, dass sie an den Strand gehen wollte, wo es windiger und deswegen oft kühler war als in den höher gelegenen, windgeschützten Dünen.

»Das legt nahe, dass sie und das Kind bereits in der Gewalt des Täters waren, als sie aus dem Auto ausgestiegen sind«, sagte Klavs Arnold. »Ihre Tochter hat sie angreifbarer gemacht.«

Arne Pedersen nickte halbherzig, Konrad Simonsen brummte, sie traten auf der Stelle. Wo war der Zusammenhang zu ihrem aktuellen Fall, wenn es denn überhaupt einen gab?

»Jonas Ziegler ist nicht der einzige Link zu den Morden, wir haben auch noch den Einbruch am Sonntag in Paulines Wohnung, bei dem ihre Ordner gestohlen wurden«, sagte Konrad. »Aber wir kommen hier nicht weiter. Wir müssen Juli Denissens Kreise, in denen sie sich bewegte, noch deutlicher unter die Lupe nehmen. Insbesondere ihre Liebhaber.«

Er setzte Arne Pedersen und Klavs Arnold darauf an, obgleich Klavs das bereits mit Anna Mia gemacht hatte.

»Versucht, noch mehr aus der Witwe rauszukriegen. Sie war bei der ersten Befragung nicht sehr gesprächig«, sagte Konrad Simonsen. »Inzwischen haben wir offiziellen Zugang zu Juli Denissens Mails, ob sich daraus allerdings etwas Neues ergibt, kann ich nicht sagen. Wie es aussieht, sind es viele Mails, über siebenhundert. Ich möchte, dass jemand sie gründlich sichtet und systematisiert. Könnte Anica Buch sich für die Aufgabe eignen?«

Die rhetorische Frage ärgerte Arne Pedersen, denn er wusste genau, worauf das hinauslief. Er hatte schon immer Schwierigkeiten mit Konrad Simonsens Hang gehabt – Dienstalter und nachgewiesenen Erfolgen zum Trotz –, Leute um sich herum zu scharen, von denen er intuitiv glaubte, dass sie gut für bestimmte Aufgaben passten. Und obgleich Klavs Arnold genau auf diese Weise in ihre Abteilung gekommen war, sagte Arne Pedersen aufgebracht:

»Verdammt, Konrad, man ernennt auch keinen Studenten zum Minister. Warum nimmst du nicht einen von deinen Leuten?«

Klavs Arnold sagte dazu nichts, was verständlich war.
»Probier es wenigstens aus, Arne«, konterte Konrad Simonsen. »Und wenn es nicht klappt, schick sie wieder weg.«
Für den nächsten Punkt brauchten sie eine Karte im gleichen Maßstab. Es ging um zwei Details, die die Comtesse von dem japanischen Jungen bekommen hatte. Der Mann, der die Morde auf dem Ausflugsboot begangen hatte, hatte sich rückwärts ins Wasser fallen lassen. Außerdem hatte er viel länger mit dem Verlassen des Bootes gewartet, als zuerst von ihnen angenommen, nach den Worten des japanischen Jungen lange nachdem die Lehrerin von Bord gesprungen war. Vermutlich war es etwa die Stelle, wo der Bumløbet ins Hafenbecken mündete. Die Informationen wiesen eindeutig auf einen Täter hin, der ein guter Schwimmer war, aber gute Schwimmer gab es jede Menge. Die vorläufig wichtigere Frage war, wohin er geschwommen und wo er an Land gegangen war. Die Polizei wurde dabei von Tauchern und Froschmännern vom Militär unterstützt, trotzdem gab es zu viele Möglichkeiten, um an dieser Stelle weiterzukommen.
Klavs Arnold packte die Karten zusammen.
»Damit haben wir nur das Phantombild«, sagte Arne Pedersen. »Ich bin mir aber sicher, dass uns das weiterbringt.«
Emilie Damgaard und der Rocker, der Kim Steensen vermöbelt hatte, hatten den ganzen Sonntag gemeinsam mit einem Phantomzeichner ein recht brauchbares plastisches und natürliches Phantombild zustande gebracht. Ein Ausdruck hing an Konrad Simonsens Pinnwand, und ihre Blicke wanderten automatisch dorthin.
Nach dem Porträt war der Mörder um die fünfzig. Er hatte ein ausgeprägt kantiges Gesicht mit kräftiger Stirn, Kiefer-

und Wangenknochen, dazu eine große breite Nase, wie man sie oft bei Boxern sah. Seine Augen waren dunkel und tief liegend, der Blick fest, ruhig, nicht aggressiv. Das schwarze Haar war in einem schulterlangen Pferdeschwanz zusammengefasst, fliehender Haaransatz, und die Falten auf der Stirn und um den Mund herum ließen darauf schließen, dass er nicht mehr ganz jung war. Er hatte volle Lippen, und auf Kinn und Oberlippe waren Bartstoppeln zu ahnen. Der Gesamteindruck war der eines Häuptlings aus der Steinzeit.

»Wann gehen wir damit an die Öffentlichkeit?«, fragte Klavs Arnold.

»Der Zeichner hat noch sieben weitere Porträts von zufällig ausgewählten Männern angefertigt. Die acht Bilder werden gerade dem japanischen Jungen vorgelegt. Noch haben wir keine Antwort, aber die kann jeden Augenblick kommen.«

Es vergingen noch zwei Stunden, bis die Antwort aus Japan kam. Der Junge hatte die Phantomzeichnung wiedererkannt.

Kapitel 18

Donnerstag, 2. September 2010,
Valby

Ihr Bruder ist Bulle, oder?«

Die Lehrerin an der Kierkegaard-Schule blieb vor dem Vater stehen und nickte.

»Ich weiß, wer die Passagiere auf dem Ausflugsboot umgebracht hat. Und das Messer, mit dem er die Morde begangen hat, war entweder ein Ka-Bar oder ein NR-40. Das wissen nicht viele.«

Der Lehrerin verschlug es die Sprache. Im ersten Moment glaubte sie, der Mann mache einen makabren Witz, aber als sie sah, dass er es ernst meinte, wurde sie wütend.

»Wenn Sie etwas wissen, warum gehen Sie dann nicht zur Polizei?«

»Ich will in kein Register. Rufen Sie Ihren Bruder an, sagen Sie Ka-Bar oder NR-40, und dass ich den Mörder kenne, aber nennen Sie ihm nicht meinen Namen. Ich warte in der Bibliothek.«

»Was heißt Ka-Bar oder NR-40?«

»Ka-Bar ist die Abkürzung von *Kill a Bear,* das ist eine amerikanische Messermarke. NR-40 ist ein sowjetisches Kampfmesser, das erstmals 1940 hergestellt wurde. NR steht für *nozh razvedchika,* was so viel wie Pfadfindermesser bedeutet. Aber das ist unwichtig, sagen Sie einfach Ka-Bar oder NR-40, mehr ist nicht nötig.«

Zwei Stunden nach dem Gespräch der Lehrerin mit dem

Vater kam die Comtesse bei der Schule an. Der Anruf seiner Schwester erreichte Arne Pedersen in Frederiksværk, weshalb er seinen Chef kontaktierte. Konrad Simonsen stufte die Informationen des Vaters als interessant ein, als den möglichen Durchbruch, den sie so dringend brauchten. Die Veröffentlichung des Phantombildes hatte nicht ansatzweise den vom Morddezernat erhofften Erfolg gebracht. Die Hinweise aus der Bevölkerung waren so spärlich gewesen, dass die Polizei zunehmend davon überzeugt war, es mit einem Ausländer zu tun zu haben, der sich erst kurze Zeit im Land aufhielt. Für die Ermittlungen war das fatal. Im Grunde genommen hatten sie nicht viel mehr als dieses Phantombild. Arne Pedersens und Klavs Arnolds Ansätze in Frederiksværk, Juli Denissens Angreifer zu finden, hatten bis jetzt nichts Neues gebracht, und auch die Zusammenarbeit der Comtesse mit der Autodaten-Gruppe trug keine Früchte. Die Eingrenzung der Liste auf mögliche Automarken, die auf den Wagen zutrafen, der den Mörder auf der Brücke abgesetzt hatte, lief äußerst schleppend.
Die Comtesse ging in die Schulbibliothek und sprach mit dem Vater. Er war Afghanistan-Veteran und regelmäßig in der Unterkunft für Kriegsveteranen in der Vesterbrogade in Kopenhagen, wo er ab und zu aushalf. Dort hatte er von zwei alten Balkan-Veteranen gehört, dass das Phantombild, das im Fernsehen gezeigt worden war, einem ihrer ehemaligen Kameraden ähnlich sah.
»Dabei war auch von den beiden Messern die Rede, die der Mann damals besessen hatte, und dass eines davon die Mordwaffe sein müsste, wenn der Mann auf dem Bild wirklich ihr früherer Kamerad war.«
Der Vater schob der Comtesse einen Zettel über den Tisch zu.

»Das sind die Namen der beiden Männer. Aber ich warne Sie vor, die werden den dänischen Behörden gegenüber keine Aussage machen, dafür sind sie viel zu oft von denen hängen gelassen worden. Außerdem wäre ich Ihnen sehr dankbar, wenn Sie nicht sagen würden, von wem Sie diese Informationen haben.«
Die Comtesse war enttäuscht, sie hatte sich mehr erhofft.
»Warum wollen Sie anonym bleiben?«
»Weil ich dem Staat nicht traue.«
»Sie hätten eine Mail schreiben oder anrufen können, ohne Ihren Namen zu nennen.«
»Das habe ich getan, aber darauf ist nichts passiert. Nun kann ich nur hoffen, dass Sie meinen Namen nirgendwo erwähnen.«
Die Comtesse konnte nichts versprechen, aber vorerst spielte seine Identität keine vorrangige Rolle.
»Haben Ihre beiden Bekannten den Namen ihres Kameraden genannt?«
Der Mann schüttelte den Kopf.
»Nein, nicht direkt. Sie haben ihn *Polacke* genannt, drei Mal.«
»Weil er Pole ist?«
»Keine Ahnung. Polacken kommen ja meistens aus Polen, aber … Ich weiß es, wie gesagt, nicht.«
Die Comtesse ließ sich den Namen auf der Zunge zergehen. *Polacke!* Vielleicht war das gar nicht die schlechteste Information.

Kapitel 19

Dienstag, 7. September 2010,
Vesterbro

Am Frühstückstisch saß ein ihm bislang unbekannter Mann. Klein, vielleicht eins fünfundsechzig, schätzte Konrad Simonsen, aber kräftig, mit breiter Brust und austrainiertem Körper. Der Neue war wortkarg, doch Konrad Simonsen spürte, dass er etwas sagen wollte, seine Skepsis Fremden gegenüber ihn aber noch zurückhielt. Sobald Konrad ihn ansah, wich er seinem Blick aus und starrte auf die Tischplatte. Umgekehrt wurde Konrad scharf beobachtet, sobald er den Blick abwandte.

Es war Konrad Simonsens vierter Tag in der Unterkunft für Veteranen, eine Erfahrung, auf die er gerne verzichtet hätte. Nicht, weil die Männer, die dort hinkamen, unangenehm waren, das war es nicht. Auch die Vorbehalte, die sie ihm am ersten Tag entgegengebracht hatten, waren längst vergessen. Ihn belasteten die Geschichten, die er hörte, der maßlose Verrat und die Doppelmoral. Sie machten ihn unendlich traurig und … ja, er musste es zugeben: Er schämte sich für sein Land.

Der Treffpunkt ohne offiziellen Namen bestand aus zwei zusammengelegten Parterrewohnungen, aus denen eine Treppe in einen Keller mit neun Zimmern führte. Im Keller gab es verschiedene Freizeitmöglichkeiten: einen Fernsehraum, in dem rund um die Uhr Filme liefen, einen Billard- und Dart-Raum, einen Fitnessraum mit verschiedenen

Trainingsmaschinen, einen Raum für persönliche Gespräche und einen Computerraum, der hauptsächlich für Spiele genutzt wurde. Die Unterkunft war privat finanziert, was der Hauptgrund für die Popularität war. Viele der Veteranen zogen sie den offiziellen und besser organisierten Unterkünften vor, die vom Verteidigungsministerium und der Gemeinde unterhalten wurden. Hier gab es keine feste Organisation oder Hierarchie, informell fungierte eine Handvoll Veteranen *de facto* als Leiter. Finanziell kamen sie einigermaßen über die Runden, da Miete, Wasser und Strom gratis waren. Die Eigentümerin der Immobilie hatte einen Sohn, der in Afghanistan zum Invaliden geworden war, und sie unterstützte die Veteranen, die einzigen Menschen, in deren Gegenwart sich ihr Sohn einigermaßen wohlfühlte. Darüber hinaus lieferten zwei Restaurants aus der Gegend Lebensmittel, die in ihren Lokalen übrig geblieben waren, und eine Handvoll Freiwillige mit ganz unterschiedlichen Hintergründen kamen, wenn sie Zeit hatten, und halfen bei Bedarf aus. Unter anderem ein Psychiater, der Assistenzarzt am Klinikum Glostrup war, ein stinkreicher Kunsthändler, der vier große Galerien in der Innenstadt besaß, diverse Sozialarbeiter und ein älterer Polizeibeamter aus Roskilde, den Konrad Simonsen gut kannte. Der Treffpunkt war rund um die Uhr geöffnet, alle Veteranen waren willkommen.

Nachdem die Comtesse mit der Information über die zwei Balkanveteranen aus der Kierkegaard-Schule zurückgekommen war, die von dem *Polacken* gesprochen hatten, hatte er die Männer in der Unterkunft aufgesucht und befragt. Sie hatten einsilbig geantwortet, die Köpfe geschüttelt und vorgegeben, nie von einem Polacken gehört oder gesprochen zu haben. Das Phantombild, das Konrad ihnen zeigte, kannten sie aus dem Fernsehen, sie hätten aber keine Ahnung, wer der Mann sein solle. Die ganze Aktion war ein Schuss in den Ofen gewesen. Konrad Simonsen wollte die Männer nicht unter Druck setzen, er hatte schon genügend Befragungen durchgeführt, um zu wissen, dass ihn das hier nicht weiterbringen würde. Diese Menschen machten bei Druck dicht. Andererseits passte das Profil des Täters gut zu einem ehemaligen Soldaten, und das Wissen um die Mordwaffe war ein überzeugendes Argument für die Tatsache, dass einige der Männer mehr wussten, als sie zu sagen bereit waren. Außerdem war Konrad Simonsen überzeugt davon, dass die beiden unwilligen Zeugen nicht die Wahrheit sagten.

Der nächste logische Schritt war eine künstliche Verjüngung der Phantomzeichnung, um das Bild mit einem Foto im Zentralarchiv für Gesamtverteidigung in Ballerup abgleichen zu können, das alle Stammdaten für ausgeschiedenes Militärpersonal enthielt. Konrad Simonsen zögerte aber noch, diese extrem aufwendige Arbeit in Angriff zu nehmen, da auch dadurch kein positives Resultat garantiert war. Er wollte vorerst weiter versuchen, jemanden aus der Unterkunft davon zu überzeugen, sein Wissen mit ihm zu teilen, und dafür musste er Präsenz zeigen und regelmäßig zu Besuch kommen. Er hatte das Phantombild an die Wand gepinnt und nahm es als gutes Zeichen, dass noch niemand versucht hatte, es abzureißen.

Am zweiten Tag hatte er mit dem Psychiater gesprochen und sich mit echtem Interesse erkundigt, wieso die Männer ihm nicht helfen wollten. »Ich bin überzeugt davon, dass der eine oder andere interessante Informationen für mich hat«, fügte er hinzu.

»Sie wissen einfach nicht genug über die Leute«, erwiderte der Psychiater mit einem mitleidigen Lächeln. Erst später, beim Nachmittagskaffee, schob er eine Erklärung nach und zeigte auf drei zufällige Veteranen im Raum.

»Das ist Jens. Er hat, wie Sie sehen, beide Beine und einen Arm verloren. Durch eine Tretmine in Helmand. Er hat Jahre dafür gekämpft, ordentliche Prothesen zu bekommen. Jetzt hatte er endlich Erfolg und geht, wenn er gesund genug ist, zur Reha ins Rigshospital. Wenn er Glück hat, bewilligt die Gemeinde ihm auch irgendwann elektrische Jalousien und ein Spezialbesteck, das ihm das Essen erleichtert. Die Hoffnung stirbt zuletzt, auch wenn es eher unwahrscheinlich ist, dass das passiert. Im Großen und Ganzen ist er eine unserer Erfolgsgeschichten. Auch wenn er zwischendurch seine schlechten Tage hat, zum Beispiel wenn sein Fuß, den er nicht mehr hat, so bestialisch juckt. Das macht ihn völlig fertig, und an diesen Tagen bleibt er lieber zu Hause.

Da drüben haben wir Steven. Sein größter Traum ist es, nach Afghanistan zurückzukehren und irgendeine Position im Team seiner Kameraden zu übernehmen, bei denen er sich heimisch fühlt. Er hat dort sein Bein verloren und leidet an Arthrose. Er verhandelt jetzt seit drei Jahren mit den Streitkräften um die Bewilligung einer Laufprothese, aber für solchen Luxus ist kein Geld da. Er wird Afghanistan nie wiedersehen, das ist uns allen klar, nur ihm selbst nicht. Manchmal kommt kein Ton, wenn er redet, und wenn jemand ihn deswegen auslacht, ist er tagelang deprimiert. Dann hat ihn wenige Monate nach seiner Rückkehr auch noch seine Freundin verlassen. Das war schwer für ihn, darum fährt er selten nach Hause. Er verbringt die meiste Zeit hier, auch die Nächte.«

Konrad Simonsen begnügte sich als Zeichen seiner Anteilnahme mit einem langsamen Nicken.

»Häme, Tod, Desillusionierung und gebrochene Versprechen nehmen sehr viel Raum ein bei diesen Männern«, fuhr der Psychiater fort. »Und bedenken Sie, dass das, was Sie sehen, nur die Oberfläche ist. In diesem Kontext sind Ihre japanischen Kinder nur eine weitere … lassen Sie es uns Begebenheit nennen. Zusätzlich zu allem anderen …«

»Okay, ich glaube, ich habe verstanden.«

»Nein, Sie ertragen nur nicht, was ich erzähle. Der da drüben heißt ebenfalls Jens, er ist ein Balkanveteran. Seit er vor fünfzehn Jahren von dort zurückgekommen ist, ist sein Leben nach eigener Aussage nicht mehr lebenswert. Er leidet an Aggressions- und Angstschüben, Diagnosen, die Ihnen egal sein können, aber lassen Sie mich so viel sagen: Er hat unter anderem panische Angst davor, auf die Toilette zu gehen. Phasenweise trinkt oder kokst er, und wenn seine Tochter ihn besuchen kommt – immer hier –, freut er sich schon Wochen vorher darauf und bricht meistens zusammen, wenn sie wieder gegangen ist. Er hat das Gefühl, sie vernachlässigt zu haben. Aber so ist es nicht, es ist sein Land, das ihn vernachlässigt hat, aber das sieht er nicht ein, leider. Er hat schon oft versucht, sich das Leben zu nehmen, und wer weiß, vielleicht hat er irgendwann Erfolg. Er wäre nicht der Erste. Der Staat lässt sich wunderbar Zeit mit der Bewilligung seiner Frühpension. Der Fall füllt bereits zwei dicke Ordner, aber seine Pension ist noch immer nicht durch.«

Konrad Simonsen hatte das Gefühl, etwas zu seiner Verteidigung sagen zu müssen.

»Ich muss einen mehrfachen Mord aufklären, das kann doch niemanden kaltlassen?«

Der Arzt ignorierte ihn.
»Die meisten Männer hier glauben an Dänemark, an die Flagge, an Ehre und Kameradschaft, alte Tugenden, wie dass ein Wort ein Wort ist und man seinen Kameraden hilft, wenn man kann. Woran sie allerdings nicht glauben, sind Bürokraten, Schreibtischgeneräle, Politiker, in Wirklichkeit die gesamte Bevölkerung. Die Bevölkerung, für die sie gekämpft haben und die ihnen gleichgültig die kalte Schulter gezeigt hat, als sie nach Hause kamen und Hilfe brauchten. Sehen Sie sich das an.«
Er drehte sich um und zog eine Zeitung aus einem Stapel auf dem Tisch hinter ihm. Auf der Titelseite war eine Meldung über einen getöteten Afghanistan-Soldaten, gleich darunter in einer doppelt so großen Rubrik: Anleitung zur Bekämpfung von Hausstaubmilben.
»So etwas ist nur schwer zu ertragen, wenn man gerade einen Kameraden verloren hat. Und es hat nicht unbedingt Jubel ausgelöst, als herauskam, dass der Verteidigungsminister die Beerdigungsrede des einen gefallenen Soldaten bei der nächsten Beerdigung gleich noch einmal verwendet hat. Kopieren und etwas anders anordnen, wozu sich die Mühe machen? Stirbt der Feind, erwarten ihn Jungfrauen, sterben unsere Soldaten, kriegen sie Mehrweg-Trauerreden.«
Konrad Simonsen musste dringend an die Luft. Er machte einen Spaziergang durchs Viertel. Auf dem Rückweg traf er den Psychiater.
»Wollen Sie mir mit alldem sagen, dass ich meine Zeit verschwende?«
Der Arzt zündete sich eine Zigarette an.
»Nein, Sie werden sicher bekommen, wonach Sie suchen. Aber das braucht seine Zeit. Die Männer reden intensiv

über Sie, wenn Sie weg sind. Aber Sie sollten immer mal wieder vorbeischauen, wenn Sie Zeit haben. Auch, nachdem Sie Ihre Informationen bekommen haben. Vielleicht gibt es irgendwas, mit dem Sie helfen können. Vergessen Sie nicht: Die haben auch für Sie gekämpft.«

Konrad Simonsen krümmte sich innerlich. Die Aufforderung widerstrebte ihm und traf ihn empfindlich, weil er tatsächlich am liebsten so schnell wie möglich gegangen wäre, um diesen Ort mit seinen unseligen Schicksalen und der permanenten Erinnerung, dass sein Land sich faktisch im Krieg befand, für immer zu vergessen.

»Vielleicht tu ich das sogar. Aber glauben Sie wirklich, dass irgendjemand etwas weiß?«

Der Arzt setzte sich in Bewegung und ließ ihn stehen, ohne zu antworten. Dann überlegte er es sich noch einmal und drehte sich zu Konrad um.

»Ja, es gibt jemanden, der etwas weiß«, sagte er und ging endgültig.

Der Durchbruch kam, als Konrad Simonsen in der Küche der Unterkunft stand und Kaffee kochte. Der neue Mann, den er beim Frühstück gesehen hatte, kam zu ihm. Als er ihn ansprach, mied er wie gewohnt den Augenkontakt.

»Bjørn Lauritzen. Er war 95 in Bosnien. Das ist der Mann auf Ihrer Zeichnung.«

»Bjørn Lauritzen ist der Polacke?«

Der Name Polacke hatte sich Konrad Simonsen so eingebrannt, dass ihm erst spät bewusst wurde, wie unwichtig die Frage war.

»Ja, wenn Sie so wollen. Aber Sie haben ein Problem.«

»Und das wäre?«

»Bjørn ist tot.«

Kapitel 20

Mittwoch, 8. September 2010,
Polizeipräsidium

Wie können seine Papiere einfach verschwunden sein?«, fragte Konrad Simonsen anklagend, als wäre die Comtesse persönlich dafür verantwortlich, dass Bjørn Lauritzens Akte nicht mehr da war.

»Man hat mir gesagt, seit 2001 wäre eine ganze Reihe von Akten aus dem Personalarchiv des Militärs verschwunden«, erwiderte die Comtesse. »Schuld daran soll die umfangreiche Digitalisierung sein, die sie später wieder aufgegeben haben. Einige Akten wurden in dem Zusammenhang eingescannt, aber nicht gespeichert. So auch die von Bjørn Lauritzen.«

»Für das Militär existieren diese Leute dann jetzt nicht mehr?«

»Nicht ganz. Sie haben noch die Auszahlungen der Lohnbuchhaltung. Lauritzen war von 1983 bis zu seinem erklärten Tod 2000 beim Militär. Seither erhält seine Witwe die Hinterbliebenenpension. Aber was er gemacht oder wo er sich befunden hat, wissen wir nicht. Natürlich kann man das rausfinden, aber das dauert länger und erfordert vermutlich ziemlichen Einsatz.«

»Ich glaube nicht, dass er tot ist.«

Diesen Punkt hatte die Comtesse verstanden. Trotzdem wollte ihr nicht in den Kopf, warum ihr Mann so viel Zeit darauf verwendete, die Laufbahn des Mannes zu ermitteln, bevor er sicher wusste, ob er noch lebte oder nicht. Blieb nur zu hoffen, dass die Arbeit, die sie geleistet hatten, sich nicht als Zeitverschwendung entpuppte. Konrad Simonsens Erklärung, er wolle einfach auf alles vorbereitet sein, bevor sie am nächsten Morgen Bjørn Lauritzens Witwe besuchten, hatte sie nicht überzeugt. Zwischendurch glaubte sie, dass ihr Mann sich einfach wünschte, dass Lauritzen noch am Leben war, und ihr deshalb diesen Auftrag gegeben hatte. Bis jetzt hatten sie jedenfalls nicht mehr als einen lückenhaften Lebenslauf.

»Lauritzen ist 1961 in einem kleinen Dorf in West-Jütland geboren, nicht weit von Nissum-Bredning. Das Abi hat er 1979 gemacht mit herausragenden Noten. Zehn Jahre später hat er geheiratet. Seine Frau ist Verkäuferin. Sie haben zwei Jungen. Ich habe auch noch eine Information über ihn aus der Marinestation Kongsøre …«

»War er Marinetaucher?«, unterbrach Konrad Simonsen sie überrascht.

»Fast. Er hat 1982 die Ausbildung gemacht. Zu diesem Zeitpunkt musste er seinen Wehrdienst schon abgeleistet haben, sonst wäre er ja nicht aufgenommen worden. Er war mit Abstand der Jahrgangsbeste. Du weißt ja, wie hart da die Anforderungen sind, das ist fast unmenschlich, und nur zehn Leute von jedem Kurs werden wirklich als Marinetaucher angenommen. Es ist also wohl keine Übertreibung, wenn ich sage, dass er der Beste der Besten war. Eine Woche vor seiner Benennung hat er sich dann aber abgemeldet. Niemand weiß, warum. Das hat er für sich behalten. Ich habe mit ein paar Offizieren gesprochen, die sich alle an ihn erinnerten. Sie beschrieben ihn als einen extrem fokussierten, etwas introvertierten Mann, den man – ich zitiere einen der Leute – wirklich nicht zum Feind haben möchte.«

Konrad Simonsen fragte nach Details, aber die Comtesse hatte keine weiteren Informationen.

»Bjørn Lauritzen ist nicht tot«, dachte Konrad Simonsen laut. »Das muss ein Irrtum sein, das passt alles viel zu gut zusammen.«

In einer Oktobernacht 1998 hatte ein Mann sich an der Mautstation auf der Storebæltbrücke in Seeland vorbeigeschlichen. Aufgefallen war er lediglich einem verschlafenen Wachmann, der die Videos kontrollierte, aber da war der Mann schon etwa in Höhe des ersten Brückenpfeilers. Der Wachmann hatte einen Security-Angestellten alarmiert, der dem Mann gefolgt war, doch als er ihn erreicht hatte, war der Mann über die Reling geklettert und hatte Selbstmord begangen. So etwas kam immer wieder vor, diese Vorfälle wurden aber nicht an die große Glocke gehängt, um die Storebælt-Verbindung nicht in Verruf zu bringen. Der Todesfall fand lediglich Niederschlag in einer kurzen Notiz in der Lokalzeitung *Korsør Posten*. Die Leiche des Mannes war nie gefunden worden, was nicht ungewöhnlich war. Wer von der Brücke sprang, konnte überall an Land getrieben werden, häufig weit von der Unfallstelle entfernt.

Durch einen Zufall entdeckte eine Frau ein halbes Jahr später die Zeitungsnotiz. Sie kannte Bjørn Lauritzen aus seiner Zeit beim Militär, und in jener schicksalsträchtigen Nacht war sie im Auto auf der Brücke gewesen und hatte einen Mann auf dem Randstreifen bemerkt. Sie hatte gebremst und die Scheibe heruntergelassen, um zu fragen, ob alles in Ordnung sei, und dabei hatte sie ihn zu erkennen geglaubt. Da der Mann sie aggressiv abgewiesen hatte, war sie schließlich weitergefahren, als sie das gelbe Blinklicht der Security hinter sich bemerkt hatte. Sollten die sich doch um das Pro-

blem kümmern. Durch die Aussage der Frau war Bjørn Lauritzen im Mai 2001 vom Amtsgericht in Korsør für tot erklärt worden.
Konrad Simonsen ließ die Comtesse schon mal vorfahren und versprach, spätestens in einer Stunde nachzukommen.
Im Internet hatte er einige wenige Fotos von Bjørn Lauritzen gefunden. Sie waren alle in den Jahren 1994 und 1995 in Bosnien aufgenommen worden, gepostet von Veteranen, die ein Soldatenforum über ihren Einsatz in Ex-Jugoslawien betrieben. Eines dieser Fotos zeigte drei Soldaten im Tarnanzug vor einem weißen Leopard-Panzer, auf dem die blaue UN-Flagge flatterte. Hinten auf dem Panzer prangte die dänische Flagge. Keiner der drei Soldaten war direkt zu erkennen, dafür war das Foto aus zu großer Distanz aufgenommen worden. In der Bildlegende wurde der Mittlere der Soldaten aber als Hauptmann Bjørn Lauritzen angegeben. Der Hintergrund des Fotos war die reinste Postkartenidylle: grüne Berge hinter gepflegten Kräutergärten.
Ein anderes Foto zeigte einen weißen Jeep mit drei dänischen Soldaten in Tarnanzügen. Der Wagen wich mühsam einem Pferdegespann aus, auf dem eine fünfköpfige Familie mit viel Gepäck in die entgegengesetzte Richtung fuhr. Weg von den Massakern, den ethnischen Säuberungen, den nächtlichen Vergehen an wehrlosen Familien. Die Hölle, die hinter ihnen lag, stand dem Kutscher ins Gesicht geschrieben. Bjørn Lauritzen war auf diesem Foto gut zu erkennen, er sah erschöpft aus und schien ein ganz anderer zu sein als der Mann auf dem Foto von 1994 oder der Phantomzeichnung sechzehn Jahre später.
Nachdem Konrad Simonsen den Namen des Mannes kannte, hatte er ein paar der Veteranen zum Sprechen gebracht.

Sie hatten ihm unabhängig voneinander versichert, ihren alten Hauptmann 2006 bei einer Beerdigung eines Kameraden gesehen zu haben, der Selbstmord begangen hatte. Bjørn Lauritzen war nicht in der Kirche gewesen, wohl aber auf dem Friedhof, als der Sarg ins Grab herabgelassen wurde. Und er hat Abstand von den anderen gehalten. Sie hätten ihm zugenickt und seien sich sicher, dass er es war, auch wenn sein Äußeres sich seit der Zeit in Bosnien ziemlich stark verändert hatte. Er habe ausgesehen wie ein Wilder, wie ein Steinzeitmensch, wenn auch physisch in Topform, und seine Augen hätten dieselbe Ruhe ausgestrahlt wie damals. Ansonsten habe er dem Phantombild geglichen.

Konrad Simonsen dachte über diese Bemerkungen nach, als er am Schreibtisch vor sich hinstarrte. Und über den beunruhigenden Aspekt, der aus dem Bericht der Comtesse hervorgegangen war.

Das Militär hatte die Akte von Bjørn Lauritzen gelöscht – so etwas kam vor. Und eine Frau vom Militär hatte Bjørn Lauritzen auf der Storebæltbrücke erkannt, weshalb er später für tot erklärt worden war. Natürlich kam es vor, dass Menschen sich irrten und alte Bekannte nicht richtig wiedererkannten. Auch das konnte ein Zufall sein.

Für Konrad Simonsen ein Zufall zu viel.

Kapitel 21

Donnerstag, 9. September 2010,
Skørping

Es war eine Weile her, dass Konrad Simonsen und die Comtesse zuletzt in Jütland gewesen waren, sie hatten sich darum beide auf die Fahrt gefreut. Sie hofften auf eine Atempause in ihrer Arbeit und auf die Gelegenheit, ausführlich miteinander zu reden und die herbstliche Landschaft zu genießen, in der die Bauern die letzten Ernten einbrachten. Doch die Realität sah anders aus. Das Wetter war trist und grau, und immer wieder regnete es. Überdies war Konrad Simonsen komplett übermüdet. Er saß nickend auf dem Beifahrersitz und versuchte krampfhaft, ihrem Gespräch zu folgen, bis die Comtesse resolut den Wagen anhielt, noch ehe sie Korsør erreicht hatten, und ihn auf die Rückbank befehligte. Sie meinte, es wäre besser für sie beide, wenn er endlich einmal schliefe. Er protestierte nicht und war nicht wach zu kriegen, als sie an einer Raststätte hielt, um eine Pause zu machen und etwas zu essen. Sie ließ ihn schlafen und hörte ein Hörbuch. Erst in Arden wachte er auf, keine zehn Kilometer vor ihrem Ziel.

Rikke Lauritzen und ihr ältester Sohn erwarteten die beiden Beamten aus Kopenhagen. Rikke war eine eher unauffällige Frau, mittelgroß, hell gefärbte Haare und etwas müde, fahle Gesichtszüge, was natürlich auch mit dem Wetter zu tun haben könnte, dachte die Comtesse, als die Frau sie ins Haus an einen gedeckten Kaffeetisch bat. Ihr achtzehnjähriger

Sohn, der auf ihren Wunsch hin dem Gespräch beiwohnte, war groß gewachsen mit offenem Gesicht. Seine ruhige Ausstrahlung ließ ihn älter wirken. Er setzte sich neben seine Mutter und tätschelte diskret ihren Unterarm, da sie im Gegensatz zu ihm sichtlich nervös wirkte.

Die Comtesse kam nach ein paar einleitenden Höflichkeitsfloskeln gleich zur Sache. Eigentlich hätte Konrad das Gespräch führen wollen, aber es war leicht zu erkennen, dass Rikke Lauritzen mit der Comtesse weniger Probleme hatte als mit dem Kommissar.

Die Comtesse erklärte der Frau, dass die Polizei am Tod ihres Mannes zweifelte und vermutete, dass er für den Anschlag am 22. August in Kopenhagen verantwortlich war. Die Frau begann zu weinen, wofür sie sich entschuldigte, da sie sich vorgenommen hatte, sich zusammenzureißen.

»Können wir eine Pause machen?«, fragte sie.

»Du kriegst die Pausen, die du brauchst«, sagte ihr Sohn, ohne auf die Einwilligung der Beamten zu warten.

»Vielleicht fangen wir einfach an einer anderen Stelle an«, fuhr die Comtesse leise fort. »Das Militär hat einen großen Teil der personenbezogenen Daten Ihres Mannes verloren, sodass es in seinem Lebenslauf ein paar gewaltige Lücken gibt. Wenn Sie einige davon stopfen könnten, wäre uns das eine große Hilfe.«

Wieder antwortete ihr Sohn.

»Das kann meine Mutter sicher, aber wozu soll das gut sein, wenn mein Vater tot ist? Wollen Sie das nicht erst überprüfen?«

Die Comtesse fühlte sich an ihre eigenen Vorbehalte erinnert und versuchte sich halbherzig an einer Erklärung, während der Sohn den Kopf schüttelte.

Rikke Lauritzen unterbrach sie kaum hörbar.
»Bjørn ist nicht tot.«
Die Aussage verblüffte alle, und Konrad Simonsen wollte sofort mehr erfahren. Die Frau ignorierte die Fragen des Kommissars und drückte sich an ihren Sohn, während sie abwehrend die Hände hob, als würde sie physisch angegriffen. Flehend sah sie zur Comtesse, die langsam nickte. Es kam immer wieder vor, dass ein Zeuge vor einem Beamten Angst hatte, dem anderen aber vertraute. Eine Situation, die unter bestimmten Umständen ausgenutzt werden konnte, während sie andere Male, wie hier, hinderlich war.
»Ich denke, ich komme allein klar. Wenn du willst, kannst du gern schon nach Aalborg fahren.«
Als Konrad Simonsen gegangen war, setzten sie das Gespräch fort, redeten aber zuerst über Bjørn Lauritzens militärische Laufbahn. Rikke Lauritzen holte eine Mappe mit Unterlagen, und im Laufe einer halben Stunde hatten sie die Karriere ihres Mannes Stück für Stück zusammengesetzt. Die sachliche Arbeit half der Witwe, ihre Nervosität zu überwinden. Vielleicht beruhigte es sie aber auch, dass Konrad Simonsen nicht mehr da war. Ihr Sohn half mit und lieferte wichtige Puzzlesteinchen.

1981: neun Monate wehrpflichtiger Rekrut, Garderhusarkaserne in Slagelse.
1982–85: Ausbildung zum Marinetaucher in Kongsøre. Abbruch der Ausbildung einen Tag vor der Prüfung.
1985–88: K35-Anstellung in der Garderhusarkaserne in Slagelse, Spähtruppe.
1988–90: Offiziersschule in der Kaserne Farum, Ausbildung zum Leutnant, Nahkampfausbilder und Panzerfahrer

1990–92: Leutnant im Lager Oksbøl. Leiter der Panzerkompanie.
1992: Erster Einsatz in Bosnien für sechs Monate, wo er eine Stellung als Oberleutnant bekleidete. Wieder zurück, war er dann wieder Leutnant. Kommandeur für drei bis fünf Panzerbesatzungen.
Erhält nach Rückkehr die Tapferkeitsmedaille für großen persönlichen Mut, Beförderung zum Oberleutnant.
1992–95: Oberleutnant im Lager Oksbøl, dazwischen immer wieder Einsätze als Marinetaucher und Nahkampfausbilder.
1995: Zweiter Einsatz in Bosnien, sechs Monate.
Beförderung zum Hauptmann. Arbeitet als Kompaniechef und geht oft selbst auf Panzerpatrouille.
Juli 1995: Vorzeitige Entsendung nach Hause, Grund unbekannt.
Außerdem: Dänischer Meister im militärischen Fünfkampf 1988, 90, 91 und 94. Nordischer Meister 1993 und Silbermedaillengewinner bei der WM 1994 in Brasilien.

»Sie haben wirklich keine Ahnung, warum Bjørn vorzeitig nach Hause geschickt wurde?«
Rikke Lauritzen schüttelte den Kopf.
»Er hat es mir nicht gesagt. Ich habe ihn ein paar Mal gefragt, habe dann aber aufgegeben, weil er mir nie eine Antwort gegeben hat. Er hat kaum über das gesprochen, was in Bosnien passiert ist.«
»Können Sie es nicht lassen, ihn Bjørn zu nennen?«, forderte ihr Sohn. »Sie kannten meinen Vater doch gar nicht.«
Die Comtesse entschuldigte sich und fragte:
»Wir wissen, dass Ihr Mann weiterhin seinen Sold bekom-

men hat, auch noch zwei Jahre nach seinem Einsatz in Bosnien. Warum? Und zwar den Sold, der ihm für einen Auslandseinsatz zustand.«

»Es tut mir leid, aber ich habe wirklich keine Ahnung«, sagte sie.

»Können Sie mir sagen, wie es war, als Bjørn Lauritzen im Sommer 1995 zurückgekommen ist?«

Rikke Lauritzen starrte eine Weile vor sich hin.

»Es ging überhaupt nicht. Anfangs vielleicht noch, aber irgendwann ging gar nichts mehr. Ich meine ... Victor war damals drei Jahre alt, und ich war hochschwanger mit Emil, also ... ich musste mich um so viel kümmern, aber trotzdem hat Bjørn mir nicht eine einzige Aufgabe abgenommen. Er war total verschlossen und hat kaum geredet. Nur nachts, wenn er aus seinen Albträumen aufwachte und ich ihn getröstet habe, hat er mir das eine oder andere anvertraut. Manchmal war das mehrmals pro Nacht, wenn es ganz schlimm war, kamen die Träume dicht hintereinander. Tagsüber saß er meist auf der Terrasse, wenn er nicht irgendwo durch den Wald rannte. Es ging ihm schlecht, sehr schlecht, und es wurde immer schlimmer. Victor hat er total ignoriert und mich die meiste Zeit auch.«

»Haben Sie nicht versucht, Hilfe zu bekommen?«

»Doch. Bei der Gemeinde und beim Militär. Sie waren auch sehr verständnisvoll, aber es ist nie was passiert, sieht man von ein paar nutzlosen Briefen ab. Ich habe versucht, Bjørn dazu zu bringen, zu einem Psychologen zu gehen, aber auch das hat nicht geklappt. Er hat einfach nicht mit mir gesprochen. Es war wie mit einer Wand zu reden. Und es war ihm unangenehm, wenn ich ihn berührt habe. Außer nachts, wenn er Trost brauchte, dann war er wie ein kleines Kind.«

»Alkohol, Drogen, irgendeine Sucht?«
Sie schüttelte den Kopf.
»Später wurden seine Touren durch den Wald länger und länger. Im September 1995 kam er nur noch abends zum Schlafen nach Hause, manchmal blieb er sogar nachts weg. Ich habe mir Wahnsinnssorgen gemacht, um ihn, um unsere Ehe, vor allem aber um unsere Kinder. Es war so beängstigend, nie zu ihm durchzudringen, und er hatte sogar Angst vor sich selbst. Das hat er mir mal anvertraut. Er hatte Angst, uns irgendwann einfach umzubringen, das hat er wörtlich so gesagt – ist doch klar, dass ich da panisch wurde. Es ist schwer zu erklären, aber irgendwie war es so, als hätte er jede Achtung vor dem Leben verloren, vor seinem wie vor dem der anderen. Irgendwas war in Bosnien in ihm kaputtgegangen.«
Sie kam ins Stocken.
»Wo wohnte er damals?«, fragte die Comtesse, um die Frau wieder ans Reden zu bringen.
»Irgendwo im Wald, glaube ich. Er kam immer seltener nach Hause, nachdem Emil auf die Welt gekommen war, so gut wie gar nicht mehr. Anfangs habe ich noch Taschen mit Essen für ihn auf die Terrasse gestellt. Und oft waren die Taschen weg, ohne dass ich mit ihm geredet hatte. Ich habe ihm auch Geld hingelegt, aber das ließ er in aller Regel liegen.«
»Haben Sie nie richtig miteinander gesprochen?«
»Doch, das kam vor. Und irgendwie ging es ihm später auch wieder besser. Er hat mir gesagt, dass er es nicht aushalten könne, in geschlossenen Räumen zu sein. Das weiß ich noch. Und auch die Nähe von anderen wäre ihm unerträglich.«

»Dann blieb er ganz für sich?«
»Das glaube ich.«
»Wissen Sie, was er damals mitgenommen hat?«
Rikke Lauritzen versuchte, sich zu erinnern, und zählte dann ein paar Dinge ohne Bedeutung auf: Zahnbürste, Rasiermesser, Stiefel, Schlafsack … Bei vielen Dingen war sie sich aber unsicher. Die Comtesse ließ sie ausreden und machte Notizen. Zuletzt stellte sie die Frage, auf die sie die ganze Zeit hingearbeitet hatte.
»War er bewaffnet?«
Die Augen der Frau flackerten, und ihr Sohn sah sie eindringlich an.
»Mama.«
»Zwei Messer, Kampfmesser aus dem Militär, soweit ich weiß.«
Die Comtesse zeigte ihr ein Foto.
»Ist das eins davon?«
»Ja, das war Bjørns Messer«, sagte die Frau mit einem Nicken.
Die logische Frage, warum sie sich nicht von sich aus bei der Polizei gemeldet hatte, übersprang die Comtesse.
»Und Sie sind sich sicher, dass Ihr Mann nicht tot ist?«
»Ein halbes Jahr nachdem Bjørn offiziell für tot erklärt worden war, war er plötzlich wieder hier. Ich hatte Victor zu den Pfadfindern gefahren, und als ich zurückkam, saß Bjørn auf der Terrasse. Ich habe ihn lange in den Arm genommen, ohne dass einer von uns etwas gesagt hat. Dann hat er mir erzählt, dass es ihm gut geht, er aber nur noch selten in Jütland ist. Die meiste Zeit halte er sich auf Seeland oder in Schweden auf. Wo genau, hat er mir nicht verraten, es lag aber auf der Hand, dass er noch immer in irgendwel-

chen Wäldern hauste. Er war gekommen, um mir zu zeigen, dass er nicht tot ist. Sein Körper wirkte stark und muskulös. Als er wieder ging, nahm er Wasser und ein Päckchen Roggenbrot mit. Mehr nicht. Nach seinen Kindern hat er nicht gefragt. Mehr kann ich Ihnen nicht sagen«, schloss Rikke Lauritzen.

Die Comtesse bohrte noch ein bisschen weiter, aber sie waren für dieses Mal am Ende angekommen. Dass Rikke Lauritzen später noch einmal offiziell verhört werden würde, sagte die Comtesse ihr nicht. Als die Frau aufstand, um das Bündel Briefe zu holen, die Bjørn ihr aus Bosnien geschrieben hatte, bekam die Comtesse Zeit, sich auf ihre letzten beiden Fragen vorzubereiten. Die Comtesse steckte die Briefe dankend in ihre Tasche und zeigte der Frau das Phantombild.

»Bitte tun Sie das weg«, sagte Rikke Lauritzen mit einer abwehrenden Handbewegung.

Die Comtesse faltete das Foto zusammen.

»Das ähnelt ihm nur entfernt. Aber trotzdem, das ist Bjørn. Leider. Er hätte Hilfe bekommen sollen, als er sie so dringend benötigte.«

Die Comtesse war ganz ihrer Meinung.

»Bjørn Lauritzen hat 1985 die Ausbildung zum Marinetaucher abgebrochen, einen Tag vor dem Ende der Ausbildung. Wissen Sie, warum?«

Die Frau nickte. »Die Demütigungen, die mit dieser Ausbildung verbunden waren, waren ihm zuwider, aber er wollte unbedingt zeigen, dass er das Zeug dazu hatte, wenn er wollte. Es war eine Art Protest.«

Zu diesem Schluss waren sie auch im Morddezernat gekommen.

Zu guter Letzt zog die Comtesse zwei Wattestäbchen und zwei Plastikbeutel aus der Tasche.
»Ich muss Sie beide um DNA-Proben bitten. Ich hoffe, das ist für Sie in Ordnung?«
»Und wenn ich das nicht in Ordnung finde?«, fragte der junge Mann.
»Dann beschaffe ich mir eine richterliche Verfügung, aber das würde ich gerne vermeiden.«
Der Sohn schüttelte den Kopf. »Wir haben doch nichts Verbotenes getan, warum sollte ein Richter dann eine DNA-Probe von uns fordern? Außerdem ist doch nur meine DNA interessant und nicht die meiner Mutter. Für wie dumm halten Sie mich eigentlich?«
»Ich habe eine Reihe von Bildern von Kindern, die auch nichts getan haben und trotzdem sterben mussten«, sagte die Comtesse leise.
»Weil mein Vater nicht die Hilfe bekommen hat, die er gebraucht hätte und auf die er ein Anrecht gehabt hat.«
»Ja.«
Rikke Lauritzen öffnete als Erste den Mund. Dann folgte der Sohn ihrem Beispiel.

Kapitel 22

Donnerstag, 9. September 2010,
Liseleje

»Mama, da ist der Waldmann.«
Der Junge zeigte aufgeregt und triumphierend auf den Fernseher, und seine Mutter realisierte, dass es den Waldmann wirklich gab und er ihn nicht erfunden hatte. Der Junge war fünf Jahre alt, und als das Phantombild des Mannes vom Bildschirm verschwand, verlor er das Interesse und widmete sich wieder ganz seinem LEGO-Helikopter. Ein LEGO-Mann, der in der Waschschüssel zu ertrinken drohte, musste unbedingt ins Krankenhaus geflogen werden. Im Kopf seiner Mutter nahm ein unheimlicher Verdacht Form an.
»Warum sagst du das?«, fragte sie mit scharfer Stimme. Der Junge reagierte unmittelbar auf den Tonfall.
»Weil er das ist«, antwortete er eingeschnappt.
Sie hatten schon häufiger über den geheimnisvollen Waldmann gesprochen, der den Jungs immer mal wieder im Wald begegnete. Er sähe wie ein Troll aus, sei aber nett und zeige ihnen, wie man gute Höhlen baut oder Tierspuren folgt. Die Eltern hatten den Waldmann als Einbildung abgetan, als Ausgeburt der Fantasie, und wenn die Jungs wieder von ihm anfingen, hatte der Vater ihnen das Wort verboten, weil sie ihre Mutter damit beunruhigten. Sie sollten endlich lernen, zwischen Fantasie und Wirklichkeit zu unterscheiden. Könnten sie das nicht, seien sie wohl noch zu jung, um alleine im Wald zu spielen – basta. Die Drohung war ernst, und

da der Wald der liebste Spielplatz der Jungs war, sprachen sie vom Waldmann nur noch, wenn sie unter sich waren. Nur ganz selten vergaß der Jüngere das Verbot seines Vaters und die Ermahnungen seines großen Bruders.
Die Familie wohnte in der ehemaligen Försterei, gut einen Kilometer vom Ort Liseleje entfernt. Die Kinder waren den Wald, der das Haus von allen Seiten umgab, von klein auf gewohnt. Heute waren beide wegen des Regens zu Hause geblieben. Das Auto war für einen Ölwechsel in der Werkstatt, und die Mutter, die gerade Überstunden abfeierte, hatte ihre Söhne in der Schule entschuldigt, was äußerst selten vorkam. Ihr Mann hatte sich der Idee angeschlossen und entschieden, von zu Hause aus zu arbeiten. Sie hatte gebügelt und mit halber Aufmerksamkeit die Wiederholung der Sendung vom Vortag verfolgt, in der über Polizeiarbeit im Fall der Morde auf dem Ausflugsboot berichtet wurde. In dem Zusammenhang wurde noch einmal das Phantombild des mutmaßlichen Täters gezeigt. Sie machte das Bügeleisen aus, stellte es hochkant aufs Brett und schaltete den Computer an, der hinter ihr stand. Sie suchte das Phantombild und ließ es geöffnet auf dem Bildschirm stehen. Ihr Jüngster folgte ihr mit dem Blick, unsicher, ob er irgendetwas falsch gemacht hatte. Sie streichelte ihm über den Kopf und rief seinen großen Bruder und ihren Mann.
Der Große war zehn Jahre alt, seine Aussagen verlässlicher als die seines kleinen Bruders. Er sagte das Gleiche. »Ja, das ist der Waldmann, aber wir dürfen ja nicht über ihn reden.« Die Eltern wechselten Blicke und hoben danach das Verbot auf. Plötzlich wollten sie alles über den Waldmann wissen, woran die Jungen sich erinnern konnten. Und die Jungen erzählten.

Sie hatten den Waldmann nur ein paarmal getroffen. Er lebte gut versteckt im Wald, sie hätten ihn trotz intensiver Suche nie gefunden. Nur, wenn er selbst es vorgeschlagen hatte, waren sie mit ihm gegangen. Gesehen hatten sie ihn eigentlich nur im Winter, im Sommer waren ihm zu viele Menschen im Wald unterwegs, und er mochte keine Fremden.

»Wenn ihr mit dem Waldmann mitgeht, wo geht ihr dann hin?«, fragte die Mutter mit beherrschter Ruhe.

»Nirgendwohin, wir laufen einfach im Wald rum. Er hat Fallen aufgestellt. Und er erzählt, was er selber als Junge gemacht hat. Und über den Wald und die Tiere. Er weiß ganz viel über die Tiere. Und die Bäume.«

»Hat er euch angefasst?«, fragte der Vater ernst.

Er bekam die beste Antwort, die er sich wünschen konnte, einen fragenden Blick seiner Jungen. Und der Jüngste, der etwas Positives sagen wollte, meinte, dass er ihn über einen Bach gehoben hat, als er noch klein war.

»Hat er ein Haus, in dem ihr gewesen seid?«, hakte die Mutter nach, und ihr Ältester antwortete.

»Nachts schläft er im Bunker unten am Strand, aber da will er uns nicht sehen, also gehen wir dort nicht hin. Wir treffen ihn nur im Wald.«

»Wenn ihr nie in seinem Bunker gewesen seid, woher wisst ihr dann, dass er dort wohnt?«

Der Große schüttelte den Kopf, darauf hatte er keine Antwort.

»Weil es so ist«, sagte der Kleine an seiner Stelle.

Die Erwachsenen schickten die Jungs auf ihr Zimmer, damit sie reden konnten. Die Mutter war dafür, die Polizei einzuschalten, was der Vater für übereilt hielt, weil nach wie vor nicht sicher sei, dass es sich nicht einfach um eine Fantasie der Jungen handelte. Es endete damit, dass er mit dem Rad zum Bunker fuhr, einem aufgelösten Munitionsdepot des ehemaligen Truppenübungsplatzes Melbyleiren, um nach einer Bestätigung der Geschichten der Jungs zu suchen. Nach mühsamer Bearbeitung des Vorhängeschlosses mit einem Stein öffnete er die Stahltür des Bunkers und fand am hinteren Ende des Raumes Spuren, die bestätigten, was seine Kinder erzählt hatten: ein Stapel ordentlich zusammengelegter Wolldecken, ein Müllbeutel mit Abfall, soweit er es überblicken konnte, hauptsächlich leere Konservendosen, ein Plastikkanister mit Wasser, zerlesene Bücher und das Foto einer ihm unbekannten Frau an der Wand. Er machte ein paar Fotos mit seinem Handy, verließ den Bunker und rief die Polizei an.

Zwei Stunden später stand Klavs Arnold in dem Bunker, hinter ihm der Mann, der die Meldung gemacht hatte. Er bestellte die Polizeitechniker ein und brachte den Mann dann nach Hause, wo er die beiden Jungen befragte und im Großen und Ganzen die gleiche Geschichte zu hören bekam wie vier Stunden zuvor die Eltern. Klavs Arnold hakte weiter nach.

»Ihr habt gesagt, dass ihr den Waldmann eigentlich nur im Winter gesehen habt? Oder habt ihr ihn auch mal im Sommer getroffen?«

Der große Bruder bejahte zögernd, konnte sich aber nicht mehr erinnern, ob es der letzte oder vorletzte Sommer gewesen war.

»Er hat mir jedenfalls was zum Geburtstag geschenkt.«

Er rannte hoch in sein Zimmer und kam wenig später mit einer aufwendigen Holzschnitzarbeit zurück, eine hübsch verzierte Midgardschlange, die sich um sich selbst und um die Erde schlängelte. Am Ende waren zwei sich kreuzende Flaggen eingeritzt und *Per 8 Jahre*.

»Wie alt bist du?«, fragte Klavs Arnold.

»Zehn.«

»Und wann hast du Geburtstag?«

Seine Mutter antwortete.

»Am 6. Juli.«

Das passt, dachte Klavs Arnold. Er zweifelte keine Sekunde daran, dass Bjørn Lauritzen der Waldmann war. Er war am 6. Juli 2008 in Liseleje gewesen. Vier Tage später war Juli Denissen weniger als zwei Kilometer entfernt überfallen worden. Klavs Arnold sah den Jungen an.

»Darf ich dein Geschenk mitnehmen, wenn ich dir verspreche, dass du es ganz schnell wiederbekommst?«

Der Junge dachte nach und antwortete dann:

»Nein, das ist meins.«

Kapitel 23

Freitag, 10. September 2010,
Polizeipräsidium

Der Mord kam äußerst ungelegen, wie es bei Morden immer ist. Konrad Simonsen kam seiner selbst aufgestellten Regel nach, dass entweder er selbst oder Arne Pedersen an den Tatort fuhren, der in diesem Fall in Bellahøj lag. Eine junge, alleinerziehende Mutter hatte seit gut einem Jahr einen Stalker, der ihr das Leben zur Hölle machte. Unseligerweise war die Frau Elektrikerin und hatte irgendwann verzweifelt beschlossen, die Sache in die eigene Hand zu nehmen, indem sie von ihrem Herd zum Briefkastenschlitz eine Starkstromleitung verlegt und nachts eingeschaltet hatte. Die Sicherungen in der Wohnung hatte sie überbrückt. Die Installation wirkte unglücklicherweise etwas zu gut. Der Stalker bekam einen 380-Volt-Schlag, als er einen weiteren Hassbrief einstecken wollte, und als die Frau am nächsten Morgen entdeckte, was sie angerichtet hatte, gab sie ihre Tochter bei einer Nachbarin ab und tauchte unter.

Konrad Simonsen sah auf die Uhr. Ein Termin mit Arne Pedersen stand an, um die Morde auf dem Ausflugsboot durchzugehen. Er widerstand der Versuchung, ihn anzurufen, und ging stattdessen den Fall im Kopf durch.

Am Montag sollte er Bescheid bekommen, ob Bjørn Lauritzens DNA mit der am Geländer der Batteribroen gesicherten DNA übereinstimmte. Er hielt das für eine reine Formsache und rechnete mit einem Match. Wie bei den Fingerab-

drücken auf den Konservendosen in dem stillgelegten Munitionsdepot am Strand von Liseleje und denen auf der Brücke. Bjørn Lauritzen war sein Mörder, davon war er fast hundertprozentig überzeugt.
Von Spezialisten hatte er erfahren, dass grob geschätzt etwa dreißig bis fünfzig Eremiten in den dänischen Wäldern lebten. Sie hielten sich mit Tierfallen und Pflanzen am Leben, in den Wintermonaten ergänzten sie ihren Speiseplan nachts oft aus Supermarktcontainern. Die wenigsten dieser Männer waren drogenabhängig, weil das nicht mit der harten Arbeit vereinbar war, die es zum Überleben im und vom Wald erforderte. Viele der Eremiten waren vermutlich Kriegsveteranen, die nie ganz aus dem Krieg zurückgekehrt waren und sich hinter verschlossenen Türen nicht wohlfühlten. Es war dabei nicht ungewöhnlich, dass die Waldbewohner, je nach Jahreszeit, einen anderen Wald bewohnten. Die Chance, Bjørn Lauritzen aufzuspüren, war damit verschwindend gering, sofern er nicht neue Informationen über die möglichen Aufenthaltsorte des Täters bekam.
Etwas positiver sah es im Hinblick auf den Überfall auf Juli Denissen aus. Er hatte schon länger das Gefühl, dass der Tod der jungen Frau eine zentrale Rolle im Zusammenhang mit den Morden auf dem Ausflugsboot spielte, und jetzt konnte er Bjørn Lauritzen nachweislich zum fraglichen Zeitpunkt in der Nähe des Leichenfundorts platzieren.
Anica Buch hatte ihren Bericht über Juli Denissens Mailkorrespondenz abgegeben. In zwei Mails aus dem Winter 2006 hatte sie ihrem damaligen Lover, ein privat praktizierender Arzt aus Skævinge, ihre panische Angst vor Schnecken beschrieben. Die Phobie war von mehreren anderen Zeugen erwähnt worden und musste nicht weiter unter-

sucht werden. Eine weitere Entdeckung von Anica machte die Beobachtung aber besonders interessant. Jemand hatte sich Zugang zu Julis Mailkonto verschafft und Mails von und an ihren letzten Liebhaber Mads Eggert gelöscht. Konrad Simonsen beschloss, Ella von Eggert, Mads Eggerts Witwe aus Frederiksværk, noch einmal zu vernehmen, diesmal persönlich.

Blieben noch die Briefe, die Bjørn Lauritzen aus Bosnien an seine Frau geschickt hatte. Ergänzend zu den Informationen, die er im Internet gefunden und in der Unterkunft in der Vesterbrogade bekommen hatte, hatte er nun eine einigermaßen vollständige Übersicht darüber, mit welchen Männern Bjørn Lauritzen vorrangig in Bosnien zu tun gehabt hatte. Dies galt insbesondere für die Soldaten der DANSQN, der dänischen Panzerkompanie, die zum gemeinnordischen Bataillon NORDBAT 2 gehörten, mit der er die letzten Monate dort stationiert gewesen war, ehe er vorzeitig nach Hause geschickt wurde. Als Nächstes musste er herausfinden, was in Bosnien vorgefallen war und warum Bjørn Lauritzen vorzeitig heimgeschickt worden war und nach seiner Rückkehr noch fast zwei Jahre lang seinen vollen Sold bekommen hatte. Im Besoldungsarchiv der Streitkräfte war er anfangs als *Berater* registriert, aber niemand hatte sagen können, um was für eine Art von Beratung es sich handelte. Im Übrigen widersprach die Berufsbezeichnung der Aussage seiner Frau über das Auftreten ihres Mannes zur betreffenden Zeit.

Arne Pedersen polterte in sein Büro und riss ihn aus seinen Gedanken.

»Tut mir leid, Konrad, es hat länger gedauert als geplant. Dafür haben wir sie jetzt. Sie ist bei einer Freundin auf Fü-

nen. Wir haben sie überredet, sich bei den Kollegen in Bogense zu melden. Die arme Frau, hätte sie nicht eine etwas weniger ultimative Abschreckmethode wählen können?«
Konrad Simonsen hatte Schwierigkeiten, sich wirklich zu engagieren, und murmelte eine unverständliche Antwort.
»Ich hoffe nur, dass das Parlament irgendwann einmal die Strafen für diese hirntoten und herzlosen Stalker gewaltig anzieht. Die machen so vielen Menschen das Leben zur Hölle«, sagte Arne.
»Stimmt, trotzdem können wir nur hoffen, dass die Lösung des Problems, die sie gewählt hat, nicht andere ihrer Leidensgenossen auf dumme Gedanken bringt.«
Damit war dieses Thema vom Tisch, und sie überlegten weiter, wie sie Bjørn Lauritzen finden konnten.
»Manchmal denke ich, dass man ihm eigentlich keinen Vorwurf machen kann, dass ihn Bosnien wie so viele andere kaputtgemacht und ihn zu dem gemacht hat, der er jetzt ist. Das muss man immer im Hinterkopf behalten«, sagte Konrad Simonsen.
Arne Pedersen sah seinen Chef überrascht an. Erstens war das wenig relevant für die Aufklärung des Falls, und zweitens war es völlig untypisch für Konrad Simonsen, schwere Verbrechen mit der Vergangenheit des Täters zu entschuldigen.
Arne Pedersen wich dem Blick seines Chefs aus.
»Hol deinen Kalender aus dem Büro. Klavs und du, ihr klappert die Leute von der Liste ab und findet raus, wie Bjørn Lauritzen in Bosnien getickt hat.«
Er drückte Arne Pedersen ein Blatt Papier in die Hand und stand auf, um in die Mittagspause zu gehen. Wenn er sich beeilte, konnte er seine Mahlzeit vielleicht noch in der Unterkunft in der Vesterbrogade einnehmen.

Kapitel 24

Freitag, 10. September 2010,
Esplanaden, Kopenhagen

Ich hatte einen Bruder. Wir waren beide Tagger, Sie wissen schon, wir haben Graffitis, auf Wände, Mauern, S-Bahnen, Straßen, alles gesprüht. Das war Ende der Achtziger, und wir waren jung. Eines Nachts ist er gestürzt, grade mal zwei Meter, mehr war das nicht, aber er ist gestorben, direkt vor meinen Augen, ohne dass ich irgendwas tun konnte. Wir waren Zwillinge, das war, als hätte ich mich selbst verloren. In den Jahren danach hab ich mich treiben lassen. Es war die Hölle, ich hab gesoffen, Hasch geraucht, bin gereist …«

Arne Pedersen ließ den Mann reden, obwohl sein Leben vor Bosnien für ihn uninteressant war. Aber wenigstens redete er.

Sie saßen in einem Tagungsraum im dritten Stock von Esplanaden, der A.-P.-Møller-Mærsks-Zentrale in Kopenhagen, wo der ehemalige Soldat inzwischen als Business Development Manager eingestellt war. Ausgerechnet, dachte Arne Pedersen. Sein Zeuge hatte sich auf eine Zeitreise in die Vergangenheit begeben, und was er sagte, stand in grellem Kontrast zu seiner eleganten Erscheinung im anthrazitfarbenen Maßanzug und dem funktionalen, vor Kompetenz strotzenden Raum, in dem sie saßen. All das existierte nicht mehr, als er erzählte, wie das Militär zum Mittelpunkt seines Lebens geworden war und er sich später, im Frühjahr 1995, freiwillig nach Bosnien gemeldet hatte.

»Ich weiß nicht, wo ich bei Bjørn anfangen soll, das ist gar nicht so einfach, vielleicht damit, dass er der geborene Anführer war. Jeder seiner Leute hat zu ihm aufgeschaut, fühlte sich sicher bei seinen Entscheidungen und befolgte exakt seine Befehle, wenn er überhaupt einmal etwas befahl. In der Regel haben wir alles miteinander besprochen. Über die Tatsache hinaus, dass er der ideale Anführer war, wollte er aber auch immer im Einklang mit uns stehen. Er war rücksichtsvoll uns Jungen gegenüber, ohne viel zu reden, ein durch und durch sympathischer Zeitgenosse, aber wenn die Situation es erforderte, war er der effektivste, gnadenloseste Kämpfer, der mir je begegnet ist. Weich und hart, Tag und Nacht, wenn Sie so wollen, und wenn nötig, sprach er die Machosprache, die das Einzige, das absolut Einzige war, was die ganze Bande in diesem beschissenen Pulverfass respektierte und verstand.

Es reichten ein paar Tage dort unten, um zu begreifen, dass das Mandat, das die Politiker aus Kopenhagen, ja, aus ganz Europa, an ihren Schreibtischen zusammengezimmert hatten, vollständig fürs Klo war. Friedensbewahrend, friedenschaffend, so ein Schwachsinn. Da war nichts mit Frieden, da herrschte Krieg, und da war es nicht sehr hilfreich, dass wir sozusagen eine schriftliche Genehmigung vom Verteidigungsministerium vorzeigen mussten, wenn wir auch nur mit einem Gewehr auf einen Bosnier zeigen wollten. Dieses *Rules-of-Engagement*-Regelwerk war fast tausend Seiten dick, es gab Regeln für alles, sag ich Ihnen, und eine endlose Liste von Verboten, aber die Einzigen, die wirklich gerafft haben, was das Ganze sollte, waren die Amis. Die beherrschten von ihren Flugzeugträgern aus den Luftraum mit ihren Jagdfliegern, ganz zu schweigen von den Aufklärungsflugzeugen, die man nicht sah, die aber da waren. Selbst die Amis waren anfangs zurückhaltend, zivilisiert, kann man sagen, auch sie hofften wohl auf eine Verhandlungslösung. Aber wenn sie SAM-Batterien aufspürten, Sie wissen schon, diese verflucht effektiven Luftabwehrraketen, russisches Teufelszeug, das die Serben in die Finger gekriegt hatten, dann wurden die Amis regelrecht hysterisch. Es war sicher nicht sehr amüsant, serbischer Leiter so einer Raketenstellung mit sehr begrenzter Lebenserwartung zu sein. Haben Sie mal eine Karte der Ethnien vom Balkan aus dieser Zeit gesehen?«

Arne Pedersen nickte.

»Kroaten, Serben, Muslime, das war der reinste Flickenteppich, vollkommen unübersichtlich. Und wir waren an einem der übelsten Orte stationiert, Ljubičevac, eine völlig verfallene, abgelegene Siedlung, die aus zehn, höchstens zwanzig Häusern bestand, nahe an der Grenze zur niederländischen Zone und den Wäldern in Srebrenica, wo im Sommer 1995 alles durchdrehte. Wir hatten dort einen Überwachungsposten eingerichtet, ein winziges Haus aus Sandsäcken, unser Klein-Danewerk. Nicht sehr originell, der Name, aber dort hielten wir uns die meiste Zeit auf, wenn wir nicht auf Patrouille waren oder in Tuzla oder einem der anderen Orte etwas zu erledigen hatten. Meistens schliefen wir dort auch.

Bjørn Lauritzen war unser Oberbefehlshaber, und wir schätzten uns glücklich, ihn zu haben. Mit seinem Rang hätte er entspannt im Hauptquartier in Tuzla sitzen können, aber er wollte an die Front, sozusagen, wo er etwas ausrichten konnte, und seine Chefs waren wahrscheinlich froh darüber, ihn los zu sein. Er war bekannt dafür, dass er kein

Blatt vor den Mund nahm und jedem seine Meinung sagte, was nicht immer auf Begeisterung stieß. Auch draußen, zusammen mit uns, sorgte Bjørn mit seiner privaten Moral für Frieden, oder vielleicht eher Gerechtigkeit. Da kann ich Ihnen einige Beispiele liefern, verschiedene Geschichten, in denen er die Probleme auf seine ganz eigene Art löste. Wollen Sie welche hören, ich hätte einige auf Lager?«

Arne Pedersen nickte. Sein Gegenüber nahm den Schlips ab, warf ihn auf den Schreibtisch und knöpfte die oberen Knöpfe auf.

»In einem wenige Kilometer entfernten Dorf war Markt, ich kann mich an den Namen nicht mehr erinnern, die bosnischen Namen waren unmöglich auszusprechen. Wir fuhren meist mittwochs und samstags dorthin, um dort nach dem Rechten zu sehen, da war der Markt am größten. Es gab hauptsächlich Obst und Gemüse zu kaufen, aber auch allen möglichen anderen Kram, den die meisten Dänen vermutlich direkt im Müll entsorgt hätten. Der Großteil der Bevölkerung war arm. Oft gab es auf dem Markt Tumulte, die muslimischen Frauen konnten nicht ungestört einkaufen. Sie wurden schikaniert, angepöbelt, von den serbischen Frauen geschubst, und immer wieder bewarfen irgendwelche serbischen Rotzlöffel sie mit Steinen. Sie können sich nicht vorstellen, wie schrecklich das war, die haben faustgroße Steine aus nächster Nähe auf sie geschleudert.

Nach einer Weile fanden wir heraus, dass die Angriffe und Pöbeleien von einer alten serbischen Hexe gesteuert wurden, die von einem Platz am Rand des Marktes ihre hörigen Anhänger befehligte. Anfangs versuchte Bjørn es mit Argumenten und Drohungen, aber das half nicht die Bohne. Irgendwann brachte er einen Stock mit und hat sie nach Strich und

Faden verprügelt. Kräftige Schläge auf die mindestens siebzig Jahre alten Knochen. Danach gab es keine Unruhen mehr, es reichte die Anwesenheit eines unserer Männer, dass sie sich benahmen wie beim Abtanzball der Sonntagsschule. Bjørns Problem war nur, dass das Gerücht, er habe eine harmlose alte Frau misshandelt, schnell die Runde machte. Es war nur eine Frage der Zeit, dass er Schwierigkeiten kriegen würde. Dann war da noch die Sache mit dem Benzin, das war echt krass, da war ich persönlich dabei, darum weiß ich, dass die Geschichte wahr ist. Die serbische Armee hat immer wieder unsere Lastwagen abgefangen und die transportierten Waren gestohlen. Einmal haben sie eine komplette Ladung Benzin abgegriffen, die auf dem Weg zu uns war. Wir wussten genau, wer das Benzin gestohlen hatte und wo unsere Kanister sich befanden, aber als wir mit den Soldaten sprachen, haben sie nur gelacht und uns das Blaue vom Himmel versprochen. Bjørn war außer sich, es war, als wäre er persönlich bestohlen worden. Er schnappte sich den Panzer und fuhr zu den Benzindieben. Mit mir. Das war ein Leopard, Sie haben bestimmt schon mal Bilder gesehen, riesige Monster, die man nicht gerne gegen sich hat. Und Bjørn hatte unseren noch gepimpt. Erinnern Sie sich an den total durchgeknallten Lieutenant Colonel Bill Kilgore aus *Apokalypse Now*, der an seinen Apache-Helikoptern Lautsprecher installiert hatte, aus denen bei Angriffen in voller Lautstärke Wagners Walkürenritt dröhnte? Bjørn hatte die Idee mit zwei gigantischen Lautsprechern vor dem Panzer übernommen, aus denen in einer Endlosschleife die Kopenhagener Rathausglocken schepperten. Das war ein infernalischer Lärm, als bräche die Hölle los auf Erden, unfassbar Angst einflößend. Wir also unter Glockengeläut ins Hauptquartier der Serben, direkt zur Offiziersbaracke, mit dem Kanonenrohr durch eins der Fenster. Und dann hat er geschossen, durch die Holzwand auf der anderen Seite. Hat der Handvoll Kommandanten da drinnen ein schallendes *Drecksäcke!!!* auf die Ohren geknallt. Ich sag Ihnen, die kamen völlig benommen ins Freie getorkelt, stocktaub, ein paar bluteten aus der Nase. Bjørn schnappte sich den Ranghöchsten und hielt ihm einen Zettel mit einer unmissverständlichen Aufforderung vor die Nase: *Gasoline, one hour!* In nicht einmal zwanzig Minuten hatten sie das Diebesgut unter mannigfachen Entschuldigungen bei uns abgeliefert. Und wenn sie Bjørn später begegneten, grüßten sie, was sie auch beibehielten, obgleich er sie ignorierte. Dieser Episode verdankte er wohl seinen Spitznamen.«

»Der Polacke?«

»Die Dänen haben ihn bis auf ganz wenige Bjørn genannt. Es waren die Leute aus der Gegend, die ihm den Namen *Der irre Polacke* verpassten. Wobei der Polacke ein Missverständnis war, weil die Bewohner die dänische und die polnische Flagge verwechselt haben. Das *irre* war eher respektvoll gemeint, weil er einerseits irre Dinge tat, die sich niemand sonst getraut hätte, und sie andererseits einen Heidenschiss vor ihm hatten, nicht zuletzt die Serben. Als wir zurückkamen, hat er dann im Hauptquartier angerufen und sich aufgeregt, dass wir eine Granate zu wenig bekommen hätten, und dass er nicht dafür verantwortlich gemacht werden wolle, dass sie nicht zählen könnten. Wir mussten über jeden kleinen Furz Protokoll führen, aber irgendwie kam er mit seiner mündlichen Beschwerde durch. Und siehe da, ein paar Tage später kam die fehlende Granate, und danach stimmte die Buchführung wieder.«

In die entstehende Pause hinein fragte Arne Pedersen:
»Ist er wegen dieser Episoden vorzeitig nach Hause geschickt worden?«
»Ja und nein. Also, es gab noch heftigere Zwischenfälle, viel heftigere. Als sie ihn rausgeholt haben, hatte ich gerade Urlaub, darum weiß ich nicht, was der genaue Grund war.«
»Und was waren das für heftigere Zwischenfälle?«
Wieder ließ die Antwort eine Zeit lang auf sich warten.
»In dem Gebiet, für das wir zuständig waren, gab es ein paar serbische Banden, irreguläre Truppen mit lächerlichen Namen, durch die Reihe weg echte Drecksäcke, die muslimische Familien systematisch abgeschlachtet haben, Haus für Haus. Was die gemacht haben, war so widerwärtig und abstoßend, wie es sich ein normaler Mensch überhaupt nicht vorstellen kann. Männer, Frauen, Alte, Junge, Kinder – sie kannten keine Grenzen. Manchmal haben wir nachts die Schreie gehört, wenn sie ihre Opfer in den Wald getrieben haben. Und hinterher haben wir die Ergebnisse ihrer Gewaltorgien gesehen. Ich möchte nicht ins Detail gehen, aber ich hab mich wirklich oft gefragt, warum ich die ganze Scheiße psychisch einigermaßen unbeschadet überstanden habe, während andere meiner Kameraden nach ihrer Heimkehr komplett zusammengebrochen sind. Liegt es daran, dass ich abgestumpfter als andere bin, dass ich nachts nie von der Zeit geträumt habe? Das ist ein furchtbarer Gedanke, genauso furchtbar wie die Erinnerungen.«
»Jeder verarbeitet das auf seine Art, das dürfen Sie sich nicht vorwerfen.«
»Mag sein. Wie auch immer, eines Nachts verbrannten drei Familien in ihren Häusern. Bjørn machte sich auf den Weg und kam erst am Morgen zurück. Mit blutigen Klamotten,

das haben mehrere gesehen. Nach ein paar Tagen hörten wir, dass sechs Mitglieder einer dieser verfluchten Banden getötet worden waren. Vier von ihnen war im Schlaf die Kehle durchgeschnitten worden, unter ihnen ihr Anführer. Wir haben Bjørn nie darauf angesprochen, aber alle wussten, dass er es war. Und alle waren sich einig, dass die Ermordeten ihr Schicksal verdient hatten. Später gab es noch einen Vorfall mit einem Major aus der regulären serbischen Armee, ein echt bösartiger Teufel. Er wurde in einem Straßengraben gefunden, ebenfalls mit einem Messer getötet. Aber niemand konnte nachweisen, dass auch das Bjørn war.«

»Und was glauben Sie?«

»Natürlich war er es. Nachdem die Gerüchte bis zum Hauptquartier durchgesickert waren, wurde seine Stelle immer unhaltbarer. Alle, außer den Amerikanern, hatten eine Scheißangst, die Serben zu provozieren. Daraufhin schickten sie aus Kopenhagen eine Staatsanwältin vom Militärgericht zu uns, so ein Mustermädel mit fleckenloser Karriere bei uns und den Amerikanern, die Bjørns Verhalten beurteilen und ein Gutachten erstellen sollte. Ein Psychologiestudium soll sie auch absolviert haben.«

»War es wegen seiner gewalttätigen Reaktionen?«

»Ja, kann man so sagen, auch wenn Tuzla und Kopenhagen sich nur auf vage Gerüchte stützen konnten. Sie konnten ihm nichts Konkretes nachweisen, und ich betone noch einmal, wie ich es schon anfangs gesagt habe, dass Bjørn nicht grundsätzlich aggressiv war. Gewalt war für ihn die letzte Lösung, niemals die erste. Ich habe einen norwegischen Soldaten auf ihn einschlagen sehen, völlig grundlos, der Mann war eindeutig instabil. Bjørn hätte Kleinholz aus ihm machen oder ihn anzeigen können, aber das tat er nicht. Er ist einfach gegangen, während Blut aus seinem Ohr lief.«

»Okay, aber er ist nicht gleich nach Hause geschickt worden.«

»Nein, im Gegenteil, könnte man sagen. Wir hatten alle damit gerechnet, dass er nach dem Verhör nach Tuzla geschickt würde, aber so kann man sich irren. Die Militärstaatsanwältin, die sie schickten, war echt cool, kein bisschen etepetete. Sie hatte sich einen Jeep geliehen, mit dem sie zu uns rausgefahren ist, ohne Eskorte oder sonst was. Sie war in kürzester Zeit schwer fasziniert von Bjørn, völlig hin und weg, das sah ein Blinder mit Krückstock. Natürlich gab es Gerüchte, dass er sie auf dem Panzer gevögelt hat und so weiter – sie waren öfter mit dem Leoparden unterwegs –, aber das war vermutlich nur Gerede. Bjørn war nicht der untreue Typ, und er hatte ja eine Frau und zwei Kinder in Dänemark. Irgendwer meinte, er würde sie von früher kennen. Aber letzten Endes ging uns das nichts an, und irgendwann fuhr sie wieder zurück nach Kopenhagen und schrieb ihr Gutachten, das ihn auf ganzer Linie von sämtlichen Vorwürfen und Gerüchten freisprach.«

»Später ist sie noch mal wiedergekommen. Warum?«

»Ein paar Monate später, ja. Das hat keiner so richtig verstanden. Da er sich seit ihrem letzten Besuch nichts hatte zuschulden kommen lassen, jedenfalls nichts, was schlimmer war als das, was er immer tat, sind wir davon ausgegangen, dass sie ihn einfach wiedersehen wollte. Aber da am Tag ihrer Ankunft mein Urlaub anfing, weiß ich darüber nicht viel.«

»Erinnern Sie sich an ihren Namen?«

»Klar, sie hieß Irene Gallagher.«

Kapitel 25

Montag, 13. September 2010,
Lorup Skov bei Slagelse

Der Schuppen am Waldrand war erst zu sehen, als er dicht davorstand, weshalb es eine ganze Weile dauerte, bis Arne Pedersen ihn fand. Ole Nysted, der dort wohnte, hatte kaum Kontakt zu seiner Umwelt. Arne Pedersen verwunderte das nicht. Viele der Veteranen aus Bosnien, mit denen er in den letzten Tagen gesprochen hatte, versuchten, sich so weit wie nur möglich zu isolieren. Trotzdem überraschte es ihn, dass Ole Nysted keine Ahnung von den Morden auf dem Ausflugsschiff hatte und sich auch nicht dafür interessierte, als er ihm davon erzählte.

Der Schuppen bestand aus einem Raum mit einer primitiven offenen Küche, einem Sofa, das auch als Bett genutzt wurde, und einem Ofen in der Mitte des Raumes, dessen Rohr direkt durch die Wand führte und keiner Brandschutzverordnung entsprochen hätte. Ein paar Kisten standen zufällig verteilt im Schuppen herum, und die leeren Schnapsflaschen auf dem Tisch vor dem Sofa und auf dem Brett vor dem einzigen Fenster zeugten davon, dass Nysted trank, auch wenn er im Moment nüchtern wirkte. Zu Arne Pedersens Überraschung machte der Mann einen erstaunlich gepflegten Eindruck. Seine Kleider waren alt, aber sauber, seine Haare und der Bart geschnitten. Auch seine Nägel waren sauber. Arne Pedersen verkniff sich die Frage, wie er das ohne fließendes Wasser hinkriegte. Es gab wichtigere

Themen. Nach einem etwas zögerlichen Start erzählte Ole Nysted schließlich leise von seinen Erlebnissen in Bosnien. Anfänglich kam kaum etwas Neues, seine Worte untermauerten aber, was sie bisher über Bjørn Lauritzen erfahren hatten. Als Ole Nysted nach einer guten Stunde zum Ende kam, stellte Arne Pedersen seine eigentliche Frage.
»Erinnern Sie sich an den 13. Juli 1995? Über diesen Tag würde ich gerne mehr erfahren.«
Ole Nysted schüttelte den Kopf, ohne dass klar wurde, ob er sich nicht erinnerte oder nicht erzählen wollte. Arne Pedersen hoffte auf Ersteres und schilderte ihm kurz den entsprechenden Tag.
»Sie und neun andere Männer befanden sich bereits früh am Morgen in Ihrem Sandsackhaus, auch Klein-Danewerk genannt. Es war einer der drei Tage, an denen die Massaker in Srebrenica stattgefunden haben. Vor allem in den Wäldern rings um die Stadt. Tausende von Männern wurden abgeschlachtet, als sie versuchten, durch das bergige Terrain nach Tuzla zu gelangen. Einen Teil dieser Wälder konnten Sie von Ihrer Position gut einsehen. Ich weiß, dass Sie die Gegend mit Ihren Ferngläsern kontrollierten, aber nichts unternommen haben. Sieht man mal von der Handvoll Flüchtlinge ab, die es bis zu Ihnen geschafft haben und die Sie dann später in Sicherheit gebracht haben. Irgendwann erfuhr Bjørn Lauritzen über Funk, dass eine Militärstaatsanwältin namens Irene Gallagher von Tuzla aus auf dem Weg zu Ihnen war. Gleich darauf sind Sie und Bjørn Lauritzen in einem Panzer losgefahren. So weit die Fakten. Ich weiß aber nicht, warum oder wohin Sie gefahren sind. Außerdem haben Sie dabei die niederländische Zone betreten, in der Sie nichts verloren hatten, um es mal so zu sagen.«

Ole Nysted antwortete mit einem kaum hörbaren Flüstern.
»Das war kein guter Tag, ich will nicht daran denken.«
»Das müssen Sie aber.«
»Nein, da irren Sie sich. Ich muss gar nichts. Womit wollen Sie mir drohen? Das hat alles keine Bedeutung, verglichen mit dem … verglichen mit dem …«
»Sind Sie gefahren, weil Irene Gallagher unterwegs war? Hat Bjørn Lauritzen Angst vor ihr gehabt?«
Es vergingen ein paar Sekunden, bis Ole Nysted die Frage verstand und höhnisch zu grinsen begann.
»Bjørn hatte keine Angst vor ihr. Bjørn hatte vor nichts Angst.«
»Dann sind Sie nicht deshalb gefahren?«
»Nein, ganz sicher nicht.«
»Was wollte sie? Wissen Sie das?«
»Nein, das müssen Sie sie schon selbst fragen. Damals haben alle gesagt, Bjørn und sie hätten ein Verhältnis. Vielleicht wollte sie ihn einfach nur sehen? Aber das ist doch alles ohne Bedeutung.«
»Und was ist von Bedeutung?«
Ole Nysted senkte den Kopf und starrte leer vor sich hin, ohne zu antworten. Arne Pedersen erzählte ihm, dass einer der anderen Soldaten angegeben habe, sie seien zu einem Haus gefahren und dass Irene Gallagher, als sie schließlich im Lager ankam, ihnen hinterher sei. Nysted reagierte nicht auf die Information, leugnete den Sachverhalt aber auch nicht.
»Hat sie Sie gefunden?«
Er schüttelte den Kopf.
»Nein, hat sie nicht. Ich bin ihr in Bosnien überhaupt nie begegnet. Ich habe nur von ihr gehört.«

»Die zurückgebliebenen Soldaten wurden eine Stunde nach Ihrer Abfahrt nach Tuzla zurückgerufen. Wissen Sie, warum?«
Er antwortete mit einer vagen Handbewegung, als wollte er sagen, dass auch dies ohne Bedeutung sei. Dann stand er abrupt auf, und für einen Moment beunruhigte Arne Pedersen die plötzliche Dynamik des Mannes, der zu einer Kiste auf der anderen Seite des Raumes ging und eine Schnapsflasche und zwei Biergläser herausfischte. Er drehte die Flasche auf, setzte sich wieder und schenkte ihnen beiden ein halb volles Glas ein. Arne Pedersen lehnte entschuldigend ab, da er noch arbeiten müsse und mit dem Auto gekommen sei, aber seine Proteste wurden überhört. Irgendwie war ihm klar, dass er, wollte er noch mehr aus dem Mann herausbringen, mit ihm trinken musste. Ole Nysted trank sein Glas aus, als wäre es Wasser. Arne Pedersen nahm einen kleineren Schluck und fragte sich, wie er seinen Kollegen erklären sollte, dass er am Vormittag bei dem Verhör eines Zeugen getrunken hatte. Ole Nysted goss sich nach.
»Es war ein Hof, kein Haus«, fuhr er leise fort. »Durchs Fernglas zu sehen. Wir sind dort vorbeigefahren, der Hof war höchstens einen Kilometer weg. Anschließend sind wir kreuz und quer durch den Wald gefahren und haben ein paar Leute eingesammelt. Drei Männer und zwei Jungen. Ich bin mir sicher, dass wir ihre Leben gerettet haben.«
Arne Pedersen akzeptierte Ole Nysteds Art zu erzählen. Der Mann schien irgendwie Anlauf zu nehmen, bevor er auf den Punkt kam. Zu erkennen war das auch daran, dass er noch einmal einen kräftigen Schluck nahm und mit ihm anstieß. Arne Pedersen trank selbst auch noch einen Schluck, wohl wissend, dass er danach nicht mehr fahren durfte.

»Bjørn hat mich gefragt, ob ich mit ihm kommen will«, begann er stotternd, wurde dann aber immer flüssiger. »Natürlich wollte ich. Wir kamen zuerst zu dem Hof, der etwas tiefer als unsere Stellung in einem Tal lag. Vielleicht war es aber auch umgekehrt, vielleicht waren wir tiefer und der Hof auf einem Hügel, so genau weiß ich das nicht mehr. Auf jeden Fall konnten wir den Hof durch unsere Ferngläser sehen. Was wir dort vorhatten, hat Bjørn mir nicht gesagt, es war aber nicht übersehen, dass er wütend war und irgendwas unternehmen musste. Als wir mit dem Panzer auf den Hofplatz kamen, sprang Bjørn heraus und rannte in eines der Häuser.« Der Veteran schenkte sich noch einmal kräftig nach und nötigte Arne Pedersen, auch zu trinken.
»Kurz darauf kam er mit einer Gruppe Männer wieder aus dem Haus. Acht heruntergekommene Gestalten in irgendwelchen Uniformen, einer hässlicher als der andere. Die beiden Ältesten waren um die fünfzig, der Jüngste vielleicht achtzehn. Irgendeine irreguläre Truppe, wie die Serben sie für die Drecksarbeit nutzten. Höchst gefährlich für Frauen und Kinder, unorganisiert und untauglich in Kampfeinsätzen. Es sah aus, als hätte Bjørn einem von ihnen die Nase gebrochen, der sich jammernd die Hand vors Gesicht hielt. Er stellte sie vor der Hauswand auf und untersuchte alle auf versteckte Waffen. Sie gehorchten seinen Befehlen, und anschließend überließ er sie mir. Ich sollte sie erschießen, wenn sie sich nicht ruhig verhielten – und das meinte er wirklich wörtlich. Bjørn verschwand dann wieder im Haus. Ich setzte mich auf den Panzer und zielte mit dem Maschinengewehr auf die Leute, ohne eigentlich zu wissen, was da vor sich ging. Die Sonne brannte vom Himmel, die Männer blinzelten, und die Zikaden zirpten, ich mag diese unsicht-

baren Viecher nicht – also das Geräusch. Das dringt einem in den Schädel und schiebt sich hinter die Augen, bis man weder hören noch klar denken kann. Das waren verfluchte Sommer in diesem verfluchten Land.«

Seine Stimme war um eine Oktave gesunken, und er redete stoßweise.

»Kurz darauf kam ein Mädchen auf den Hofplatz gelaufen. Die Kleine stolperte langsam auf steifen Beinen zu mir, wie eine Greisin, die ihren Stock verloren hatte. Vor dem Panzer blieb sie stehen, sah zu mir auf und sagte *Taj blesav Poljak*. Sonst nichts, nur das.«

»Der irre Polacke, war damit Bjørn Lauritzen gemeint?«

»Ja, damit war Bjørn gemeint. Zuerst glaubte ich, dass sie mich meinte. Aber dass das nicht so war, verstand ich später. Zweimal sagte sie diese drei Worte, und dann blieb sie wie angewurzelt vor mir stehen.«

Er richtete sich auf und packte mit beiden Händen die Armlehnen des Sofas.

»Dieser Krieg, das war der reinste Wahnsinn. Wir waren gut trainiert und bis zu den Zähnen bewaffnet und hätten diese berüchtigten paramilitärischen Banden – es gab eine ganze Reihe davon mit komplett idiotischen Namen – im Laufe eines Nachmittags aufmischen können, wenn wir gedurft hätten. Das waren Gruppen von perversen Schweinen, die allesamt den Tod verdient hatten. Aber wir durften ja nicht. In diesem Krieg lief wirklich alles falsch. All das blödsinnige internationale Gewäsch über Sicherheitszonen, während wir aus den Wäldern die Gewehrsalven hörten. Es war einfach nur Schwachsinn, mitten in einem Völkermord einen Frieden bewahren zu wollen, der nie existiert hat. Auch die Kommandowege waren das reinste Chaos, keiner traute sich, irgendeine Verantwortung zu übernehmen. Und dann steht da so ein Mädchen vor dir. Mit zerrissenem Kleid und Blut an den Schenkeln. Verdammt, sie war kaum dreizehn Jahre alt. Das sollte nicht so sein. Sie sollte …«

Er hielt inne und starrte vor sich ins Leere. Arne Pedersen reichte ihm eine Hand. Er nahm sie und hielt sie eine Weile, bis er fortfuhr.

»Ich war kurz davor, diese acht Schweine zu erschießen. Wirklich verdammt kurz davor. Und die Kerle wussten das. Ich sah die Angst in ihren Augen. Eine kurze Salve von links nach rechts über ihre Bäuche, und sie hätten verdient am Boden gelegen und wären schreiend in die Hölle einmarschiert, die Hände fest auf ihre Eingeweide gepresst. Ich werde den Rest meiner Tage bereuen, dass ich das nicht getan habe, aber ich war zu gut ausgebildet, zu diszipliniert, zu zivilisiert. Nur dass das niemandem genützt hat.«

Wieder hielt er inne.

»Brauchen Sie eine Pause?«, fragte Arne Pedersen. »Trinken wir noch einen Schluck, bevor Sie weiterreden.«

Er schüttelte den Kopf und nahm seine Hand zurück. Dann stießen sie aber doch noch einmal an.

»Was ist dann passiert?«

»Nichts. Es war, als hielten wir uns gegenseitig in Schach. Das Mädchen hatte Angst vor den Männern, die Männer hatten Angst vor mir, und ich hatte Angst vor dem Mädchen. Angst, weil ich keine Ahnung hatte, was ich mit ihr machen sollte. Dabei war ich erwachsen und hätte es wissen sollen. Schließlich war ich den weiten Weg von Dänemark da runtergeschickt worden, mit dem Ziel, ihr zu helfen. Stattdessen habe ich auf Bjørn gewartet. Es war schrecklich. Wenn ich sie ansah, zitterten meine Hände so, dass ich kaum noch die Waffe halten konnte. Und wenn ich die Männer ansah … na ja, den Teil kennen Sie.«

Sie tranken noch einen weiteren Schluck.

»Ich kann heute nicht mehr sagen, ob damals zwei Minuten oder eine ganze Stunde vergangen sind, bis Bjørn wieder nach draußen kam. Für mich hat es sich wie eine Ewigkeit angefühlt. Er ging zu den Männern und schlug einem von ihnen – dem Jüngsten – mehrmals ins Gesicht, bevor er ihn laufen ließ und sich um die anderen kümmerte. Er fesselte sie mit Kabelbindern und forderte sie auf, sich hinzuknien. Zu diesem Zeitpunkt waren einige Frauen aus dem Haus gekommen, aber sie verschwanden schnell wieder nach drinnen und wollten später auch nicht mehr rauskommen. Vielleicht hatten sie Angst vor ihm. Auch die Männer wanden sich vor Angst unter seinem Blick, und mir ging es nicht anders, dabei hatte ich keine Angst vor Bjørn. Dann fesselte er jeweils zwei Männer mit einem Seil, das er im Haus gefunden und in passende Stücke geschnitten hatte, band ihre Beine zusammen und verknotete die Seile gut. Danach warf er einem nach dem anderen Sand in die Augen, wobei er ihre Lider vorher weit hochzog. Als er fertig war, saßen sie alle wie gelähmt da. Vermutlich war genau das seine Absicht. Danach sind wir mit dem Panzer durch den Wald und in einen Bach gefahren, die Rathausglocken laut aufgedreht. Wir haben ein paar Flüchtlinge gerettet, aber keine serbischen Soldaten mehr gesehen. Das war vermutlich ihr Glück, denn so, wie Bjørn aussah, hätte er sie niedergemetzelt.«

Arne Pedersen nahm sein Diktiergerät vom Tisch. Der Alkohol machte es ihm schwer, das Gerät mit den kleinen Tasten auszuschalten. Eigentlich hatte er noch ein paar Folgefragen, aber die musste er ein anderes Mal stellen. Er erklärte leicht lallend, dass er noch einmal kommen würde, und der Veteran willigte ein.

»Tut mir leid, dass ich über Irene gelacht habe. Sie ist in Ordnung.«

»Irene Galga?«

Er hörte selbst, dass der Nachname verquer herauskam, korrigierte sich aber nicht. Der Veteran antwortete mit einem kurzen *Ja*.

»Sie nennen sie beim Vornamen?«

»Sie hilft mir manchmal. Sie und Bjørn.«

Arne Pedersen war sich im Klaren darüber, dass das, was Ole Nysted gerade gesagt hatte, von Bedeutung war. Aber er war nicht in der Lage, die Information richtig zu verarbeiten. Die Konzentration war weg, und er brauchte dringend frische Luft.

»Sie haben doch behauptet, sie nie gesehen zu haben. Wie kann das angehen?«

»Ich habe gesagt, dass ich sie in Bosnien nie gesehen habe, und das habe ich auch nicht. Ich habe sie erst hier kennengelernt, als ich wieder zu Hause war. Sie war in Bjørns Begleitung, als er mich irgendwann besucht hat.«

»Sie und Bjørn Lauritzen haben Sie besucht?«

»Ja, das haben sie, meistens kommen sie aber einzeln. Und das auch nur selten, höchstens einmal im Jahr. Ich bin am liebsten allein.«

Arne Pedersen rappelte sich unsicher auf.

»Ich muss Sie dann sicher noch einmal sprechen«, wiederholte er. »Vermutlich ziemlich bald.«

»Sie können am Freitag wiederkommen, ist das früh genug?«

»Okay, abgemacht«, sagte Arne Pedersen.
Als er auf dem Weg durch die Tür war, fragte Ole Nysted:
»Hat Bjørn irgendetwas Falsches gemacht?«

Kapitel 26

Dienstag, 14. September 2010,
Lorup Skov bei Slagelse

Die beiden jungen Menschen waren füreinander bestimmt. Das redeten sie sich auf jeden Fall ein, wenn sie sich trafen und Hand in Hand über verlassene Wege durch den Wald schlenderten, als könnten sie mit ihren Worten ihr Schicksal verändern. Erst im dichtesten Teil des Waldes, wo sie sich sicher sein konnten, von niemandem gesehen zu werden, küssten sie sich. Immer ehrbar und vorsichtig. Sie wollten sich nicht mitreißen lassen, nicht alles noch schlimmer machen. Darin waren sie sich einig. Vor allem sie.

Getroffen hatten sie sich vor zwei Jahren in der Sørbymagle-Stadtschule in einer Kleinstadt desselben Namens unweit von Slagelse an der Straße Richtung Næstved. Der Junge war Mitarbeiter des Hausmeisters, und das Mädchen war aus dem Gymnasium genommen worden, wo sie eigentlich gut zurechtgekommen war, um die Rolle einer Hilfslehrerin für ihren Bruder zu übernehmen, der in der zweiten Klasse ziemliche Schwierigkeiten hatte, sich einzugewöhnen. Sie war Roma, und ihr kleiner Bruder war der einzige Junge der vier Geschwister, sodass die Familie auf ihn setzte, was eine Ausbildung anging. Sie langweilte sich schrecklich, wenn sie Stunde um Stunde neben ihrem Bruder saß und darauf achtete, dass er dem Unterricht folgte, sich ordentlich aufführte und lernte, was er lernen musste. Sie beschwerte sich nie, aber es wäre auch nutzlos gewesen, zu ihrem Vater zu ge-

hen. Nur in den Pausen, wenn ihr Bruder mit seinen Freunden spielte, hatte sie kurze Momente für sich. Und da hatte sie den Jungen getroffen.
Wenn es so etwas wie Liebe auf den ersten Blick gab, war es das, was sie erlebt hatten. Er hatte alles darangesetzt, seine Arbeit so einzurichten, dass er in der Pause in der Nähe des Spielplatzes war, wo die Kinder der unteren Klassen spielten. Der Hausmeister – ein älterer Mann – ließ den Jungen gewähren, wenn er ihm nicht sogar den Weg bahnte, indem er ihn zum Spielplatz schickte, um den Sand zurück in den Sandkasten zu schaufeln. Oder sich das Klettergerüst anzuschauen und den Müll auf dem Spielplatz einzusammeln. Die wenigen Monate, die es gedauert hatte, waren gute Zeiten für die beiden gewesen, bis der kleine Bruder zu Hause dann irgendwann von ihrem Interesse für den jungen Mann erzählte und dass sie in der letzten Zeit öfters auch mal zu spät zu seinen Schulstunden gekommen sei. Das Mädchen war sofort aus der Schule genommen und drei Monate später mit einem dreiundvierzigjährigen Mann aus Helsingør verheiratet worden, einem Bekannten der Familie, den ihr Vater als soliden Mann für sie erachtete. Sie wohnte jetzt in Snekkersten, und es wurde von ihr erwartet, dass sie bald ihr erstes Kind zur Welt brachte. Aber die Schwangerschaft ließ auf sich warten. Einmal im Monat besuchte sie ihre Eltern und Geschwister, und an diesem Tag konnten sie sich sehen. In der Regel ein paar Stunden, wenn ihr Vater auf der Arbeit war und ihre Mutter ihr erlaubte, einen Spaziergang zu machen. Sie trafen sich dann an einem geheimen Ort und verbrachten gut versteckt im Wald etwas Zeit miteinander. So auch an diesem schönen Herbstnachmittag, an dem das erste trockene Laub auf dem Weg vor ihnen lag.

»Sehen wir uns nächsten Monat?«
Sie hatten vereinbart, bei ihren Treffen alle schwierigen Themen auszusparen. Trauern konnten sie jeder für sich. Diese Frage musste jedoch gestellt werden, und sie kam immer von ihm, obwohl er jedes Mal aufs Neue die Antwort fürchtete. Er atmete erleichtert auf, als sie ihm wie üblich versprach, ihm eine SMS zu schicken, sobald sie das genaue Datum wisse. Plötzlich blieb sie erschrocken stehen.
»Da kommt jemand«, sagte sie.
»Ach was, wer soll denn hier kommen. Sei doch nicht immer so nervös, das ist …« Er unterbrach sich selbst, als er vor sich im Wald die Schritte hörte. Sie hatte recht. Er zog sie hinter den Wurzelteller eines umgestürzten Baumes, wo sie aufrecht stehen und sich verstecken konnten, bis der Fremde vorüber war.
Es war eine Frau mittleren Alters, mittelgroß, schlank, fast dünn, aber trainiert, was an ihrem dynamischen Gang zu erkennen war. Sie hatte ein schönes Gesicht mit regelmäßigen Zügen, und ihre blonden Locken reichten ihr bis auf die Schultern. Sie trug eine rote Softshell-Jacke und hellblaue Bridgewater-Arbeitshosen. Sie sah aus wie auf dem Weg zu einem Waldarbeitereinsatz. In einer Hand trug sie eine Werkzeugkiste, unter dem anderen Arm klemmten zwei grau gestrichene Holzplatten.
Als die Frau vorbei war und sich ein Stück entfernt hatte, filmte der Junge sie mit seinem Handy von hinten.
»Warum machst du das?«
»Ist doch seltsam, dass die hier mit einem Werkzeugkoffer durch den Wald rennt, findest du nicht? Was macht die hier?«
Das Mädchen sah ihn besorgt an.

»Wir dürfen uns in nichts verstricken, das weißt du doch. Vielleicht sucht sie Pilze, obwohl sie bestimmt reich genug ist, um sich welche zu kaufen.«

»Kennst du die?«

»Kennen ist zu viel gesagt. Sie ist mit dem Besitzer des Lebensmittelladens vor der Tankstelle verheiratet. Als ich da geputzt habe, kam sie manchmal, um ihren Mann abzuholen.«

Kapitel 27

Dienstag, 14. September 2010,
Polizeipräsidium

Arne Pedersen hatte einen ausgewachsenen Kater.
Der Morgen und der Vormittag waren furchtbar gewesen, er konnte sich nur schwer konzentrieren und ärgerte sich maßlos über seine Unprofessionalität, obgleich es das erste Mal in seiner gesamten Karriere war, dass er sich im Dienst besinnungslos betrunken hatte. Außerdem hatte die Situation es erfordert. Das zumindest redete er sich ein, auch wenn es im Nachhinein wenig überzeugend klang. Davon abgesehen fuchste es ihn, dass die Jungs und seine Frau ihn wie einen schweren Alkoholiker behandelt hatten. Eine völlig überzogene Reaktion, wie er fand, die er nicht verdient hatte. Als ob er sich jeden Tag bei der Arbeit hemmungslos einen hinter die Binde goss, was noch nie vorgekommen war und vermutlich auch nie wieder vorkommen würde. Das Distanzhalten der Jungen ging ihm besonders an die Nieren. Eigentlich waren sie alt und selbstständig genug, um sich nicht immer von der nervigen Selbstgerechtigkeit ihrer Mutter einlullen zu lassen. Wenn irgendwas mal nicht nach ihrem Kopf ging, reagierte sie stocksauer, das war so sicher wie das Amen in der Kirche.
Sein Chef hatte sich als Einziger anständig benommen. Als Arne Pedersen ihn nach dem Verhör von Nysted angerufen und ihm lallend die Situation geschildert hatte, hatte der erstaunlich verständnisvoll reagiert und ihm eine Streife vor-

beigeschickt, um ihn nach Hause zu bringen. Soweit er sich erinnerte, in seinem eigenen Wagen, aber das Detail war noch nicht ganz geklärt, weil er die Fahrt mehr oder weniger verschlafen hatte. Wie auch immer, sein Pkw stand vor der Tür, und er war nicht selbst gefahren, so viel stand fest. Am Morgen hatte Konrad Simonsen ihn richtig fürsorglich behandelt, was sehr untypisch für ihn war. Ähnliches hätte er sich für zu Hause auch gewünscht. Seine Gedanken wanderten zu Pauline Berg. Sie hatten eine Zeit lang eine Affäre gehabt, die sich später zu einer tiefen Freundschaft entwickelt hatte, bis er sich die letzten Jahre etwas von ihr distanziert hatte. Er riss sich zusammen und stakste mit noch immer weichen Knien in Konrads Büro, um den Kollegen von dem gestrigen Verhör zu berichten. Klavs Arnold und die Comtesse waren bereits da und warteten unverschämt frisch und ausgeschlafen auf sein Referat.
Sein Bericht über Bjørn Lauritzens Panzerfahrt zu einem Haus im Tal und Irene Gallaghers Ankunft beim Beobachtungsposten, von wo sie dem Hauptmann hinterhergefahren war, lief besser, als er es befürchtet hatte. Er erzählte von dem Veteranen in seinem Unterschlupf, ohne von den anderen unterbrochen zu werden. Zwischendurch nahm er einen Schluck aus der mitgebrachten Flasche Wasser.
»Ich fahre am Freitag noch mal zu ihm raus, um ein paar Sachen zu vertiefen«, schloss er seinen Bericht ab.
Klavs Arnold grinste provokant.
»Nachdurst?«
Die Geschichte hatte offensichtlich bereits die Runde im Präsidium gemacht. Die Quelle war vermutlich der Beamte, der Arne nach Hause gefahren hatte. Das Grinsen verging dem Jütländer schnell, als sein Chef unerwartet scharf reagierte.

»In meiner Abteilung dulde ich keine Witze über Veteranen, und genauso wenig über Arne, weil er mit einem Zeugen versackt ist. Ich kann mich gut in die Notwendigkeit einfühlen, ungewöhnliche Maßnahmen zu ergreifen, um eine Zeugenaussage zu bekommen, und ich besorge mit Vergnügen auf Staatskosten ein paar Flaschen für nächsten Freitag, wenn das weiterhilft. Ist das deutlich genug, Klavs?«
Die vorher so gute Stimmung kippte schlagartig. Schließlich war es Konrad selbst, der nach einem kurzen Blick zur Comtesse die Situation entschärfte.
»Tut mir leid, das war ein bisschen heftig. Ich habe in letzter Zeit so viele Schicksale von enttäuschten und alleingelassenen Ex-Soldaten gehört, dass es mich ... Ja, es macht mich einfach wütend. Mir war nicht klar, dass es so schlimm ist. Hast du noch mehr, Arne? Kleinigkeiten, Details, die du noch nicht erwähnt hast, Vermutungen, was auch immer?«
»Das mit den scharfen Erinnerungen ist so eine Sache, wenn man sich der Promillegrenze zwei nähert. Aber da war etwas. Bevor sein Bericht einigermaßen zusammenhängend wurde, hat er ein paar aus dem Zusammenhang gerissene Sätze gesagt, Satzfragmente, könnte man sagen, von einem Mädchen auf dem Hofplatz, das vergewaltigt worden war. So wie die Frauen im Haus wahrscheinlich auch, aber ihr versteht sicher, was ich meine.«
Er sah seine Kollegen an und sprach weiter.
»Die Erinnerung an das Mädchen war ganz offensichtlich besonders schmerzhaft für ihn. Auf jeden Fall hat er gesagt, dass das Mädchen Dänisch gesprochen hätte. Oder richtiger, dass sie *auch* Dänisch gesprochen hätte, also sowohl Dänisch als auch Serbisch.«
»Das Mädchen war Dänin?«, fragte die Comtesse überrascht.

»Sie hätte Dänisch gesprochen, ob sie auch dänische Staatsbürgerin war oder nicht, hat er nicht gesagt. Dieser Teil seiner Erzählung war eher fragmentarisch, ich kann nicht sagen, ob da seine Fantasie oder seine Albträume aus ihm sprachen. Aber man sollte dem vielleicht genauer nachgehen.«
Alle stimmten ihm zu, aber keiner hatte einen Vorschlag, wie das anzupacken war.
Klavs Arnold fasste zusammen:
»Die Militärstaatsanwältin Irene Gallagher wird am 13. Juli 1995 von Kopenhagen nach Bosnien geschickt, mit dem fadenscheinigen Anliegen eines Anschlussgesprächs mit Bjørn Lauritzen. Andere Zeugen sagen, es wäre ein privater Ausflug in ihrem Urlaub gewesen. Bjørn ist in dieser Zeit Teil des nordischen Bataillons NORDBAT II, die die von der UN errichtete Sicherheitszone zum Schutz der bosnischen Muslime um die Stadt Tuzla sichern. Aber er befindet sich nicht in Tuzla, sondern in dem Beobachtungsposten, Decoy Ljubičevac, intern Klein-Danewerk genannt. Der Posten ist etwa dreißig Kilometer südöstlich von Tuzla entfernt, angrenzend an die niederländische Schutzzone in Srebrenica. Er befehligt zwölf Mann – manche sagen, zehn – und zwei, manchmal drei Panzer. Könnt ihr so weit folgen?«
Die Comtesse bejahte für sie alle.
»Alles deutet darauf hin, dass das Treffen von Irene Gallagher und Bjørn Lauritzen privater Natur war und Gallagher die Reise möglicherweise als Arbeitsreise getarnt hat. Sie war schlicht und ergreifend verliebt, und vielleicht traf das auf Gegenliebe, aber das wissen wir nicht.«
»Können wir sicher sein, dass das nicht nur Soldatengerüchte sind?«, fragte Konrad. »Ich meine, was ihre Verliebtheit betrifft.«

Möglich, signalisierte Klavs Arnold mit einer Handbewegung.

»Irene Gallagher leiht sich in Tuzla einen Jeep und fährt raus zu dem Beobachtungsposten. Sie trifft zufällig zu dem Zeitpunkt dort ein, als in den Berg- und Waldgebieten um Srebrenica die Massaker stattfinden. Die bosnischen Serben mit General Ratko Mladić an der Spitze besetzen das niederländische Hauptquartier in Potočari, worauf Tausende Muslime, vor allem Männer und Jungen, in die Wälder fliehen, um nach Tuzla zu gelangen. Viele überleben die Flucht nicht, ungefähr 7000 Menschen werden in dem grausamsten Kriegsverbrechen in Europa nach dem Zweiten Weltkrieg ermordet. Aber das Ausmaß der Massaker wird erst viel später aufgedeckt. Ein Teil der Männer wird von den Serben abgefangen und später hingerichtet. Andere sterben im Mörser- oder Kanonenfeuer. In ihrem Beobachtungsposten können die dänischen Soldaten hören, was in den Wäldern vor sich geht.«

»Danke, Klavs«, sagte Konrad Simonsen und fuhr fort: »Soweit wir es bis zum jetzigen Zeitpunkt wissen, haben sich Irene Gallagher und Bjørn Lauritzen bei ihrer zweiten Reise nach Bosnien nicht getroffen. Sie fuhr zurück nach Tuzla, lange bevor Lauritzen mit seinem Panzer und der Handvoll Flüchtlinge, die er unterwegs aufgesammelt hatte, zum Beobachtungsposten zurückkam. Dort wird er bereits von seinen Soldaten in zwei anderen Panzern erwartet, da sie alle zurück nach Tuzla beordert worden waren.«

»Aber wieso hat Irene Gallagher nicht auf ihn gewartet«, fragte die Comtesse. »Das wäre doch logisch, wenn sie schon Himmel und Hölle in Bewegung setzt, um ihn noch einmal zu sehen.«

Diese Frage konnte ihr niemand beantworten.
»Am nächsten Tag – oder noch einen Tag später, das ist noch unsicher – hat Bjørn Lauritzen eine Vorladung von seinen Vorgesetzten und fliegt nach Hause«, fuhr Konrad Simonsen fort. »Offenbar aber, ohne dass irgendeine Form von Klage gegen ihn erhoben wird. Er bekommt mehrere Jahre nach seiner Heimsendung seinen vollen Sold, ohne dass die Streitkräfte irgendetwas als Gegenleistung verlangen. Bis auf – möglicherweise – die Forderung, sich fernzuhalten. Der Veteran aus dem Schuppen im Wald, Ole Nysted, wurde ebenfalls nach Hause geschickt, aber er wollte sich nicht näher zu den Umständen äußern. Bleibt also die Frage nach dem Warum. Was ist an jenem Tag in Bosnien vorgefallen?«
»Es muss schon etwas Dramatisches gewesen sein«, dachte die Comtesse laut, »wenn er so Hals über Kopf zurück nach Dänemark geschickt wird. Etwas, das die beiden vermutlich eng aneinanderschweißt. Soviel wir wissen, ist Irene Gallagher der einzige Kontakt, den Bjørn Lauritzen hat. Was meinst du, Konrad?«
Konrad Simonsen ließ sich Zeit mit seiner Antwort.
»Ich glaube, dass Irene Gallagher in die Morde auf dem Ausflugsboot verstrickt ist. Ich glaube, dass sie die Fahrerin war, die Bjørn Lauritzen auf der Batteribroen abgesetzt hat, aber an einem Zusammenhang mit Bosnien zweifle ich noch. Im Übrigen glaube ich, dass sie weiß, wo er sich aufhält.«
»Bestellst du sie ins Präsidium? Oder eher: Wann bestellst du sie ins Präsidium?«, fragte Arne Pedersen.
Konrad Simonsen wiegte den Kopf vor und zurück, um zu signalisieren, dass das noch nicht entschieden war.
»Später, erst will ich ihren Lebenslauf sehen. Darum küm-

mere ich mich selbst. Ich sag Bescheid, wenn ich Hilfe brauche. Ich würde es sehr zu schätzen wissen, wenn unser Interesse für Irene Gallagher vorerst noch unter uns bliebe. *Zu schätzen wissen* meint: *Das ist ein Befehl.*«

»Geheimdienst?«, fragte Klavs Arnold vorsichtig.

»Ja, alles deutet darauf hin. Möglicherweise unser eigener und andere.«

»Du willst damit aber doch wohl nicht sagen, dass unser militärischer oder polizeilicher Nachrichtendienst FE und PET hinter den Morden stehen? Oder irgendwelche anderen Geheimdienste?«

»Natürlich nicht, so paranoid bin ich nicht. Ich fürchte nur, dass es extrem schwierig werden wird, etwas über Irene Gallagher rauszukriegen, und das ist ja schon ärgerlich genug.«

Die Comtesse sah Konrad an.

»Eine Bitte, Konrad, pass auf, was du Malte aufträgst. Bring ihn nicht in Schwierigkeiten. Ich meine, wir wissen alle, dass er … nennen wir es mal so, Zauberkunststücke bei allen möglichen Datenbanken vollbringen kann, die nicht immer einer engen Auslegung des Gesetzes entsprechen. Es gibt aber Datenbanken, von denen man absolut die Finger …«

Konrad Simonsen unterbrach sie. »Ich habe Malte Borup noch nicht auf Irene Gallagher angesetzt. Es ist aber sicher eine sehr gute Idee, dem Studenten noch einmal die Gesetzgebung und die ethischen Richtlinien unserer Abteilung einzuschärfen.«

»Ich werde mit ihm reden, sobald wir hier fertig sind, ohne ihm zu viel zu verraten«, sagte die Comtesse.

Kapitel 28

Mittwoch, 15. September 2010,
Frederiksværk

Das ist Schikane, das kann doch nicht erlaubt sein.«
Ella von Eggert stemmte die geballten Fäuste ungehalten in die Seiten und blockierte die Haustür, offensichtlich fest entschlossen, Konrad Simonsen und der Comtesse den Zutritt zu ihrem Haus zu verwehren.
»Das ist jetzt das dritte Mal, dass ich verhört werde, und ich wiederhole, dass ich die kleine Schlampe nicht kenne, mit der Mads sich eingelassen hat. Wie oft soll ich Ihnen das noch sagen, bis Sie es begreifen?«
Konrad Simonsen konterte, ohne mit seiner Verärgerung hinterm Busch zu halten.
»Die Frau, die Sie als Schlampe bezeichnen, heißt Juli Denissen. Sie ist tot und hat eine dreijährige Tochter hinterlassen. Wenn Sie sich also bitte ein bisschen respektvoller über sie äußern würden.«
»Wollen wir uns drinnen in Ruhe unterhalten?«, schlug die Comtesse in versöhnlicherem Ton vor.
»Verschwinden Sie, Sie betreten mein Haus nicht!«
Ella von Eggert hatte kein Interesse an einem ruhigen Gespräch. Die Situation war festgefahren, bis Konrad Simonsen sich überraschend an ihr vorbeischob, sie unsanft am Arm packte und hinter sich herzog.
»Gut, dann machen wir es so. Schön, dass Sie zur Vernunft gekommen sind.«

Die Proteste der Frau überhörte Konrad Simonsen geflissentlich und drückte sie im Wohnzimmer auf einen Stuhl am Esstisch, ehe er ihr gegenüber Platz nahm. Die Comtesse schloss die Haustür und folgte ihrem Mann, nicht ganz sicher, was sie von seinem Auftritt halten sollte. Sie hätten sie besser mit ins Präsidium nehmen sollen, aber geschehen ist geschehen. Sie setzte sich ans Tischende.
Ella von Eggert standen vor Wut Tränen in den Augen.
»Das dürfen Sie nicht, so viel weiß ich, und seien Sie sicher, dass ich Sie anzeige. Davon abgesehen ist es nicht fair, mich alleine zu zweit ein drittes Mal zu verhören.«
Die Comtesse beeilte sich, ihrem Mann mit der Antwort zuvorzukommen.
»Sie dürfen gerne Ihren Anwalt anrufen, den haben Sie doch, nicht wahr? Natürlich haben Sie das Recht auf einen Beistand. Wir warten gerne, bis er kommt.«
Konrad Simonsen warf der Comtesse einen entgeisterten Blick zu. In seinem Drehbuch stand nichts von einem Anwalt, im Gegenteil. Die Comtesse ihrerseits stellte sich vor, die Wartezeit sinnvoll zu nutzen. Die Angelegenheit erledigte sich im nächsten Moment von selbst, als Ella von Eggert mit einer abweisenden Geste das Angebot ablehnte.
»Nein, lassen Sie uns die Sache hinter uns bringen. Da ich nichts weiß, sind wir hoffentlich schnell fertig.«
Die beiden Beamten hätten beide darauf gewettet, dass die Witwe von Eggert auf anwaltlichen Beistand pochte.
Ella von Eggert war erst im Laufe des Vormittags ins Zentrum der Ermittlungen vorgerückt. Konrad Simonsen hatte Irene Gallaghers CV erstellt – eine umfassendere Arbeit als befürchtet –, wobei er im Personenregister des Einwohnermeldeamtes von Vangede, wo Gallaghers Eltern lebten und

sie selbst einen Teil ihrer Kindheit verbracht hatte, im Jahr 1965 zufällig auf den Namen Ella gestoßen war. Malte Borup hatte den Namen in den für sie interessanten Zusammenhang gesetzt.

Ella von Eggert und Irene Gallagher waren Schwestern, ihr Mädchenname war Egeskov.

Diese Information war das Puzzleteilchen, das Konrad Simonsen noch gefehlt hatte. Juli Denissen wird Mads Eggerts Geliebte, Ella von Eggert kommt ihm auf die Schliche und wendet sich Hilfe suchend an Irene Gallagher. Die Schwester überredet Bjørn Lauritzen, das Mädchen abzuschrecken, was der so gründlich erledigt, dass Juli Denissen daran stirbt. Später ermittelt Pauline Berg in dem Todesfall, den sie hartnäckig als Verbrechen behandelt, und phasenweise stalkt sie nahezu den Waldarbeiter Jonas Ziegler, der in irgendeiner Form den Überfall beobachtet zu haben scheint. Bjørn Lauritzen und Irene Gallagher beschließen, die beiden aus dem Weg zu räumen, woraufhin Bjørn sie auf dem Ausflugsboot tötet.

Damit waren aber noch lange nicht alle Fragen gelöst. Unstimmig war vor allem, dass die Morde auf dem Boot wie eine unlogische Überreaktion auf Juli Denissens Tod wirkten, der ja nicht vorsätzlich herbeigeführt worden war. Ella von Eggerts Zeugenaussage bekam damit viel mehr Gewicht als anfangs angenommen.

Bedauerlicherweise zeigte Ella von Eggert keinerlei Bereitschaft, die Fragezeichen der Polizei auszuräumen. Die erste Stunde des Verhörs verlief zäh. Die Witwe hielt sich strikt an die Aussagen, die sie bereits gemacht hatte und die kurz umrissen darauf hinausliefen, dass sie von nichts etwas wusste. Konrad Simonsen drohte ihr. Zuerst mit makabren

Fotos der toten japanischen Kinder, was sie nicht im Geringsten berührte.
»Das ist wirklich grausam, aber was, bitte, hat das mit mir zu tun, ich habe kein Kind umgebracht.«
Ihre kalte distanzierte Stimme widersprach ihrer aufgesetzten Anteilnahme. Das Schicksal der Kinder war ihr egal, und ihr Hinweis auf ihre Nicht-Beteiligung war unwiderlegbar. Danach probierte Konrad Simonsen es mit der alten Masche, dass das Morddezernat sie problemlos als Volksfeindin abstempeln könne, kurz gesagt, als widerwärtige Teufelin, die der Kriminalpolizei wesentliche Informationen zu einem tragischen Fall vorenthielt, den das ganze Land so schnell wie möglich aufgeklärt sehen wollte. Was würden ihre Nachbarn wohl dazu sagen? Aber auch das nützte nichts, ihre Nachbarn interessierten sie nicht die Bohne. Blieb noch, sie auf ihre Mitschuld an Juli Denissens Tod hinzuweisen. Das würde sie teuer zu stehen kommen – Beihilfe zum Mord. Da konnte sie sich locker auf mindestens acht Jahre hinter Gittern einrichten. Er würde sie mit ins Präsidium und fürs Erste vier Wochen in Untersuchungshaft nehmen. Vielleicht sollten sie ihr Gespräch an dieser Stelle beenden, damit sie einen Koffer mit persönlichen Sachen packen konnte, ehe sie sich auf den Weg machten. Sie lachte nur, und er sah ein, dass er sie gewaltig unterschätzt hatte.
»Ihre Rechtsauslegung gefällt mir«, sagte sie amüsiert. »Wenn ich also kooperiere, wie Sie es ausdrücken, wollen Sie großzügig von meinen acht Jahren Gefängnis absehen. Das nenne ich ein Spiel mit unseren Rechtsprinzipien. Den Blödsinn glauben Sie doch selber nicht. Außerdem kooperiere ich geradezu exemplarisch: mehr, als ich bislang gesagt habe, weiß ich nämlich nicht.«

Konrad Simonsen warf der Comtesse Hilfe suchend einen Blick zu. Er wusste nicht weiter. Ganz anders die Comtesse. Während Konrad Simonsens erfolgloser Einschüchterungsversuche hatte sie Zeit genug gehabt, die Frau zu beobachten und über ihre überraschende Ablehnung eines Rechtsbeistandes nachzudenken. Sie sah Ella von Eggert tief in die Augen.

»Ihr Anwalt, und ich bin sicher, dass Sie einen haben, ist weniger ein Experte im Strafrecht als im Bereich Gesellschaftsrecht, Finanzen, Buchführung und Geld, stimmt das so weit?«

Ihr Schuss ins Blaue hatte offensichtlich ins Schwarze getroffen. Ein Augenlid von Ella von Eggert begann, haltlos zu zucken. Sie schlug den Blick nieder.

»Was geht Sie mein Anwalt an?«, zischte sie.

Die Comtesse bohrte gut gelaunt weiter.

»Er geht mich gar nichts an, interessant ist aber die Tatsache, dass Sie offenbar vermeiden wollen, dass wir ihn kennenlernen. Die Polizei und Ihr Anwalt scheinen gemeinsam einen ungesunden Cocktail abzugeben. Ich habe mich deshalb gefragt, was für eine Beziehung das sein könnte. Wer weiß, ob Sie und Ihr verstorbener Mann am dänischen Fiskus vorbei nicht eventuell ein bisschen was für schlechtere Zeiten auf die Seite geschafft haben? San Marino, Cayman Islands, Isle of Man oder einfach nur die Schweiz? Wer die Wahl hat, hat die Qual. Und mein Tipp ist, dass Ihr Anwalt Ihnen dabei behilflich war, sicher für ein erkleckliches Honorar, wie ich die Typen kenne.«

Ella von Eggerts Wangen nahmen Farbe an. Sie sagte nichts, aber die unerwartete Wendung des Gesprächs schien ihr deutlich Unbehagen zu bereiten.

»Hören Sie mir jetzt genau zu. Ich gebe Ihnen fünf Minuten, gründlich nachzudenken, und wenn Sie danach zu der falschen Entscheidung gelangen, werde ich auf dem Heimweg mit dem Finanzamt telefonieren und drei Senior-Wirtschaftsprüfer anfordern, die sich Ihre und die Buchführung Ihres Anwalts einmal genau anschauen. Die werden jede Krone umdrehen, die Sie auch nur von Weitem angesehen haben, und wenn es Unregelmäßigkeiten gibt, werden sie sie finden, darauf können Sie Gift nehmen. Das Problem ist, oder genauer Ihr Problem ist, wenn so eine Wirtschaftsprüfung erst einmal angelaufen ist, ist der Prozess nicht mehr zu stoppen. So funktioniert das System. Jetzt sind Sie an der Reihe.«

Die Comtesse sah auf ihre Uhr, aber Ella von Eggert brauchte statt fünf Minuten nur fünf Sekunden.

»Ich weiß nichts über die Morde auf dem Boot«, sagte sie resigniert. »Wirklich nichts. Das müssen Sie mir glauben.«

»Und worüber wissen Sie etwas?«

Sie seufzte, erhob sich von ihrem Stuhl und schenkte sich am Barschrank mit dem Rücken zu ihnen ein Glas Weißwein ein. Konrad Simonsen nutzte die Gelegenheit, sein Diktafon zu aktivieren und auf den Tisch zu legen.

Nachdem Ella von Eggert sich wieder gesetzt hatte, sah sie blass aus.

»Ich hatte schon länger den Verdacht, dass zwischen Mads und Juli etwas lief, ohne es beweisen zu können. Darum habe ich mir so ein Spionageprogramm aus dem Netz runtergeladen und auf Mads' Laptop installiert. Drei Wochen später hatte ich die Passwörter von seinem und ihrem Mailkonto. Aus seinen Mails konnte ich herauslesen, wie besessen er von ihr war. Er schrieb, dass sie ihn wieder jung mache, mir ist echt schlecht geworden. Ich hatte das Gefühl, dass Mads ernsthaft darüber nachdachte, mich zu verlassen. Und was wäre mir dann noch geblieben? Wegen so einer kleinen Drecksschla…«

Konrad Simonsen schlug mit der flachen Hand auf den Tisch.

»Danke, den Teil ersparen Sie uns bitte und halten sich an die Fakten.«

»Ist ja gut. Ich habe jedenfalls meiner großen Schwester Irene davon erzählt. Bei ernsten Problemen hat sie mir immer geholfen. Sie hat Juli mehrfach angerufen und ihr gesagt, sie solle die Affäre mit Mads beenden, aber das Mädchen war eiskalt. Ich glaub ja, dass sie tatsächlich verliebt war, aber das hat Irene nicht interessiert. Sie meinte, da würde dann wohl nur helfen, sie in einem persönlichen Gespräch davon zu überzeugen, sich von Mads fernzuhalten.«

»Sie einzuschüchtern?«

»Ja, einzuschüchtern. Und ich hielt das für eine super Idee. Und ich habe Irene den Tipp gegeben, dass Juli und ihre Tochter sich mit Mads in Melby auf einen Spaziergang am Strand treffen wollten. Am Morgen vor der Verabredung habe ich in Julis Namen eine Mail an Mads geschrieben, dass sie nicht kommen könnte, weil ihre Tochter krank geworden wäre. Das war Irenes Idee. So hatte sie die Gelegenheit, das Mädchen allein zu treffen und mit ihr zu sprechen. Nachmittags rief Irene mich mit der Mitteilung an, dass das Problem gelöst sei, aber dass wir nicht mehr darüber reden würden, weder am Telefon noch sonst wo. Mir ist erst später klar geworden, dass das Mädchen tot war. Es gab eine kurze Anzeige in der Lokalzeitung, aber, ehrlich gesagt, hatte ich es schon vorher geahnt, weil Mads in diesen Tagen unendlich niedergeschlagen war, viel niedergeschlagener, als wenn sie mit ihm Schluss gemacht hätte. Obwohl ... ganz sicher, ob das der Grund war, war ich nicht, und ich konnte ihn ja schlecht darauf ansprechen.«

Konrad Simonsen sah sie finster an.

»Haben Sie eventuell ein Detail vergessen? Dass Sie die Idee hatten, wie Juli Denissen zu überzeugen wäre?«

Ella von Eggert senkte den Kopf, als wäre ihr das Ganze peinlich.

»Kriege ich Probleme wegen der Sachen, die ich gerade sage?«

»Sie haben bereits Probleme. Wie wollten Sie Juli einschüchtern?«

»Ich hab sie wirklich zutiefst gehasst.«

»Wie, zum Teufel?! Jetzt sagen Sie schon.«

»Schnecken. Sie hatte panische Angst vor Schnecken, eine Phobie oder wie das heißt. Das habe ich in ihren anderen Mails gelesen, die nichts mit Mads zu tun hatten. Und das habe ich auch Irene erzählt.«

»Sie wollten ihr also mit einer Schnecke Angst machen?«

Die Comtesse hörte den Zorn in Konrad Simonsens Stimme. Sie übernahm das Gespräch, nachdem Ella von Eggert die Frage bejaht hatte.

»Hat Ihre Schwester persönlich Juli Denissen überfallen?«

»Das weiß ich nicht, wir haben, wie gesagt, seitdem nie wieder darüber geredet. Aber ich kann mir nicht vorstellen, dass sie es selber gemacht hat. Nein, bestimmt hat das jemand für sie übernommen, sie kennt ja so viele Leute.«

»Die junge Frauen zu Tode erschrecken?«

Konrad Simonsen versuchte, das Ruder wieder an sich zu reißen, aber Ella von Eggert ignorierte ihn, weshalb die Comtesse die nächste Frage stellte.

»Wissen Sie, wer ihr geholfen haben könnte?«
»Nein, das weiß ich nicht. Und ich will es auch nicht wissen.«
»Haben Sie nicht einmal eine Vermutung?«
Sie schüttelte den Kopf.
Die Comtesse wechselte das Thema.
»Leiht sich Ihre Schwester zwischendurch mal Ihren Wagen?«
Ella von Eggert verneinte. Ihre Schwester hatte ihr eigenes Auto.
»Dann hat Ihre Schwester Ihren Wagen nicht am 22. August dieses Jahres geliehen? Sind Sie ganz sicher?«
»Ich war an dem Wochenende in Berlin, mit dem Zug, und bin erst am Dienstag wieder zurückgekommen … Also, nicht dass ich wüsste, aber ich kann natürlich nicht garantieren …«
Sie ließ den letzten Satz in der Luft hängen. Die Comtesse wollte wissen, ob Irene Gallagher einen Schlüssel zum Haus und damit Zugriff auf die Autoschlüssel hatte, was Ella von Eggert widerstrebend bejahte.
Konrad Simonsen fasste zusammen.
»Das heißt, Ihre Schwester hätte an dem Wochenende problemlos Ihr Auto benutzen können?«
»Ja, hätte sie. Aber ich bin mir sicher, dass sie das nicht hat.«
»Wir würden Ihren Wagen gerne einer technischen Untersuchung unterziehen. Dagegen haben Sie doch sicher nichts einzuwenden?«
»Nein, habe ich nicht. Aber er ist vorgestern gestohlen worden, Sie werden sich also gedulden müssen, bis er wieder auftaucht.«
Sie erzählte eine unglaubwürdige Geschichte, dass sie ihr

Auto nur zehn Sekunden unabgeschlossen hatte stehen lassen, um einen Brief einzuwerfen, was zwei junge Rowdys genutzt hätten, um damit wegzufahren. Es war schwer zu sagen, ob sie log oder nicht.

»Haben Sie das angezeigt?«, fragte die Comtesse.

»Natürlich.«

Konrad Simonsen machte sich eine stille Notiz, dass er mit der Polizei in Frederikssund telefonieren musste, damit sie die Aufklärung des Diebstahls, oder was auch immer es war, hochstuften.

Die nächste Stunde versuchten sie, weitere Informationen von Ella von Eggert zu bekommen, aber die Frau schien wirklich nicht mehr zu haben. Irgendwann gaben sie auf.

»Glauben Sie, dass Irene etwas mit den Morden im Hafen zu tun hat?«, fragte Ella von Eggert vorsichtig, als sie sich verabschiedeten.

Sie bekam keine Antwort auf ihre Frage.

»Und was passiert jetzt mit mir?«, fragte sie fast flehend.

Auch darauf blieben ihr die beiden Kriminalkommissare die Antwort schuldig, weil nichts passieren würde, und sie hatten beide nicht das Bedürfnis, ihr das mitzuteilen.

Kapitel 29

Donnerstag, 16. September 2010,
Søllerød

Der Abend war warm. Konrad Simonsen hatte sich mit seinen Unterlagen auf die Terrasse gesetzt, vor sich den Laptop und ein wohlverdientes Bier. Die Comtesse saß im Wohnzimmer und sah fern. Das blauweiße Licht des Fernsehers flackerte im Glas der Terrassentür, wenn das Bild wechselte, weshalb Konrad Simonsen kurz erwog, den Vorhang zuzuziehen, aber er wollte kein falsches Signal geben und ließ es bleiben. Er war müde und nickte immer wieder unfreiwillig für Sekunden weg. Was er las, ergab keinen Sinn und mischte sich mit Gedankenfetzen und Traumsequenzen zu abstrusen Bildern. Er arbeitete seit dem frühen Morgen daran, einen einigermaßen brauchbaren Lebenslauf von Irene Gallagher zu erstellen, aber das Resultat rechtfertigte kaum den Einsatz. Bisher hatte er nur einige wenige Bruchstücke ihres Lebens zusammentragen können.

Irene Gallagher war 1962 geboren und wuchs mit ihren Eltern in Vangede auf, bis sie als Achtzehnjährige von zu Hause auszog, um in Kopenhagen Jura zu studieren. Beide Eltern waren Akademiker, die Mutter Dozentin für Thermodynamik und ihr Vater ein erfolgreicher Diplomat. Auf dem Höhepunkt seiner Karriere war er NATO-Botschafter und danach Botschafter in Washington, wo er ganze sechs Jahre blieb. Die Familie war wohlhabend, auch über das Gehalt der Eltern hinaus, da schon der Großvater eine gut gehende

Zimmerei gehabt hatte, in der Irene Gallagher immer wieder ausgeholfen hatte, um ihr Taschengeld aufzubessern. 1979 machte sie ein gutes Abitur, und vier Jahre später schloss sie ihr Jurastudium als eine der Jahrgangsbesten ab. 1985 leistete sie freiwillig ihren Wehrdienst in der Høvelte-Kaserne ab und bekam unmittelbar darauf eine Stelle in der Heeresführung. Als vierunddreißigjährige heiratete Irene Egeskov James Gallagher, einen neuseeländischen Staatsbürger mit unbefristeter Aufenthaltsgenehmigung in Dänemark. Ihr Mann war Besitzer einer Reihe von Lebensmittelmärkten in Seeland. Die Filialen der Kette lagen ausschließlich im ländlichen Raum und wurden wirtschaftlich wie logistisch vorbildlich geführt. James Gallagher baute seine Kette nach neuseeländischem Vorbild auf, wo seine Familie mehrere Hundert solcher Läden besaß. Das Ehepaar wohnte in Næstved, und die Ehe blieb kinderlos. 2007 verließ Irene Gallagher das Heer und wurde die nächsten drei Jahre als »ohne Einkommen« in den Steuerregistern geführt. Des Weiteren wusste Konrad Simonsen, dass sie einen roten Audi R8 fuhr, während ihre kleine Schwester einen weißen Opel Corsa hatte, bei dem es sich gut um den Wagen handeln konnte, der Bjørn Lauritzen auf der Batteribroen abgesetzt hatte. Andererseits passten auch viele andere Kleinwagentypen auf die Beschreibung. Auf jeden Fall musste der Opel von der Kriminaltechnik untersucht werden, sobald er gefunden war.
Er rieb sich die müden Augen, als die Comtesse zu ihm nach draußen kam. Sie streichelte ihm über den Kopf und sagte:
»Willst du nicht bald ins Bett gehen und dich mal ausschlafen?«
Er nahm ihre Hand und hielt sie einen Moment fest.
»Daraus wird nichts, ich kriege gleich noch Besuch.«

»Wer kommt denn so spät noch? Ist es Irene Gallagher, die dir keine Ruhe lässt?«

»Das Militär will mir einfach nicht weiterhelfen. Die Personalakte der Frau ist vertraulich. Nicht einmal die Polizeipräsidentin konnte da etwas erreichen. In ihrem Lebenslauf klafft noch immer eine Riesenlücke von 1986 bis 2007.«

»Hast du keine eigenen Quellen? Du kennst doch eine ganze Reihe hochrangiger Amtspersonen?«

Auch diesen Weg hatte er zu gehen versucht, mit ähnlich ernüchterndem Resultat. Irene Gallaghers Tätigkeit beim Militär blieb ein gut gehütetes Geheimnis.

»Die konnten mir auch nicht helfen. Im Gegenteil, sie haben mir dringend davon abgeraten, überhaupt nachzufragen.«

»Dann ist das vielleicht wirklich das Beste.«

Dennoch hatte Konrad Simonsen einen Mann eingeladen, der ihm möglicherweise helfen konnte. Er musste in dieser Sache vorankommen.

»Der einzige Lichtblick ist, dass Malte eine interessante Verbindung gefunden hat, von der wir bisher noch nichts wussten. Bezüglich Jonas Ziegler, du weißt schon, der zusammen mit Pauline ermordet wurde.«

»Ich weiß, du bist nicht der Einzige, der an diesem Fall arbeitet. Was ist mit ihm?«

»Er hat in Tune in einem dieser Lebensmittelläden gearbeitet. Er war also Angestellter von Irene Gallagher und ihrem Mann. Zwei Monate nach dem Überfall wurde er zum Vizegeschäftsleiter ernannt, obwohl er kaum Berufserfahrung und eigentlich keine Qualifikation hatte. Sein Lohn war außerdem höher als der der anderen Angestellten, um rund 2000 Kronen monatlich.«

»Irene Gallagher stellt Jonas Ziegler als Bezahlung dafür ein, dass er den Mund hält und nichts über den Überfall sagt. Außerdem kann sie ihn so besser im Auge behalten. Aber Pauline macht weiter Druck und hat vermutlich irgendwann Irene Gallaghers Rolle erkannt. Woraufhin Irene Gallagher Jonas Ziegler dazu bringt, sich mit Pauline zu verabreden. Er schlägt die Schiffsrundfahrt vor, auf der beide ermordet werden. Denkst du in diese Richtung, Konrad?«

Konrad Simonsen nickte.

»Jemand muss sich Jonas Zieglers Telefondaten anschauen und überprüfen, ob er Kontakt zu Irene Gallagher hatte. Eine ganz wichtige Frage bleibt aber: Warum löst man ein doch relativ kleines Problem mit einem Überfall und mehreren Morden? Das ergibt doch keinen Sinn und ist im höchsten Maße kontraproduktiv. Es muss ein anderes Motiv für die Morde geben. Ich bin mir sicher, dass das etwas mit Bosnien zu tun hat. Ich komme mit Irene Gallaghers Lebenslauf aber nicht weiter, ganz zu schweigen von ihrer Rolle in Ex-Jugoslawien.«

»Hoffen wir, dass dein heimlicher Freund uns helfen kann«, sagte sie optimistisch. »Wo wollt ihr sitzen?«

»Ich dachte an das Gartenhaus«, sagte Konrad Simonsen. Er mochte das kleine Häuschen und traf dort oft seine Gesprächspartner, wenn er zu Hause arbeitete. Nach seiner Operation vor ein paar Jahren hatte er es selbst gestrichen.

»Gut, ich mache Tee und Kaffee und stelle es euch rein, aber pass auf, dass es nicht zu spät wird. Sonst schalte ich deinen Wecker aus und lasse dich morgen früh schlafen. Nur, dass du's weißt.«

Sie küsste ihn und ging wieder ins Haus.

*

Der PET-Chef war etwa in Konrad Simonsens Alter. Er war kräftig gebaut und hatte ein fleischiges Gesicht. Am auffälligsten an ihm aber war seine beinahe komplett fehlende Mimik. Er war ein introvertierter Mensch, der nur selten lächelte, und wenn, dann aus Schadenfreude. Über die Jahre hinweg hatten er und Konrad Simonsen immer wieder zusammengearbeitet, wenn auch meistens aus der Distanz. Privat pflegten sie keinen Kontakt, aber da sich inzwischen beide dem Pensionsalter und dem Ende ihrer Karrieren näherten, war so etwas wie Solidarität zwischen ihnen entstanden – als könnten sie mit gemeinsamer Anstrengung die jungen aufstrebenden Kollegen noch eine Weile im Zaum halten.
Der PET-Chef begrüßte Konrad Simonsen auf der Terrasse. Sein Händedruck war weich, feucht und passte schlecht zu ihm. Konrad Simonsen hatte kein Auto gehört, wahrscheinlich parkte er ein paar Straßen entfernt, weil niemand wissen sollte, wen er besuchte. Zusammen gingen sie hinüber zum Gartenhäuschen, wo sich der PET-Chef, ohne zu fragen, einen Kaffee einschenkte und eine Zigarette anzündete. Sein Gastgeber schob ihm eine Untertasse als Aschenbecher hinüber, ehe er ohne Umschweife zur Sache kam und ihm seine Schwierigkeiten mit Irene Gallagher schilderte. Der PET-Chef hört ihm zu, ohne ihn zu unterbrechen. Er saß mit halb geschlossenen Augen da, als wäre er kurz vorm Einschlafen, Konrad Simonsen wusste aber, dass er sich von dieser Marotte nicht irritieren lassen durfte.
»Du sagst, sie war als Militärstaatsanwältin in Bosnien«, sagte der PET-Chef, nachdem Konrad Simonsen zum Ende gekommen war. »Erzähl mir mehr davon.«
»Kennst du sie?«
»Nein, aber ihren Vater kannte ich sehr gut, Adam Egeskov.

Er war ein hochnäsiger, arroganter Teufel, aber sehr tüchtig. Ich zweifle nicht daran, dass er seiner Tochter einige Türen geöffnet hat.«

»An was für Türen denkst du jetzt?«

»Alles zu seiner Zeit«, winkte der PET-Chef ab. »Jetzt erzähl mir erst einmal von Bosnien.«

Konrad Simonsen zügelte seine Neugier und berichtete, dass Irene Gallagher im Sommer 1995 als Militärstaatsanwältin ein zweites Mal Hauptmann Bjørn Lauritzen aufgesucht hatte, woraufhin dieser sofort nach Hause geschickt worden war. Der PET-Chef wollte Details wissen, die Konrad Simonsen aber nicht hatte. Als er keine weiteren Fragen mehr hatte, saß er eine Weile gedankenverloren da.

»Ich kann versuchen, dir von der Seitenlinie ein paar Tipps zu geben. Ich kann aber nicht direkt eingreifen, dazu ist dieser Fall zu weit von meinem Zuständigkeitsbereich entfernt. Fangen wir mit deiner Bosnien-Geschichte an. Da passt nichts zusammen, ich war damals selbst dort unten und kann dir sagen, dass kein Militäranwalt sich so verhalten würde. Im Gegenteil, aber … aber …«

Er knetete seine dicken Hände und führte leise Selbstgespräche, als ob Konrad Simonsen gar nicht da wäre.

»Also, die Amerikaner sind natürlich eine naheliegende Annahme, es kann kaum anders sein, aber Sommer 1995, das passt nicht … Das war dann noch unter UNPROFOR, natürlich ist das eine UN-Mission gewesen, von den USA gestützt, aber sie waren nicht selbst beteiligt, sodass sie niemals eine Nicht-Amerikanerin … Nein, das ist undenkbar … Das wurde erst Ende 1995 oder 1996 eine NATO-Operation, IFOR, später SFOR, aber noch nicht im Sommer … auf keinen Fall.«

Plötzlich hellte sein Gesicht sich auf, und seine Falten glätteten sich. Er nahm sein Smartphone aus der Tasche und sah aus, als wüsste er die Antwort bereits.
»Hast du untersucht, wo Adam, also ihr Vater, sich bei ihrer Geburt befand?«, fragte er. »Ich meine, er hat seine Karriere sehr früh begonnen, und es ist ja üblich, dass …«
Er ließ den Satz in der Luft hängen. Konrad Simonsen verneinte, ohne richtig zu verstehen, auf was der PET-Chef hinauswollte.
Der Mann überprüfte etwas in seinem Handy und dachte laut nach.
»Das ist sicher über die offiziellen Kanäle des Außenministeriums herauszufinden. Ich meine, diese Typen prahlen ja oft mit ihren … Also, habe ich es mir doch gedacht … 1960 bis 62 am Generalkonsulat in New York. Ich checke das noch über eine sichere Leitung und gleiche die Info dann mit ihrem Pass oder einem älteren Führerschein ab, sollte sie einen haben. Das Militär kann die Polizeiarchive ja nicht als geheim zurückhalten. Und sollte alles schiefgehen, kannst du ja noch immer zu der Kirchengemeinde gehen, wo sie als Erstes eingetragen wurde.«
Trotz seiner dicken Finger tippte er virtuos auf seinem Handy herum und hielt es nach kurzer Zeit Konrad Simonsen unter die Nase.
»Geburtsort: New York, hier ist ein Bild ihres erneuerten Passes aus dem Jahr 1988.«
»Das heißt dann, dass sie Amerikanerin ist.«
»Genau. Alle Kinder, die auf amerikanischem Boden zur Welt kommen, kriegen automatisch die amerikanische Staatsbürgerschaft. Und den Amerikanern ist es völlig egal, ob die Betreffenden auch noch eine andere Staatsbürger-

schaft haben. Aus dem Blickwinkel der USA sind sie Amerikaner, außer sie geben ihre Staatsbürgerschaft offiziell wieder ab. Es gibt ein paar wenige Ausnahmen bei Kindern hochstehender Diplomaten, aber das war ihr Vater damals noch nicht. Eher studentischer Mitarbeiter.«

»Dann hat Irene Gallagher für die Amerikaner gearbeitet … als Mitarbeiterin eines Nachrichtendienstes?«

»Tja, als was auch immer, die Berufsbezeichnung ist sekundär. Ich denke aber, dass du davon ausgehen kannst, dass sie für unseren großen Verbündeten gearbeitet hat, aber vermutlich auch für Dänemark, in der Praxis ist das kein Widerspruch. Der militärische Nachrichtendienst FE arbeitet häufig mit der Defense Intelligence Agency zusammen. Wir haben immer eng mit den Amerikanern kooperiert, unter anderem, weil sie ein vitales Interesse daran haben, welche Schiffe unsere Küsten passieren, sowohl auf dem als auch unter Wasser. Ein Ansatzpunkt für dich könnte ihr Studium sein. Ich wette darauf, dass sie ihr dänisches Jurastudium mit einem Mastergrad einer amerikanischen Hochschule ergänzt hat, vermutlich eine der prestigeträchtigen Unis wie Harvard oder Yale, Princeton oder Chicago. Wir können später darauf zurückkommen. Vorher musst du aber zwei grundlegende Dinge verstehen und akzeptieren.«

Der erste Punkt war, dass Konrad Simonsen alle Versuche einstellen sollte, Einblick in die geheimen Dokumente des FE über Irene Gallagher zu bekommen. Es würde ihm nicht gewährt werden, was auch immer er versuchte. Er würde nur gewaltig Staub aufwirbeln, was der PET-Chef gerne vermeiden wollte. Der zweite Punkt war, dass er sich unter keinen Umständen auf irgendwelche konspirativen Theorien einlassen sollte, dass der amerikanische oder der dänische

Geheimdienst etwas mit dem Anschlag auf das Ausflugsboot zu tun haben könnten. Sollte es dazu kommen, würde er sich sofort zurückziehen und Konrad Simonsen nicht mehr unterstützen, denn das wäre dann die reinste Zeitverschwendung.

»Möglicherweise deckt der FE sie und blockiert oder erschwert sogar deine Ermittlungen. Weiter würden die aber niemals gehen. Niemand denkt auch nur im Traum daran, dänische Staatsbürger umzubringen, so läuft das nicht, und sollte es aus irgendeinem Grund doch dazu kommen, würden sie niemals so plump vorgehen. Wenn Irene Gallagher in deine Morde verwickelt ist, hat sie in eigenem Interesse gehandelt.«

Konrad Simonsen war bereit, sich an die Ratschläge des PET-Chefs zu halten. Was der Mann sagte, klang vernünftig.

»Aber wie weiter? Du hast von Tipps und Hinweisen gesprochen.«

»Die hast du bereits bekommen, aber okay, ich kenne wen … eine Person, die richtig gut darin ist, Informationen über Menschen in den USA zusammenzutragen. Außerdem weiß sie, wo sie sich zurückhalten und wann sie einen Rückzieher machen muss. Ich rede morgen mit ihr und erkundige mich, ob sie interessiert ist. Sollte das der Fall sein, mache ich euch miteinander bekannt. Aber sie ist nicht ganz billig. Um die 20000 Kronen, denke ich. Und eine Quittung kriegst du auch nicht. Außerdem gibt es keine Garantie dafür, was oder wie viel sie herausfindet. Manchmal kommen nur kleine Fragmente heraus, andere Male sieht man das ganze Bild. Der Preis ist aber immer derselbe. Ist das okay für dich?«

Konrad Simonsen nickte, der PET-Chef sah auf seine Uhr und gab damit ein deutliches Zeichen. Eine Sache gab es aber noch.

»Sag mal«, fragte Konrad Simonsen. »Warum hilfst du mir überhaupt? Dass ich Kontakt zu dir aufgenommen habe, war fast so etwas wie eine Verzweiflungstat, im Grunde habe ich nicht damit gerechnet, dass du mit mir redest.«

Der PET-Chef grunzte widerwillig.

»Es heißt, dass du unseren Veteranen mit Respekt begegnest.«

Konrad Simonsen konnte seine Verblüffung nicht zurückhalten.

»Deshalb? Weil ich mich anständig verhalte?«

Der PET-Chef wedelte mit der Hand herum, als wollte er ein Insekt vertreiben, doch dann blitzten seine Augen voller Hass auf.

»Gedsted, Fårdrup, Spjald, Frøbjerg, Sprove, Stillebæk – irgendwelche Käffer, von denen keiner weiß, wo sie sind. Von dort kommen die, die in der Schule ihre Schwierigkeiten hatten und in unserer globalisierten Welt keine Arbeit gefunden haben. Sie sind es, die wir aussenden, um Dänemarks sogenannten internationalen Verpflichtungen nachzukommen. Ich garantiere dir, das sind nicht die jungen Männer, die fließend Englisch sprechen und in den städtischen Cafébars Cortado trinken. Diese Leute wissen ganz genau, wann sie einen Schritt zurücktreten müssen. Und was passiert, wenn unsere tapferen Soldaten dann nach Hause zurückkehren und zusammenbrechen, weil das, was sie erlebt haben, sie zum Krüppel macht? Was ist dann mit unserer nationalen Verpflichtung? Tja, das ist ein ganz anderes, viel schwierigeres Thema. Das kostet ja Geld. Und es hat deshalb niemand etwas dagegen, wenn sie sich in ihre Kaffer zurückziehen, solange wir anderen nicht von ihnen belästigt werden. Und damit meine ich nicht nur dich und mich, sondern die Militärführung, die Bürokraten, die Politiker, aus welchen Lagern auch immer.«

Der PET-Chef stand auf und schloss wütend:

»Das sind alles nur Arschlöcher.«

Kapitel 30

Freitag, 17. September 2010,
Lorup Skov bei Slagelse

An dem Morgen, an dem Arne Pedersen zurück in den Wald bei Lorup kam, in dem Ole Nysted wohnte, hatte die Sonne gerade den morgendlichen Nieselregen vertrieben, und der Wald pulsierte nur so vor Leben. Er sah Vögel, Hasen, Mäuse und andere Kleintiere und halb versteckt hinter einem Brombeerdickicht sogar zwei äsende Hirsche. Er stand lange da, um die scheuen Tiere zu beobachten, bis ein Laut sie erschreckte und sie mit eleganten Sätzen im Dickicht verschwanden. Als er weiterging, hellte sich seine Laune auf, dabei hatte er diesem Morgen mit großer Sorge entgegengeblickt. Im Morddezernat hatte eine nicht ausgesprochene Einigkeit darüber bestanden, dass er, sollte es nötig sein, um den Veteranen erneut zum Sprechen zu bringen, auch wieder trinken durfte. Wobei er um keinen Preis noch einmal einen solchen Kater riskieren wollte wie vor wenigen Tagen. Zu Hause hatte er gesagt, es sei möglich, dass er erst am nächsten Tag zurückkäme. Und dieses Mal wollte er auf Kosten der Polizei ein Hotelzimmer nehmen. Er hatte seiner Frau keine weitere Erklärung gegeben, sie hatte aber auch nicht gefragt, sondern einfach mit ihrer Hausarbeit weitergemacht. Wie sehr er Pauline Berg vermisste und sich wünschte, in den letzten vier Jahren alles, aber auch wirklich alles anders gemacht zu haben. Doch da hatte ihm der Mut gefehlt.

Ole Nysted saß auf dem gleichen dreckigen Sofa, auf dem er auch beim letzten Mal gesessen hatte. Er sah schlecht aus. Er war blass, die Augen glasig aufgequollen wie nach zu viel Alkohol in Kombination mit zu wenig Schlaf. Auf dem Tisch vor ihm standen zwei Flaschen Bier. Die eine leer, die andere noch halb voll. Er hatte einen Fuß notdürftig mit Zeitungspapier und einer blassgrauen Plastiktüte verbunden und auf den Tisch gelegt. Arne Pedersen war nach höflichem Anklopfen eingetreten, ohne hereingebeten worden zu sein. Er begrüßte Ole Nysted freundlich, als dieser den Blick hob.

»Ist schon Freitag? Ich dachte, das wäre erst morgen. Aber Sie hätten sich den Weg sparen können. Ich sollte lieber die Klappe halten. Es macht doch keinen Sinn, alte Wunden aufzureißen.«

Arne Pedersen ignorierte seine Worte und fragte nach dem Fuß.

»Was ist passiert? Sind Sie gestürzt?«

»Ich habe Brennholz gehackt, aber das ist nicht wichtig, das ist in ein paar Wochen wieder in Ordnung.«

»Haben Sie denn Essen und Wasser genug? Soll ich Ihnen was bringen?«

»Nee, ich hab alles, was ich brauche, aber nett, dass Sie fragen. Ich wäre jetzt am liebsten allein. Sie wecken nur Erinnerungen, die ich gerne los wäre. All dieser Ballast, den ich am liebsten abwerfen würde.«

Arne Pedersen setzte sich in die andere Sofaecke und fühlte sich wie ein Eindringling. Allein die Gedanken an Pauline Berg halfen.

»Ich habe nur noch ein paar wenige Fragen, das ist schnell überstanden.« Das war eine Lüge, denn in Wahrheit hatte er

ziemlich viele Fragen, die er im Gegensatz zum ersten Mal dieses Mal auch gut strukturiert hatte.
Ole Nysted trank sein Bier aus und seufzte.
»Gehen Sie zu dem Schrank da und holen Sie mir ein Glas und die Flasche Whisky, die da steht. Und wenn Sie mir helfen wollen, können Sie einen Armvoll Brennholz hereinholen. Der Stapel ist hinter dem Haus. Wenn Sie keinen Dreck an den Schuhen riskieren wollen, ziehen Sie meine Holzschuhe an, die stehen an der Tür. Anschließend gebe ich Ihnen eine Viertelstunde, nicht mehr.«
Arne Pedersen holte zuerst das Brennholz, ließ aber die eigenen Schuhe an. Ein bisschen Schlamm würden sie schon vertragen. Dann machte er sich auf die Suche nach dem Schrank, den er schließlich hinter einem geteilten orangefarbenen Vorhang fand. Der Schrank war selbst gezimmert, die Tür mit einem runden Metallrohr als Griff. Er zog daran, doch ohne Erfolg.
»Der ist abgeschlossen.«
Ole Nysted sah einen Moment verwirrt aus.
»Der Kasten daneben, ganz links, sorry«, sagte er schließlich.
Arne Pedersen nahm die Flasche und ein Glas heraus und zog den Vorhang wieder zu. Dieses Mal akzeptierte sein Gastgeber, dass er nicht mittrinken wollte. Der Mann goss sich das Glas voll und nahm einen großen Schluck.
»Dann fragen Sie schon, wenn ich Sie sonst doch nicht loswerde.«
»Das junge Mädchen, das Sie auf dem Bauernhof gesehen haben, ich meine das Mädchen, das vergewaltigt wurde …«
Der Veteran fiel ihm ins Wort.
»Das war noch ein Kind. Was ist mit ihr?«

»Sie haben am Montag gesagt, sie hätte Dänisch gesprochen. Haben Sie wirklich Dänisch miteinander gesprochen?«
»Wir haben überhaupt nicht miteinander gesprochen, sie hat nur ein paar Worte zu mir gesagt, und das auf Serbisch.«
»Warum glauben Sie dann, dass das Mädchen dänisch war?«
»Das glaube ich nicht, das weiß ich.«
»Okay, okay, aber woher wissen Sie das?«
»Weil sie mit Bjørn Dänisch geredet hat, als sie aus dem Haus gekommen sind.«
»Bjørn Lauritzen?«
»Ja, Bjørn Lauritzen, verdammt.«
Plötzlich begann Ole Nysted, wie im Fieber unkontrolliert zu zittern. Arne Pedersen reichte ihm sein Glas. Er hielt es mit beiden Händen, bis er ausgetrunken hatte. Der Alkohol dämpfte den Zitteranfall.
»Der Welt bin ich egal, und ich kümmere mich auch nicht um die Welt.«
Er sagte das ohne Selbstmitleid, vollkommen nüchtern und über jeden Zweifel erhaben.
»Es ist gut so, wie es ist. Ich beklage mich nicht, aber die Schreie, diese verdammten Schreie, die ertrage ich nicht. Verstehen Sie, ich komme damit nicht klar.«
»Hat das Mädchen geschrien? Sind es die Schreie des Mädchens, die Sie hören?«
Der Veteran schüttelte verwundert den Kopf. »Nein, das Mädchen hat nicht geschrien, für sie war alles vorbei. Sie stand nur da.« Er verstummte und warf sich ohne jede Vorwarnung und überraschend schnell auf Arne Pedersen, packte ihn und biss ihm in die Schulter. Es tat verflucht weh. Etwas unkoordiniert und noch im Adrenalinrausch riss Arne Pedersen sich los und sprang auf. Ole Nysted zer-

schmetterte eine Bierflasche auf dem Tisch und schwang sie in Arne Pedersens Richtung, ohne ihm wirklich nahe zu kommen. Trotzdem wich der Polizist zurück.

»Hau ab, hau ab, du Scheißkerl, geh zurück zu den anderen in deine Hölle!«

Arne Pedersen schlüpfte durch die Tür aus dem Schuppen. Er hatte keine andere Wahl. Das Verhör war so gründlich in die Hose gegangen, wie es nur möglich war. Statt irgendetwas erfahren zu haben, musste er jetzt in die Ambulanz, um sich eine Spritze gegen Wundstarrkrampf geben zu lassen. Fluchend fasste er sich an die Schulter.

Kapitel 31

Samstag, 18. September 2010,
Bispebjerg

Pauline Bergs Beisetzung fand in der Grundtvigs-Kirche im Kopenhagener Stadtteil Bispebjerg statt, nicht weit von dem Ort entfernt, wo sie geboren, aufgewachsen und zur Schule gegangen war. Seit den Morden auf dem Ausflugsboot war fast ein Monat vergangen, und die vier betroffenen Familien, inklusive Paulines, hatten sich mit wachsender Ungeduld an die Polizei gewendet, um die Freigabe der Leichen zu verlangen. Sie wollten endlich einen Punkt setzen. Konrad Simonsen war grundsätzlich eher zurückhaltend, was die Freigabe von Mordopfern betraf, da man nie wusste, was bei der Ermittlung herauskam. Einmal hatte er erlebt, dass ein Opfer noch einmal ausgegraben werden musste, um weitere rechtsmedizinische Untersuchungen vorzunehmen, und das wollte er kein zweites Mal erleben, ganz sicher nicht bei Pauline Berg. Nach drei Wochen hatte er der Polizeipräsidentin dann aber doch signalisiert, dass sie die Leichen freigeben konnte.

Konrad Simonsen, die Comtesse, Arne Pedersen und Anna Mia, die gerade aus dem Urlaub zurück war, fuhren im Auto der Comtesse zur Kirche. Arne Pedersen und Anna Mia saßen auf der Rückbank. Die Comtesse sollte in der Kirche ein paar Worte sagen, deshalb trug sie Uniform.

Arne Pedersen nutzte die Gelegenheit, seinem Chef von dem abrupt beendeten Verhör am Vortag zu berichten.

Konrad Simonsen wirkte mäßig interessiert, als höre er nur mit halbem Ohr zu, aber nachdem sie noch eine Weile schweigend gefahren waren, teilte er mit, dass er sich Anica Buch für ein paar Wochen ausleihen wollte, um sie auf das Mädchen auf dem Hofplatz anzusetzen. Wenn sie tatsächlich Dänisch gesprochen hatte, musste sie doch irgendwie aufzuspüren sein.

»Ist das alles, Arne?«, fragte Konrad Simonsen, ohne sich umzudrehen.

»Nicht ganz«, fuhr Arne Pedersen fort. »Mir ist aufgefallen, dass ein Teil der Waren in den Schränken des Veteranen aus der Supermarktkette stammt, die Irene Gallaghers Mann gehört. Es gibt einen Laden vier Kilometer von seinem Unterschlupf entfernt. Vielleicht unterstützt sie ihn ja in dieser Form.«

Anna Mia meldete sich zu Wort.

»Genauso, wie sie Bjørn Lauritzen unterstützt. Wenn dem so ist, wissen wir … wisst ihr wenigstens, wo ihr weitersuchen könnt, weil es so viele dieser Märkte ja nicht geben wird. Wie hört sich das an, Papa?«

Ehe Konrad Simonsen antworten konnte, fuhr ihr die Comtesse scharf in die Parade.

»Das war jetzt die letzte Bemerkung zu den Ermittlungen, bis wir wieder im Präsidium sind, zumindest in meinem Auto.«

Ihre drei Mitfahrer riskierten nicht, sie herauszufordern.

Die Kirche war brechend voll, es waren so viele Kollegen gekommen, dass Pauline Bergs Familien- und Bekanntenkreis in der Minderheit war. Trotz der großen Kirche standen einige Trauergäste im Vorraum oder sogar draußen vor der Kirche. Konrad Simonsen und die Comtesse hatten re-

servierte Plätze, Arne Pedersen und Anna Mia mussten stehen. Arne Pedersen nutzte die erstbeste Gelegenheit, um etwas Abstand zu gewinnen, und mischte sich unter eine Gruppe ihm unbekannter Menschen, weil er befürchtete, irgendwann rettungslos in Tränen auszubrechen und nicht mehr aufhören zu können. Vor Anna Mia wäre ihm das schrecklich peinlich gewesen. Er biss die Zähne aufeinander und dachte, dass in einer Stunde alles überstanden wäre.
So verbrachte er den größten Teil der Zeremonie mit angespanntem Kiefer und den mehr oder weniger gelungenen Versuchen, sich mental an andere Orte zu versetzen. Ein einziges Lied, das er kannte, sang er mit, und bei der Ansprache der Comtesse, die als merkwürdig verzerrtes Echo im Vorraum ankam, zählte er im Stillen Listen auf: Monate, Planeten, dänische Orte auf Fünen und Bornholm, deutsche Adjektive, die einen Akkusativ erforderten … Als schließlich der Sarg an ihm vorbeigetragen wurde, neigte er den Kopf und wandte den Blick ab.
Die Kirche leerte sich langsam, der Zug der Trauergäste folgte dem Leichenwagen, der im Schritttempo die wenigen Hundert Meter von der Kirche zur Kapelle auf dem Friedhof Bispebjerg fuhr, wo Pauline eingeäschert werden sollte. Arne Pedersen ließ sich als einer der Letzten von dem Trauerzug mitziehen. Vor der Kapelle, in gebührendem Abstand, faltete er einen kurzen Augenblick die Hände und nahm in einem ihn maßlos irritierenden Gewirr fremder Stimmen Abschied. Das Gemurmel machte ihn aggressiv, was sich viel besser als die Trauer anfühlte und besser zu kontrollieren war.
In diesem Moment legte sich vorsichtig eine Hand auf seine Schulter. Er drehte sich um und sah Klavs Arnold in die Augen.

»Wir werden ihn schon kriegen, und die Gallagher-Hexe auch«, zischte er. »Egal wie, wir ziehen ihnen das Fell über die Ohren, egal wie.«

Die Leute vor ihnen drehten sich überrascht um, er hatte lauter gesprochen als gedacht. Klavs Arnold versuchte, ihn etwas zu dämpfen.

»Du solltest vielleicht etwas runterschrauben, hier wimmelt es von Journalisten – aber jetzt ist es vermutlich eh zu spät.«

Die Trauergäste standen am Ausgang des Friedhofes Schlange, wo Pauline Bergs Familie die Beileidsbekundungen entgegennahm, Hände schüttelte und sich für die Anteilnahme bedankte. Es dauerte seine Zeit, und die Schlange bewegte sich nur langsam vorwärts. Als Arne Pedersen nach fast einer halben Stunde in Gedanken vertieft vorne angelangt war, hob er den Blick.

Der Schock traf ihn wie ein Schlag ins Gesicht, er begann zu zittern, und die Beine gaben unter ihm nach. Benommen scherte er zur Seite aus und schaffte es wie auch immer zurück ans Ende der Schlange, wo er etwas Zeit schinden konnte. Er wagte einen erneuten Blick nach vorn. Da stand sie! Neben ihren Eltern schüttelte Pauline Berg die Hände der Kondolierenden, ernst und bedrückt, verständlicherweise, aber so schön, so quicklebendig wie bei ihrer ersten Begegnung.

So absurd der Gedanke auch sein mochte, er konnte ihn nicht unterdrücken. Es war wie eine zweite Chance, ein Geschenk, eine Gelegenheit, das Richtige zu tun. Er beschloss, mit zu der Kaffeetafel zu gehen, was er ursprünglich nicht vorhatte. Die anderen mussten ohne ihn zurück ins Präsidium fahren.

Er kondolierte als Letzter, zuerst drückte er die Hand des

Vaters. *Mein herzliches Beileid zum schweren Verlust.* Dann der Mutter, bei der er die gleichen linkischen Worte murmelte. Zum Schluss kam er zu ihr. Ihr Handschlag war fest, obwohl sie mindestens hundert Menschen die Hand geschüttelt hatte. Sie legte die andere Hand auf seinen Handrücken und hielt ihn eine Weile fest. Sanft, aber bestimmt.

»Sind Sie Arne Pedersen?«

Er bejahte und stellte fest, dass es auch Paulines Stimme war.

»Meine große Schwester hat viel von Ihnen erzählt, Sie haben ihr sehr viel bedeutet.«

Kapitel 32

Montag, 20. September 2010,
Næstved

Das Haus war eine ehemalige, inzwischen grundsanierte Dorfschule im Norden Næstveds, nicht weit vom Dorfkern entfernt. Arne Pedersen betrachtete das rote Backsteingebäude, als Konrad Simonsen und er aus dem Auto stiegen. Es war zweigeschossig, mit Frontgiebeln und Kreuzsprossenfenstern. Das Dach sah neu aus. Zwischen den Fensterfächern rankten gepflegte rote und gelbe Kletterrosen an der Wand empor. Ein schmuckes Heim.
Irene Gallagher öffnete ihnen die Tür und begrüßte sie mit einem nicht aufgesetzt wirkenden Lächeln.
»Kriminalhauptkommissar Konrad Simonsen und Kriminalkommissar Arne Pedersen, der Mordchef und sein Vize persönlich, ich muss schon sagen. Treten Sie ein.«
Sie sprach langsam, bedacht, als würde sie jedes Wort vorher abwägen. Die Kommissare folgten ihr durch einen Flur in ein Arbeitszimmer, wo sie hinter einem höhenverstellbaren Schreibtisch Platz nahm und ihren Gästen überließ, sich einen Stuhl auszusuchen. Ehe die beiden Beamten saßen, schob ein Mann Mitte vierzig den Kopf zur Tür herein und fragte in gebrochenem Dänisch, ob schon abzusehen wäre, wie lange das Treffen dauerte, und ob sie in einer Stunde fertig sein könnten. Irene Gallagher antwortete ihrem Mann nicht gleich.
»Darf ich Ihnen etwas anbieten? Tee, Kaffee, Wasser?«

Die beiden Männer schüttelten dankend den Kopf.
»Denken Sie, dass eine Stunde reicht? Wir haben einen Termin, den wir ungern verschieben würden.«
Arne Pedersen sagte, dass eine Stunde sicher genug sei, was Irene Gallagher überflüssigerweise für ihren Mann wiederholte. Konrad Simonsen überlegte, ob der Auftritt zwischen den beiden abgesprochen war, es schien fast so, auch wenn ihm das Motiv nicht ganz klar war. Er nahm sein Diktafon heraus, schaltete es ein und legte es vor sich auf den Schreibtisch. Dann gab er Arne Pedersen über einen kurzen Blick das Zeichen zu beginnen.
»Draußen steht ein Schild, dass Ihr Haus zum Verkauf steht. Wo ziehen Sie denn hin?«
Anstelle einer Antwort streckte Irene Gallagher mit einer ruhigen Bewegung den Arm über die Tischplatte, nahm Konrad Simonsens Diktafon und schaltete es aus.
»Tut mir sehr leid, aber ich dulde keine Tonaufnahmen. Ich habe zu viel Manipulation mit diesen Sachen erlebt, wenn auch nicht vonseiten der Polizei. Lassen Sie es freundlicherweise liegen, damit ich sicher sein kann, dass Sie es nicht heimlich wieder einschalten.«
Sie beteuerte noch einmal, wie leid es ihr täte, und beantwortete schließlich die Frage.
»Wir planen, unser Haus und unsere zwei Sommerhäuser zu verkaufen, weil wir nach Neuseeland ziehen wollen, wo die Familie meines Mannes lebt. Die Läden meines Mannes stehen ebenfalls zum Verkauf, und wir scheinen einen Kaufinteressenten zu haben. Sie können mich gerne fragen, aber über die Details weiß mein Mann weit besser Bescheid als ich. Soll ich ihn holen?«
Konrad Simonsen schüttelte den Kopf.

»Wo waren Sie am Morgen und Vormittag des 22. August, einem Sonntag?«

»Hier. Und die Antwort auf Ihre nächste Frage lautet: Ja, mein Mann kann das bezeugen. Wir haben ausgeschlafen, später war ich im Garten. Noch später haben wir gebruncht, lauwarme Leberpastete mit Speck, Aal und Rührei, kleine Kalbsfrikadellen. Wir verwöhnen uns an Sonntagen gerne, wenn Zeit dazu ist.«

»Kann sonst noch jemand bestätigen, dass Sie hier waren?«

»Nein, tut mir leid. Oder vielleicht doch. Ich habe meine Schwester vom Handy aus angerufen, sie war damals in Berlin, aber sie hat nicht abgenommen. Das können Sie gerne überprüfen, ich habe nichts dagegen, Ihnen meine Telefondaten zu geben.«

»Das beweist nur, dass Ihr Telefon hier war, nicht aber Sie.«

Sie drehte die Handflächen nach oben und breitete die Arme aus.

»Ja, natürlich. Aber mehr kann ich Ihnen nicht anbieten.«

Arne Pedersen übernahm.

»Apropos. Ihre Schwester besitzt einen weißen Corsa. Leihen Sie sich den ab und zu mal aus?«

»Prinzipiell passiert das schon mal, nicht aber an diesem Tag«, antwortete sie.

»Ihre Schwester hat uns gesagt, Sie hätten sich ihren Wagen an diesem Wochenende geliehen, also von Freitag, dem 20., bis Montag, den 23. August. Wie erklären Sie das?«

Das war eine glatte Lüge, Ella von Eggert hatte der Polizei nichts Derartiges gesagt. Irene Gallagher kniff die Augen zusammen, sah die beiden verwundert an und legte die Stirn in Falten. Ziemlich überzeugend, musste Konrad Simonsen einräumen.

»Ella irrt sich. Wieso sollte ich ihr Auto leihen, wenn ich ein eigenes habe, das ich einem Opel Corsa eindeutig vorziehe?« Arne Pedersen gab ein trockenes Lachen von sich und schüttelte den Kopf.
»Ich hätte ein … wie soll ich es sagen? … etwas überzeugenderes Argument von Ihnen erwartet. Ich meine, super Ausbildung, Ihr sozialer Status und dann noch Tochter eines Top-Diplomaten. Sie enttäuschen mich ein wenig, muss ich sagen.«
Arne Pedersens Versuch, sie zu provozieren, leuchtete allen dreien ein, das Timing war aber äußerst schlecht. Es klang eher nach schlechtem Benehmen als nach subtiler Verhörtechnik. Konrad Simonsen sah seinen Kollegen skeptisch an, vielleicht war er emotional doch zu sehr in diesen Fall verstrickt. Zu seinem Erstaunen reagierte Irene Gallagher mit einem entwaffnenden Lächeln.
»Tut mir leid, das liegt sicher daran, dass ich ein wenig nervös bin. Es kommt schließlich nicht alle Tage vor, dass ich von der Polizei verhört werde.«
Sie war nicht im Geringsten nervös und wusste sehr wohl, dass die Kommissare das auch wussten. »Mir ist klar, dass Sie das sagen, um mich aus dem Konzept zu bringen, und dass Sie nur Ihre Arbeit machen.«
Konrad Simonsen legte ein Foto vor ihr auf den Schreibtisch. »Dieses Foto von Ihnen wurde am Sonntag, dem 22. August, um 9.36 Uhr auf der Christiansbrücke, präziser gesagt, auf der Overgade oven Vandet vorm Kriegsmuseum gemacht. Sie sind in südwestlicher Richtung zur Torvegade unterwegs, wo Sie entweder nach Amager oder ins Zentrum abbiegen können. Wie Sie sehen, fahren Sie das Auto Ihrer Schwester. Was sagen Sie dazu?«

Sie nahm die Fotografie in die Hand und sah sie sich genau an. Die Aufnahme war grobkörnig und undeutlich, und Konrad Simonsen glaubte, sie erleichtert aufatmen zu sehen, als sie es wieder weglegte.

»Dazu sage ich, dass der Wagen dem Auto meiner Schwester ähnlich sieht. Und ja, diese Haare und die Nase könnten meine sein. Aber da ich nun mal hier in Næstved war, ist Letzteres nicht der Fall.«

Sie hatte recht, der Informationsgehalt des Fotos war zu mangelhaft und vage, um irgendetwas zu beweisen. Sie schob es über den Tisch zurück zu Konrad Simonsen.

Arne Pedersen wechselte abrupt das Thema.

»Ist Ihnen eine Person mit dem Namen Bjørn Lauritzen bekannt?«

Sie nickte.

»Haben Sie ihn 1992 getroffen, als er das erste Mal in Bosnien stationiert war? Und noch einmal 1995 bei seinem zweiten Aufenthalt dort?«

Sie wartete eine Weile, ehe sie antwortete.

»Ich bedauere sehr, Ihnen dazu nichts sagen zu können, weil das natürlich so ausgelegt werden könnte, als hätte ich etwas zu verbergen. Aber alles, ohne Ausnahme *alles,* was ich in meiner Zeit als Militärstaatsanwältin unternommen habe, steht unter Verschluss. Ich kann das also weder bestätigen noch leugnen und ganz sicher nicht kommentieren. Ich habe meine klaren Anweisungen, denen ich Folge leisten muss. Wenn Sie auf eine Aussage über diese Dinge bestehen, kann das nur in der Regie der Streitkräfte stattfinden, vermutlich im Kopenhagener Kastell. Und auch dort werde ich nur auf die Fragen antworten, für die ich das schriftliche Einverständnis habe, unterschrieben und mit der erforderlichen Vollmacht vom dänischen Militär und allen übrigen Arbeitgebern, denen ich in dieser Zeit verpflichtet war.«

»Also die Amerikaner?«

»Kein Kommentar.«

Was für eine frustrierend karge Ausbeute, dachte Konrad Simonsen entnervt und zweifelte keinen Moment daran, dass die Frau das Gesetz auf ihrer Seite hatte. »Im Mai 99 haben Sie aufgrund eines Zeitungsartikels über einen nicht identifizierten Selbstmörder auf der Storebæltbrücke bei der Polizei ausgesagt, Sie hätten Bjørn Lauritzen zu der angegebenen Zeit auf ebenjener Brücke gesehen. Infolge Ihrer Zeugenaussage wurde der Mann später für tot erklärt. Aber er ist danach von mehreren Zeugen bei verschiedenen Gelegenheiten gesehen worden.«

»Ich kann mich natürlich geirrt haben, es war mitten in der Nacht und dunkel, ausschließen lässt sich das nicht. Aber ich war damals überzeugt davon, dass ich Bjørn gesehen habe.«

Das Festnetztelefon auf ihrem Schreibtisch klingelte mit einem lauten, altmodischen Klingelton. Irene Gallagher nahm den Hörer ab, lauschte, wurde blass und sah Konrad Simonsen an.

»Ja, er ist da, und ja, ich werde es ihm sagen.«

Sie legte auf.

»Ich soll Sie bitten, Ihr Handy einzuschalten«, sagte sie.

Konrad Simonsen schaltete das Handy ein, das im nächsten Augenblick klingelte. Er nahm das Gespräch an, wurde nach seinem Namen gefragt, antwortete und wurde dann nach dem Namen seiner Tochter gefragt. »Anna Mia. Mit wem spreche ich, bitte?«, fragte er mit wachsender Panik.

Die Antwort hätte er am liebsten nicht gehört. Der Anruf kam aus dem Traumazentrum des Rigshospitals, er sollte in der Leitung bleiben, da der Oberarzt mit ihm reden wollte. Konrad taumelte aus dem Zimmer und stolperte aus dem Haus, sein Herz galoppierte, seine Hände zitterten.
Es verging eine Zeit, während er unter Schock auf das Schlimmste gefasst den Hörer ans Ohr drückte, aber es antwortete niemand, auch nicht, als er mehrmals *Hallo?* rief. Wie viel Zeit verstrich, konnte er nicht sicher sagen, aber irgendwann legte er auf. Fast hysterisch wählte er die Nummer seiner Tochter, und als er ihre unbekümmerte Stimme sagen hörte: *»Hei, Papa, können wir später telefonieren, ich bin grad auf dem Weg in eine Vorlesung«*, klappte er innerlich zusammen und musste sich auf eine Steinstufe setzen. Als er sich wieder gefangen hatte, versuchte er, die unbekannte Nummer zurückzurufen, kam aber nicht durch. Er rief im Rigshospital an, doch von dort war der Anruf nicht gekommen. Sein nächster Anruf galt der Comtesse, der er von dem Zwischenfall erzählte. Er überhörte ihre mitfühlenden Kommentare und forderte sie auf, umgehend seinen Telefonanbieter zu beauftragen, den dubiosen Anruf zu triangulieren und herauszufinden, wem die Nummer gehörte, die er ihr dann zweimal diktierte, ehe er auflegte.
Die Stimmung war komplett verändert, als Konrad Simonsen ins Arbeitszimmer zurückkam. Irene Gallagher hatte eine Flasche Cognac und ein Glas vor seinen leeren Platz gestellt und ergriff ungehalten das Wort.
»Ich habe mitbekommen, dass das ein Anruf aus dem Krankenhaus war, und hoffe, dass nichts Schlimmes passiert ist. Schenken Sie sich gerne ein Glas ein, wenn Sie es brauchen. Ich muss allerdings sagen, dass ich mir nicht ganz sicher bin,

ob das Gespräch nicht eine inszenierte Finte war, damit Sie sich in aller Ruhe in meinem Haus umschauen können, und ich möchte nicht, dass Sie sich weiter allein auf meinem Grundstück bewegen.«

Konrad Simonsen verzichtete auf den Cognac, und Arne Pedersen fasste zusammen, worüber sie während seiner Abwesenheit gesprochen hatten. Irene Gallagher kannte weder Pauline Berg noch Jonas Ziegler, und natürlich hatte sie nichts mit seiner Anstellung in einem der Läden ihres Mannes zu tun. Arne Pedersen hielt in seiner Zusammenfassung nicht damit hinterm Berg, dass er ihr nicht glaubte.

»Den Sarkasmus können Sie sich sparen«, fuhr sie ihn an.

»Des Weiteren habe ich Irene Gallagher mit der Aussage ihrer Schwester konfrontiert, dass sie ihr helfen wollte, Juli Denissen davon zu überzeugen, sich von Mads Eggert fernzuhalten, dem inzwischen verstorbenen Ehemann Ella von Eggerts. Frau Gallagher bestätigt, dass die Gespräche zwischen ihr und ihrer Schwester stattgefunden haben, wie Ella von Eggert ausgesagt hat, behauptet aber, in der Sache nichts weiter unternommen und ihrer Schwester nur nach dem Mund geredet zu haben.«

»Hast du ihr gesagt, was mit Juli Denissen passiert ist?«, fragte Konrad Simonsen.

»Nein, noch nicht«, antwortete Arne Pedersen.

»Die junge Frau ist an den Folgen eines brutalen Überfalls gestorben, dem sie im Sommer 2008 in Melby Overdrev ausgesetzt war«, sagte Konrad Simonsen knapp.

Irene Gallagher wirkte unberührt.

»Wunderbar, dann hat sich das Problem ja von ganz allein gelöst. Das wird auch der Grund sein, wieso meine Schwester nie mehr ein Wort darüber verloren hat. Darf ich Sie ansonsten darauf hinweisen, dass Ihre Zeit um ist? Haben Sie noch eine letzte Frage?«

Arne Pedersen beugte sich über den Schreibtisch vor und hielt ihren Blick fest.

»Wir sind erst vierzig Minuten hier, abgemacht war eine Stunde.«

»Ich habe die Gesprächszeit verkürzt und möchte gern, dass Sie gehen.«

»Wir können Sie auch mit nach Kopenhagen nehmen.«

»Tun Sie das. Dabei wird aber nichts herauskommen, außer dass Sie Ihre Zeit verschwenden.«

»Hat Ihnen schon mal jemand gesagt, dass Sie ein echtes Miststück sind?«

Sie lächelte kalt.

»Öfter. Und Leute mit sehr viel mehr Einfluss als Sie.«

*

Erst als Næstved hinter ihnen lag und sie auf die Autobahn fuhren, ergriff Arne Pedersen das Wort.

»Die Alte ist eine echt harte Nuss.«

»Was, bitte, ist vorgefallen, während ich weg war? Hast du sie provoziert? Dass das nichts bringt, hast du doch schon gemerkt.«

»Nein, ich habe sie nicht provoziert, nicht im Geringsten, aber kaum warst du weg, hat sie eine totale Kehrtwendung gemacht. Das war echt absurd, völlig grundlos. Und was war das für ein Anruf?«

»Das erzähle ich dir gleich. Gib mir ein wenig Zeit. Und du hast sie wirklich nicht provoziert?«

»Nein, verdammt noch mal, hörst du nicht, was ich sage?«

Hinter Køge erzählte Konrad Simonsen von dem dubiosen Anruf. Kurz darauf kam eine SMS von der Comtesse. Kopfschüttelnd las er sie seinem Stellvertreter vor.

»Die Nummer, die dich angerufen hat, gehört zu einer Prepaidkarte, Inhaber unbekannt. Wurde nur zweimal benutzt: für Anruf Gallagher und dann dein Handy. Die Triangulation hat ergeben, dass der Anruf vermutlich aus dem Präsidium kam.«

Kapitel 33

Mittwoch, 22. September 2010,
Nord-Seeland

Im Herbst, und häufig auch den Winter hindurch, lebte Björn Lauritzen am Waldrand auf der Halbinsel Jungshoved, die sich in die Stege-Bucht hineinschob. Wenige Meter hinter den ersten Bäumen verlief eine uralte Steinmauer, an der er sich an einem großen Felsen seinen Unterschlupf gebaut hatte. Er war dort geschützt vor neugierigen Blicken, falls sich jemand in diese verlassene Gegend verirrte. Die Wände seiner bescheidenen Unterkunft bestanden aus Grassoden, die von jungen Birkenzweigen zusammengehalten wurden. Das Dach aus Weidenzweigen und Plastiktüten war mit Fahrradschläuchen stabilisiert und hielt dank seiner Elastizität jedem Sturm stand. Im Inneren hatte er seine Hütte mit Zeitungspapier und Planen ausgekleidet. Die meiste Zeit des Tages verbrachte er mit rituellen physischen Übungen und langen Schwimmtouren in der Bucht, wenn die Wassertemperatur es zuließ. Manchmal saß er aber auch einfach nur gedankenverloren da und beobachtete die Wunder des Waldes: einen Käfer, eine Blume, einen Igel mit Jungen oder einen Fasan, der erschrocken aus einem Versteck aufflog. Für ihn war das ein gutes Leben, ein ehrliches, stilles Leben, genau so, wie ein Leben sein sollte. An guten Tagen schnitzte er kleine Holzfiguren, häufig Trolle, die er im Wald versteckte. Manchmal fand er sie bei späteren Touren wieder, was ihn dann immer freute. Nahrung bekam er

durch seine Fallen und die nächtlichen Touren in den kleinen Supermarkt in Præstø, für den er einen Schlüssel für die Hintertür hatte, wo der Container mit den abgelaufenen Waren stand. Wasser holte er aus dem kleinen Waldsee, und dann hatte er noch ein paar wichtige Utensilien wie Spiegel, Schere, Messer, Schleifstein, Schlafsack und Schafsfelle, falls der Winter einmal richtig kalt wurde. Es fehlte ihm an nichts. Andere Menschen sah er nur selten, und mit nur zweien sprach er regelmäßig. Irene Gallagher war einer davon. Er kannte sie von früher, und hin und wieder halfen sie einander. An das *Wie* und *Woher* wollte er nicht denken, aber sie halfen sich, und nur darauf kam es an. Die Morde auf dem Ausflugsschiff hatte er längst verdrängt, wie so vieles andere, was er erlebt hatte.
Der andere Mensch, mit dem er hin und wieder zusammenkam, war Gry. Gry konnte wie er selbst lange schweigend, und ohne einen Laut von sich zu geben, dasitzen und ihn neugierig ansehen, als entdecke sie bei jedem Besuch etwas Neues an ihm. Bis ihr Hund sie aus ihren Gedanken riss und mit sich fortzog, weil er Hunger hatte oder nach Hause wollte. Gry war eine wahre Freude für ihn, und wenn er sie ein paar Tage nicht sah, lauschte er auf ihre Schritte oder das Hecheln des Hundes. An diesem Herbstnachmittag war Gry wieder auf dem Weg zu ihm, aber Bjørn Lauritzen hörte sie nicht. Sie grunzte unzufrieden, kniete sich vor ihm hin und stieß ihn an, ohne dass sich etwas änderte. Er starrte sie nur blind aus leeren Augen an. Vorsichtig drückte sie ihren Zeigefinger in das kleine Loch in seiner Stirn, aber auch das führte zu nichts, sodass sie schließlich alle Versuche, ihn zu wecken, aufgab und lachend trockenes Gras in den Wind warf, das ihr gleich darauf wieder ins Gesicht rieselte.

Zu Hause wollte ihre Mutter etwas über das Blut an ihren Kleidern wissen, sodass sie ihr zeigte, wo ihr Freund sich versteckte. Sie grummelte leise, als sie in Richtung Wald gingen – ein zorniges Brummen.
Etwa zur gleichen Zeit radelte ein Rentner auf seinem Long John mit ein paar Lebensmitteln zu dem Veteranen, der im Lorup Skov wohnte. Der Rentner arbeitete als »Mädchen für alles« in dem kleinen örtlichen Supermarkt. Er besserte damit seine Rente auf, wesentlich für ihn war aber, dass er endlich wieder etwas zu tun hatte. Er war nicht offiziell angestellt, der Besitzer zahlte ihm hundert Kronen pro Stunde, die er ihm jeden Montag bar in die Hand drückte. Er hielt sich dabei genau an die Anzahl Stunden, die der Alte ihm nannte. Sie hatten Vertrauen zueinander. Seine Aufgaben waren sehr vielfältig. Er fegte den Bürgersteig vor dem Laden, schob im Winter Schnee, putzte die Schaufenster, wenn es nötig war, wischte jeden Samstag den Boden im Laden, reparierte dies und das und half manchmal beim abendlichen Einräumen der Regale, wenn es am Tag zu hektisch zugegangen war und das Personal keine Zeit dafür gehabt hatte. Und dann radelte er mit Waren zu Ole Nysted, eine Arbeit, die er liebte und die ihn daran erinnerte, wie er als junger Mann vor vielen, vielen Jahren Milch zu den Familien in die Stadt gebracht hatte. Ole Nysted bekam alle vierzehn Tage seine Lieferung, die vor allem aus Wein, Bier und Schnaps bestand. Die Waren wurden bar abgerechnet, wenn am Monatsende das Geld des Veteranen nicht ganz reichte, sollte er nicht kleinlich sein. Das Defizit wurde einfach vergessen und auch nicht auf den nächsten Monat übertragen, um keinen Teufelskreis in Gang zu setzen, hatte ihm der Ladenbesitzer mit seinem lustigen Akzent erklärt. Der

Rentner schätzte diese nette Geste sehr. Er selbst war ein alter Wachmann, der für den früheren Regenten in Amalienborg strammgestanden hatte. Einen König, der die Menschen liebte und sich nicht zu fein dafür war, auch einmal mit einem Wachmann einen Plausch zu halten, wenn er die Muße dafür hatte. Aus dieser Zeit fühlte der Mann sich mit anderen alten Soldaten verbunden. Der Veteran war zwar ein alkoholkrankes Wrack, aber er tat niemandem etwas zuleide und spendierte ihm sogar mal ein Bier, wenn er ihm seine Waren lieferte.
Der Rentner stellte sein Fahrrad ab und trug die erste Kiste Bier hinter die Hütte. Er stellte sie neben dem Brennholzstapel ab und bemerkte die Plastiktüte, die über das Ende des Ofenrohrs gestülpt worden war und mit einem kräftigen Gummi festgehalten wurde. Jetzt nahm er auch den beißenden Geruch von Rauch und Ruß wahr. Drinnen war der Geruch noch schärfer, auch wenn kein Rauch mehr zu sehen war. Der Ofen war längst ausgebrannt. Ole Nysted lag auf dem Sofa, neben sich zwei leere Flaschen. Ein billiger Whisky und Aalborg Jubiläums-Aquavit. Das Gesicht des Mannes war gerötet, die leeren Augen starrten aufgequollen an die Decke. Der Rentner dachte an eine Kohlenmonoxidvergiftung, er hatte schon einmal jemanden gesehen, der auf diese Weise ums Leben gekommen war.

Kapitel 34

Freitag, 24. September 2010,
Büro des Reichspolizeipräsidenten

Die kleinen Schweißtropfen an der Nasenwurzel und am Haaransatz des Reichspolizeipräsidenten verrieten bereits vor Beginn der Sitzung, dass ihm die Situation ganz und gar nicht behagte. Der Abgesandte des Justizministeriums, der mit ihnen am Tisch saß, schien hingegen vollkommen gelassen zu sein. Er war jung, verdammt jung, dachte Konrad Simonsen, vermutlich nicht älter als fünfunddreißig. Der Mann hockte in seinem maßgeschneiderten Anzug da und checkte gelangweilt seine Mails. Als Konrad Simonsen den Raum betrat, hatte der junge Mann nur kurz aufgeblickt, ihm aber nicht die Hand gegeben. Ganz anders der Reichspolizeipräsident, der ihn auf beinahe schon peinliche Weise überschäumend herzlich empfangen hatte. Er hatte den Dezernatsleiter zu einem Stuhl geführt und mitgeteilt, dass es Kaffee, Tee oder Wasser gebe, dabei stand das alles schon auf dem Tisch. Vier Thermoskannen, zwei weiße und zwei rote, begleitet von mehreren kleinen Mineralwasserflaschen. Konrad Simonsen bedankte sich, während der Reichspolizeipräsident auf die Uhr blickte und fragte:

»Wir haben auch die neue Staatsanwältin eingeladen, ich habe leider ihren Namen vergessen, aber sie sollte gleich hier sein.«

»Kirsten Hansen.«

Der junge Mann aus dem Justizministerium warf den Namen hämisch ein, als fragte er sich, wie man nur einen derart trivialen Namen haben konnte.

Es vergingen mehr als zehn Minuten, bis die Staatsanwältin eintraf. Sie begrüßte die Anwesenden höflich und setzte sich, ohne sich für ihr Zuspätkommen zu entschuldigen. Trinken wollte sie nichts.

Sie war etwa vierzig, attraktiv, und unterstrich ihre Seriosität mit einem Etuikleid, weißer Bluse und schwarzem Blazer.

»Gut, dann kann ich wohl anfangen«, sagte der Reichspolizeipräsident, wurde aber gleich von Kirsten Hansen unterbrochen.

»Entschuldigen Sie, aber ich habe nicht mitbekommen, welcher Abteilung des Justizministeriums Sie vorstehen?«

Es war Hass auf den ersten Blick, dachte Konrad Simonsen, zwischen den beiden Amtspersonen flogen sichtbar Funken.

»Strafrecht«, sagte der junge Mann so unwillig wie nur möglich.

»Entschuldigen Sie. Sie meinen sicher das der Abteilung Polizei und Strafrecht untergeordnete Büro für Strafrechtsfragen? Danke, dann wäre das geklärt.«

Sie überhörte sein »Ja, natürlich« und sah den Reichspolizeipräsidenten abwartend an. Der ältere Mann begann leicht stotternd seinen Bericht, dass das Morddezernat den Ausflugsschiffmörder gefunden habe, einen geistig verwirrten Veteranen, der leider seinerseits erschossen worden war. Dieser Mord habe aber sicher nichts mit den übrigen Morden zu tun und könne damit der Polizei von Süd-Seeland überlassen werden. Ihm sei natürlich klar, dass noch nicht alle zugrunde liegenden Motive für die Morde geklärt seien, aber so sei das ja oft. Alles in allem sei es aber wohl trotzdem das Beste, die Ermittlungen so schnell wie möglich abzuschließen, damit die Bevölkerung zur Ruhe kommen könne.

Konrad Simonsen traute seinen Ohren nicht.

»Sie wollen die Ermittlungen doch nicht ernsthaft einstellen?«, fragte er ungläubig.

»Manchmal darf man das große Ganze nicht aus den Augen verlieren«, versuchte der Polizeichef, sich zu rechtfertigen.

»Befehlen Sie mir, die Ermittlungen einzustellen?«

»Nein, nein, Sie verstehen mich falsch. Das ist kein Befehl, Sie sollen es von sich aus tun, gerne im Laufe der nächsten Tage.«

Konrad Simonsen wägte die Situation ab und sagte mit mühsam erkämpfter Ruhe:

»Wenn Sie meinen. Dann muss ich aber Steffen anrufen und ihn bitten, uns hier zu assistieren.«

Sein Vorgesetzter verstand ihn nicht.

»Was für ein Steffen? Ich dachte, Sie leiten das Dezernat.«

»Das ist der Vorsitzende des Polizeiverbands. Wenn die einfachen Beamten mitbekommen, was hier vor sich geht, werden sie sehr ungehalten sein. Wir brauchen deshalb jemanden, der uns beraten kann, wie wir mit der Situation umgehen sollen, damit das Ganze nicht im Chaos endet.«

Der Reichspolizeipräsident erwog ernsthaft diesen Vorschlag.

»Wenn wir so die Wut der Beamten im Zaum halten können.«

Konrad Simonsen versetzte ihm den nächsten Stich:

»Nehmen Sie selbst Kontakt mit dem Außenministerium auf, um die japanische Reaktion zu besprechen?«

Der nicht sonderlich krisenfeste Reichspolizeipräsident fasste sich an den Kopf. Hätte er sich heute Morgen doch nur krankgemeldet, wie seine Frau es vorgeschlagen hatte, dann hätte ein anderer als er diese Besprechung geleitet.
Der Mann aus dem Justizministerium mischte sich ein und wandte sich direkt an Konrad Simonsen.
»Lassen wir diesen Unsinn. Sie haben den Verdacht, dass die frühere Militäranwältin Irene Gallagher irgendwie in Ihren Fall verwickelt ist. Nach meinem Kenntnisstand sind Sie aber noch meilenweit von einer Anklage entfernt.«
Konrad Simonsen protestierte brummend.
»Wir haben gewisse Beweise, darunter Fotos von Überwachungskameras, und ich bin mir sicher, dass wir noch mehr belastendes Material finden werden.«
Der junge Mann schnaubte und nahm zwei Fotos aus der Mappe, die vor ihm lag. Eines zeigte Irene Gallagher auf der Christiansbro im Wagen ihrer Schwester. Das andere eine kurz geschorene Irene Gallagher, deren Profil plötzlich ganz anders wirkte. Die Frisur machte den Unterschied.
»Ihre Fantasie spielt Ihnen einen Streich. Dieses vollkommen unscharfe Foto könnte jede Frau zeigen.«
»Woher haben Sie das Bild?«
»Aus Ihrer Ermittlungsmappe. Nicht all Ihre Beamten sind so ... nennen wir es *überoptimistisch* wie Sie. Ich hatte gehofft, wir könnten das hier etwas zivilisierter lösen, muss ich gestehen, faktisch haben Sie aber nicht einmal genug für einen Durchsuchungsbeschluss, ist es nicht so?«
Konrad Simonsen musste widerwillig zustimmen.
»Es ist nun einmal so«, fuhr der Mann fort, »dass Ihre Ermittlungen gegen Irene Gallagher mit gewissen vertraulichen Informationen kollidieren, die – sollten sie ans Tages-

licht kommen – der Sicherheit des Landes schaden könnten. Das wurde Ihnen schon vor drei Monaten mitgeteilt. Trotzdem haben Sie sich noch einmal ans Verteidigungsministerium gewandt und später sogar Ihre Polizeipräsidentin um Hilfe gebeten. Und das, obwohl diese Vorgehensweise klar vorschreibt, unser Ministerium zumindest in Kenntnis zu setzen.«

»Was meinen Sie mit *drei Monaten?* Vor drei Monaten wusste ich ja noch nicht einmal … Moment, warten Sie. Wer hat sich an das Verteidigungsministerium gewandt?«

Der Mann blätterte in seiner Mappe.

»Kriminalassistentin Berg vom Morddezernat hat sich ganze drei Mal … drei Mal … an das Ministerium gewandt. Das erste Mal bereits im Mai dieses Jahres. Außerdem hat Pauline Berg Kontakt zu Irene Gallagher aufgenommen, um ihr militärische Geheimnisse zu entlocken. Es ist unverantwortlich, aber aus Ihrer Reaktion muss ich entnehmen, dass Sie das nicht einmal wussten. Vielleicht kriegen Sie erst mal Ihre Abteilung besser in den Griff. Genug davon. Ihre Deadline ist Dienstag nächster Woche. Wenn Sie bis dahin keine Anklage erhoben haben, wird der Fall abgeschlossen. Ende der Diskussion.«

»Nein!«

Kirsten Hansen meldete sich mit Nachdruck zu Wort. Der junge Mann sah sie fragend an.

»Was meinen Sie mit Nein? Für wen halten Sie sich?«

Kirsten Hansen antwortete ihm neutral, ihre Augen ließen aber keinen Zweifel daran, was sie von ihm hielt.

»Ich bin diejenige, die in wenigen Minuten in ihr Büro zurückgeht und einen detaillierten Bericht über diese Besprechung verfassen wird, um anschließend eine offizielle Klage wegen Amtsmissbrauchs beim Oberstaatsanwalt einzureichen. Da er administrativ dem Justizministerium untersteht, schicke ich eine Kopie der Anklageschrift an den Vorsitzenden des Höchsten Gerichts, damit er ebenfalls über die Vorgänge informiert ist. Es wird darin in erster Linie um das regelwidrige und komplett inakzeptable Vorgehen von Ihrer Seite gehen – die Macht in unserem Land wurde nicht ohne Grund auf drei Säulen verteilt. Ziel dieser Maßnahme war es, Menschen wie Sie auszubremsen. Aus Rücksicht auf die Sicherheit des Reichs. Sie können Ihrem Ministerium mitteilen, dass mir die Anliegen des Verteidigungsministeriums ziemlich egal sind. Die Sicherheit des Landes ist nur dann gewährleistet, wenn Mörder ermittelt, angeklagt und verurteilt werden. Und noch etwas: Sollte Ihr Ministerium noch einmal den Wunsch haben, mit mir zu reden, dann bitte mindestens auf der Ebene eines Abteilungsleiters.«

Der junge Mann kämpfte mit der Fassung, während Konrad Simonsen sich von seiner kooperativsten Seite zeigte.

»Ich assistiere Ihnen gerne bei Ihrem Bericht, da es sicher wichtig ist, alles so korrekt wie möglich darzustellen. Wir sollten aber darauf achten, dass nichts davon an die Presse gelangt, denn wenn das publik wird, könnte die Stimmung in der Bevölkerung schnell kippen und die entsprechenden Unterabteilungsleiter aus dem Amt gejagt werden.«

Kirsten Hansen nahm das Hilfsangebot dankend an.

»Kommen Sie, Konrad, gehen wir«, sagte sie und stand auf. »Ich darf Sie doch Konrad nennen?«

»Aber natürlich«, sagte Konrad Simonsen und folgte ihr dicht auf den Fersen. Sie lächelte ihn an, als er ihr galant die Tür aufhielt.

»Das wird noch ein Nachspiel haben«, rief ihnen der junge Mann hinterher.

Der Reichspolizeipräsident blieb ein paar Sekunden halb aufgerichtet vor seinem Stuhl stehen, ehe er sich wieder setzte.

»Na, wunderbar, dass wir uns einig geworden sind.«

Kapitel 35

Mittwoch, 29. September 2010,
Polizeipräsidium

Kirsten Hansen und Konrad Simonsen gingen gemeinsam zum Haftrichter, was eher ungewöhnlich war, da die Staatsanwältin dort nie persönlich auftauchte. Trotzdem verzog der Richter keine Miene und schien sich über die Abwechslung zu freuen. Kirsten Hansen plädierte, so überzeugend sie konnte, für eine Durchsuchung von Irene Gallaghers Haus, ihren zwei Ferienhäusern und vom Wagen ihrer Schwester Ella von Eggert. Der Wagen war kurz zuvor auf einem Parkplatz in Hillerød gefunden und ihr überstellt worden, obwohl Konrad Simonsen sehr deutlich darum gebeten hatte, ihn direkt in die Kriminaltechnik zu bringen. Ein absolut ärgerlicher Fehler. Nachdem Kirsten Hansen ihre etwas dünne Begründung vorgebracht hatte, erzählte sie von den starken verborgenen Kräften, die sämtliche Ermittlungen zu Irene Gallaghers Person verhindern wollten. Der Haftrichter hörte interessiert zu und dozierte anschließend darüber, dass man das Recht in besonderen Fällen auch mal aus einem etwas breiteren Blickwinkel betrachten müsse. Dann unterschrieb er den Durchsuchungsbeschluss. Konrad Simonsen teilte die Aufgaben unter seinen engsten Mitarbeitern auf. Arne Pedersen war für das Haus der Verdächtigen in Næstved zuständig, wo er bereits gewesen war. Die Comtesse bekam Gallaghers Ferienhaus in Gilleleje sowie Ella von Eggerts Opel Corsa zugeteilt, während Klavs

Arnold sich um das zweite Ferienhaus in Marienlyst auf Falster kümmern sollte. Konrad Simonsen selbst konnte keine Aufgabe übernehmen, obwohl er große Lust gehabt hätte, mit nach Næstved zu fahren. Als operativer Leiter war er zuständig für die zwei Polizeiteams von Süd-Seeland, die den Tod von Ole Nysted und den Mord an Bjørn Lauritzen untersuchten. Konrad Simonsens Ernennung war in diesem Fall zur Überraschung aller direkt vom Reichspolizeichef akzeptiert worden.
Da er das Präsidium tagsüber nicht verlassen konnte, widmete er sich dem Inhalt des braunen Kuverts, das ihm am Morgen von einem Boten gebracht worden war.
Der Umschlag trug keinen Absender. Auf der Vorderseite stand in zierlicher Schrift sein Name. Der Inhalt bestand aus drei A4-Blättern mit einer Reihe von Informationen über Irene Gallagher. Die Reihenfolge war chronologisch, wies aber noch einige Lücken auf. Der trotzdem interessante Bericht zeichnete das Bild einer Frau, die als Nachrichtenoffizierin sowohl für das US-amerikanische als auch für das dänische Militär gearbeitet hatte.
Ganz zuoberst stand der Hinweis, dass Irene Gallagher zwei verschiedene Ausbildungen absolviert hatte. Als Juristin beriet sie das Militär in rechtlichen Fragen, während sie darüber hinaus als Agentin für den Geheimdienst tätig gewesen war. Eine seltene, aber nicht einzigartige Kombination. Von der zweiten Hälfte der Achtzigerjahre bis 1989 hatte sie eine Ausbildung an der *National Intelligence University* in Washington, D.C., gemacht. Sie hatte ein Diplom in *Intelligence Studies* mit dem Spezialgebiet Ballistik. Während dieses Studiums hatte sie neben den strategischen militärischen Themen auch die klassische Agentenausbildung

durchlaufen, die Observation, Einbruch, Waffengebrauch, Nahkampftraining und Agentenführung umfasste. Es stand fest, dass sie bei mindestens zwei operativen Einsätzen dabei gewesen war. Einem davon in Polen während der Präsidentschaft von Jaruselzki 1990 und einem weiteren, der sie 1992, 1994 und 1995 nach Bosnien geführt hatte. Es war aber nicht auszuschließen, dass sie noch an weiteren Einsätzen beteiligt gewesen war. Von 1992 bis 1994 hielt sie sich als *legal adviser* auf einem amerikanischen Flugzeugträger auf. Die 6. Flotte, zu der ihr Schiff gehörte, hatte ihre Basis in Gaeta, Italien, mit dem Mittelmeer als Einsatzgebiet. Ähnliche Aufgaben hatte Gallagher 2001 und 2002 auf der 2. Flotte in Norfolk, Virginia, gehabt. Seit dem Sommer 2002 war sie das primäre Bindeglied zwischen den militärischen Nachrichtendiensten der USA und Dänemarks. Neben Englisch und Dänisch sprach sie auch fließend Französisch, Mandarin, Polnisch und Russisch sowie etwas Finnisch.

Es war nicht einfach, aus all den Informationen die weitere Vorgehensweise abzuleiten, fand Konrad Simonsen. Einfacher waren die drei abschließenden Hinweise in dem Bericht, die irgendwie aus dem Zusammenhang gerissen wirkten. Der erste war, dass Irene Gallagher persönliches Interesse an Bjørn Lauritzen gezeigt hatte, da ihre Reise nach Bosnien 1995 in ihrer Freizeit und auf eigene Initiative stattgefunden hatte. Trotzdem sei aber ein professioneller Hintergrund nicht auszuschließen. Sicher war, dass sie nach Tuzla geflogen war, wo sie sich einen Wagen gemietet hatte, um den dänischen Hauptmann zu besuchen. Der zweite Hinweis war substanzieller: Im Frühjahr 2006 hatte Irene Gallagher in der amerikanischen Botschaft in Kopenhagen offiziell ihre amerikanische Staatsbürgerschaft abgegeben. Aus dem dritten Hinweis ging hervor, dass Irene Gallagher in den letzten vier Jahren ihrer Tätigkeit für das dänische Militär konsequent jede Reise in die USA abgelehnt hatte, was schlecht zu ihren Aufgaben als Verbindungsoffizierin passte, weshalb sie ihre militärische Karriere schließlich auch im gegenseitigen Einvernehmen beendet hatte.

Konrad Simonsen las sich die Informationen noch einmal durch, machte eine Mittagspause und nahm sie sich hinterher noch ein weiteres Mal vor. Danach rief er Anica Buch an, die zwei Büros weiter an Pauline Bergs altem Arbeitsplatz saß. Sie arbeitete noch daran, das Mädchen aufzuspüren, das laut des nun verstorbenen Ole Nysted Dänisch gesprochen hatte.

»Ich habe nichts Neues«, sagte sie ohne Umschweife. »Es kann lange dauern, bis ich da was rauskriege. Aber wenn es diese junge Frau wirklich gibt und sie Dänin ist, dann finde ich sie, das verspreche ich Ihnen«, fügte sie in jugendlichem Übermut hinzu.

Konrad Simonsen dachte, dass sie etwas Kindliches an sich hatte, das irgendwie nicht mit ihrer großen Begabung und der unverkennbaren Strebsamkeit harmonierte.

»Natürlich, das klappt schon«, erwiderte er und sagte ihr, dass sie dann für heute Feierabend machen könne.

Als Anica Buch gegangen war, blieb Konrad Simonsen nur, abzuwarten und zu hoffen, dass die Durchsuchungen oder die Mordermittlungen zu Ergebnissen geführt hatten. Gegen fünf Uhr nachmittags erhielt er die erste gute Nachricht. Sie kam aus der Kriminaltechnik. Ella von Eggerts Auto war gründlich gereinigt worden, trotzdem war es ihnen gelungen, am Rand des Beifahrersitzes ein Haar sicherzustellen, das ohne jeden Zweifel Bjørn Lauritzen gehörte. Konrad Simonsen hatte sich kaum beruhigt, als die nächsten beiden Erfolgsmeldungen kamen. Arne Pedersen teilte ihm mit, dass an Irene Gallaghers rechter Hand und am Ärmel einer ihrer Jacken Schmauchspuren gefunden worden waren. Außerdem hatten die Beamten, die ihr Haus durchsucht hatten, in einem Eimer mit Streusalz eine in einer Plastiktüte eingewickelte Pistole gefunden, eine Ruger Mark I 22LR, bei der es sich durchaus um die Waffe handeln konnte, mit der Bjørn Lauritzen ermordet worden war. Sie befand sich nun zur weiteren Untersuchung in der Ballistik. Arne Pedersen meinte, dass es sicher drei oder vier Stunden dauern würde, bis die Ergebnisse vorlägen.

Abends um Viertel nach zehn bekam Konrad Simonsen einen Anruf von Kurt Melsing. Kirsten Hansen war in seinem Büro. Er hatte sie gebeten, zu kommen, damit sie das weitere Vorgehen besprechen konnten, sobald die Ergebnisse vorlagen.

»Bjørn Lauritzen ist mit der Waffe erschossen worden, die in Irene Gallaghers Garage gefunden worden ist. Das steht zweifelsfrei fest«, sagte Melsing. »Das ist aber noch nicht alles. Auf der Waffe haben wir zwei unterschiedliche Sätze von Fingerabdrücken gefunden. Einen unbekannten auf dem Lauf. Der andere am Schaft der Waffe stammte von Irene Gallagher. Dass sie die Waffe in der Hand hatte, konnten wir sogar noch mit weitergehenden DNA-Analysen bestätigen.«

Konrad Simonsen und die Staatsanwältin waren begeistert. Nach kurzer Diskussion kamen sie zum selben Schluss. Anderthalb Stunden später wurde die frühere Militärstaatsanwältin Irene Gallagher in ihrem Haus in Næstved verhaftet.

Sie wurde des Mordes an Hauptmann Bjørn Lauritzen am 22. September 2010 angeklagt sowie der Mittäterschaft bei den Morden an Pauline Berg, Jonas Ziegler, Carina Hastrup und Kapitän Theis Lund Mikkelsen am 22. August 2010 auf dem Ausflugsschiff im Kopenhagener Hafen. Ein weiterer Anklagepunkt war die fahrlässige Tötung der Lehrerin Yuuma Kawahara und ihrer Schüler. Die Staatsanwältin bestand darauf, im Haftbefehl alle Namen der Kinder zu nennen – für sie eine Frage des Anstands. Der letzte Anklagepunkt war die Mittäterschaft beim Mord an Juli Denissen am 10. Juli 2008 in Halsnæs.
Die Angeklagte äußerte sich zu keinem der Vorwürfe, folgte den Polizeibeamten aber ohne jeden Widerstand.

Teil 3

[DER PROZESS]

Kapitel 36

Freitag, 1. Oktober 2010,
Højbro Plads, Kopenhagen

Christoffer Brinchs Leben verlief auf der Erfolgsspur. In der Schule schlug er sich gut, und nach einem glänzenden Abitur stürzte er sich ins Jurastudium an der Universität Kopenhagen. 1973 machte er sein Examen mit Bestnote und verbrachte die folgenden drei Jahre daheim in Holbæk als Bevollmächtigter in der führenden Anwaltskanzlei der Stadt. 1977 erhielt er seine eigene Zulassung, worauf er eine kleinere Summe von seinen Eltern lieh, zurück nach Kopenhagen zog und das Glück hatte, ein kleines Büro am Højbro Plads mieten zu können. Hier richtete er seine Kanzlei mit dem Spezialgebiet Gesellschafts- und Steuerrecht ein. Alles lief problemlos. Er war von Natur aus freundlich, machte so wenig wie möglich Aufhebens um seine Person, und seine ungelenken Bewegungen gaben ihm etwas Sympathisches, ein bisschen wie eine Marionette, bei deren Schöpfung Gott ein wenig geschlampt hatte. Wer ihn nicht kannte, stellte häufig erst im späteren Verlauf eines Gesprächs fest, was für ein brillanter Kopf er war. 1980 kaufte er die Etage, in der sein Büro lag, 1985 das ganze Haus. Zu dem Zeitpunkt hatte er dreißig Angestellte, darunter vier Jurastudenten, die vielversprechendsten ihrer Jahrgänge, von ihm persönlich handverlesen, denen er in der Kanzlei Zeit und Räume zum Studieren zur Verfügung stellte und sie gleichzeitig mit der Praxis des Anwaltsberufs vertraut machte. Die Idee mit den

Werkstudenten war auf seinem Mist gewachsen. Er war überzeugt davon, dass dieses Arrangement langfristig ein paar tüchtige und loyale Mitarbeiter hervorbringen würde, was sich als Volltreffer erwies. Außer im Fall einer Kandidatin, die er geheiratet hatte. Die Ehe, aus der drei Kinder hervorgingen, war glücklich, und sie hörten nie auf, sich zu lieben. Er vergötterte seine Frau, und sie passte auf ihn auf. Hatte er sich mal zu viel Arbeit aufgelastet, zögerte sie nicht, in die Stadt zu fahren und ihn aus der Kanzlei loszueisen, egal wie wichtig die Arbeit auch sein mochte. Zu Hause bekam er dann eine Standpauke, dass sie ihn nicht durch einen Infarkt verlieren wollte, und er sollte nicht auf die Idee kommen, ihr zu widersprechen – oder hielt er sich vielleicht für unsterblich? Christoffer Brinch nahm sich ihre Bedenken zu Herzen und nahm Partner in die Kanzlei. Die Führungsverantwortung wurde schrittweise aufgeteilt, ein erfolgreich abgewickelter Prozess, ohne dass Brinch & Partner dadurch ihre Position als eine der führenden Kanzleien Kopenhagens verloren.

2001 wurde Christoffer Brinch fünfzig, und in diesem Zusammenhang hatte er eine lange Unterhaltung mit seiner Frau. Er wollte sich im letzten Abschnitt seiner Karriere seiner alten Liebe widmen, dem Strafrecht. Dass dabei nicht viel Geld zu verdienen war, wusste er sehr wohl, aber das konnte er sich leisten. Seine Frau unterstützte ihn in seinem Vorhaben, seine Partner zeigten sich ebenfalls verständnisvoll, auch wenn sie hinter seinem Rücken starke Zweifel an dem Projekt hegten. Immerhin hatte sich ihr Kollege seit seinem Studium nicht mehr mit Strafrecht befasst. Sie übersahen in ihrer Beurteilung Christoffer Brinchs herausragendes juristisches Talent. Es gelang ihm in erstaunlich kurzer Zeit, zu einem der gefragtesten Strafverteidiger aufzusteigen. Juristenkollegen suchten ihn auf, wenn sie in der Klemme steckten, weil ihm der Ruf vorauseilte, der Beste zu sein. Das waren gute Jahre, vielleicht die besten seiner Karriere. Er nahm nur die Fälle an, die ihn interessierten, was ihm die Zeit gab, durch die Kanzlei zu schlendern, hier und da auszuhelfen und mit den jungen Frauen zu flirten, wenn sich die Gelegenheit ergab.

Irene Gallaghers Anfrage bei Christoffer Brinch, ihre Verteidigung zu übernehmen, wurde auf Umwegen an ihn herangetragen. Brinch erfuhr davon über einen pensionierten Richter, der seinerzeit ein Lehrer des Staranwaltes gewesen war. Der Richter kam persönlich zum Højbro Plads und fasste den Fall in groben Zügen zusammen. Danach hatte Irene Gallagher ihren Verteidiger. Der Fall hörte sich interessant an.

Christoffer Brinchs erstes Treffen mit seiner Mandantin fand im Vestre-Gefängnis statt, wo sie für vier Wochen in Untersuchungshaft saß.

Sie stand auf, als der Vollzugsbeamte ihn hereinließ, und die beiden schüttelten sich die Hand. Dann setzten sie sich auf die Pritsche. Die Zelle war klein und spartanisch eingerichtet: Schlafpritsche, Tisch, Stuhl, Kleiderschrank und Regal über dem Tisch, dazu ein hoch angebrachtes, vergittertes Fenster. Ein offener Türrahmen führte in ein winziges Bad mit Toilette. Die kahlen Wände der beiden Räume waren in gedämpftem Gelb gestrichen.

»Vielleicht sollten wir mit einer kurzen Vorstellung beginnen«, schlug Christoffer Brinch vor. »Ich mache gerne den Anfang.«

Irene Gallagher unterbrach ihn, bevor er das erste Wort sagen konnte.

»Das ist nicht nötig, ich weiß sehr gut, wer Sie sind. Darum habe ich mir Sie als Verteidiger ausgesucht.«

»Hm, danke. Aber ich weiß nicht sonderlich viel über Sie.«

Sie folgte seiner Aufforderung und gab ihm einen kurzen Lebenslauf. Danach erklärte sie ihm sehr viel ausführlicher, weshalb sie in Bezug auf ihre letzte Arbeit nicht ins Detail gehen konnte.

»So wird es auch vor Gericht sein, wobei der Richter sicher informiert sein und bestimmte Dinge nicht ansprechen wird … Sagen Sie, würden Sie bitte aufhören, dauernd mit dem Kopf zu wackeln? Sie sehen aus wie ein Idiot.«

»Das ist eine Gewohnheit von mir, die Sie akzeptieren müssen. Sind Sie immer so direkt?«

»Nicht immer, aber in der Regel.«

»Gefällt mir. Ich werde versuchen, es ebenso zu halten. Glauben Sie, dass sich der Umstand, nicht über Ihre Arbeit sprechen zu können, negativ auf Ihre Verteidigung auswirkt?«

Irene Gallagher verneinte, nein, das glaubte sie nicht.

»Sie erstaunen mich. Wenn ich Mandanten in der Untersuchungshaft treffe, wollen die als Erstes wissen, wie sie am schnellsten hier rauskommen. Sie versuchen hartnäckig, mich von ihrer Unschuld zu überzeugen, ob sie das nun sind oder nicht. Sie hingegen scheinen die Angelegenheit trotz der sehr ernsten Verdachtsmomente gegen Sie erstaunlich gelassen zu betrachten.«

»Ich nehme es gelassen, weil es nichts nützt, sich aufzuregen. Ich bin darin ausgebildet worden, nicht in Panik zu verfallen. Außerdem bin ich, wie gesagt, selber Juristin und weiß, dass nicht viel passieren wird, bis wir meine Anklageschrift bekommen, und das kann noch eine Weile dauern.

Die Wahrscheinlichkeit, dass ich weitere vier Wochen Untersuchungshaft bekomme, ist sehr groß. Das wissen wir beide.«

Christoffer Brinch stimmte ihr zu. Sie hatte das System richtig zusammengefasst.

»Haben Sie sich Gedanken über Ihre Verteidigung gemacht?«, fragte er.

»Ja, das habe ich. Es muss klar sein, dass Sie im Prozess mein Sprachrohr sind, unabhängig davon, ob Sie mit mir einer Meinung sind oder nicht.«

»Selbstverständlich, das ist schließlich die Idee des Verteidigers. Ich dachte mehr daran, was Sie generell zu den Anklagepunkten sagen.«

»Dass die Beweise der Polizei manipuliert sind, was wir vor Gericht beweisen werden. Denn das ist die Wahrheit, auch wenn sie schwer zu glauben ist.«

Christoffer Brinch erbat sich einen Augenblick Bedenkzeit.

»Gut, versuchen wir es«, sagte er schließlich. »Der Vorwurf wegen fahrlässiger Tötung der Kinder wird ganz sicher fallen gelassen. Dasselbe gilt meiner Meinung nach für die japanische Lehrerin, aber das wird zu diskutieren sein. Auch der Vorwurf der Tatbeteiligung im Fall der groben Gewalt gegen die junge Frau in Nord-Seeland wird im Sand verlaufen. Ich kann mir beim besten Willen nicht vorstellen, wie die Anklagebehörde diese Beweislast stemmen will. Was die anderen Anklagepunkte betrifft, müssen wir abwarten, wie Sie selbst sagen. Ich gehe ja mal davon aus, dass Sie sich im Klaren darüber sind, dass die von Ihnen vorgeschlagene Verteidigung mit zum Unzumutbarsten gehört, das man sich vorstellen kann.«

»Ja, das weiß ich sehr wohl, aber … Ich glaube eben auch,

dass Sie wenig Lust verspüren, sich meine Beteuerungen anzuhören, dass ich nichts von dem getan habe, was mir vorgeworfen wird.«

»Ich würde Ihnen mit Vergnügen zuhören.«

»Ungünstigerweise habe ich in einem Verhör der Polizei gelogen, ich hatte keine andere Wahl, aber das erzähle ich Ihnen später. Natürlich nur das, was Sie wissen müssen.«

»Gut, alles zu seiner Zeit.«

»Hatten Sie schon Mandanten, die wider alle Logik behaupten, unschuldig zu sein?«

»Ja, mehrfach.«

»Was ist mit ihnen passiert?«

»Sie wurden verurteilt.«

»Ihrer Meinung nach gerecht?«

»Ja, das will ich meinen.«

»Dann bin ich die Ausnahme, denn wenn ich verurteilt werde, ist das ein Justizirrtum. Die Beweise gegen mich wurden tatsächlich manipuliert. Ich hoffe, dass ich Sie davon überzeugen kann. Es ist die Wahrheit. Und wir müssen die Verteidigung so durchziehen, wie ich es vorgebe.«

»Selbstverständlich machen wir es so, wie Sie es wünschen.«

Christoffer Brinch dachte, dass am Ende vermutlich eine lebenslange Haftstrafe für sie herauskommen würde.

Kapitel 37

Samstag, 2. Oktober 2010,
Israels Plads, Kopenhagen

Sie schob eine Hand über den Tisch und legte sie für einen ganz kurzen Augenblick auf seine. Die enthusiastische Geste unterstrich ihre Idee, dann zog sie die Hand wieder zurück. Er dachte, dass es ihre erste Berührung war, außer ein paar Mal Händeschütteln, was nicht zählte. Er war glücklich, anders ließ sich das Gefühl nicht beschreiben, und trank den kalten, fade schmeckenden Kaffee aus. Sie beugte sich vor, stemmte die Ellbogen auf die Tischplatte, verschränkte die Finger ineinander und legte das Kinn darauf. Sie hatte ihm eine Frage gestellt, die er ihr vielleicht irgendwann beantworten würde. Sie sah verdammt gut aus.

»Sag das noch mal, das hört sich ziemlich suspekt an«, sagte er.

Louise Berg lächelte ihn mädchenhaft und leicht flirtend an. »Ich habe gesagt, dass ich weiß, wo wir ganz in der Nähe richtig gut und umsonst essen können, wenn wir uns ein bisschen ins Zeug legen.«

Er konnte unmöglich Nein sagen. Sie bezahlten ihren völlig überteuerten Kaffee, und sie bestand darauf, zu teilen, und zählte den Betrag in Münzen aus ihrem Geldbeutel ab. »Das ist eins meiner Prinzipien, wenn ich mit jemandem ausgehe, den ich noch nicht kenne«, sagte sie. Das kleine Wörtchen *noch* schickte einen wohlig warmen Schauer von seinem Bauch bis in die Beine. Er war scharf auf sie. Er musste sich

zusammenreißen, ehe es peinlich wurde. Er könnte locker ihr Vater sein, und was hatte er ihr überhaupt zu bieten?
Die Torve-Halle auf dem Israels Plads war noch im Bau, dort eröffnete demnächst ein Tempel für kulinarische Delikatessen, ein Schlaraffenland ausgewählter Ingredienzen, wie es die Werbeplakate vor dem Bau versprachen. Verschiedene Anbieter hatten bis dahin schon mal ihre Stände auf dem Platz aufgebaut und boten jeden Samstag einen Vorgeschmack auf die zu erwartenden Gaumenfreuden an.
Sie hakte sich bei ihm unter und erklärte ihm das Vorgehen.
»Wir kaufen nichts von dem enorm leckeren und enorm teuren Zeug, sondern treten nur so auf, als könnten wir uns durchaus vorstellen, was zu kaufen. Und man muss sich Zeit lassen und Fragen stellen … Die Leute an ihren Ständen sind stolz auf ihre Produkte, da kommt man immer leicht ins Gespräch.«
Sie lenkte ihn zu einem Stand mit Würsten, sah sich interessiert das Angebot an und nahm einen Probierhappen von einem der kleinen aufgestellten Teller. Sie kaute genüsslich und sah ihn an.
»Sehr lecker, mild geräuchert und nicht zu scharf. Probier mal.«
Er probierte, während sie den Inhaber nach dem Herkunftsland fragte und ob das eine Bio-Wurst sei.
Sie schlenderten eine halbe Stunde zwischen den Ständen hin und her und unterhielten sich hauptsächlich übers Essen und andere unverfängliche Themen. Die Sonne wärmte noch immer, trotz der Jahreszeit, und wenn sie sich beim Lachen einen kurzen Augenblick an ihn drückte und ihre Stirn an seine Schulter legte, verschmolzen ihre Schatten miteinander. Der Anblick gefiel ihm.

Sie rundeten ihren Ausflug mit einem Glas Rotwein in einem Café in der Vendersgade ab, und als sie dort ein wenig unbeholfen voreinandersaßen, wurde sie ernst.

»Die Frau, die ihr festgenommen habt, wird die verurteilt?«

Er antwortete ihr so aufrichtig, wie es ihm möglich war.

»Das ist zum jetzigen Zeitpunkt schwer zu sagen, aber ich persönlich glaube, dass einige der Anklagen fallen gelassen werden. Für den Tod der japanischen Kinder und ihrer Lehrerin kann sie nicht verurteilt werden. Und Juli Denissen … weißt du, wer das ist?«

»Natürlich, Pauline hat die letzten zwei Jahre ja kaum noch über etwas anderes gesprochen.«

»Okay. Wie auch immer, ich zweifle stark daran, dass sie deswegen belangt werden kann. Was den Mord an deiner Schwester und den drei anderen Opfern betrifft, bin ich noch sehr unsicher. Uns fehlen noch mehr Beweise oder Indizien, aber ich bin sicher, dass wir sie irgendwann bekommen. Was uns aber vor allen Dingen fehlt, ist das Motiv, und ob wir das finden, weiß ich wirklich nicht. Bleibt noch der Mord an Bjørn Lauritzen, dem Mörder deiner Schwester. Dafür wird sie verurteilt werden, das steht außer Diskussion. Auch wenn wir gestern einen Beweis verloren haben. Nach ihrer Festnahme wurde sie positiv auf Schmauchspuren an ihren Kleidern und ihrer rechten Hand getestet, aber sie hat behauptet, sie wäre beim Schützenverein Næstved gewesen, um mit ihrer Pistole zu trainieren, was sich als richtig erwiesen hat, auch wenn es natürlich meilenweit gegen den Wind stinkt.«

Louise Berg traten Tränen in die Augen. Arne Pedersen spürte, dass er sie am besten in Ruhe ließ, und wartete stumm, bis sie sich wieder gesammelt hatte.

»Als Pauline in Reersø gewohnt hat, war sie wirklich verliebt in dich. Du hättest jederzeit bei ihr einziehen können, wenn du gewollt hättest. Wusstet du das?«

Arne Pedersen antwortete wahrheitsgemäß, dass er das sehr wohl gewusst hatte, dass seine Kinder aber schwerer gewogen hätten.

»Ich weiß natürlich, dass es härter für dich ist, aber ich vermisse sie ganz schrecklich. Seit sie tot ist, denke ich an sie, wie sie war, bevor sie … krank wurde. Ich habe damals eine falsche Entscheidung getroffen, aber das habe ich erst jetzt begriffen. Und jetzt bist du dran. Ich weiß noch nicht einmal, was du beruflich machst?«

»Ich bin Rezeptionistin im First Hotel Østerport und teile mir eine kleine Wohnung mit einer Freundin, aber das wird sich bald ändern. Es ist nur so furchtbar schwierig, eine bezahlbare Wohnung in Kopenhagen zu finden. Vielleicht übernehme ich Paulines Wohnung in Rødovre, ich weiß nur noch nicht, ob ich mir das leisten kann. Außerdem habe ich mich noch nicht entschieden, ob ich wirklich dort wohnen will.«

Nach einer kurzen Pause frage sie: »In einer ihrer instabilen Phasen war Pauline mit einer Reihe von Männern zusammen. Jedes Wochenende ein neuer, mindestens, das ist keine Übertreibung. Warst du einer von ihnen?«

»Nein.«

»Oder der Jütländer? Ich hab vergessen, wie er heißt.«

»Klavs Arnold. Ich glaube nicht, dass er was mit ihr hatte.«

Sie nickte bedrückt.

»Das freut mich zu hören. Die letzte Frage gehört dir, bevor ich losmuss.«

Und die hatte er. Er musste sie stellen, egal, wie sie sie auffasste.

»Hast du einen Freund?«
Sie hatte offensichtlich mit der Frage gerechnet.
»Jetzt kommst du zu nah«, sagte sie neutral.
Dieser Abschluss ihres ersten gemeinsamen Abends war nicht der erhoffte, aber eine Entschuldigung oder Erklärung würde es nur schlimmer machen. Er bekam Augenkontakt zum Kellner, und sie teilten wieder die Rechnung. Sie stand auf.
»Ich melde mich«, sagte sie.

Kapitel 38

Sonntag, 3. Oktober 2010,
Thorvaldsen-Museum

Die zwei Männer betrachteten eine Skulptur.

»Was siehst du?«, fragte Helmer Hammer.

Konrad Simonsen lachte respektlos. Oper, Ballett, Gemälde, Skulpturen, Symphonieorchester, Gedichte – die Liste der hochkulturellen Veranstaltungen war lang, und das meiste davon ging irgendwie an ihm vorbei. Er sah lieber ein Fahrradrennen im Fernsehen oder einen guten amerikanischen Film. Ganz zu schweigen von einer Partie Schach.

»Ich sehe einen nackten Mann mit einem Römerhelm, der ein Schaf gehäutet hat und sich auf einen Stapel Wäsche stützt.«

Helmer Hammer fasste sich mit theatralischer Geste an den Kopf. Es war seine Idee gewesen, sich im Thorvaldsen-Museum zu treffen. Konrad Simonsen hätte einen Spaziergang oder ein gemeinsames Essen vorgezogen.

»Das ist eines der Hauptwerke des europäischen Neoklassizismus, das du da verspottest, du Ignorant. Die Skulptur repräsentiert den freien Menschen, das Vertrauen in unsere westliche repräsentative Demokratie. Außerdem ist das ein Widder, aber die Geschichte erzähle ich dir lieber nicht, sie interessiert dich ja doch nicht.«

Konrad Simonsen gab der Statue eine zweite Chance, konnte aber beim besten Willen keine Demokratie erkennen.

»Er hat unrealistisch kleine Geschlechtsorgane.«

»Okay, das reicht. Dir fehlt wirklich jegliche klassische Bildung. Komm, gehen wir ins Museumscafé, ich schau mir die Ausstellungen dann irgendwann allein an.«

Helmer Hammer hatte eine wichtige Stellung im Staatsministerium, direkt unterhalb des Ministerpräsidenten. Durch seine Arbeit hatte er sehr guten Einblick in alles, was mit der staatlichen Verwaltung zusammenhing, außerdem war er als Staatssekretär immer ganz nah am Puls der Politik.

Zwischen den Männern hatte sich mit den Jahren eine Art Freundschaft entwickelt, auch wenn sie sich nicht oft sahen. Hin und wieder hatten sie sich gegenseitig helfen können. Tags zuvor hatte der Staatssekretär Konrad Simonsen angerufen, da ihm zu Ohren gekommen war, der Kommissar hätte Bedarf an einer loyalen Supervision.

Im Café setzten sie sich abseits an einen Ecktisch, sodass sie ungestört reden konnten.

»Du wirkst so anders, so entspannt. Hast du Ferien, oder ist das Aktivitätsniveau im Staatsministerium auf ein menschliches Maß reduziert worden?«

Helmer Hammer schüttelte verneinend den Kopf. »Ich habe gekündigt, aber noch ist das nicht offiziell.«

Konrad Simonsen war überrascht.

»Ich denke schon lange über eine Stellung als Botschafter nach«, erklärte der Staatssekretär. »Irgendwo an einem angenehmen, warmen Ort. Aber meine Familie wollte nicht, und die anderen Jobs, die mir angeboten worden sind, wollte ich nicht.«

»Und was willst du jetzt machen?«

»Kennst du das Orakel aus der Købmagergade?«

Konrad Simonsen nickte. Das Orakel hatte eine vielversprechende Karriere im Finanzministerium vor sich gehabt, ehe er wegen Burn-out aufgeben musste. Wieder genesen, bekam er einen ruhigen Job bei der Königlichen Münze und landete in einem kleinen Büro in der Købmagergade über dem Post & Tele-Museum. Hier sollte er bis zu seiner Pensionierung eine Zeit voller Ruhe und Gelassenheit verbringen. Doch in dieser ruhigen Atmosphäre fand der Mann seine ganz neue Berufung als Berater für alle – in welcher Form auch immer – Angestellten innerhalb des Staatsapparates. Bis ganz nach oben, alle suchten seinen Rat. Basierend auf seinem gründlichen Wissen über Bürokratie und Führung in den Ministerien, gab er äußerst wertvolle Hinweise. Auch die Comtesse war schon einmal bei ihm gewesen.

»Er und ich haben eine kleine Consultingfirma gegründet. Wir haben ein Büro in der Bredgade«, sagte Helmer Hammer.

»Und wen wollt ihr beraten?«

Der Staatssekretär lächelte.

»Alle, die Ratschläge brauchen und zu zahlen bereit sind.«

Konrad Simonsen war sicher, dass die Firma ihr Auskommen haben würde. Die Ratschläge der beiden würden gefragt sein, besonders bei allen Lobbyisten.

»Dann bin ich froh, dass du jetzt noch beim Staat angestellt bist, denn Geld kann ich dir keins geben.«

Das war das Stichwort, auf das hin sie sich beide aufrichteten und mit ernster Miene ansahen.

»Soll ich dir den Stand der Ermittlungen in groben Zügen erläutern?«, fragte Konrad Simonsen.

»Das ist nicht nötig. Ich habe ein paar Worte mit einem gemeinsamen Freund gewechselt, der dich vor Kurzem besucht hat. Ich denke, ich weiß, was ich wissen muss. Es gibt in diesem Zusammenhang ein paar Sachverhalte, die ich dir

gerne erläutern würde. Aktuell bist du der Ansicht, dass Irene Gallaghers und Bjørn Lauritzens Aktivitäten in Bosnien Mitte der Neunzigerjahre für deine Ermittlungen relevant sind. Du wirst aber gegen eine Wand rennen, wenn du glaubst, dass das Verteidigungsministerium oder der Militärische Geheimdienst dir irgendwie weiterhelfen werden. Ganz im Gegenteil. Ich komme gleich noch einmal darauf zu sprechen. Die fehlende Bereitschaft zur Zusammenarbeit hat vermutlich damit zu tun, dass Irene Gallagher in gewissen Punkten Geheimnisträgerin ist. Davon sollten wir auf jeden Fall ausgehen. Es gibt da Dinge, die nicht an die Öffentlichkeit sollen. Du musst dir aber auch noch über ein paar andere Sachen im Klaren sein: Zum einen, dass in diesem Fall nur sehr wenige Menschen wissen, um was es eigentlich geht. Möglicherweise nur zwei oder drei Personen aus dem Verteidigungsministerium. Zum anderen, dass nur der Verteidigungsminister, der Justizminister oder der Ministerpräsident persönlich das Militär zur Zusammenarbeit zwingen können, und dass das keiner dieser drei freiwillig tun wird. Sie wollen gar nicht so genau wissen, was die treiben, weshalb ihre Ministerien wiederum ihre Untergebenen anhalten, so wenig Informationen weiterzugeben wie möglich.«
Konrad Simonsen unterbrach ihn.
»Aber das ist ja unerträglich. Die Demokratiestatue würde vor Scham zu Staub zerfallen, wenn sie davon wüsste.«
»Stimmt. Dänemark ist tatsächlich mit Abstand diejenige der westlichen Demokratien, die am wenigsten Kontrolle über ihre Nachrichtendienste hat.«
Konrad Simonsen rieb sich mit dem Handrücken über die Stirn. Was er hörte, passte ihm gar nicht, andererseits war er dankbar, dass endlich mal jemand Klartext redete.

»Du hast *ganz im Gegenteil* gesagt, also dass der Militärische Nachrichtendienst mir mit Sicherheit nicht weiterhelfen wird. Warum?«
»Sie werfen dir aktiv Knüppel zwischen die Beine. Vermutlich, weil das Militär Irene Gallagher lieber freisprechen und irgendwie nach Neuseeland schaffen möchte. Vielleicht hat es aber auch damit zu tun, dass du und diese neue Staatsanwältin – Kirsten Hansen – denen in die Suppe gespuckt habt. Und das nicht nur dem Nachrichtendienst, sondern dem Justizministerium gleich mit. Das Ganze hat sich zu einem Machtkampf ausgewachsen, bei dem niemand das Gesicht verlieren will. So etwas erleben wir nicht zum ersten Mal. Ich selbst glaube, dass beides eine Rolle spielt.«
»Und in welcher Weise werfen sie mir Knüppel zwischen die Beine?«
»Vorläufig bringen sie nur Gerüchte in Umlauf. Das mag harmlos klingen, ist es aber nicht. Du darfst nicht vergessen, dass der Nachrichtendienst in dieser Hinsicht perfekt geschult ist. Sie haben gegenüber der Polizei durchsickern lassen, dass jeder, der das Verteidigungsministerium in diesem Fall unterstützt, nicht vergessen sein wird und gute Karrierechancen im Verteidigungsministerium oder beim Nachrichtendienst haben wird. Letzteres hat unseren gemeinsamen Freund sehr erzürnt, weil es sein eigenes Personal betrifft und er nicht zwischen die Fronten eines Konflikts von Verteidigungsministerium und Morddezernat geraten will. Aber auch ihm sind die Hände gebunden.«
Konrad Simonsen wurde rot vor Wut.
»Warum habe ich davon bis jetzt noch nichts erfahren?«
»Konrad, jetzt hör aber auf. Manchmal ist dein Chefgehabe wirklich unerträglich. Stell dir mal vor, du wärst jung und

ambitioniert und dir kommt zu Ohren, dass es auf lange Sicht lohnend wäre, einen guten Draht zum Verteidigungsministerium zu haben. Würdest du zu deinem Chef laufen und ihm sagen, was du gerade in der Kantine gehört hast? Ich glaube nicht, dass du das tun würdest, Konrad. Ebenso wenig wie die anderen.«

»Und was soll ich jetzt machen? Hast du einen Vorschlag?«, fragte Konrad Simonsen.

»Ja, den habe ich. Geh zum Gegenangriff über, Konrad. Setz den Nachrichtendienst so sehr unter Druck, wie es nur geht. Das ist deine einzige Chance. Sie werden ihre Archive deshalb nicht öffnen, aber so wissen sie zumindest, dass sie nicht einfach gegen dich arbeiten können und dass es vielleicht besser ist, sich etwas dezenter zu verhalten. Klar, sie werden wütend sein und bestimmt auch aggressiv – aber sicher nur für eine Weile. Außerdem sind sie das ja bereits. Und sie werden das nicht vergessen und sicher alles dransetzen, dich früher oder später abzusägen. Das muss dir klar sein.«

»Mich absägen?«

»Dich in den Ruhestand schicken oder diskreditieren. Aber auch das wird irgendwann ein Ende haben. Und physisch wird dir niemand zu Leibe rücken, davor brauchst du keine Angst zu haben.«

»Ich habe keine Angst, und der Gedanke, selbst zum Angriff überzugehen, gefällt mir.«

»Gut, dann hör mir jetzt gut zu. Du musst einen gut begründeten Antrag ausarbeiten, von dem du weißt, dass er abgelehnt wird, und der darin besteht …«

Helmer Hammer gestikulierte wild, während er seine Idee vertiefte.

Kapitel 39

Montag, 4. Oktober 2010,
Abteilung Kriminaltechnik

Die Comtesse fühlte sich in den Räumlichkeiten der Kriminaltechnik in Vanløse immer sehr wohl. Ganz besonders mochte sie den Chef der Abteilung, Kurt Melsing, und diese Sympathie teilten viele andere mit ihr.

Kurt Melsing empfing die Comtesse. Er wusste, dass sie kommen wollte, nicht aber, warum.

»Ich habe eine Videosequenz für dich«, erklärte sie. »Sie ist ziemlich kurz, nur knapp eine Sekunde. Dafür ist sie ungeheuer interessant, denn sie zeigt Irene Gallagher und vielleicht auch Bjørn Lauritzen am Nachmittag des 22. August.«

Kurt Melsing zog sie zu einem Computer. »Sehr gut«, sagte er – aus seinem Mund große Worte.

Die Comtesse hatte die Sequenz im Laufe des Tages bekommen. Ein Arbeitsloser hatte im Präsidium angerufen und erklärt, er habe eine sehr kurze Filmsequenz von Irene Gallagher zusammen mit einem Mann am Strand von Charlottenlund. Und zwar von dem Tag, an dem die japanischen Kinder umgekommen seien. Der Wachhabende der Kriminalwache hatte dem Mann erst nicht geglaubt. Nach der Festnahme von Irene Gallagher war das Interesse der Medien überbordend gewesen, und in der Folge waren aus der Bevölkerung unzählige Hinweise eingegangen. Für einige Tage war ein Beamter extra dafür abgestellt worden, die zum Morddezernat umgestellten Telefonate entgegenzunehmen. Intern wurde diese Position als Schleuse bezeichnet, in der in Extremphasen gleich mehrere Mitarbeiter positioniert wurden, während sie in ruhigen Phasen gar nicht besetzt war. Der Großteil der Hinweise, die entgegengenommen wurden, war unbrauchbar. Auch der Mann mit der Filmsequenz war zuerst so eingestuft worden. Trotzdem baten sie ihn, den Film zu mailen. Man würde mit ihm Kontakt aufnehmen, sollten die Informationen relevant sein. Wie wesentlich diese Aufnahme war, zeigte sich schon beim ersten Abspielen in den Räumlichkeiten des Morddezernats. Konrad Simonsen hatte die Comtesse gebeten, umgehend zu dem Mann nach Søllerød zu fahren.

Dort erfuhr sie, dass dieser am Sonntag, den 22. August, mit seinen Kindern an den Strand von Charlottenlund gefahren war, wo sie gerne spielten. Es sei nicht sonderlich warm gewesen, weshalb nur wenige Menschen am Strand waren. Nicht weit von ihnen entfernt habe eine Frau mittleren Alters gesessen, eine große geflochtene Tasche neben sich im Sand, und mit einem Fernglas das Wasser abgesucht. Wie lange sie dort gesessen hatte, konnte er nicht einschätzen, vielleicht eine Stunde. Dann kam ein etwa fünfzigjähriger Mann aus dem Sund auf den Strand zugeschwommen. Sobald sie ihn entdeckt hatte, zog sie Schuhe und Strümpfe aus und lief mit zwei großen Handtüchern unter dem Arm und der Tasche über der Schulter zum Wasser. Sie gab dem Schwimmer eines der Handtücher, und dieser trocknete sich gleich ab und warf das Handtuch über den Kopf, sodass sein Gesicht nicht zu sehen war. Die beiden seien dann in Richtung Parkplatz gegangen. Auf dem Weg habe sie noch ihre restlichen Sachen eingesammelt.

»Das ging alles total schnell«, sagte der Mann. »Schneller, als ich es erzählen kann. Ich glaube nicht, dass außer mir jemand etwas beobachtet hat. Und an sich war das ja auch nicht auffällig. Der Mann hatte allem Anschein nach eine längere Strecke im Wasser hinter sich, aber da ist ja nichts dabei. Kurz vorher hatte ich meine beiden älteren Kinder beim Sandburgbauen gefilmt. Anschließend wollten auch die Kinder filmen, und beide haben eine kurze Sequenz aufgenommen. Das Ganze ging gut, bis auch die Kleinste – sie ist erst zwei – filmen wollte. Sie konnte die Kamera kaum festhalten und filmte alles Mögliche. Sie hat nicht verstanden, dass sie das Objektiv auf irgendetwas richten muss. Gestern habe ich dann die Filme am PC angesehen, auch den Film meiner Jüngsten. Man sieht beinahe ausschließlich Sand und Himmel, aber für eine knappe Sekunde auch Irene Gallagher am Strand, als sie den Schwimmer in Empfang nimmt. Laut Zeitangabe der Kamera war das um 12.22 Uhr. Ich habe die Frau sofort erkannt, ihr Foto war ja überall im Netz.«

Kurt Melsing sah sich die Aufnahme mehrere Male an, dann spielte er sie Bild für Bild ab, was auch nicht lange dauerte. Auch einer seiner Mitarbeiter verfolgte den Film.

»Vielleicht können wir ihn messen und die Maße mit dem Toten abgleichen«, sagte Melsing zu seinem Kollegen. »Elise soll sich darum kümmern.«

»Wir können versuchen, anhand der Aufnahme die Größe des Mannes zu bestimmen, und mit seiner tatsächlichen Größe vergleichen. Des Weiteren sind auch die anderen Körpermaße so miteinander abgleichbar«, erklärte Melsings Mitarbeiter der Comtesse. »Es gibt ja genug Fotos von der Obduktion. Außerdem haben wir seinen Leichnam noch hier, sodass wir allenfalls neue Bilder aus dem richtigen Blickwinkel aufnehmen können. Eine hundertprozentige Identifikation wird es aber nicht geben. Sollte der Schwimmer nicht Bjørn Lauritzen sein, was ja theoretisch auch möglich ist, können wir das zumindest mit ziemlicher Sicherheit nachweisen. Wir geben den Auftrag an unsere neue Kollegin, ihr Spezialgebiet ist Bildanalyse und Bildbearbeitung. Sie hat zwei Jahre bei Disney als Animateurin gearbeitet, da kommt man ohne die richtige Qualifikation nicht hin.«

Nach einer Pause fügte er hinzu: »Das kann ein ganz wesentliches Indiz sein.«

»Hoffen wir es«, stimmte die Comtesse ihm zu. »Das könnten wir wirklich gut gebrauchen.«

Kapitel 40

Donnerstag, 7. Oktober 2010,
Polizeipräsidium

Der Wachmann unten am Eingang blieb hart:
»Es nützt nichts, hier rumzustehen und zu protestieren. Konrad Simonsen ist nicht zu sprechen, so einfach ist das. Man kann hier nicht einfach reinmarschieren und mit irgendjemandem sprechen wollen!«
Der junge Mann versuchte, sich zusammenzureißen. Er war den Tränen nahe, wie immer, wenn er unter Druck stand. Aber was passiert war, war ja auch wirklich schrecklich. Er wischte sich die Nase mit dem Jackenärmel ab und versuchte es noch einmal.
»Der war echt unverschämt und hat sie Zigeunerbalg genannt und behauptet, sie sei kriminell. Wir wollten doch nur helfen und wussten ja nicht, dass das Video illegal war. Jetzt hat sie eine Wahnsinnsangst, dass er es ihrem Mann sagt.«
Der Wachmann schüttelte resigniert den Kopf und wies ihn erneut ab.
»Einen Moment.«
Der Wachmann und der junge Mann drehten sich zu der ruhigen, aber bestimmten Stimme um. Klavs Arnold ging zu ihnen.
»Ich kümmere mich um den Mann, ich will hören, was er zu sagen hat.«
Der Wachmann ging in sein Büro zurück, und Klavs Arnold

führte den jungen Mann in den Innenhof des Präsidiums.
»Setzen Sie sich und nehmen Sie sich Zeit, ich habe es nicht eilig«, sagte Arnold.

Der junge Mann setzte sich, lehnte sich mit dem Rücken an eine Säule und schlang die Arme um sich.

Klavs Arnold hatte Mühe, ihm die Geschichte zu entlocken. Er kam aus Slagelse und hatte offenbar ein Verhältnis mit einer Roma, mit der er hin und wieder spazieren ging. Auf einem dieser Spaziergänge hatten die beiden jungen Menschen Irene Gallagher im Wald von Lorup gesehen, ohne dass diese sie bemerkt hatte. Sie hatte einen Werkzeugkoffer und ein paar Bretter dabeigehabt, und der junge Mann hatte ein kurzes Video von ihr gemacht. Später hatten die beiden jungen Leute mitbekommen, dass Irene Gallagher wegen der Morde auf dem Ausflugsschiff als mögliche Mittäterin verhaftet worden war, weshalb sie ihr Video der Polizei zeigen wollten. Sie hatten aus der Wohnung des Jungen angerufen und den Lautsprecher eingeschaltet, da sie beide neugierig waren, ob ihre Informationen von Interesse sein könnten. Nachdem sie dem Beamten den Sachverhalt geschildert hatten, waren sie zu Konrad Simonsen weitergestellt worden. Aber dieser Simonsen sei extrem unfreundlich gewesen. Er habe der Frau alles nur Erdenkliche an den Kopf geworfen und behauptet, sie und ihre Familie seien kriminell und lebten auf Kosten der Gesellschaft. Das Schlimmste sei aber gewesen, dass er damit gedroht habe, ihrem Mann zu erzählen, dass sie untreu sei, obwohl sie doch extra darum gebeten hatten, die Sache vertraulich zu behandeln. Ihm selbst habe Simonsen gesagt, es sei kriminell, andere Leute zu fotografieren. Und dann habe er ihm geraten, das Video zu löschen. Nach diesem Telefonat seien sie beide vollkommen fertig gewesen und hätten nicht gewusst, was sie machen sollten, sodass er schließlich mit dem Zug nach Kopenhagen gefahren sei, um direkt mit Konrad Simonsen zu sprechen.

Noch eine Spur misstrauisch, fragte Klavs Arnold:

»Woher wissen Sie, dass Irene Gallagher unter Verdacht steht, etwas mit den Morden auf dem Ausflugsschiff zu tun zu haben?«

Die Antwort des jungen Mannes war verblüffend.

»Das weiß doch die ganze Stadt. Die Leute reden über nichts anderes.«

Klavs Arnold nahm ihn mit in sein Büro. Auf dem Weg öffnete er die Tür zum Büro seines Chefs und schob den jungen Mann vor sich her in den Raum.

»Hast du mit zwei jungen Menschen gesprochen, einem jungen Mann und einer jungen Frau, die dir etwas von Irene Gallagher in einem Wald erzählt haben?«

Konrad Simonsen legte die Stirn in Falten.

»Nein, habe ich nicht. Du etwa?«

»Ist das die Stimme des Mannes, mit dem Sie gesprochen haben?«, fragte Klavs Arnold den jungen Mann.

Der junge Mann schüttelte den Kopf. »Nein, die hat ganz anders geklungen.«

Arnold nahm den jungen Mann mit in sein Büro und bat ihn, sich zu setzen. Dann verschwand er noch einmal kurz und kam gleich darauf mit Malte Borup zurück.

»Geben Sie Malte Ihr Telefon.«

Der junge Mann gehorchte.

»Haben Sie noch weitere Videos aufgenommen, nachdem Sie das Video aus dem Wald gelöscht haben?«

Der junge Mann schüttelte den Kopf.

»Stell das Video wieder her, Malte, und zeig es mir dann gleich. Bring Arne mit, egal was er gerade macht. Und beeil dich.«
Es vergingen weniger als fünf Minuten, bis Malte Borup wieder zurückkam. Arne Pedersen war bei ihm. Gemeinsam sahen sie sich auf dem Laptop das Video an, das zweifelsohne Irene Gallagher zeigte. Klavs Arnold nahm 400 Kronen aus seiner Geldbörse.
»Wir müssen Ihr Handy für eine Weile hierbehalten, und ich muss Sie jetzt leider bitten zu gehen. Wir werden Ihnen ein anderes Mobiltelefon leihen, und ich rufe Sie heute Abend an. Sagen Sie Ihrer Freundin, dass wir gezwungen sind, noch einmal mit Ihnen beiden zu sprechen, so bald wie möglich, dass aber wirklich niemand außer Ihnen beiden involviert sein wird. Und dann muss ich Sie beide noch um Entschuldigung bitten. Was geschehen ist, ist ein höchst bedauerliches Missverständnis. Das Geld ist für das Zugticket und etwas zu essen. Malte, bringst du den jungen Mann nach unten und kommst dann direkt zurück?«
Klavs Arnold informierte Arne Pedersen, der den Ernst der Situation sofort erkannte.
»Ich kenne den Beamten, der heute an der Schleuse sitzt, seit mehr als acht Jahren. Es ist absolut ausgeschlossen, dass er den Anruf mit Absicht falsch weitergeleitet hat. Sie müssen mithören und relevante Anrufe umleiten.«
Kaum dass Malte Borup zurück war, wurde er von beiden Beamten förmlich überfallen.
»Wie kann man Telefonschaltungen manipulieren?«
Der Student dachte eine Weile nach.
»Ein Callcenter besteht technisch gesehen aus zwei Stufen«, sagte er. »Dem IVR, das ist der Server, der die Anrufe ver-

teilt, und einer Front-End-Applikation, mit der diejenigen, die die Anrufe annehmen, arbeiten. Die ist auf den jeweiligen PCs oder Smartphones installiert. Der Mitarbeiter arbeitet mit dem Programm, das Programm gibt die Befehle an den Server weiter, und der Server verteilt die Anrufe. Wenn ihr etwas manipulieren wollt, müsst ihr entweder einbrechen und das Programm umschreiben oder den Server manipulieren. Ersteres ist am einfachsten, dafür muss man nur ein bisschen programmieren können, die zweite Variante erfordert einen echten Profi. Andererseits lässt sich bei der Variante so gut wie unmöglich herausfinden, wo sich das Telefon, zu dem fälschlich umgestellt wird, befindet.«

»Für die zweite Variante braucht es also Experten?«, fragte Klavs Arnold.

»Absolut. Wenn unser Gegner aber der Nachrichtendienst ist, haben sie im Zentrum für Cybersicherheit ein paar der besten Hacker des Landes sitzen.«

Arne Pedersen ging nach unten, um den Beamten an der Schleuse zu instruieren. Malte Borup holte zwei Headsets und bereitete ein Telefon vor, während der Jütländer seinen Text übte. Eine Viertelstunde später waren sie bereit. Arne Pedersen schloss die Tür des Büros, bevor Klavs Arnold anrief. Er wurde zur Schleuse durchgestellt und erzählte seine Geschichte, woraufhin der Beamte ihn zu Konrad Simonsen durchstellte. Alle drei warteten gespannt, bis sich brüsk jemand meldete, dessen Stimme definitiv nicht die ihres Chefs war.

»Spreche ich mit Konrad Simonsen, dem Leiter des Morddezernats?«, fragte Klavs Arnold.

»Ja, das tun Sie. Mit wem spreche ich?«

»Kaj, Kaj aus Bønsvig. Ich rufe jetzt schon zum fünften Mal an, aber es passiert rein gar nichts.«
»Nennen Sie mir bitte Ihren Namen, Ihre Telefonnummer und Ihre Adresse.«
»Die können Sie von den beiden Bullen kriegen, mit denen ich erst mal streiten musste, um zu Ihnen durchgestellt zu werden, ich hab echt keinen Bock mehr. Schließlich tue ich Ihnen einen Gefallen und nicht umgekehrt.«
»Was für einen Gefallen? Ich brauche in jedem Fall Ihre persönlichen Daten.«
»Den Gefallen, Ihnen zu sagen, wo diese Gallagher den Wagen ihres Mannes geparkt hatte, als sie in der letzten Woche dieses Schwein getötet hat, das die Kinder auf dem Gewissen hat. Die Reifenspuren sind noch zu sehen, ich war eben erst unten und habe nachgesehen. Es ist echt ein Wunder, dass der Regen die nicht weggespült hat, während ihr da im Präsidium eure Papiere sortiert.«
Eine längere Pause entstand.
»Wo sind diese Reifenspuren?«, fragte die Stimme.
»Also, wenn Sie über den Bønsvigvej in Richtung Wasser fahren, kommen Sie recht bald … zu zwei orangen Kegeln. Oh verdammt, der Strom … verdammt … hören Sie mich? Scheißstecker … halbe Stunde.«
Als das Gespräch beendet war, sah Arne Pedersen seinen Kollegen beeindruckt an.
»Du bist echt gut. Wo hast du das gelernt?«
Klavs Arnold warf die Papierkugel in den Mülleimer, mit der er während seines letzten Satzes in den Hörer geknistert hatte.
Dann stand er auf und zog seine Jacke an.
»Das ist eine lange Geschichte. Ich hatte mal so eine Art

Wettkampf mit ein paar Freunden, aber davon erzähle ich euch ein anderes Mal. Lass uns fahren, dann haben wir einen Vorsprung. Die Polizei in Süd-Seeland kontaktieren wir unterwegs. Malte, in einer Stunde bringst du jemanden dazu, diesen Server zu reparieren, damit er wieder richtig funktioniert. Und dann muss das Ding überwacht werden, oder wie man das im Cyberspace nennt.«

»Sollen wir nicht zuerst einmal Konrad informieren?«, fragte Arne Pedersen.

»Er hat eine Besprechung mit der Staatsanwältin«, sagte Klavs Arnold. »Wir rufen ihn aus dem Auto an. Lass uns aufbrechen.«

Kapitel 41

Donnerstag, 7. Oktober 2010,
Store Hestehave Skov in Jungshoved

Du weißt schon, dass wir beobachtet werden, oder?«, sagte Klavs Arnold beiläufig und grinste, als Arne Pedersen den Blick misstrauisch durch den Wald streifen ließ, in dem sie sich befanden.

»Ich kann nichts sehen.«

Pedersen konnte keine Menschenseele außer ihnen entdecken.

Der Jütländer zeigte auf einen Ahorn vor ihnen. In dem Astloch eines abgestorbenen Zweiges steckte ein kleiner geschnitzter Holztroll. Arne Pedersen entspannte sich.

»Idiot«, sagte er.

Klavs Arnold lachte.

Die beiden Polizisten saßen auf einem Buchenstamm, selbst gut verborgen, aber mit freier Sicht auf den etwa zwanzig Meter entfernten Waldweg, der gerade breit genug war, damit zwei Autos sich aneinander vorbeischieben konnten. Sie hatten sich eine passende Stelle gesucht, um mit ihrem Wagen schöne Reifenspuren in den weichen Waldboden zu fahren. Danach hatten sie die Stelle mit zwei orangen Kegeln markiert, die sie von der örtlichen Polizeistation ausgeborgt hatten, bevor sie ihren Wagen gut fünfhundert Meter entfernt abgestellt und sich den Beobachtungsposten gesucht hatten, an dem sie jetzt saßen.

»Du bist kein ausgeprägter Naturfan, oder, Arne?«

Arne Pedersen konnte seinem Kollegen nur zustimmen. Er langweilte sich jedes Mal zu Tode, wenn er zu weit weg … ja, von allem war. Er wollte das Thema wechseln, wurde aber von dem Jütländer unterbrochen.

»Ich glaube, da tut sich was.«

Klavs Arnold lauschte konzentriert, kurz darauf hörte auch Arne Pedersen das Auto. Wenig später hielt ein silberfarbener Mercedes mit zwei Männern auf den vorderen Sitzen direkt vor ihnen an. Ein Mann stieg aus, hob einen dicken Zweig auf und stieß damit die Kegel beiseite. Dann fuhr der andere Mann ein paarmal mit dem Mercedes über die Reifenspuren, die Klavs Arnold und Arne Pedersen gemacht hatten. Der zweite Mann kratzte anschließend die frischen Spuren mit dem Zweig weg. Die beiden Männer waren wirklich gründlich.

Klavs Arnold trat auf den Weg, sagte mit verschärft jütländischem Akzent: »Gott zum Gruß«, und schlenderte entspannt auf den Mercedes zu. Arne Pedersen sprach in sein Handy.

Die zwei Männer reagierten blitzschnell, aber ohne jede Spur von Panik. Der Fahrer öffnete die Beifahrertür für seinen Kompagnon, der mit wenigen Schritten an der Tür war und auf den Sitz sprang, worauf der Fahrer rasch fünfzig Meter nach hinten schoss, ehe er beeindruckend elegant den Wagen wendete, Gas gab und gleich darauf die Bremse trat. Vor ihm waren zwei Streifenwagen auf den Waldweg abgebogen und hielten nebeneinander an, sodass der Weg in voller Breite blockiert war. Hinter Arnold und Pedersen vollzog sich das gleiche Manöver, und ein Riesenaufgebot an uniformierten Polizeibeamten stieg aus. Auch der Beifahrer des Mercedes stieg aus. Arne Pedersen ging zu ihm.

»Die Kollegen haben Hunde dabei, falls Sie Lust auf eine Joggingrunde durch den Wald verspüren sollten.«

Der Mann schielte böse.

»Was zum Teufel soll der Scheiß?«, fauchte er.

»Paragraf 22 verbietet das Befahren von Naturgebieten mit motorisierten Fahrzeugen.«

Während er das sagte, signalisierte er den Beamten mit hochgehaltenen Handflächen, stehen zu bleiben.

»Wenn ich dann bitte Ihre Führerscheine sehen dürfte. Und wir werden ein paar Bilder von Ihnen und Ihrem Auto machen. Sie haben die Wahl, ob Sie das auf die einfache Tour hier an Ort und Stelle machen oder uns lieber auf die Polizeistation Præstø begleiten wollen. Mir ist das egal. Aber ich warne Sie vor: Heute ist unglaublich viel los, und es würde mich nicht wundern, wenn wir Sie über Nacht dabehalten müssten. Vielleicht überzeugt Sie das ja, mitzuspielen und zu tun, was ich sage? Oder macht man das beim Nachrichtendienst grundsätzlich nicht?«

Kapitel 42

Freitag, 8. Oktober 2010,
Polizeistation Helsingør

Es war nicht das erste Mal, dass die Comtesse einen Zeugen unter dem Vorwand einbestellte, im Zusammenhang mit einem imaginären Verkehrsunfall auszusagen, damit eventuelle Ehegatten, Freunde oder Lebensabschnittspartner nichts über die wahren Hintergründe erfuhren. Die Menschen hatten Geheimnisse voreinander, so war das Leben nun einmal, und es war nicht Aufgabe der Polizei, sich in die kleinen Lügengeschichten des Bürgers einzumischen, wenn sich dies vermeiden ließ. Umgekehrt kam es natürlich auch vor, dass mit diesem Wissen Zeugen unter Druck gesetzt wurden, der Polizei mehr zu erzählen, als sie wollten, aber das war ein Teil des Spiels, von dem nur in den seltensten Fällen Gebrauch gemacht wurde.

Die Comtesse hatte sich einen Raum bei der Polizei Helsingør zuweisen lassen, in dem sie nun mit dem jungen Mann aus Slagelse saß, der am Vortag im Polizeipräsidium in Kopenhagen gewesen war. Er war in Begleitung der jungen Roma gekommen.

Die Comtesse begann die Vernehmung mit der Versicherung, dass zum aktuellen Zeitpunkt keine Notwendigkeit bestand, dass das Mädchen aufflog, oder wie man es nennen sollte. Der Junge wurde sofort hellhörig. Er war wacher als das Mädchen, dachte die Comtesse.

»Was meinen Sie mit *zum aktuellen Zeitpunkt?*«

Die Comtesse hätte den beiden jungen Menschen die nun nötige Erklärung gerne erspart.

»Wenn ihr oder einer von euch zu der bevorstehenden Verhandlung vorgeladen werdet, habt ihr die Pflicht, die Wahrheit zu sagen, genau wie ich, wenn ich als Zeugin auftrete. Weder Verteidiger, Staatsanwalt noch Richter werden dann auf die Wünsche Rücksicht nehmen, was Ihr Ehemann erfahren darf oder nicht. Das sind die Tatsachen, die Sie akzeptieren müssen.«

Das Mädchen, das in den vergangenen vierundzwanzig Stunden viel Zeit gehabt hatte, über ihre Situation nachzudenken, antwortete nüchtern, wenn auch bedrückt.

»Es ist nicht so, dass ich geschlagen oder eingesperrt werde, wie es oft in den Zeitungen zu lesen ist. Das würde mein Mann niemals tun. Er ist ein anständiger Mensch, der hart arbeitet und den ich sehr schätze. Aber ich hätte ihn niemals heiraten sollen.«

Sie wischte mit einem Fingerknöchel eine Träne weg und sah die Comtesse an. Es schien ihr wichtig zu sein, dass die Comtesse sie verstand.

»Ich könnte mich von ihm scheiden lassen oder ihn einfach verlassen, ohne dass mich jemand dafür strafen würde – also physisch. Aber ich würde meine Familie verlieren, und das könnte ich nicht ertragen. Aber lassen wir das. Bringen wir die Sache hinter uns, damit ich wieder nach Hause kann.«

Das Verhör dauerte weniger als zehn Minuten. Der Junge wiederholte, was er bereits Klavs Arnold gesagt hatte, und das Mädchen bestätigte ihn in allen Punkten, ohne selbst etwas Neues hinzuzufügen. Die Episode, die die beiden Zeugen schilderten, war recht simpel. Am 14. September um 15.22 Uhr hatten sie Irene Gallagher auf einem Weg im Wald von Lorup gesehen. Die Frau hatte zwei graue Platten und eine Werkzeugkiste bei sich gehabt. Der Junge hatte sie ungefähr zehn Sekunden von hinten gefilmt, nachdem sie an ihnen vorbeigelaufen war. Das war alles. Trotzdem hakte die Comtesse nach.

»Habt ihr irgendeine Idee, was Irene Gallagher mit dem Werkzeugkasten vorgehabt haben könnte? Eine Vermutung, Eingebung, irgendwas, wie abseitig es euch auch vorkommen mag?«

Sie schüttelten die Köpfe, auch, als die Comtesse nach den grauen Platten fragte.

Die Comtesse zermarterte sich das Hirn auf der Suche nach einer letzten entscheidenden Frage, die sie den beiden noch stellen konnte, aber vergebens. Sie hatten schon im Morddezernat intensiv über die Platten diskutiert, ohne auf eine brauchbare Lösung zu kommen. Sie tappten im Dunkeln. Klar war, dass Irene Gallagher auf dem Weg zu Ole Nysteds Unterschlupf im Wald gewesen sein musste, der ganz in der Nähe lag. Aber weder in der Hütte noch im Außenbereich hatten sie die zwei grauen Platten finden können. Die Comtesse war am Morgen selbst nach Slagelse gefahren, um sich das Ganze anzusehen und ebenfalls festzustellen, dass es keine Platten gab. Konrad Simonsen hatte parallel eine erneute Hausdurchsuchung bei Irene Gallagher veranlasst, die aber auch keine Resultate brachte. Zurück im Präsidium hatte die Comtesse vorgeschlagen, eine Suchaktion im Wald von Lorup anzuleiern, am Ende dann aber selbst entschieden, dass ein derartiger Riesenaufwand für ein paar Platten nicht angemessen war.

Die Comtesse machte einen letzten Anlauf. Aus der Videoaufnahme des Jungen hatten sie ein Bild herauskopiert und den Ausschnitt von Irene Gallaghers linkem Arm und den Platten stark vergrößert. Ein Techniker hatte die Kontraste der Platten stärker herausgearbeitet, als sie auf dem Video zu sehen waren, und ihr danach stolz das Ergebnis präsentiert.

»Ich möchte euch noch etwas zeigen, bevor ihr geht«, sagte die Comtesse so optimistisch wie möglich. »Das hier ist ein Foto mit einem vergrößerten Ausschnitt aus eurem Video. Die Konturen der Platten sind besser zu erkennen. Es besteht kein Zweifel daran, dass diese Platten wichtig sind, sonst hätte Irene Gallagher sie kaum durch den Wald geschleppt.«

Sie drehte das Bild so, dass die beiden es sehen konnten, und dachte nicht weiter über ihre etwas verzerrte Logik nach.

»Seht es euch genau an, vielleicht fällt euch ja noch irgendetwas dazu ein.«

Die beiden studierten pflichtschuldig das Bild und versuchten mit aller Macht, ihm ein Geheimnis zu entlocken, das es nicht gab.

»Also«, sagte der Junge schließlich. »Ich sehe nur zwei ganz gewöhnliche Platten. Woher sollen wir wissen, was sie damit vorhatte?«

Die Comtesse konnte nur nicken.

Kapitel 43

Montag, 11. Oktober 2010,
Polizeipräsidium

Konrad Simonsen hatte seine direkte Vorgesetzte im Laufe der Jahre immer mehr zu respektieren und schätzen gelernt, persönlich wie fachlich. Sie war loyal ihren Angestellten gegenüber und mischte sich nicht übermäßig in seine Arbeit ein. Hinzu kam ihr ganz eigener, erfrischender Stil, der ihre zwischenzeitlich etwas nervenzehrende Naivität kompensierte.

Der Leiter des Morddezernats war zu einer Morgenbesprechung einbestellt, weil die Polizeipräsidentin eine Zusammenfassung des Ermittlungsstatus zu den Morden auf dem Ausflugsschiff wünschte. Konrad Simonsen hatte seinen Stellvertreter gebeten, ihn zu begleiten. Arne Pedersen hatte von ihnen das engste Verhältnis zu der Präsidentin, eine Reminiszenz aus der Zeit, als Konrad Simonsen wegen seiner Herz-OP nicht voll einsatzfähig gewesen war. Außer Pedersen duzte die Polizeipräsidentin sonst niemanden im Präsidium.

Sie empfing Konrad Simonsen und Arne Pedersen geradezu herzlich im Vorzimmer und führte sie in ihr Büro, wo die beiden Männer ein gedeckter Frühstückstisch erwartete – mit selbst gebackenem Brot, für das sie extra früh aufgestanden war. Während des Essens sprachen sie wie auf gemeinsamen Beschluss nicht über die Arbeit, Konrad Simonsen und Arne Pedersen wechselten aber immer wieder Blicke.

Ihre Chefin sah irgendwie verändert aus, bemerkten beide, die sonst keinen ausgeprägten Blick für so etwas hatten. Die Polizeipräsidentin war an diesem Morgen korrekt gekleidet, wie man es von einer Frau in ihrer Position und in ihrem Alter erwartete, was sehr ungewöhnlich war. Mit ihrem sehr eigenwilligen Kleiderstil, den gewagtesten Farbkombinationen und dem etwas peinlichen Kleinmädchenoutfit, das bei den Lästermäulern in den Fluren für Zündstoff sorgte, war sie normalerweise ein Lichtblick in der tristen Behördenlandschaft. Die Presseabteilung hatte vor Kurzem intern Kurse in Führungskompetenz und Medienumgang veranstaltet, wo die Präsidentin offenbar auf ein Normalmaß zurechtgestutzt worden war und nun angepasst und uniform daherkam. Es war eine Schande.

Sobald das Frühstück beendet war, kam die Gastgeberin ohne Umschweife zur Sache.

»Wie ich gehört habe, liegt das Morddezernat mit dem militärischen Geheimdienst im offenen Krieg. Könnten Sie beide mich darüber aufklären, was da los ist?«

Das ist nichts im Verhältnis zu dem, was noch kommen wird, dachte Arne Pedersen. Sein Chef hatte ihn vor einer Viertelstunde in den Plan eingeweiht, den Helmer Hammer und er im Thorvaldsen-Museum für das Morddezernat ausbaldowert hatten, obwohl Konrad Simonsen noch zögerte, den Plan umzusetzen. Trotz der Manipulation der Rufweiterleitung des Morddezernats und der offensichtlichen Bereitschaft des Nachrichtendienstes, aus ihrer Sicht wichtige Beweise in einem Mordfall zu zerstören und zu unterschlagen, wollte er sich noch das Wochenende Bedenkzeit nehmen, ehe er in den Kampf zog. Aber selbst die Comtesse fand das Agieren des militärischen Geheimdienstes unhaltbar, weshalb Konrad Simonsen einsah, dass er keine Wahl hatte, wenn er seine Abteilung nicht von einer Organisation vorführen und ausbooten lassen wollte, die außerhalb jeglicher demokratischen Kontrolle stand und offenbar ein ganz eigenes ethisches Regelwerk erstellt hatte.

»Ich habe eine Petition an den Justizminister verfasst, die ich Ihnen gleich mit der Bitte überreiche, sie an den Reichspolizeipräsidenten weiterzuleiten, gerne mit Ihren eigenen Kommentaren versehen«, sagte Konrad Simonsen. »Vorher möchte ich Sie aber noch über ein paar Vorfälle vom letzten Donnerstag informieren und über die Gerüchte, die seit einigen Wochen gestreut werden. Ich hätte sicher früher mit Ihnen reden sollen, aber ich hatte drei Ermittlungen, um die ich mich kümmern musste, darum komme ich erst jetzt dazu.«

Die Polizeipräsidentin hörte den beiden zu, ohne sie zu unterbrechen.

»Hätten Sie mir diese Geschichte vor fünf Jahren aufgetischt, hätte ich behauptet, Sie lügen. Aber nach der Skandalserie bei den Streitkräften in den letzten Jahren überrascht mich das nicht im Geringsten. Zeigen Sie mir Ihre Petition, Konrad.«

Konrad Simonsen hatte sich Mühe gegeben und war dabei kompetent von der Staatsanwältin Kirsten Hansen unterstützt worden. Auf den ersten zwei Seiten des Briefes an den Justizminister argumentierte er überzeugend dafür, dass das Ermittlungsteam der Ausflugsbootmorde Informationen über Irene Gallaghers Aktivitäten in Bosnien 1995 ausgehändigt bekam. Außerdem erbat das Morddezernat sich eine Liste aller Mitarbeiter der Streitkräfte, die damals mit

Irene Gallagher zusammengearbeitet oder kraft ihrer Stellung Kenntnis darüber hatten, was ihr Aufgabenbereich gewesen war. Die Streitkräfte waren nicht bereit, eine solche Liste zu erstellen oder auszuhändigen. Darum bat die Polizei den Justizminister, seinen Einfluss geltend zu machen und die Streitkräfte dringend aufzufordern, folgenden zwei Wünschen nachzukommen.

Die Präsidentin las das Schreiben zweimal durch und sah Konrad Simonsen fragend an.

»Hat Ihnen jemand geholfen?«

»Wollen Sie damit sagen, dass ich nicht formulieren kann?«

»Doch, aber nicht so perfekt. Wer hat das verfasst?«

»Kirsten Hansen, unsere neue Staatsanwältin. Zumindest den größten Teil.«

»Dacht ich's mir doch. Aber wenn Sie glauben, dass der Reichspolizeipräsident das hier an den Justizminister weiterleitet, werde ich Sie leider enttäuschen müssen. Er wird das unter keinen Umständen tun. Im Übrigen machen er und seine Frau gerade zwei Wochen Urlaub in einer Berghütte in Courmayeur in den italienischen Alpen, nach seinen Erzählungen ein traumhaftes Örtchen, aber das absolute Funkloch. Und auch sein Stellvertreter wird bombensicher null und nichts in Bezug auf Ihr Ersuchen unternehmen, bis sein Chef wieder da ist. Will heißen, unter der Voraussetzung, dass ich es überhaupt weiterleite, was ich mir im Augenblick noch sehr schwer vorstellen kann. Arne, was sagst du dazu, warum sollen wir uns in einen Kampf stürzen, den wir nicht … Es sei denn … Ach, verflucht, hol Sie doch der Teufel, Konrad …«

Plötzlich verstand sie, holte tief Luft und fasste zusammen:

»Ich lasse es an die Presse durchsickern.«
Arne Pedersen schaute aus dem Fenster und sagte leise: »Shit happens, Gurli.«
Konrad Simonsen zögerte.
»Morgen bestelle ich den Militärchef sowie seinen Vize und den Chef vom militärischen Geheimdienst ins Präsidium ein. Wir fangen ganz oben an, bis wir ein paar Identitäten des Mittelbaus kennen, mit denen Irene Gallagher zusammengearbeitet hat.«
»Was wollen Sie eigentlich erreichen?«, fragte die Polizeipräsidentin. »Außer dem Militär eins auszuwischen, was ich natürlich nachvollziehen kann. Ermittlungstechnisch bringt das doch nichts.«
»Uns fehlt nach wie vor das Motiv für Irene Gallaghers Taten, was sich in einem Prozess als vernichtend erweisen kann«, erklärte ihr Arne Pedersen. »Wir sind davon überzeugt, dass die Wurzeln ihres Motivs bis in ihre Zeit in Bosnien zurückreichen. Und unsere einzige Chance ist es, irgendjemanden beim Militär zum Reden zu bringen. Vielleicht kriegen wir so irgendwelche Hinweise oder Ansatzpunkte. Im Moment stecken wir fest. Wir hoffen einfach darauf, dass uns irgendjemand weiterhelfen kann. Wenn es sein muss, auch anonym.«
»Ein schwacher Hoffnungsschimmer, zugegeben, aber der einzige, den wir haben«, ergänzte Konrad Simonsen. »Es sei denn, Sie haben eine bessere Idee.«
»Das Justizministerium wird uns in der Luft zerreißen«, stellte die Polizeipräsidentin trocken fest.
»Und anschließend die Presse das Justizministerium«, konterte Konrad Simonsen.
Es folgte eine Pause. Die beiden Männer warteten, während

die Polizeipräsidentin vor sich hinstarrte. Dann las sie das Anschreiben noch einmal durch und schüttelte den Kopf.

»Bereiten Sie die Comtesse schon mal darauf vor, dass ich dreimal die Woche zum Essen zu Ihnen komme, wenn ich gefeuert werde und mir kein eigenes Essen mehr leisten kann.«

Kapitel 44

Dienstag, 12. Oktober 2010,
Polizeipräsidium

Anica Buch begann mit einem Resümee:

»Am 13. Juli 1995 hält Hauptmann Bjørn Lauritzen sich zusammen mit neun dänischen Soldaten in Bosnien auf, wo sie einen Überwachungsposten unweit des Dorfes Ljubičevac besetzen. Bjørn Lauritzen beobachtet durch sein Fernglas, dass eine Gruppe serbischer Milizsoldaten einige bosnisch-muslimische Frauen in einem Hof in einem Tal unterhalb des Postens gefangen hält. Gemeinsam mit Ole Nysted fährt er in einem Panzer zu dem Hof. Als sie dort ankommen, zerrt Bjørn Lauritzen die Milizionäre aus dem Haus. Er zwingt sie, sich hinzusetzen, blendet sie mit Sand, fesselt ihre Hände auf dem Rücken und die Beine jeweils mit denen des Nebenmannes. Dann fährt er mit dem Panzer weg, wobei er durch einen Wald kommt, in dem das Massaker, das später als das Srebrenica-Massaker bekannt wurde, in vollem Gang ist. Serbische Soldaten massakrieren muslimische Männer und Jungen. Nach ein paar Stunden kommt Bjørn Lauritzen zurück zu seinem Posten. Er bringt einige wenige Flüchtlinge mit, die er retten konnte. Während seiner Abwesenheit taucht die Verbindungsoffizierin – oder Militärstaatsanwältin – Irene Gallagher in einem Jeep aus Tuzla an dem Posten auf. Sie folgt Lauritzen zu dem Hof, trifft ihn aber nicht mehr an und kehrt daraufhin zu den Soldaten zurück. Bjørn Lauritzen stößt in dem Hof auf ein junges Mädchen, das sowohl Dänisch als auch Serbisch spricht. Es wurde wie die anderen Frauen vergewaltigt. Meine Aufgabe war es, die Identität dieses Mädchens herauszufinden.«

Anica Buch war nervös, aber ihre Einleitung war gut gelaufen. Am letzten Freitag hatte sie ihren Bericht abgeliefert und Konrad Simonsen mündlich informiert, dass sie die Identität des Mädchens ermittelt hatte. Leider war das Mädchen tot. Trotzdem war sie gebeten worden, ihre Ergebnisse vor dem Team zu referieren. Konrad Simonsen, die Comtesse, Arne Pedersen und Klavs Arnold hörten ihr zu, und Malte unterstützte sie, indem er die Bilder präsentierte.

»Der Ort liegt etwa hier«, sagte Anica Buch und zeigte auf eine Karte von Bosnien-Herzegowina. »Der Observationsposten ist heute nicht mehr zu erkennen, aber das hier ist der Hof oder das, was davon noch übrig ist. Er wurde vom serbischen Militär zerstört, das seinerzeit Kanonen und Mörserraketen genutzt hat, um unter den Flüchtlingen Panik und Schrecken zu verbreiten. Vielleicht wurde er aber auch von den Milizionären in Brand gesteckt, nachdem diese befreit worden waren. Viele Häuser in der Region sind von Serben in Brand gesteckt worden.«

Sie nickte Malte Borup zu, der daraufhin ein Foto des Mädchens zeigte. Sie hatte schwarze Haare und braune Augen, eine Spange und Grübchen in den Wangen. Ein typisches Schulfoto.

»Jelena Khrobic«, fuhr Anica Buch fort. »Das ist das letzte Foto von ihr, das ich finden konnte. Auf diesem Foto geht sie in die fünfte Klasse und ist zehn Jahre alt. Das Bild stammt aus dem Jahr 1993. Ihre Familie wohnte in Randers und hatte eine unbegrenzte Aufenthaltsgenehmigung für

Dänemark. Ihr Vater war Lagerarbeiter, die Mutter Putzfrau. Jelenas großer Bruder ging aufs Gymnasium. Im Sommer 1995 fuhr die Familie nach Bosnien, um die Eltern der Mutter zu besuchen, die in Bratunac, zehn Kilometer nördlich von Srebrenica, wohnten. Keiner von ihnen hat die Reise überlebt.«

Sie fuhr fort und erzählte leise, wie die Familie von den Serben gefangen genommen wurde, nachdem diese die niederländische Schutzzone bei Srebrenica besetzt hatten. Vater und Sohn waren im Wald vor der Stadt erschossen worden, Jelena Khrobic und ihre Mutter wurden, wie auch einige andere Frauen, von der Miliz gefangen genommen. Sie wurden in dem Hof unweit des dänischen Observationspostens vergewaltigt, bis Bjørn Lauritzen mit seinem Panzer kam und sie befreite. Danach flohen sie, wie so viele andere, zu Fuß in Richtung Tuzla, wo die UN eine weitere Sicherheitszone eingerichtet hatte. Auf dem Weg stießen weitere Flüchtlinge zu ihnen, und schließlich umfasste die Gruppe gut fünfzig Menschen, darunter kleine Jungen, die den Serben vermutlich zu jung gewesen waren, um sie zu erschießen. Abends, die Gruppe befand sich im Süden der Stadt, wurde sie von einer serbischen Kolonne überholt, die aus reiner Bosheit mit Maschinengewehren auf die Flüchtlinge schoss. Zweiundzwanzig Menschen kamen dabei ums Leben, darunter auch Jelena Khrobics Mutter. Jelena selbst wurde schwer verwundet. Die anderen Frauen trugen sie weiter in Richtung Stadt, aber das Mädchen erlag bereits nach einer Stunde ihren schweren Verletzungen. Sie ist verblutet.

»Die Tragödie wurde von Augenzeugen in der Zeitung *Dnevni Avaz* beschrieben, in der Sonntagsausgabe vom

13. Juli 1995. Ich habe eine Kopie in meinem Bericht, zusammen mit einer Übersetzung. Über Jelena Khrobic steht dort Folgendes …«
Sie nahm ein Blatt und las vor:
»Von den sieben Verwundeten starben vier noch auf dem Weg nach Tuzla, darunter ein junges Mädchen, das in Dänemark wohnte und zu Besuch bei seiner Familie war.«
Anica Buch war damit am Ende ihres Berichts angekommen. Malte Borup schaltete den Bildschirm aus.
»Moment«, sagte Konrad Simonsen. »So schnell kommst du nicht davon. Wir würden gerne noch von dir hören, wie du das alles gefunden hast. Mit allen Umwegen und Sackgassen, die es dabei ja auch gegeben haben muss.«
Anica Buch berichtete, dass ihr das Einwohnermeldeamt und andere offizielle Quellen erst kaum hilfreich waren. Dann mailte sie alle möglichen kleinen ex-jugoslawischen Vereine an, die es überall im Land gab – ebenfalls erfolglos. Schließlich las sie diverse Berichte im Internet: vom Internationalen Kriegsverbrechertribunal in Den Haag bis zur Offenlegung der niederländischen Regierung, was damals 1995 in Srebrenica wirklich passiert war. Da auch diese Berichte ihr nicht weiterhalfen, startete sie schließlich einen Aufruf bei Facebook und bat alle, die Verbindung zu Ex-Jugoslawien hatten, um Hilfe. Sie fragte nicht konkret nach dem Mädchen, nur, wie sie sie vielleicht finden könne. Einer gab ihr darauf den Tipp, dass das Mädchen und ihre Familie sicher verzweifelt versucht hatten, zurück nach Dänemark zu kommen. Bestimmt hätten sie deshalb auch Kontakt mit der Botschaft in Belgrad aufgenommen.
»Es ist mir peinlich, dass ich nicht selbst auf diese einleuchtende Idee gekommen bin. Zu diesem Zeitpunkt war die

Botschaft in Belgrad schon nicht mehr zuständig für Bosnien. Dieser Bereich war nach Wien ausgelagert worden. Der Botschafter ist mittlerweile pensioniert und wohnt in Hellerup, weshalb ich direkt zu ihm gefahren bin, um mit ihm zu reden. Wie sich zeigte, hat er sich tatsächlich an die Familie erinnert. Sie hatten ihn um Hilfe ersucht, um in jenem Sommer aus Bosnien auszureisen. Da aber kein Familienmitglied die dänische Staatsbürgerschaft hatte und die Botschaft auch so schon alle Hände voll zu tun hatte, war der Notruf der Familie erst einmal unbearbeitet geblieben. Die Botschaft hatte das Schreiben nicht abgeheftet, sodass er sich nicht an den Namen der Familie erinnerte, wohl aber an den Wohnort, da er selbst auch aus Randers stammte. Danach habe ich die Schulen durchtelefoniert, eine nach der anderen, und mich erkundigt, ob bei ihnen Anfang des Schuljahres 1995 ein bosnisches Mädchen in einer der höheren Klassen gefehlt hat. Bei einer Schule wurde ich fündig. Ich erfuhr den Namen des Mädchens und dass ihre ganze Familie verschwunden war. Danach sprach ich mit jemandem in der Gemeinde. Sie mussten das Haus der Familie ja irgendwann räumen und hatten in dem Zusammenhang sicher untersucht, ob die Familie Verwandte in Bosnien hatte. Auf diese Weise habe ich Jelena Khrobics Großmutter gefunden, die mir die gesamte Geschichte erzählt und mir den Zeitungsartikel geschickt hat.«
Sie hielt inne, und Konrad Simonsen lobte sie, während er sich umsah, um Augenkontakt zu den anderen zu bekommen.
»Was mache ich morgen?«, fragte Anica Buch unsicher.
Die Comtesse antwortete:
»Du kommst hierher zu uns.«

Kapitel 45

Dienstag, 12. Oktober 2010,
Vestre-Gefängnis

Christoffer Brinch fand mehr und mehr Gefallen an seiner Mandantin.

Irene Gallagher wurde ihm immer sympathischer, je besser er sie kennenlernte. Anfangs war sie ihm als zu kontrolliert erschienen, fast arrogant und berechnend. Aber der erste Eindruck trog. Mit allem, was er über sie erfahren hatte, war schließlich die Einsicht gekommen, dass sie mit ihrer Art nur ihre Unsicherheit kaschierte und ein im tiefsten Innern sensibler Mensch war. Inzwischen glaubte auch er, dass die gegen sie angeführten Beweise platziert worden waren, wie sie es von Anfang an behauptet hatte.

Er war jetzt zum vierten Mal zum Gespräch bei ihr in der Untersuchungshaft gewesen. Bei den ersten drei Besuchen hatte er ihr Bücher mitgebracht, dicke Wälzer auf Englisch, darunter Biografien und historische Werke über Kriegsführung. Ihr Appetit auf Lektüre war unersättlich, und aus der Geschwindigkeit, mit der sie neue Bücher forderte, schloss er, dass sie pro Tag mindestens 500 Seiten las.

Als der Gefängniswärter Christoffer Brinch in die Zelle ließ, saß Irene Gallagher wie üblich auf ihrer Bank, tief in ein Buch versunken. Sie hob den Blick und lächelte.

»Ist es in Ordnung, wenn ich den Absatz gerade noch zu Ende lese, oder haben Sie es eilig?«, fragte sie.

»Lesen Sie nur.«

Er legte die neuen Bücher auf das kleine Zellentischchen: eine Biografie über Robespierre, eine militärhistorische Aufarbeitung der Schlacht bei Gettysburg und schließlich einen zweiteiligen Roman über die Rosenkriege. Als sie mit ihrem Absatz fertig war, dankte sie ihm für die neuen Bücher und deutete auf das 800-seitige Werk über Stalin, das sie gerade aus den Händen gelegt hatte.

»Ende 1920 wohnten Stalin, seine junge Frau und eine Handvoll der mächtigsten Politbüromitglieder mit ihren Familien Tür an Tür im Kreml. Es war wie eine Dorfgemeinschaft, ein Kollektiv, voller Enthusiasmus und Idealismus. Die Topbeamten des Landes, darunter auch Stalin, verdienten nicht mehr als ein gewöhnlicher russischer Arbeiter. Und das, obwohl jeder dieser Männer sprichwörtlich über Leben und Tod von Millionen von Menschen entschied. Ende des Monats wurde dann häufig das Geld knapp, sodass sie sich gegenseitig etwas leihen mussten. Fünf Rubel hier, zehn Rubel da, damit die Familien am Abend doch noch eine Suppe essen konnten. Wir reden hier von Politikern, die täglich Tausende von Russen im Namen der Revolution hinrichten ließen. Ist das nicht erstaunlich?«

Christoffer Brinch wusste nicht, was er antworten sollte. Das Wort erstaunlich hätte er auf jeden Fall nicht benutzt.

»Die meisten Dänen haben ein total verdrehtes Verhältnis zu Leben und Tod. Sie nehmen das Leben viel zu ernst«, fuhr sie fort, nachdem sie seine Unsicherheit bemerkte.

»Wie meinen Sie das?«

»Ich weiß nicht ... vielleicht bin ich einfach nur zynisch geworden. Das ist wohl eine Berufskrankheit. Aber lassen wir das.«

»Nein, reden Sie weiter. Ich würde das gerne hören.«

»Als junge Frau habe ich erlebt, wie zwei chinesische Männer erschossen werden sollten. Sie waren beim Drogenschmuggeln erwischt worden, worauf die Todesstrafe stand, was die beiden Männer sehr wohl wussten. Obwohl die beiden nur noch eine Minute zu leben hatten, diskutierten sie. Und dabei ging es ums Essen. Genauer gesagt, um die Frage, wie man Hóngtáng zubereiten musste ... das ist schwer zu übersetzen. Es ist eine Art chinesische Borschtsch-Variante aus der Provinz Heilongjiang. Beide hielten mit Inbrunst an ihrer Meinung fest. Der eine kochte es auf Basis von Rotkohl, der andere auf der von Roter Bete. Sie stritten sogar noch, als der Polizeioberst die Pistole entsicherte. Dann wurde dem Ersten in den Hinterkopf geschossen, während sein Freund weiterredete, jetzt nach unten auf den Toten schauend, bis er schließlich selbst erschossen wurde ... Wir leben und wir sterben. Das ist ohne Bedeutung. Dass das Leben kostbar ist, ist der reinste Blödsinn! Das Leben ist billig: Und dann – bang – ist es mit einem Schlag zu Ende. What's the big deal?«
Während ihres Monologes hatte Irene Gallaghers Gesicht sehr lebendig gewirkt, jetzt nahm es wieder die gewohnt kühlen Züge an, die nur schwer zu deuten waren.
»Die wenigsten Menschen haben erlebt, was Sie erlebt haben«, sagte Brinch.
»Ja, das vergesse ich manchmal. Und apropos vergessen, entschuldigen Sie bitte, dass ich Sie bei unserer ersten Begegnung einen Idioten genannt habe. Sie sind kein Idiot. Es ist typisch für mich, Menschen von mir zu stoßen.«
Christoffer Brinch lächelte.
»Sie haben nur gesagt, dass ich wie ein Idiot aussehe, aber das ist längst vergessen.«
Sie wechselte das Thema.

»Haben Sie den Bericht erhalten, über den wir beim letzten Mal gesprochen haben? Und haben Sie ihn lesen können?«

»Ich habe ihn gelesen. Ich hoffe aber nicht, dass Sie mich jetzt bitten, irgendeinen Kriminalbeamten an den Pranger zu stellen. Das würde uns nicht helfen, außerdem würde jeder Richter das verhindern.«

»Das ist nun wirklich nicht irgendein Kriminalbeamter, und ich bitte Sie, die zentralen Teile des Berichts auswendig zu lernen. Auf das Gericht und die Jury wirkt nichts überzeugender als ein Anwalt, der unbeschwert eine Masse korrekter Fakten von sich geben kann. Natürlich sollen Sie das nur machen, wenn Sie es auch selbst für relevant halten.«

»Klingt vernünftig. Das können wir gerne so vereinbaren. Es muss aber einen logischen Ausgangspunkt geben, sonst ist Ihr Bericht nichts wert.«

»Ich denke, Sie erhalten Ihren logischen Ausgangspunkt im Laufe der Verhandlung.«

Christoffer Brinch war sich da nicht so sicher, sagte aber nichts.

Stattdessen fragte er:

»Wo haben Sie gelernt, so viele Fakten über andere Menschen zusammenzutragen? Und woher wissen Sie, was davon relevant ist? Ich meine, Sie müssen mit diesem Bericht doch lange vor Ihrer Verhaftung begonnen haben.«

»Auf die letzte Frage kann ich Ihnen keine Antwort geben. Das darf ich nicht. Es muss reichen, wenn ich Ihnen sage, dass ich an verschiedenen Stellen Freunde habe. Fragen Sie mich aber nicht nach Details, sonst müsste ich lügen. Was ich Ihnen aber wohl sagen kann, ist, wo ich das gelernt habe. Das war vor vielen Jahren an einem wunderbaren Ort, den Sie sicher nicht kennen. *Fairfax County*.«

Christoffer Brinch nahm seine Brille ab und steckte sie in die Jackentasche. Ohne Brille sah er sie nicht mehr scharf, und das war genau das, was er wollte.

»Sie dürfen mich nicht missverstehen, ich möchte Sie gerne verteidigen, aber ich stelle mir zwischendurch die Frage, ob Sie mit einem anderen Anwalt nicht besser bedient wären. Jemandem, der eine Sicherheitsfreigabe hat und mit dem Sie offener reden können. Ich bitte Sie um Ihrer selbst willen, darüber nachzudenken.«

Irene Gallagher beugte sich vor und berührte ihn am Arm. Sie klang plötzlich nervös.

»Wollen Sie mir nicht helfen? Sie sind in vielerlei Hinsicht der einzige Mensch, den ich habe.«

Er ruderte schnell zurück.

»So war das nicht gemeint. Natürlich möchte ich Ihnen helfen.«

Sie nahm ihre Hand weg und atmete erleichtert auf.

»Das freut mich wirklich, Christoffer.«

Kapitel 46

Donnerstag, 14. Oktober 2010,
Søllerød

Ich glaube, wir haben uns ein paar Stalker angelacht, Konrad.«

Die Comtesse versuchte, einen leichten Ton anzuschlagen, als fände sie das alles lustig. Es gelang ihr aber nicht. Sie stand in ihrem Wohnzimmer und sah durch das Fenster auf die Straße. Der Morgen brach an. Konrad Simonsen saß noch in der Küche am Frühstückstisch.

»Hallo, hast du gehört?«

»Ja«, sagte er. »Ich habe das Auto auch schon bemerkt.«

»Wie lange steht das da schon? Und warum hast du nichts gesagt?«

Konrad Simonsen legte den Löffel zur Seite. Er aß Haferbrei mit Weintrauben und Zimt. Sein tägliches Frühstück, die beste Mahlzeit des Tages.

»Die ganze Nacht. Das ist pure Provokation, wir sollten es einfach ignorieren.«

»Tu jetzt nichts Dummes.«

»Nein, sage ich doch. Tun wir so, als wären die gar nicht da. Irgendwann sind sie es sicher leid, da rumzusitzen und durch die Scheibe zu starren.«

Die Comtesse stimmte ihm zu. Trotzdem machte sie sich Sorgen, die Sache gefiel ihr nicht.

»Du hast sie mit den Verhören gestern wirklich provoziert. Ich bin mir nicht sicher, ob das ein kluger Schachzug war.

Vielleicht sind sie dir ja egal, mir aber gefällt das nicht. Das ist … Ich fühle mich bedrängt.«

Tags zuvor hatte Konrad drei führende Köpfe des Nachrichtendienstes zum Verhör ins Präsidium bestellt. Mit einer schriftlichen Vorladung, die keine Zweifel offenließ, dass die Kriminalpolizei selbst bestimmte, mit wem sie sprechen wollte. Natürlich war ihm schon vorher bewusst gewesen, dass die Verhöre keine Ergebnisse bringen würden. Aber die Demütigung, auf seine Fragen antworten zu müssen, war eine passende Reaktion auf das unerträgliche Vorgehen des Nachrichtendienstes im Wald bei Jungshoved.

Die Comtesse setzte sich zu Konrad Simonsen an den Tisch.

»Hast du irgendwo mein Diktiergerät gesehen?«, fragte er. »Ich kann es nirgendwo finden.«

Die Comtesse grunzte verneinend. Es war nicht das erste Mal, dass er es verlegt hatte. Bis jetzt war es aber immer wieder aufgetaucht.

»Das ist wirklich merkwürdig. Ich habe überall danach gesucht, aber …«

Er hielt inne. Ihm kam ein Gedanke, den er über Nacht komplett verdrängt hatte, obwohl dieser ihn am Abend zuvor nicht losgelassen hatte.

»Was ist mit der Zeitung *Dagbladet*? Wolltest du denen nicht im Laufe der Nacht was schicken.«

Er war gespannt, ob die Zeitung die internen Informationen über den Justizminister gebracht und wie viel Platz sie diesem Thema eingeräumt hatte.

»Was meinst du, was ich gerade lese?«

Erst jetzt bemerkte er, dass sie nicht ihre übliche Morgenzeitung in den Händen hielt.

»Sag schon, haben sie es gebracht? Zeig mal!«

Es gab tatsächlich einen umfangreichen Artikel in der Mitte der Zeitung, der sich über ganze drei Seiten erstreckte. Das *Dagbladet* nahm dabei die Position der Polizei ein. Die beiden Journalisten, die den Artikel geschrieben hatten, zeigten kein Verständnis dafür, dass militärische Geheimhaltung der Lösung eines Falls im Wege stand, bei dem fünfzehn Kinder ums Leben gekommen waren.

Die Comtesse blätterte weiter.

»Im Lead werden sie ganz deutlich. Hör mal, wie sie das formuliert haben:

Die Frage ist ganz einfach:

Wollen Sie in einem Dänemark leben, in dem unantastbare geheime militärische Organisationen Mörder schützen, die Ermittlungen der Polizei behindern und das Grundgesetz mit Füßen treten? Und das alles von Ihren Steuergeldern?

Sollten Sie sich das wünschen, dürfen Sie sich freuen, denn das Land, in dem Sie leben, scheint sich genau in diese Richtung zu entwickeln.

Sollte dies nicht Ihr Wunsch sein, erheben Sie Ihre Stimme, und zwar so laut wie möglich, denn die Mauern von Slotsholmen, hinter denen das Justizministerium liegt, sind dick, und der Justizminister hört wie gewohnt nur auf seine eigenen Hofschranzen.

Hier bei uns im Dagbladet *ist die Haltung klar. Wir sagen NEIN!*

Was sagen Sie?«

Konrad Simonsen war begeistert. Mit ihrer klaren Stellungnahme erhöhte die Zeitung markant den Druck auf das Justizministerium, die Ermittlungen zu unterstützen. Die Comtesse war etwas zurückhaltender.

»Lass dich nicht von deinem Wunschdenken leiten, Konrad.

Das *Dagbladet* stellt sich immer auf die Seite, auf der die höchsten Verkaufszahlen zu erwarten sind.«
Die Comtesse brach auf. Konrad begleitete sie bis zum Wagen und sah ihr nach, als sie fuhr. Sie hatte nicht darum gebeten, er wusste aber, dass sie es zu schätzen wusste. Die Männer im Wagen auf der anderen Straßenseite verhielten sich ruhig, womit er gerechnet hatte. Er widerstand dem Drang, ihnen den Mittelfinger entgegenzustrecken, und ging zurück ins Haus, wo er sich zwang, die Rechnungen der Abteilung aufzuarbeiten. Eine Arbeit, die er hasste, die er aber erledigen musste, wenn er die Polizeipräsidentin nicht gegen sich aufbringen wollte.
Gegen Mittag hörte er, wie der Wagen der Observierer wegfuhr. Eine Stunde später kam er mit anderer Besatzung zurück. Jetzt waren es zwei bärtige Männer. Konrad notierte sich alles, ohne genau zu wissen, warum. Kurz darauf rief Arne Pedersen an. Er hatte gute Neuigkeiten über Irene Gallagher. Mit einigen Kollegen hatte er herausgefunden, dass Gallagher an dem Tag, an dem die Morde begangen worden waren, gegen zehn Uhr am Vormittag in einer Cafeteria im Elvindsvej schräg gegenüber der Messiaskirche in Charlottenlund gesessen hatte.
Sie war etwa eine Dreiviertelstunde dort gewesen und hatte ein dickes Buch über das Schlachtschiff Bismarck gelesen.

In den 13.00-Uhr-Nachrichten war es dem News-Sender gelungen, ein Interview mit dem Justizminister zu ergattern. Das Leck bei der Kripo und die daraus resultierenden Vorwürfe waren den ganzen Vormittag das Top-Thema aller Medien gewesen, und fast alle waren sich einig, dass der Justizminister nachgeben und sich dem politischen Druck beugen müsse. Konrad Simonsen war unsicher, ob es dazu wirklich kommen würde, da der Ministerpräsident, als er von einigen Journalisten vor dem Regierungsgebäude abgepasst worden war, jeden Kommentar zur *Dagbladet*-Story abgelehnt und auf seinen Justizminister verwiesen hatte – mit dem Nachsatz, dass es gute Gründe gebe, manche Dinge geheim zu halten. Ging man davon aus, dass die beiläufige Bemerkung des Ministerpräsidenten sehr wohl durchdacht war, konnte kaum mit einem Einlenken des Justizministers gerechnet werden.

Und ganz richtig: Als der Justizminister ins Studio kam, lehnte er es klipp und klar ab, sich in die Dinge des Militärs oder des militärischen Nachrichtendienstes einzumischen. Es wird gute Gründe dafür geben, dass gewisse Dinge der Geheimhaltung unterworfen sind, sagte er immer wieder. Seine Äußerungen blieben ansonsten vage, und auf den konkreten Fall wollte er gar nicht eingehen, bevor er nicht von der Polizeiführung ins Bild gesetzt worden sei. Solange alle Vorwürfe nur auf einem Artikel in der Zeitung *Dagbladet* beruhten, wollte er sich damit nicht auseinandersetzen. An dieser Stelle unterlief dem Minister allerdings ein Fehler, indem er der Polizeiführung mit Blick auf die Pressemeldung Fehlverhalten unterstellte. Alles in allem machte er aber einen professionellen, guten Eindruck, dachte Konrad Simonsen und ging davon aus, dass er das gerade erst begonnene Spiel vermutlich verloren hatte. Es war ihm lediglich gelungen, Staub aufzuwirbeln und Unfrieden zu stiften. Er schaltete den Fernseher aus und arbeitete weiter an der Jahresrechnung. Kurz darauf kam die Mail, mit der er schon früher gerechnet hatte. Der Vizepolizeichef war ausgerastet, als sein Minister ihm zu verstehen gegeben hatte, dass aus seinem Büro Papiere an die Zeitung *Dagbladet* gelangt waren. Er hatte die Mail direkt weitergeleitet, statt darauf zu warten, dass der Reichspolizeipräsident aus den Ferien zurück war.

Konrad Simonsens Vorstoß war ganz offensichtlich gescheitert.

Kapitel 47

Freitag, 15. Oktober 2010,
Kastell, Kopenhagen

Konrad Simonsen war im Zusammenhang mit seiner Arbeit schon mehrfach im Kastell gewesen. Als er und Mias Mutter noch jung und frisch verliebt waren und in Østerbro wohnten, waren sie nicht selten sonntags zu der Festung mit den hübschen Gebäuden spaziert. Die Wehranlage war Anfang des 17. Jahrhunderts unter Christian IV. erbaut und 1807, als die Engländer Kopenhagen bombardierten, verbissen verteidigt worden. Das Gefängnis hatte durch die Zeiten viele prominente Häftlinge beherbergt, unter anderem Johann Struensee, den Idealisten, der sein Leben dafür gelassen hatte, dass er den Dänen etwas zu früh seine liberalen Ideen vorgestellt hatte und der dänischen Königin mit seinen übrigen Qualifikationen etwas zu nahe getreten war.

Konrad Simonsen parkte seinen Wagen auf dem Parkplatz beim Freiheitsmuseum und ging das kurze Stück zum Kirchplatz zu Fuß. Im Norden und Süden wurde der Platz von kleineren Gebäuden, im Osten von der Festungskirche und im Westen von der Kommandantur eingerahmt, in der der oberste Chef des Militärs bis zu seinem Rücktritt vor ein paar Jahren gewohnt hatte. Seitdem stand das Gebäude leer.

Normalerweise war der Kirchplatz ein ruhiger Ort. Das Gelände des Kastells, formell militärischer Bereich und von einer Handvoll Soldaten der Königlichen Leibgarde bewacht, war gepflegt und einladend, mehr ein Park als eine Festungsanlage.

Jetzt herrscht eher Ausnahmezustand, dachte Konrad Simonsen, als er sich einen Überblick zu verschaffen versuchte. Vor der Kommandantur hatte sich eine größere Anzahl Journalisten versammelt, Reportage-Teams machten Fernsehaufnahmen. In der Mitte des Platzes standen drei Löschzüge um die Überreste eines nicht sehr großen Lagerfeuers. Die Büroangestellten und das Militärpersonal auf dem Platz riefen aufgebracht durcheinander. Die meisten Fenster der Kommandantur standen offen, und in jeder Fensteröffnung waren mindestens zwei, drei Männer zu sehen, die über den Platz schauten. Sie wirkten vollkommen unberührt von dem Wirrwarr, als wollten sie sagen, dass sie schon ganz anderen Beschuss erlebt hatten.

Womit die Leute auch auffuhren, um das Haus zu räumen, die Veteranen würden sich davon nicht Bange machen lassen. Wollten die anderen sich schlagen, bitte sehr. Wenn nicht, auch okay – ihnen war das egal.

»Wissen Sie, wie die da reingekommen sind?«

Konrad Simonsen drehte sich um. Hinter ihm stand ein älterer Polizist, den er kannte. Er schüttelte den Kopf.

»Sie haben Räuberleiter zu einem der oberen Fenster gemacht, ein paar Scheiben zerdeppert und danach die restlichen Fenster von innen geöffnet. Zehn Meter entfernt standen ein Dutzend bewaffnete Gardisten. Niemand hätte ihnen einen Vorwurf gemacht, wenn sie das Feuer tatsächlich eröffnet hätten. Immerhin ist das ihr Auftrag. Aber die Veteranen haben die Gardisten schlicht und ergreifend ignoriert, sogar, als diese Warnschüsse abgegeben haben. Am Ende haben die Gardisten vor der Wahl gestanden, aufzugeben oder gezielt zu schießen. Sie haben sich daraufhin zurückgezogen. Nur der Kommandant hat herumgebrüllt wie ein Verrückter, aber geschossen hat er genauso wenig. Die Veteranen haben ihn ebenfalls wie Luft behandelt. Irgendwann ist auch er gegangen. Es gehört echt Mut dazu, einen mit Schnellfeuergewehr bewaffneten Soldaten zu ignorieren. Ich meine, der durchsiebt dich schneller, als du blinzeln kannst.«

»Was hat es mit dem Feuer auf sich?«, fragte Konrad Simonsen.

»Da haben sie ihre Medaillen reingeworfen.«

»Was wollen sie? Haben sie irgendwelche Forderungen?«

»Ich dachte, das wüssten Sie. Ich meine … ist die Aktion denn nicht mit Ihnen abgestimmt?«

Der Beamte schien gut informiert zu sein. Es war korrekt, dass Konrad Simonsen vor etwa einer Stunde einen Anruf von einem der Veteranen aus der Unterkunft in Vesterbro bekommen hatte, dass einige Leute ihn in seiner Konfrontation mit dem Militär unterstützen wollten. Mehr wusste er aber auch nicht.

»Nein, ich habe nichts von dem hier koordiniert. Warum sind die ausgerechnet hier?«

»Die sind sauer über die Enthüllungen im *Dagbladet*, aber konkrete Forderungen haben sie nicht.«

»Haben Sie mit ihnen gesprochen?«

»Ja, ich war vorhin im Haus, um ihnen einzuschärfen, dass das Gebäude unter Denkmalschutz steht und sie pfleglich damit umgehen sollen.«

Konrad Simonsen wollte wissen, wie der Beamte ins Gebäude gekommen war.

»Durch die Tür. Das war ganz unproblematisch, aber ich

stelle ja auch keine Bedrohung für sie dar. Alleine kann ich sie ja wohl kaum rausschmeißen. Sie haben mir gesagt, dass sie demnächst freiwillig abziehen, und ich glaube ihnen. So, jetzt wissen Sie's. Sie sind übrigens der Einzige, dem ich das gesagt habe.«

»Warum?«

»Weil Sie gleich einen Termin mit dem obersten Militärchef haben, und der hat eine Stinkwut, nicht zuletzt auf Sie. Bei dem Treffen werden auch der Einsatzleiter, also mein Chef, und – Sie werden's nicht glauben – der landesweit respektierte Justizminister dabei sein. Das wollte ich Ihnen sagen. Sie warten schon oben im Süd-Magazin auf Sie. Die Presse weiß übrigens nichts von der Anwesenheit des Ministers, das sollte wohl auch so bleiben. Er war zufällig hier, weil sein Schwiegersohn, der in Kabul in Afghanistan stationiert war, eine Medaille bekommen hat. Aber zurück zu Ihrer Frage, warum ich Ihnen das alles erzähle: Ich hoffe, dass Sie die Information vielleicht zu Ihrem Vorteil nutzen können, die meisten von uns Schutzpolizisten stehen hinter Ihnen und nicht aufseiten des FE. Genau wie die Veteranen. Und der Großteil der Presse.«

»Es geht aber nicht um mich gegen das Militär.«

Der Beamte lächelte. Es mochte ja sein, dass Konrad Simonsen das so sah, aber da war er sicher der Einzige.

»Als der Alarm von den Krawallen und dem widerrechtlichen Eindringen der Veteranen ins Herzstück der Streitkräfte einging, haben die Chefs einen Rieseneinsatz mit allem Drum und Dran angeordnet. Fast hundert Beamte in Kampfuniform mit Tränengas und dem ganzen Brimborium wurden in aller Hektik zusammengetrommelt und auf vier Busse und unzählige Streifenwagen verteilt. Dummerweise haben der Einsatzleiter und drei seiner Kollegen was in den falschen Hals gekriegt. Sie wissen ja, wie leicht endlos weitergeleitete Befehle zu Missverständnissen führen können. Auf jeden Fall ist die ganze Wagenkolonne statt zum Kastell in den Kastelsvej ausgerückt und hat sich vor der Botschaft Nicaraguas positioniert, wo sie auch bis auf Weiteres bleiben werden, da der Justizminister den Befehl aufgehoben hat. Das Problem soll ohne Gewaltanwendung gelöst werden.«

Das Süd-Magazin war eine Art Militärbibliothek mit Fachliteratur zu Heer, Marine und Luftwaffe. Die Bibliothek war für die Allgemeinheit geöffnet, wurde aber nur sehr mäßig besucht. Der Beamte führte Konrad Simonsen durch den Lesesaal zu einem Hinterzimmer, in dem beschädigte Bücher neu eingebunden und restauriert wurden. Er öffnete dem Kommissar die Tür, ohne selber einzutreten. In dem kleinen Raum saßen drei Männer – der Justizminister, der Oberbefehlshaber der Streitkräfte und der Chef der Schutzpolizei. Die Stimmung war angespannt. Das zu erkennen, brauchte es keinen Psychologen, dachte Konrad Simonsen, als er sich zu den drei Männern an den Tisch setzte. Die Begrüßung war nicht gerade warmherzig, der Militärchef nickte steif, und das gemurmelte *»Gut, dass Sie kommen konnten«* des Justizministers fiel auch nicht liebenswürdig aus, nur der Einsatzleiter der Polizei wollte offensichtlich zeigen, wem seine Sympathien galten, und begrüßte Konrad Simonsen mit einem frischen »Hallo, Konrad«.

Der Justizminister ergriff das Wort, umriss nüchtern die Situation und sah Konrad Simonsen auffordernd an.

»Haben Sie dieses Chaos arrangiert?«

»Ich habe gar nichts arrangiert«, antwortete Konrad Simonsen. Das haben andere getan, um mich zu unterstützen, dachte er.

»Aber Sie haben die Presse über Ihre irritierende Petition an mich informiert, nicht wahr?«

»Ja.«

»Ich wusste es!«, brummte der Militärchef, wurde aber mit einem strengen Blick des Ministers in die Schranken verwiesen.

»Können Sie die Männer dazu bringen, das Gebäude zu verlassen?«, fragte der Minister.

Konrad Simonsen hatte mit der Frage gerechnet und sich darauf vorbereitet.

»Wie wäre es mit einer Alternative?«

»Was meinen Sie mit Alternative?«

»Wir können sie in Ruhe lassen, bis sie hungrig werden und von selbst gehen. Immerhin handelt es sich nur um ein leer stehendes Haus, in dem kein Schaden angerichtet werden kann …«

Die Worte waren bewusst gewählt, um den Oberbefehlshaber zu provozieren, was wunderbar klappte.

»Nur ein leer stehendes Haus«, bellte er hitzig. »Sind Sie noch ganz bei Sinnen? Das ist die Kommandantur des Kastells, von der Sie reden, wissen Sie überhaupt …«

Der Minister fiel ihm unmissverständlich ins Wort.

»Seien Sie still!«

Der Verteidigungschef verstummte mit hochrotem Kopf. Der Minister sah Konrad Simonsen an.

»Okay, ich werde mit den Veteranen reden, wenn sie mich denn reinlassen. Und wenn sie freiwillig gehen, können sie das Festungsgelände verlassen, ohne dass ihre Personalien aufgenommen oder sie gerichtlich belangt werden. Das ist

meine Verhandlungsbasis. Aber wir haben zwei Probleme. Erstens: Führen Ihre Leute überhaupt Befehle aus?«
Konrad Simonsens Frage war an den Einsatzleiter gerichtet, aber erneut mischte der Verteidigungschef sich ein.
»Wir befinden uns hier auf militärischem Gebiet, und ich bin das Gefasel leid. Wenn die Polizei nicht umgehend unsere Gebäude räumt, werde ich Leute zusammentrommeln, die das übernehmen. Egal, was Sie alle hier dazu sagen.«
Die Worte veranlassten den Minister dazu, sehr langsam, sehr leise und sehr deutlich zu sprechen.
»Nein, das werden Sie nicht. Sie tun, was ich Ihnen sage, und nur das, verstanden!«
»Ich nehme von Ihnen keine Befehle an.«
»Wenn dem so ist, muss ich jemanden anrufen, von dem Sie garantiert Befehle entgegennehmen. Dieser Jemand hat allerdings nicht das geringste Interesse daran, in diese Angelegenheit hineingezogen zu werden, was ich daher tunlichst zu vermeiden versuche. Und das wollen Sie auch, denn wenn ich ihm mitteile, dass Sie die Entscheidungskompetenz der Regierung in einer solchen Angelegenheit nicht anerkennen, wird er Sie mit sofortiger Wirkung suspendieren und nach Hause schicken.«
Der Oberbefehlshaber der Streitkräfte lenkte ein weiteres Mal brummend ein und gab vor, missverstanden worden zu sein.
»Meinen Leuten widerstrebt es zutiefst, das Gebäude zu räumen, aber sie werden es tun, wenn klar ist, dass Verhandlungen zu keiner Lösung führen«, sagte der Einsatzleiter.
Der Minister nickte zustimmend.
»Ausgezeichnet.«
Dann wandte er sich an Konrad Simonsen.

»Sie haben von zwei Problemen gesprochen, was ist das zweite?«

»Sollte es zu einer gewaltsamen Räumung des Gebäudes kommen, wäre es keine gute Idee, die Presse dabeizuhaben. Sonst werden diese Bilder in den nächsten drei Tagen die Medien dominieren, was nicht in Ihrem Sinne sein kann. Ich schlage deshalb vor, dass die Leibgarde alle Journalisten vom Gelände eskortiert.«

Der Verteidigungschef ging hoch wie eine Rakete.

»Damit die Streitkräfte bei den Medien im denkbar schlechtesten Licht dastehen. Das machen wir ganz bestimmt nicht, die Polizei soll das übernehmen. Außerdem kann das warten, bis wir wissen, ob die Krawallbrüder freiwillig gehen oder nicht.«

Der Einsatzleiter protestierte empört.

»Kommt gar nicht infrage. Meine Leute sind für den eventuellen Fall einer Räumung des Gebäudes hier, nicht als allgemeine Ordnungshüter, das unterliegt eindeutig den Streitkräften. Es reicht jetzt langsam!«

Konrad Simonsen fand die Ausdrucksweise dem obersten Chef der Polizei gegenüber ziemlich dreist, aber der Minister schien sich nicht daran zu stören. Stattdessen wandte er sich an den Oberbefehlshaber der Streitkräfte.

»Räumen Sie das Kastell von den Presseleuten, aber unbewaffnet! Und Sie, Herr Kriminalhauptkommissar, versuchen unmittelbar danach, in das besetzte Gebäude zu gelangen. Ich erwarte Ihren Erfolg.«

Eine halbe Stunde später trafen die vier Männer sich erneut in dem kleinen Raum hinter dem Lesesaal.

Als Konrad Simonsen in die Kommandantur eingelassen wurde, waren die Veteranen bereits dabei, ihren Abzug vorzubereiten. Nichts war zerstört worden, die Glasscherben der eingeschlagenen Scheiben waren ordentlich zusammengefegt und in Zeitungspapier eingerollt im Papierkorb entsorgt worden. Auf einem Fensterbrett lagen mehrere 500-Kronen-Scheine für die Reparatur. Die Veteranen, mit denen er gesprochen hatte, verloren nicht viele Worte über Sinn und Zweck ihrer Aktion, aber in Veteranenkreisen herrschte großer Unmut darüber, dass der militärische Geheimdienst FE sich offensichtlich vor Irene Gallagher stellte, die Hauptmann Bjørn Lauritzen manipuliert und ausgenutzt hatte. Außerdem sei Lauritzen wie vielen anderen nicht die Unterstützung zugekommen, die ihm zugestanden hätte. Es war genau, wie Konrad Simonsen es vermutet hatte, mehr war dazu nicht zu sagen, und so hatte er sich die verbleibenden zehn Minuten mit einem Veteranen, den er aus der Unterkunft in Vesterbro kannte, über Schach unterhalten.

Vor den drei Männern blies Konrad Simonsen den kurzen Bericht über seine eigentlich überflüssige Verhandlung aus taktischen Gründen groß auf. Seine Zuhörer akzeptierten seine Darlegung widerspruchslos. Hauptsache, die Veteranen waren auf dem Rückzug. Das Treffen wurde beendet, und der Militärchef verließ beinahe fluchtartig den Raum. Der Einsatzleiter verabschiedete sich ebenfalls eilig.

»Sie fahren bei mir mit«, sagte der Minister. »Ich bringe Sie zum Präsidium. Falls Sie mit Ihrem eigenen Wagen hier sind, lassen Sie ihn abholen.«

Auf dem Weg zum Parkplatz redeten sie nicht miteinander, erst als sie das Kastell-Gelände verlassen hatten, ergriff der Minister das Wort.

»Hören Sie mir jetzt gut zu. Was ich Ihnen jetzt sage, steht nicht zur Diskussion. Sehen Sie es als freundliche Geste meinerseits an, auch wenn Sie das vermutlich anders empfinden, weil Sie heute Nachmittag ehrlich zu mir waren.«

»Ich bin ganz Ohr.«

»Ihre irritierende Petition wird abgelehnt. Weder ich noch andere Politiker wollen unsere Nasen in die streng vertraulichen Archive des FE stecken, jedenfalls nicht, wenn die Geheimhaltung im Zusammenhang mit fremden Mächten steht. Es ist durchaus möglich, dass sich eine Handvoll Prinzipienreiter und juristische Experten darüber ereifern, aber die überwältigende Mehrheit der Bevölkerung interessiert es entweder nicht, oder sie sind ebenfalls der Meinung, dass die Polizei und die Streitkräfte in bestimmten Zusammenhängen die Öffentlichkeit nicht über ihre Aktivitäten informieren sollten. Sie werden Ihre kleine Öffnung kriegen, dazu später mehr. Aber zuerst einmal: Stellen Sie die provozierenden Vorladungen der oberen Chefebene der Streitkräfte ein, dann beendet der FE auch seine Schikane. Für Letzteres werde ich persönlich sorgen. Und ich dulde keine weiteren Stunts von Ihrer Seite, was mich betrifft, sonst entlasse ich Sie und nehme den Ärger auf mich, den das nach sich zieht. So, jetzt wissen Sie es. Verstanden?«

Konrad Simonsen nickte und versuchte es mit einem Themenwechsel.

»Und was ist mit dem Druck, den Ihr Ministerium auf meine Ermittlungen ausübt, ganz zu schweigen auf die Staatsanwältin?«

»Ein Fehler, für den ich mich entschuldige. Das wird nicht wieder vorkommen. Aber haben Sie schon einmal darüber nachgedacht, dass es zum Besten des Landes sein könnte, wenn Irene Gallagher sich zum Teufel nach Neuseeland schert, oder wo auch immer sie hinwill? Es kommt immer wieder vor, dass Verbrecher unbehelligt davonkommen, wer weiß das besser als Sie.«

Konrad Simonsen protestierte entschieden.

»Das widerspricht meinem Gerechtigkeitsempfinden. Außerdem hat sie eine meiner Kolleginnen auf dem Gewissen, vergessen Sie das nicht.«

Der Minister blieb für eine ganze Weile stumm. Vielleicht musste er erst einmal Konrad Simonsens Worte verdauen. Dann kam er auf die angesprochene *kleine Öffnung* zu sprechen.

»Ich werde dafür sorgen, dass die zuständigen Stellen, die etwas über Irene Gallaghers Aufgaben in Bosnien wissen, die Archive durchforsten und entscheiden, ob es relevante Informationen gibt, die nicht der Geheimhaltung unterstehen und Ihnen zugestellt werden dürfen. Was sagen Sie dazu?«

»Dass es nicht viel ist, wahrscheinlich nichts.«

Der Justizminister lächelte.

»Vermutlich haben Sie recht«, sagte er. »Aber dann können Sie wenigstens sich selber gegenüber sagen, dass Sie getan haben, was in Ihrer Macht stand.«

Kapitel 48

Sonntag, 17. Oktober 2010,
Palasttheater, Kopenhagen

Wo und wann trefft ihr euch?«
Die Comtesse presste ihre Lippen demonstrativ aufeinander und schüttelte den Kopf. Von ihr würde er nichts erfahren. Konrad Simonsen war fassungslos.
»Aber mit mir kannst du doch offen reden. Weißt du, wer er ist?«
Wieder schüttelte sie den Kopf, dieses Mal gereizter.
»Verdammt, Comtesse, wir spielen doch in einer Mannschaft.«
»Nein, tun wir nicht. Ich bin in der Mannschaft, die hoch und heilig versprochen hat, nichts zu verraten, und das Versprechen werde ich halten.«
Konrad Simonsen hatte soeben den erhofften Durchbruch beim FE gehabt. Der PET-Chef hatte sich bei ihm gemeldet und gesagt, er kenne einen Offizier beim FE, der bereit wäre, Informationen über Irene Gallagher und Bjørn Lauritzen aus Bosnien Mitte der Neunziger freizugeben. Der PET-Chef bürgte für die Glaubwürdigkeit des Mannes, aber das Gespräch würde zu den Prämissen des Offiziers stattfinden oder gar nicht. Eine ultimative Forderung war, dass der Mann nur mit der Comtesse reden wollte. Sie war die Einzige, auf deren Wort er vertraute.
Konrad Simonsen hatte den Hörer an seine Frau weitergegeben.

»Willst du mir nicht wenigstens sagen, wann ihr euch trefft?«

»Heute im späteren Verlauf des Tages. Und jetzt hör auf, mich zu bedrängen.«

Das Palasttheater hatte siebzehn Kinosäle. Der Film, für den die Comtesse ein Ticket kaufte, lief in einem der kleineren. Sie fand den richtigen Saal und setzte sich auf ihren Platz, vorletzte Reihe, zweiter Stuhl vom Rand. Sie hatte noch eine gute Viertelstunde, bis der Film anfing, also nahm sie ein Buch aus der Tasche und begann zu lesen. Zehn Minuten später hörte sie eine Stimme hinter sich.

»Drehen Sie sich nicht um. Ich möchte nicht, dass Sie mein Gesicht sehen.«

»Keine Sorge, ich werde mich nicht umdrehen«, sagte die Comtesse leise, aber deutlich.

»Nehmen Sie unser Gespräch auf?«

»Nein, tue ich nicht. Sie haben mich gewählt, weil Sie mir vertrauen, und das können Sie. Ich stehe zu meinem Wort.«

Sie nahm wahr, dass ihre Garantie ihn beruhigte, sein Atem ging langsamer. Er setzte sie in Kenntnis, dass er mit dem, was er jetzt tat, seine Stellung und möglicherweise auch seine Freiheit aufs Spiel setzte, und sie bedankte sich bei ihm. Dann informierte er sie darüber, dass er einen Teil der Wahrheit kenne, aber nicht alles, was sie akzeptierte.

»Irene Gallagher hat als Geheimdienstoffizierin für die Amerikaner gearbeitet, sie war Major der US-Navy, zeitgleich war sie bei uns angestellt …«

»Beim FE? Entschuldigen Sie, dass ich Sie unterbreche, aber es ist wichtig, dass in dem Punkt keine Missverständnisse entstehen.«

»Ist schon okay. Ja, beim FE. Besoldet wurde sie von beiden Diensten. Sie war nicht, wie Sie sicher schon erraten haben, als Militärstaatsanwältin in Bosnien. Sie sollte die UN-Truppen abklappern und so viele nordische, polnische und niederländische Zugführer wie möglich davon überzeugen, sofort Meldung zu machen, sobald sie oder ihre Männer irgendwo serbische Boden-Luft-Raketen entdeckten. Die Serben nutzten ein ausgereiftes sowjetisches Flugabwehr-Raketensystem mit dem NATO-Codenamen *SA-6 Gainful*. Das äußerst effektive System konnte drei Raketen gleichzeitig lenken. 1995 hat so eine Batterie eine amerikanische F-16 abgeschossen. Aus diesem Grund schlugen die Amerikaner gnadenlos zu, wenn sie Stellungen dieses Boden-Luft-Raketen-Systems lokalisiert hatten. Bombardiert wurde aus der Luft oder mit Marschflugkörpern, die von den amerikanischen Flugzeugträgern in der Adria abgeschossen wurden. Vor der Verschärfung des Konflikts waren die Batterien nur katalogisiert worden.«

»Dann können wir davon ausgehen, dass Irene Gallagher Bjørn Lauritzen rekrutiert hat?«

»Ja, und das bereits 1992 bei seiner ersten Entsendung. Die beiden verliebten sich und trafen sich auch in Dänemark, unter anderem in Aalborg und Skanderborg. Sie wurde schwanger von ihm, was im November 1992 mit einer Abtreibung im Aalborger Krankenhaus endete.«

»Das heißt, dass ihre Beziehung 1995 schon mehrere Jahre lief?«

»Ja, und ich glaube nicht, dass es ein Zufall war, dass ausgerechnet sie 1995 nach Bosnien geschickt wurde, um ihn zu überprüfen. Das wird sie so arrangiert haben, so meine Vermutung.«

»Ihre letzte Reise interessiert uns besonders.«

»Es standen persönliche Motive dahinter, dass sie sich mit

dem Jeep von Tuzla und später von Klein-Danewerk auf die Suche nach ihm gemacht hat. Das war eine private Reise, es sei denn, die Amerikaner hatten ihr noch was mit auf den Weg gegeben, was ich nicht glaube.«

So interessant die Informationen auch waren, die der Mann lieferte, so halfen sie vermutlich kaum weiter.

»Danke für Ihre Auskünfte«, sagte die Comtesse trotzdem.

»Ein paar Kleinigkeiten habe ich noch. Sie müssen zum Beispiel wissen, dass es kein Archiv gibt, in dem Irene Gallaghers Aktivitäten in Ex-Jugoslawien oder an anderen Orten aufgezeichnet sind. Wenn es das gegeben haben sollte, ist es garantiert längst gelöscht. Und was die Vorfälle an Bjørn Lauritzens und Ole Nysteds letztem Tag in Bosnien betrifft, ist wahrscheinlich nie auch nur eine Zeile niedergeschrieben worden, die Berichte an Kopenhagen fanden ausschließlich mündlich statt.«

»Sie denken, dass Bjørn Lauritzens und Ole Nysteds letzte Tour wichtig war?«

»Das war sie. Um diese Tour dreht sich alles. Aber was genau dort vorgefallen ist, weiß ich nicht. Ich nehme aber mal stark an, dass die beiden dänischen Soldaten irgendetwas Furchtbares getan haben, als sie mit dem Panzer durch den Wald gefahren sind, in dem die Serben muslimische Männer und Jungen massakriert haben. Irgendetwas, das die Dänen um keinen Preis ans Tageslicht kommen lassen wollen. Sie waren in einem Wasserlauf unterwegs, das weiß ich, wo sie reichlich Manövrierraum für den Panzer hatten. Meine Vermutung ist, dass sie in dem Wald einen Haufen serbische Soldaten liquidiert haben, aber sicher wissen tue ich das nicht. Ich weiß nur, dass die beiden am nächsten Tag aus Bosnien abgezogen wurden. Bjørn Lauritzen wurde heim nach Nordjütland geschickt, aber sowohl er als auch Ole Nysted durften ihre Auszeichnungen behalten. Das passt so gar nicht zu der Art und Weise, wie sie nach Hause geschickt wurden. In meinen Augen sieht das schwer nach Bestechung aus, damit sie die Klappe halten.«

»Woher wissen Sie diese Dinge?«, fragte die Comtesse.

»Das muss Sie nicht interessieren.«

»Warum stellt sich der FE vor Irene Gallagher, wer hat das beschlossen?«

»Das Führungsbüro, also der Chef selbst, obwohl ich glaube, dass er sie hasst. Die dahinterstehende Logik ist, dass es für alle die bessere Variante ist, wenn sie und ihr Mann nach Neuseeland verschwinden, niemand will, dass sie in Dänemark verurteilt wird und ins Gefängnis wandert. Sie weiß einfach zu viel, nehme ich an.«

»Der militärische Geheimdienst glaubt nicht, dass sie verurteilt wird?«

»Nein, und damit liegen wir sicher richtig.«

»Wissen Sie, ob sie schuldig ist?«

»Das glaube ich, ja, aber sicher bin ich nicht. Ich habe meinerzeit so viele … dreckige Tricks kennengelernt, und man kann nie sicher sein. Oft sind die Dinge nicht so, wie sie unmittelbar zu sein scheinen. Aber eins weiß ich eindeutig, nämlich dass der FE nichts mit den Morden auf dem Ausflugsschiff zu tun hat. Das ist nicht unsere Arbeitsweise, niemand würde so etwas gutheißen.«

Die Comtesse reichte eine Karte über die Schulter nach hinten.

»Das ist meine private Telefonnummer. Können Sie sich in einer Woche noch mal bei mir melden? Falls etwas Neues auftaucht?«

Die Karte wurde nicht aus ihrer Hand genommen, weshalb sie nach einer Weile nachfragte.
»Sind Sie noch da?«
Als keine Antwort kam, drehte sie sich um. Der Platz hinter ihr war leer.

Kapitel 49

Montag, 1. November 2010,
Gericht Kopenhagen

Die Gerichtsverhandlung gegen Irene Gallagher war in Absprache mit dem Anwalt Christoffer Brinch, seiner Mandantin Irene Gallagher, der Staatsanwältin Kirsten Hansen und dem Gericht so früh angesetzt worden wie eben möglich. Allen Seiten war an einer schnellen Entscheidung gelegen. Christoffer Brinch kannte die Anklageschrift daher gerade einmal eine Woche, was aber ohne Bedeutung war, da Irene Gallagher daran festhielt, dass die Polizei die Beweise gegen sie manipuliert hatte. Sie erachtete es daher als unnötig, irgendwelche Zeugen einzuberufen.

Neun Jurymitglieder, drei Frauen und sechs Männer, wurden einbestellt. Sie alle waren Rentner und saßen mit ernsten Gesichtern rechts von der Richterin, die für ihren ebenso straffen wie trockenen juristischen Stil und ihre Distanz zu allen Anwesenden bekannt war. Normalerweise waren Verhandlungen vor dem Stadtgericht eher informell, dies galt jedoch nicht für die von ihr geleiteten Verfahren. Sie war als äußerst engagierte Richterin bekannt, unterbrach sogar Zeugenaussagen, wenn sie dies für nötig hielt, was andere Richter nur höchst selten taten.

Die Zuschauerränge waren gut gefüllt. Die Hälfte der Plätze war für die Presse reserviert, einige wenige Stühle für die Familienangehörigen der Opfer, während die restlichen von interessierten Zuhörern besetzt waren, die sich zuvor in die

lange Warteschlange eingereiht hatten, um einen Platz zu ergattern.
Die Richterin begann mit der Bemerkung, dass die Verhandlung unter Umständen Sachverhalte berührte, die aus Sicherheitsgründen nicht öffentlich bekannt werden dürften. Sie würde in diesen Fällen die Öffentlichkeit ausschließen, generell aber darauf achten, dass diese Punkte nur zur Sprache kamen, wenn sie wirklich relevant waren. Dann erteilte sie den Vertretern der Anklage das Wort.
Die Staatsanwältin verlas die Anklageschrift, woraufhin Irene Gallagher sich formell als nicht schuldig in allen Punkten der Anklage erklärte. Anschließend ging die Staatsanwältin noch ausführlich auf die jeweiligen Punkte ein. Entgegen der früheren Anklage verzichtete sie auf die Anklagepunkte fahrlässiger Tötung einer japanischen Lehrerin und ihrer fünfzehn Schüler. Hingegen hielt sie an der Anklage wegen schwerer Körperverletzung mit Todesfolge gegen die Studentin Juli Denissen im Sommer 2008 fest. Dieser Punkt sollte ihr später ein Motiv für die Morde auf dem Ausflugsschiff geben. Das Fundament der Anklage war brüchig, aber mehr hatten sie nicht. Was den Tod von Ole Nysted anging, dem Veteranen, der in seiner Hütte an einer Kohlenmonoxidvergiftung gestorben war, war es der Polizei nicht möglich gewesen, einen Selbstmord auszuschließen, weshalb hier keine Anklage hatte erhoben werden können.
Als Kirsten Hansen zum Ende gekommen war, kommentierte Christoffer Brinch die einzelnen Anklagepunkte und richtete sich direkt an die Jury.
»Meine Mandantin ist der festen Überzeugung, dass die Beweise gegen sie allesamt gefälscht und von der Kriminalpolizei manipuliert worden sind, um sie fälschlicherweise ver-

urteilen zu können. Die Verteidigung wird mit Fortschreiten des Verfahrens diese falschen Beweise entkräften.«
Er setzte sich, und die Richterin fragte überrascht:
»Und? Mehr haben Sie nicht?«
»Nein.«
»Haben Sie der Angeklagten erklärt, wie riskant eine solche Verteidigung ist?«
»Ja, das habe ich.«
»Dem Gericht erscheint das sehr vage und willkürlich.«
Irene Gallagher sagte laut:
»Ich bin mir voll und ganz bewusst darüber, was ich tue.«
Die Richterin stürzte sich wie ein Falke auf sie.
»Das ist das letzte Mal, dass Sie hier im Gerichtssaal das Wort ergreifen, ohne dass ich Sie dazu auffordere.«
Sie sah Irene Gallagher scharf an, bis sie ein mürrisches Nicken erhielt. Dann bat sie den Gerichtsschreiber, die Verteidigungsstrategie zu notieren, und kündigte eine zehnminütige Pause an.
Klavs Arnold ging in der Pause zu Kirsten Hansen. Konrad Simonsen hatte gebeten, dass ein Vertreter des Morddezernats der Verhandlung beiwohnte, was er selbst nicht tun konnte, da er als Zeuge geladen war. Bis er seine Aussage gemacht hatte, mussten Klavs Arnold und Arne Pedersen diese Aufgabe übernehmen.
»Eine ziemliche Kamikaze-Strategie«, sagte Kirsten Hansen. »Das kann für uns nur von Vorteil sein. Vielleicht wird das Verfahren leichter, als ich erwartet habe.«
»Machen Sie sich Sorgen um den Ausgang?«
»Nicht, was den Mord an Bjørn Lauritzen angeht, die Beweise sind bombensicher. Die Beteiligung an den Morden auf dem Ausflugsschiff können wir ihr aber nur über das

Video vom Strand Charlottenlund nachweisen. Das ist das einzig einigermaßen Solide, was ich habe. Sollte Christoffer Brinch tatsächlich alle Beweise mit dem Argument abweisen, sie seien vom Morddezernat gefälscht worden, kriegen wir keine Probleme. Keine dänische Jury schluckt so etwas.«

Zurück im Gerichtssaal, ging Kirsten Hansen minutiös Juli Denissens Tod durch. Sie war darauf bedacht, ihre Darlegung nicht zu hastig vorzubringen, und fasste die komplexen Sachverhalte immer wieder zusammen und untermauerte sie mit Bildern und Karten. Christoffer Brinch erhob an keiner Stelle Einspruch, im Gegenteil bestätigte er den Handlungsverlauf mehrmals durch sein Nicken.

Als sie endlich fertig war, sah die Richterin auf ihre Uhr und beschloss, die erste Zeugin noch vor der Mittagspause anzuhören. Ella von Eggert wurde in den Gerichtssaal gerufen und von einem Gerichtsdiener in den Zeugenstand geführt. Die Richterin belehrte sie darüber, dass sie nicht gegen ihre Schwester aussagen musste. Sollte sie aber eine Aussage machen, müsse diese der Wahrheit entsprechen.

»Ich warte schon einen Monat darauf, endlich die Wahrheit sagen zu können«, begann sie. »Ich freue mich darauf, hier darzulegen, in welcher Weise die Polizei mich belogen und mich gezwungen hat, eine falsche Zeugenaussage zu unterschreiben. Ganz zu schweigen von den Drohungen und anderen Widerwärtigkeiten. Ich sage also sehr gerne aus.«

»Wenn Sie vor Gericht lügen, drohen Ihnen bis zu vier Jahren Haft ohne Bewährung.«

»Ich lüge nicht. Die Polizei lügt. Allesamt.«

Kirsten Hansen reichte Ella von Eggert ihre Zeugenaussage.

»Wären Sie so freundlich, die ersten Zeilen vorzulesen?«
»Nein, ich bin nicht zum Vorlesen hier. Außerdem sind das alles nur Lügen, die die Polizei fabriziert hat.«
Kirsten Hansen sah flehend zur Richterin, die mit einem Schulterzucken reagierte. Die Zeugin konnte nicht gezwungen werden, etwas vorzulesen. So musste Kirsten Hansen selbst lesen.
Irene Gallagher flüsterte Christoffer Brinch zu:
»Meine Schwester hat recht. Die Polizei hat ihre Aussage verdreht. Bringen Sie die Staatsanwältin dazu, die Aufnahme der Vernehmung abzuspielen, damit wir den Wortlaut vergleichen können.«
Der Verteidiger nickte.
»Ist das Ihre Unterschrift?«, fragte Kirsten Hansen, nachdem sie zum Ende gekommen war.
»Ich wurde tyrannisiert, um das da zu unterschreiben, ich habe das alles nie so gesagt.«
»Beantworten Sie bitte meine Frage. Ist das Ihre Unterschrift?«
»Ja, verdammt, aber die ist nichts wert.«
Ella von Eggert wurde von der Richterin ermahnt, keine Kraftausdrücke zu benutzen. Dann wandte sie sich an Christoffer Brinch, der die Zeugin mit eigenen Worten zu erzählen bat, was bei der Befragung durch die Polizei passiert war. Ella von Eggert erzählte, wie Konrad Simonsen und Nathalie von Rosen sich am 15. September unter Ausübung von Gewalt und gegen ihren ausdrücklichen Willen Zutritt zu ihrem Haus verschafft und sie gezwungen hätten, gegen ihre Schwester auszusagen.
»Sie haben mir lauter schreckliche Fotos von toten japanischen Kindern gezeigt. Es war nicht auszuhalten. Irgend-

wann sind sie dann gegangen. Gut eine Woche später, es war der 24. September, kam dann dieser Arne Pedersen und behauptete, er habe meine Zeugenaussage auf Basis der Aufnahme abgeschrieben und ich müsse diese jetzt unterschreiben. Sein Auftritt war im höchsten Maße unverschämt, ja geradezu bedrohlich, sodass ich unterschrieben habe. Und dann hat dieser Pedersen noch mein Auto untersucht, das ich gerade erst zurückbekommen hatte. Es war mir vorher gestohlen worden.«

»Wurde die Aussage, die Sie Simonsen und von Rosen gegenüber gemacht hatten, aufgezeichnet?«

»Ja, die ist aufgenommen worden.«

»Und da sind Sie sich ganz sicher?«

»Vollkommen sicher.«

Christoffer Brinch wandte sich an die Richterin.

»Das Gericht könnte die Polizei auffordern, das Band vorzulegen, damit wir hören können, wer die Wahrheit sagt.«

Die Richterin dachte nach, zeigte dann auf Klavs Arnold und bat ihn aufzustehen.

»Wie ich sehe, ist ein Kommissar im Gericht anwesend. Können Sie mir sagen, ob die entsprechende Aussage auf Band aufgezeichnet wurde?«

»Ja, das wurde sie.«

»Kann die Polizei das Band vorlegen?«

»Natürlich. Ich werde dafür sorgen, dass das Band im Laufe einer halben Stunde hier ist.«

»Tun Sie das. Wir unterbrechen die Verhandlung an dieser Stelle für die Mittagspause. Und Sie, Frau von Eggert, muss ich bitten, das Gebäude nicht zu verlassen. Außer in Gesellschaft eines Gerichtsdieners.«

Irene Gallagher und ihr Verteidiger gingen in die Zelle der

Angeklagten. Ein Gerichtsdiener folgte ihnen in einem gewissen Abstand.
»Wenn die Polizei gleich mitteilen wird, dass sie die Aufnahme nicht findet, gehen Sie bitte besonders darauf ein, dass Hauptkommissar Arne Pedersen die Gelegenheit hatte, den Wagen meiner Schwester zu untersuchen«, sagte Irene Gallagher.
»Ich dachte, die Aufnahme soll beweisen, dass Ihre Schwester die Wahrheit sagt?«, fragte Christoffer Brinch überrascht. »Haben Sie das nicht behauptet?«
»Tut sie auch. Jedenfalls indirekt.«
»Und wenn die Polizei die Aufnahme vorlegt?«
»Das wird sie nicht.«
Und so war es. Das Morddezernat konnte tatsächlich keine der beiden Aufnahmekopien finden. Eine sollte auf einem USB-Stick sein, auf den das ursprüngliche File aus Konrad Simonsens Diktafon kopiert worden war. Nach der Abschrift der Zeugenaussage war dieser USB-Stick im Stahlschrank im Büro der Comtesse archiviert worden. Er war verschwunden, jemand musste ihn entfernt haben. Die andere Kopie war die Originalaufnahme auf Konrad Simonsens Diktafon, das aber seit einigen Tagen nicht aufzufinden war. Klavs Arnold hatte ihn bedrängt, sich zu erinnern, und schließlich war Konrad Simonsen eingefallen, dass er es bei dem Verhör von Irene Gallagher ausgeschaltet und auf dem Schreibtisch liegen gelassen hatte.
Die Staatsanwältin musste nach der Pause die Richterin beklommen darüber informieren, dass die Polizei den USB-Stick nicht finden konnte, auf dem die Aufnahme gespeichert war. Es stand der Jury deshalb frei, zu glauben, was sie glauben wollte.

Christoffer Brinch durfte danach seine Fragen an die Zeugin stellen. Er ließ sie noch einmal erzählen, wie Arne Pedersen ihr Auto untersucht hatte. Anschließend beendete die Richterin die Verhandlung für diesen Tag. Sie war genervt, die Zeugenaussage von Ella von Eggert hatte alles durcheinandergewirbelt, und sie hasste Chaos, ganz besonders in ihren Verhandlungen.

Kapitel 50

Donnerstag, 4. November 2010,
Gericht Kopenhagen

In den folgenden Verhandlungen gelang es der Staatsanwältin Kirsten Hansen, den schlechten Start des Prozesses einigermaßen auszubügeln. So konnte sie beispielsweise nachweisen, dass Irene Gallagher und Bjørn Lauritzen mehrmals Kontakt hatten. Insbesondere die Falschaussage über Bjørn Lauritzens Tod auf der Storebæltbrücke im Oktober 1998 machte Eindruck auf die Jury. Christoffer Brinch unternahm nichts, um die entsprechenden Zeugenaussagen zu entkräften. Irene Gallagher erachtete sie als irrelevant und hatte ihn gebeten, sie unkommentiert zu lassen. Die Richterin ließ Kirsten Hansen zu dem Schluss kommen, dass die Angeklagte und Bjørn Lauritzen Mitte der Neunzigerjahre in Bosnien zusammengearbeitet hatten und sich daher kannten. Auch diese Aussage ließ Christoffer Brinch unkommentiert. Außerdem verwendete die Anklage viel Zeit darauf, die Jury davon zu überzeugen, dass Bjørn Lauritzen am Sonntag, den 22. August, die Morde auf dem Ausflugsschiff begangen hatte. Die Beweisführung war derart solide, dass die Richterin die Jury anschließend darüber informierte, dass sie Lauritzens Schuld an diesen Taten als Tatsache ansehen sollten. Wieder blieb Christoffer Brinch still und verzichtete darauf, die Zeugen seinerseits zu befragen oder auch nur einen Kommentar abzugeben. Es kam deshalb überraschend, dass er den Kriminaltechniker befragen wollte, der Ella von Eggerts Auto untersucht hatte. Der Mann hatte dem Gericht gerade mitgeteilt, dass sie unter einer Schraubenmutter ein Haar von Bjørn Lauritzen gefunden hatten.

Christoffer Brinch stand auf und hielt einen Bericht in die Höhe.

»Infolge Ihres Berichts haben Sie Reste des Stoffes Zinkoxid in Ella von Eggerts Wagen gefunden. Können Sie dem Gericht in einfachen Worten erklären, was das für ein Stoff ist?«

»In der Form, in der wir ihn gefunden haben, handelte es sich um ein sehr feines, weißes Pulver.«

»Wo haben Sie dieses Pulver gefunden? Sie dürfen gerne in Ihren Bericht schauen, wenn Sie sich nicht erinnern.«

»Doch, doch, das weiß ich noch gut. Ich habe es an mehreren Stellen gefunden: auf dem Armaturenbrett, auf der Vorder- und Rückseite der Sonnenblende und auf dem Gurt und dem Türgriff der Beifahrerseite.«

»Wofür braucht man Zinkoxid?«

»Für viele Sachen. Hauptsächlich, um Fingerabdrücke auf dunklen Flächen sichtbar zu machen. Auf hellen Flächen nutzt man Eisenoxid, das ist rot.«

»Ist das Innere von Ella von Eggerts Wagen hell oder dunkel?«

»Dunkel.«

»Gehört Zinkoxid zur Ausstattung eines Kriminalbeamten?«

»Ja, das tut es.«

»Was dachten Sie, als Sie diesen Stoff an den entsprechenden Stellen fanden?«

»Ich dachte, dass jemand den Wagen auf Fingerabdrücke untersucht hat, bevor wir ihn zur Untersuchung bekamen.«

»Aber das haben Sie in Ihrem Bericht nicht vermerkt.«
»Natürlich nicht. Das gehört ja auch nicht zu meinen Aufgaben. Ich hätte es der Polizei aber mitgeteilt, wenn sie mich danach gefragt hätte.«
»Sind Sie gefragt worden?«
»Nein.«
Christoffer Brinch machte eine Pause, damit die Jury Zeit hatte, die Informationen zu verarbeiten. Dann präsentierte er ein Foto auf einem großen Flachbildschirm, der in der Ecke des Gerichtssaals aufgestellt worden war. Es zeigte messerscharf ein schwarzes Haar, das unter einer Mutter klemmte.
»Wir wissen, dass das Haar von Bjørn Lauritzen ist«, fuhr er fort. »Das wird von der Verteidigung auch nicht angezweifelt. Ich möchte Sie aber etwas anderes fragen, und entschuldigen Sie bitte meine wenig wissenschaftliche Ausdrucksweise: Kommt es Ihnen wahrscheinlich vor, dass ein ausgefallenes Haar auf diese Weise unter einer Mutter eingeklemmt wird?«
Der Techniker zögerte einen Moment, ehe er antwortete.
»Nein, wenn Sie mich so fragen, nicht.«
»Können Sie sich genauer dazu äußern?«
»Ich meine, dass ein Haar, das nach unten fällt, natürlicherweise nicht unter einer Schraubenmutter landet. Es gibt aber eine ganze Reihe von natürlichen Erklärungen dafür, wie es an eine solche Stelle gelangen kann.«
»Dann kommt das also häufiger vor?«
»Häufig nicht, aber es kommt vor.«
»Könnte das Haar dort auch bewusst platziert worden sein?«
»Ja, natürlich, selbstredend.«
Christoffer Brinch bat den Gerichtsdiener, der den Monitor

bediente, das Ende des Haares mit der Haarwurzel einzuzoomen.

»In Ihrem Bericht«, fuhr er fort, »beschreiben Sie das Haar wie folgt: *ein circa acht Zentimeter langes, dunkelbraunes Haar, das mitsamt Haarwurzel aus der Kopfhaut eines kaukasischen Mannes gerissen wurde*. Können Sie dem Gericht erklären, wie man erkennen kann, ob ein Haar ausgefallen ist oder ausgerissen wurde?«

»Das ist ein großer Unterschied. Alle Haare haben eine Wachstums- und eine Ruhephase. In der Ruhephase können Haare ausfallen. Ein Haar, das von selbst ausfällt, hat eine abgerundete, keulenförmige Haarwurzel. Ein Haar, das ausgerissen wurde, hat – insbesondere in der Wachstumsphase – eine lang gezogene Haarwurzel, häufig mit etwas Gewebe am Wurzelboden.«

»Dieses Haar ist also nicht auf gewöhnliche Weise ausgefallen, sondern wurde ausgerissen?«

»Ja, ohne Zweifel.«

»Die Polizei scheint diesem Punkt keine sonderliche Aufmerksamkeit geschenkt zu haben. Sagen Sie mir, kann man rein technisch unterscheiden, ob ein Haar einem lebenden oder toten Menschen ausgerissen wurde? Zum Beispiel einem, der erst zwei Tage zuvor verstorben ist?«

»Nein, das glaube ich nicht. Ich bin mir aber nicht ganz sicher.«

»Dieses Haar könnte also theoretisch bei der Obduktion von Bjørn Lauritzen ausgerissen worden sein, zum Beispiel von dem Polizisten, der …«

Die Richterin unterbrach Christoffer Brinch scharf.

»Schluss mit den Spekulationen. Haben Sie weitere Fragen an den Zeugen?«

Christoffer Brinch entschuldigte sich. »Ich hätte nur noch eine letzte Frage. Würden Sie mit Ihrer fachlichen Erfahrung als Kriminaltechniker sagen, dass es wahrscheinlich ist, dass das besagte Haar bewusst platziert wurde, oder halten Sie es für wahrscheinlicher, dass es auf natürliche Weise dort gelandet ist?«

Dem Techniker war sichtlich unwohl in seiner Haut.

»Die Frage ist unmöglich zu beantworten.«

»Sie wurden nicht gebeten, sich festzulegen«, sagte die Richterin. »Ich würde auch gerne hören, was Sie als wahrscheinlicher erachten.«

Der Mann dachte nach, und seine Stirn zog sich in Falten. Schließlich sagte er:

»Ich halte es für wahrscheinlicher, dass das Haar dort platziert wurde, wo ich es gefunden habe. Und darauf hätte ich in meinem Bericht sicher hinweisen sollen. Aber so richtig bewusst wird mir das erst jetzt. Leider.«

Kapitel 51

Freitag, 5. November 2010,
Amtsgericht Kopenhagen

Zum ersten Mal im Verlauf des Prozesses bat Irene Gallagher ihren Verteidiger Christoffer Brinch, der sie in ihrer Zelle aufgesucht hatte, eine Zeugenaussage zu widerlegen – ohne ihm detailliert vorzuschreiben, was er sagen sollte. Es ging um die Aussage der Bildtechnikerin, die für die Bearbeitung des Videos vom Strand Charlottenlund verantwortlich war, auf dem Irene Gallagher mit einem Mann zu sehen war, von dem die Anklagebehörde ausging, dass es sich um Bjørn Lauritzen handelte. Christoffer Brinch versprach, sein Möglichstes zu tun.

»Wollen Sie wissen, ob es Bjørn Lauritzen war, oder lieber nicht?«, fragte Irene Gallagher.

»Haben wir die Möglichkeit, den Mann vorzuladen? Das wäre natürlich das Einfachste.«

»Nein, leider, das haben wir nicht.«

»Dann bleibe ich lieber unwissend.«

»Das war jemand, der versucht hat, mich übers Ohr zu hauen, darum habe ich ihn dort abgefangen. Was das betrifft, habe ich der Polizei nicht die Wahrheit gesagt, was ich nicht hätte tun sollen.«

Sie sah ihn so schuldbewusst an, dass er sich fast dazu hinreißen ließ, sie tröstend in den Arm zu nehmen.

»Ich bin Ihr Verteidiger, nicht der Ankläger, Sie müssen nicht mehr sagen.«

Christoffer Brinch klopfte an die Zellentür und wurde hinausgelassen.

*

Die Technikerin im Gerichtssaal war nervös. Es war ihre erste Zeugenaussage in einer Gerichtsverhandlung, und die Staatsanwältin Kirsten Hansen musste sie beruhigen und manche Fragen noch einmal stellen. Von der Richterin wurde sie mehrfach aufgefordert, lauter zu sprechen. Aber aller Unsicherheit zum Trotz bestand kein Zweifel an ihrer Expertise. Sie hatte posthum eine lange Serie Fotos von Bjørn Lauritzen gemacht, darunter einige, in denen sie seine Arme exakt in dem Winkel ausgerichtet hatte wie bei dem Mann auf dem Strandvideo. Schließlich hatte sie die Bilder zusammengesetzt, verkleinert, den Körper geneigt und gedreht. Das so bearbeitete Bild hatte sie dann über ein Bild aus dem Video geschoben. Die Demonstration war überzeugend, die zwei Bilder waren fast deckungsgleich. Dennoch war die Frau vorsichtig in ihrem Fazit: Der Mann im Video könne durchaus Bjørn Lauritzen sein, zumindest könne das nicht ausgeschlossen werden. Aber es könne sich ebenso um einen anderen Mann mit demselben Körperbau wie er gehandelt haben. Bei der Größenbestimmung des Mannes, die sie anhand der Größe von Irene Gallagher und einem Fahnenmast im Hintergrund errechnet hatte, war sie sehr viel sicherer. Die Größe des Mannes im Video entsprach exakt der im Obduktionsbericht angegebenen Größe des Leichnams von Bjørn Lauritzen, nämlich 187 cm.
Christoffer Brinch hatte sich gut vorbereitet und begann mit dem Offensichtlichen.

»Wie viele männliche Körper, schätzen Sie, könnten mit einer Bildbearbeitung auf den Mann im Video angepasst werden, und zwar so, wie Sie es dem Gericht eben vorgeführt haben?«
»Viele«, antwortete sie.
»Hundert vielleicht?«
»Nein, viel mehr.«
»Mehrere Millionen, wenn wir von der Gesamtweltbevölkerung ausgehen? Ist das korrekt?«
»Ja, das nehme ich an.«
»Wie viele dänische Männer sind 1,87 Meter groß?«
»Das weiß ich nicht.«
»Nach einer dänischen Statistik etwa hunderttausend. Der unbekannte Mann im Video könnte also hunderttausend andere Personen sein als ausgerechnet Bjørn Lauritzen. Ich hätte noch eine Frage zu Ihren Berechnungen der Größe des Mannes. Sie haben dem Gericht erklärt, dass Ihre Berechnungen extrem präzise seien. Ich würde gerne wissen, wie präzise.«
»Ich habe zehn Kontrollaufnahmen mit derselben Mobilkamera gemacht«, begann die Technikerin, wurde aber von Christoffer Brinch unterbrochen.
»Irgendeine Abweichung wird es sicher gegeben haben. Aber da Sie sich so sicher sind, können wir vermutlich davon ausgehen, dass die Fehlerwahrscheinlichkeit Ihrer Berechnungen bei unter 0,1 Prozent liegt. Das bezeichnet man normalerweise als außergewöhnlich sicher.«
Die Frau dachte gründlich nach, bevor sie antwortete.
»Also, unter 0,1 Prozent, das ist wohl zu niedrig angesetzt.«
»Und unter 0,5 Prozent, also fünfmal so hoch?«
»Ja, dafür kann ich einstehen.«

»Also allerhöchstens 0,5 Prozent.«
»Ja, höchstens 0,5 Prozent.«
»Okay, behalten wir das im Kopf. Nun weiß ich zwar, dass Sie keine Ärztin sind, Ihnen ist aber sicher trotzdem bekannt, dass ein Mensch abends kleiner ist als morgens? Das liegt daran, dass die Rückenwirbel und Bandscheiben im Laufe des Tages zusammengedrückt werden, was über Nacht wieder ausgeglichen wird, wenn der Körper liegt. Bei einem Mann von Bjørn Lauritzens Größe beträgt der Unterschied zwischen morgens und abends ungefähr anderthalb Zentimeter.«
Die Technikerin wurde knallrot.
Christoffer Brinch fuhr fort.
»Laut Obduktionsbericht wurde Bjørn Lauritzen abends ermordet, bevor er sich schlafen legte. Nach Eintritt des Todes dehnt sich die Wirbelsäule nicht mehr, damit können wir davon ausgehen, dass er bei seiner Ermordung 187 cm groß war, wie Sie in Ihrem Bericht anführen. Das bedeutet dann aber auch, dass er am Strand Charlottenlund um kurz nach zwölf Uhr mittags, wenn er das tatsächlich war, 188 cm groß gewesen sein müsste, vermutlich sogar noch etwas mehr, da er ja angeblich drei Stunden dorthin geschwommen sein soll, was die Rückenwirbel nicht zusammenpresst. Ich weiß nicht, wie gut Sie im Kopfrechnen sind, aber würden Sie unter diesem Aspekt daran festhalten, dass der unbekannte Mann Bjørn Lauritzen war oder sein könnte?«
»Die möglichen Abweichungen bewegen sich höchstens im Dezimalbereich, ich habe die Größe in ganzen Zentimetern angegeben.«
»Beantworten Sie bitte meine Frage.«
Die Frau versuchte, Blickkontakt zu der Richterin zu bekommen.

»Kann ich das Ganze noch einmal erklären und die Kommastellen mit einbeziehen? Das ist ein bisschen verwirrend, denke ich.«

»Das hört sich fast so an«, sagte Christoffer Brinch, »als wünschten Sie sich, dass es Bjørn Lauritzen ist. Und nun frage ich Sie noch einmal: Kann es sich, auf der Grundlage Ihrer Berechnungen und unter der Annahme, dass meine Beobachtung der variablen Größe eines Menschen im Laufe eines Tages korrekt ist, tatsächlich noch um Bjørn Lauritzen handeln, den man da im Video sieht?«

Die Technikerin nahm Anlauf und sagte leise:

»Nein, kann es nicht.«

»Lauter, bitte, damit die Jury es auch hören kann«, forderte die Richterin sie ungeduldig auf.

»Nein, es kann sich nicht um Bjørn Lauritzen handeln.«

Kapitel 52

Dienstag, 9. November 2010,
Amtsgericht Kopenhagen

Konrad Simonsen hatte schon so viele Verhandlungen mitgemacht, dass er den einleitenden Formalien der Staatsanwältin Kirsten Hansen nur seine halbe Aufmerksamkeit schenkte und sich auf einen Zuhörer im Publikum konzentrierte, der schon seit Tagen die Aufmerksamkeit des Morddezernats auf sich zog.

Es war ein Mann um die dreißig, mittelgroß und gut gebaut, blonder Kurzhaarschnitt, klarblaue Augen und ein etwas kindliches Gesicht. Er hatte alle Verhandlungen verfolgt und ganz offensichtlich einen reservierten Platz. Aus den Gerichtsdienern war aber nicht mehr herauszukriegen, als dass die Order von oben kam. Mehr schienen sie tatsächlich nicht zu wissen. Klavs Arnold und Arne Pedersen schlugen vor, ihn zu beschatten, was Konrad Simonsen abgelehnt hatte. Er wollte keine polizeilichen Ressourcen abstellen, um allgemeine Neugier zu befriedigen.

»Hallo, Konrad, haben Sie meine Frage verstanden?«

Kirsten Hansen riss ihn aus seinen Gedanken. Einige Zuhörer im Saal lachten, und die Richterin lächelte ebenfalls, als sie sich mehr Konzentration vonseiten des Zeugen erbat. Die Staatsanwältin wiederholte ihre Frage.

»Die Angeklagte Irene Gallagher kannte sowohl Bjørn Lauritzen als auch Ole Nysted, beides Kriegsveteranen, die allein für sich an entlegenen Orten wohnten. Würden Sie dem

Gericht bitte darlegen, welche Beweise vorliegen, die diese Tatsache untermauern? Ich denke dabei ausschließlich an die Zeit in Dänemark.«

Die letzte Bemerkung hatte Kirsten Hansen an die Richterin gerichtet.

Bis zur Mittagspause, nur unterbrochen von den obligatorischen zehn Minuten Rauchpause, musste Konrad Simonsen Fragen dieser Art beantworten. Hinterher bestanden keine Zweifel mehr daran, dass Irene Gallagher beide Männer kannte und dafür gesorgt hatte, dass sie mit Nahrungsmitteln aus den Läden ihres Mannes versorgt wurden, und dass sie die beiden auch, wenn auch äußerst selten, besucht hatte.

Schließlich kam Kirsten Hansens unausweichliche Frage nach der Zeit in Bosnien im Sommer 1995. Die Richterin schritt augenblicklich ein und forderte die Zuhörer auf, den Raum zu verlassen. Die Türen des Gerichtssaals wurden geschlossen. Danach wiederholte die Richterin die Rechtsbelehrung, die sie zu Beginn des Prozesses abgegeben hatte. Kirsten Hansen akzeptierte die Prämissen und wandte sich wieder an Konrad Simonsen.

»In was für einer Beziehung standen Bjørn Lauritzen und Ole Nysted in Bosnien zueinander?«

Konrad Simonsen berichtete, was er darüber ermittelt hatte.

»Beide wurden nach einem Vorfall am 13. Juli 1995 Hals über Kopf von den Streitkräften nach Hause geschickt. In diesen Vorfall war auch Irene Gallagher involviert. Können Sie uns etwas dazu sagen?«

Konrad Simonsen erzählte, was ihm bekannt war, inklusive der mangelnden Kooperationsbereitschaft vonseiten der Streitkräfte.

Die Richterin sah aus, als hätte sie in eine Zitrone gebissen, aber noch schritt sie nicht ein.

»Irene Gallagher war als von den dänischen Streitkräften bestellte Militärstaatsanwältin in Bosnien, aber daneben hatte sie noch eine andere Stellung. Was für eine?«

»Sie war Geheimdienstoffizierin und Major bei der …«

Die Richterin brachte ihren Hammer zum Einsatz. Das Geräusch war erstaunlich laut.

»Können Sie, bevor Sie weitermachen, unmittelbare und verifizierbare Beweise vorlegen, dass die Situation in Bosnien 1995 von Relevanz für die Anschuldigungen gegen Frau Gallagher ist, die wir hier behandeln?«

Konrad Simonsen konnte solche Beweise nicht vorlegen, worauf die Richterin die Verhandlung für eine Mittagspause unterbrach.

Christoffer Brinch hatte große Teile des Protokolls, das er von Irene Gallagher bekommen hatte, auswendig gelernt. Nach der Pause stellte er Konrad Simonsen eine Reihe von Fragen über seinen Stellvertreter im Morddezernat, Arne Pedersen.

»Wie war das Verhältnis von Herrn Pedersen zu der verstorbenen Pauline Berg?«

Konrad Simonsen beschrieb das Verhältnis in allgemeinen, nichtssagenden Wendungen.

»Ist es korrekt, dass die beiden eine gewisse Zeit lang mehr als nur gute Arbeitskollegen waren?«

»Das stimmt. 2006 hatten sie eine engere … also intime Beziehung.«

»Wie lange ging das?«

»Ein Jahr, soweit ich weiß.«

»Gut. Da wäre noch etwas anderes. Im Herbst 2007 wurde

Pauline Berg von einem geistig verwirrten Mann entführt. Ihre Abteilung hatte den Mann aufgespürt, aber Sie wollten ihn noch nicht festnehmen, weil Sie fürchteten, so nicht herauszubekommen, wo er sein Opfer versteckt hatte. Eine Nacht hat er in einem Hotel in Kopenhagen verbracht. Zu diesem Zeitpunkt haben Sie und Herr Pedersen sich im Polizeipräsidium aufgehalten. War Herr Pedersen in die Ermittlungen eingebunden?«

»Nein, war er nicht.«

»Warum nicht?«

»Weil er mental instabil war wegen Pauline Bergs Entführung.«

»Trotzdem hat er im Laufe der Nacht etwas unternommen. Würden Sie dem Gericht bitte erzählen, was?«

Konrad Simonsen seufzte.

»Arne Pedersen ist auf eigene Faust in das Hotel gefahren.«

»Warum?«

»Um aus dem Entführer herauszupressen, wo Pauline Berg war.«

»Was ist mit Herauspressen gemeint?«

»Physischer Druck.«

»Hatte er eine Waffe bei sich?«

»Ja, einen Schlagstock und ein Mehrzweckmesser.«

»Glücklicherweise wurde er an seinem Vorhaben gehindert, aber hätte er Ihrer Einschätzung nach seine Waffen gegen den Entführer eingesetzt?«

»Woher soll ich das wissen?«

»Das war aber doch wohl seine Intention, nicht wahr?«

»Ja.«

»Im gleichen Zusammenhang möchte ich Sie fragen, ob Sie von der verbitterten Bemerkung Kenntnis haben, die Herr

Pedersen am 18. September unmittelbar nach Pauline Bergs Beisetzung von sich gegeben hat. Diese wurde später gleichlautend in drei verschiedenen Zeitungen zitiert.«
»Ja, habe ich. Ich habe mit Arne Pedersen darüber gesprochen und ihn darauf hingewiesen, dass das nicht sehr klug war.«
»*Wir werden ihn schon kriegen, und die Gallagher-Hexe auch. Egal wie, wir ziehen ihnen das Fell über die Ohren, egal wie*. Und diese Aussage nennen Sie *nicht sehr klug?*«
»Das hört sich hier wiedergegeben und aus dem Zusammenhang gerissen schlimmer an, als es war.«
»*Egal wie, wir ziehen ihnen das Fell über die Ohren, egal wie.* Finden Sie nicht, dass das für sich selber spricht?«
Konrad Simonsen gab keinen Kommentar ab, und Christoffer Brinch hakte nicht weiter nach und kam stattdessen zu seiner letzten Frage.
»Montag, den 20. September, haben Sie und Herr Pedersen Irene Gallagher in ihrem Haus in Næstved verhört?«
»Ja, das ist korrekt.«
»Waren Sie während des gesamten Gesprächs anwesend, oder war Herr Pedersen zu irgendeinem Zeitpunkt allein mit meiner Mandantin?«
»Letzteres. Ich bekam einen Anruf und bin eine Weile nach draußen gegangen.«
»Wie lange war das?«
»Zehn Minuten, vielleicht eine Viertelstunde. Ich kann es nicht exakt sagen.«
»Worum ging es bei dem Telefonat?«
Konrad Simonsen erzählte, der Anrufer hätte angegeben, dass seine Tochter einen Unfall gehabt hatte.
»Haben Sie versucht, den Anruf zurückzuverfolgen?«, fragte Christoffer Brinch.

»Ja.«
»Mit welchem Resultat?«
»Der Anruf kam angeblich aus dem Polizeipräsidium, näher ließ es sich nicht einkreisen.«
»Wäre es vorstellbar, dass jemand von der Polizei mit dem Ziel angerufen hat, Sie vom Verhör abzuziehen, damit Herr Pedersen und Irene Gallagher allein zurückbleiben?«
»Natürlich ist das vorstellbar. So wie auch eine Menge anderer Dinge vorstellbar sind.«
Christoffer Brinch bedankte sich bei Konrad Simonsen, er hatte keine weiteren Fragen mehr.
»Keine Konklusion?«
»Noch nicht, das kommt später. Aber es war wichtig für die Verteidigung, festzustellen, dass meine Mandantin und Vizemorddezernatsleiter Arne Pedersen zu einem Zeitpunkt des Verhöres allein waren.«
Die Richterin akzeptierte, und Christoffer Brinch realisierte, dass er genauso wenig wie sie ahnte, wieso das wichtig war. Die Verhandlung wurde für diesen Tag beendet.

*

Konrad Simonsen und Arne Pedersen, der im Zuschauerraum gesessen hatte, trafen sich im Gerichtssaal. Arne Pedersen war aufgewühlt. »Was zum Teufel geht da ab, Konrad?«, fragte er besorgt.
»Ich habe keine Ahnung«, antwortete Konrad Simonsen.
»Erst Ella von Eggerts Lüge letzte Woche, dass ich Beweise in ihrem Auto platziert haben soll. Ich war nicht mal in der Nähe ihres Wagens. Zu dem Zeitpunkt hatten wir ja noch nicht mal einen Beschluss.«

Konrad Simonsen legte eine Hand auf die Schulter seines Kollegen, um ihn zu beruhigen.
»Das haben wir doch schon zigmal besprochen, Arne. Niemand glaubt, dass du falsche Beweise auslegst. Und natürlich hat sie freiwillig ihre Zeugenaussage unterschrieben, das wissen alle.«
Arne Pedersen ließ sich nicht beruhigen.
»Und jetzt dieser ganze Scheiß heute, das ist unerträglich. Das ist Rufmord.«
»Im Augenblick können wir nichts anderes tun, als Ruhe zu bewahren. Komm wieder runter, Arne, und werde jetzt nicht ausfällig, das wäre nicht sehr klug.«
»Ja, du hast ja recht«, versuchte Arne Pedersen, sich zu mäßigen.
»Fährst du ins Präsidium?«, fragte er mit gedämpfter Stimme. »Ich muss mit irgendwem reden.«
»Ja, so machen wir es. Aber ich muss vorher noch …«
Konrad Simonsen brach den Satz ab, als sich plötzlich eine junge Frau zwischen sie schob, Arne Pedersen die Arme um den Hals legte und ihm einen innigen Kuss gab.
Es war Louise Berg.

Kapitel 53

Dienstag, 9. November 2010,
Kopenhagen

Klavs Arnold wartete unten vor dem Amtsgericht auf das Ende des Verhandlungstages. Er hatte beschlossen, die Identität des unbekannten jungen Mannes, der alle Verhandlungen verfolgte, selbst herauszufinden. Er verstand ja, dass sein Chef die knappen Ressourcen der Polizei nicht dafür freigeben wollte, aber niemand konnte verbieten, dass jemand in seiner Freizeit dem Mann diskret folgte, um zu sehen, wohin er sich begab. Nachdem der Mann das Gerichtsgebäude verlassen hatte, schlenderte er zum Kongens Nytorv und ließ sich viel Zeit vor den Schaufenstern der Geschäfte. Klavs Arnold folgte ihm in einem Abstand von etwa zwanzig Metern und zog sich in Hauseingänge zurück oder wartete an einer Bushaltestelle, wenn der Mann vor ihm stehen blieb. Als er den Kongens Nytorv erreichte, überquerte er den Platz und steuerte die Store Kongensgade an, wobei er nach wie vor entspannt und interessiert auf die Auslagen in den Fenstern achtete. Und dann war er plötzlich weg, wie vom Erdboden verschluckt. Klavs Arnold lief ein Stück vor, blieb stehen und ließ den Blick in alle Richtungen schweifen, ohne ihn irgendwo entdecken zu können. Er zog die Schultern hoch und dachte, dass es den Versuch wert gewesen war. Vielleicht hatte er an einem anderen Tag ja mehr Glück. Er drehte sich um und sah sich dem Mann gegenüber, den er verfolgt hatte. Klavs Arnold

brauchte ein paar Sekunden, sich zu sammeln, dann zeigte er dem Mann seinen Dienstausweis.
»Sie befinden sich in einer sogenannten polizeilichen Visitationszone. Können Sie sich ausweisen?«
Das Lächeln des Mannes wurde breiter, aber sein Auftreten war in keiner Weise unangenehm. Klavs Arnold lächelte ebenfalls.
»Und ob ich das kann!«, antwortete der Mann.
Er zog einen schwarzen Pass aus der Innentasche seiner Jacke, auf der Oberseite stand in weißer Schrift: *DIPLOMATIC PASSPORT United States of America.*
Klavs Arnold streckte die Hand nach dem Pass aus, aber der Mann war schneller.
»Muss ich Sie an die diplomatische Immunität erinnern? Für weitere Anliegen Ihrerseits bedarf es einer gewissen Prozedur.«
»Ja, natürlich, tut mir leid. Würden Sie mir trotzdem Ihren Namen verraten? Ganz freiwillig? Und vielleicht auch, wieso Sie Irene Gallaghers Prozess so ausdauernd verfolgen? Wir fragen uns … ich meine, ich frage mich das.«
Der Mann schüttelte bedauernd den Kopf.
»Nicht jetzt, vielleicht später, wenn das Urteil gefallen ist. Dann können wir reden. Sie wissen ja, wie Sie mich erreichen.«
Er ging lachend davon.

Kapitel 54

Donnerstag, 11. November 2010,
Gericht Kopenhagen

Wenn ich freigesprochen worden bin, darf ich Sie doch als Dank für Ihre hervorragende Arbeit zum Essen einladen?«

Christoffer Brinch gab Irene Gallagher keine Antwort. Sie saßen in ihrer Zelle und aßen, während die Verhandlung für die Mittagspause unterbrochen war.

Christoffer Brinch wischte sich den Mund ab.

»Mir gefällt das gar nicht. Wissen Sie wirklich, was Sie tun?«

»Aber ja.«

»Ethisch erscheint mir das alles andere als richtig zu sein. Mir gefällt das wirklich nicht.«

»Mir gefällt es auch nicht, was die Polizei mit mir gemacht hat. Und ich habe doch wohl das Recht auf eine bestmögliche Verteidigung … oder etwa nicht?«

Christoffer Brinch zögerte und wusste genau, dass er das nicht tun sollte. Dann nickte er. Sie lächelte. Statt ihr Lächeln zu erwidern, entschuldigte er sich. Er brauchte fünf Minuten an der frischen Luft und einen Moment für sich allein.

Auf dem Nytorv ging er zu der kleinen Erhöhung, auf der früher einmal der städtische Schandpfahl gestanden hatte. Verbrecher und Prostituierte waren hier ausgepeitscht worden. Unterdrückung, nicht Gerechtigkeit, dachte er traurig und erkannte in diesem Moment, dass er am Ende seiner

Karriere angekommen war. In den ersten Jahren war es ihm nur um das Geld gegangen, doch in den letzten Jahren war ihm die Gerechtigkeit immer wichtiger geworden. Er wollte seinen Beitrag leisten, damit dieses Land mit Fug und Recht als Rechtsstaat bezeichnet werden konnte. Aber auch das war jetzt zu Ende. Nach dieser Verhandlung würde er nie wieder einen Gerichtssaal betreten. Er war von seiner Mandantin in ein Netz eingesponnen, manipuliert und benutzt worden. Er war nicht mehr als eine Spielfigur in einem größeren Spiel. Das verstand er nun, nur leider viel zu spät. Ihm blieb nur noch, seine schmutzige Arbeit zu Ende zu bringen, eine andere Wahl hatte er nicht. Er spuckte auf den Boden. Das hatte er seit seiner Kindheit nicht mehr getan.

Als die Verhandlung nach dem Mittagessen wieder aufgenommen wurde, berichtete ein Kriminaltechniker über den Mord an Bjørn Lauritzen.

»Dem Opfer wurde zuerst in den Hinterkopf geschossen. Lauritzen saß zu diesem Zeitpunkt auf einer Kiste. Danach hat ihm der Täter in die Stirn geschossen. Die Waffe war nicht sehr schlagkräftig, es gibt keine Austrittswunden. Was zu dem Kaliber von 5,6 Millimetern passt, das Projektil haben wir später bei der Obduktion im Schädel des Toten gefunden.«

Danach ging der Kriminaltechniker akribisch und ausgiebig auf den Einschusswinkel und die vermutliche Schussdistanz ein. Als er fertig war, stellte die Staatsanwältin ein paar belanglose Folgefragen. Christoffer Brinch verzichtete auf eine Befragung des Zeugen.

Auch der nächste Zeuge war von der Kriminaltechnik. Die Frau berichtete dem Gericht von dem Fund einer Pistole bei der Durchsuchung von Irene Gallaghers Garage. Die Waffe lag in eine Plastiktüte eingewickelt in einem Eimer mit Streusalz versteckt. Bei der Waffe handelte es sich um eine Ruger Mark I 22LR, hergestellt von der Firma Sturm, Ruger & Co in Connecticut in den USA. Sie kam erstmals im Jahr 1948 in den Handel. Das Korn am Lauf war abgefeilt worden. Ballistische Untersuchungen der Pistole sowie der in Lauritzens Schädel steckenden Projektile zeigten deutlich, dass es sich um die Mordwaffe handelte. Außerdem waren auf der Waffe Fingerabdrücke und DNA-Material gefunden worden. Der Satz Fingerabdrücke auf dem Lauf konnte nicht identifiziert werden. Der andere Satz Fingerabdrücke am Schaft der Waffe sowie das gefundene DNA-Material stammten von Irene Gallagher. Die Plastiktüte, in der die Waffe eingewickelt war, wurde in der Ladenkette Fakta als Gefrierbeutel verkauft. Die Technikerin konnte sagen, in welcher Fabrik die Tüte hergestellt worden war und dass molekulare Untersuchungen ergeben hätten, dass die Tüte im Großraum Kopenhagen in den Handel gekommen sei. Danach informierte sie das Gericht über den Handabdruck und die Fingerabdrücke auf der Tüte, die vermutlich entstanden waren, als die Tüte von der Rolle abgerissen worden war. Die Abdrücke konnten nicht zugeordnet werden, aus ihrer Größe war aber zu schließen, dass sie von einem Kind stammten. Mit diesen Worten schloss die Technikerin, und Christoffer Brinch übernahm.

»Ich habe eine Frage zu den Fingerabdrücken am Lauf der Waffe. Ist es richtig, dass diese so platziert sind, als wenn jemand die Waffe am Lauf gehalten und jemand anderem gereicht hat?«

»Ja, das ist richtig. Die Platzierung deutet darauf hin.«

»Sind die Fingerabdrücke jünger oder älter als die letzte

Nutzung der Waffe? Insofern man das überhaupt feststellen kann.«
»Das kann man feststellen. Sie sind älter.«
»Gab es Fingerabdrücke am Abzug der Waffe?«
»Nein.«
»Ist das nicht verwunderlich?«
»Schon, ein bisschen.«
»Waren die Fingerabdrücke am Schaft vollständig? Also inklusive Zeigefinger?«
»Ja, das waren sie.«
»Eigentlich sollte der doch auf dem Abzug liegen, oder?«
»Das könnte man so sagen, ja.«
»Kommen wir darauf zurück, dass die unbekannten Fingerabdrücke darauf hindeuten, dass die Waffe jemandem gereicht wurde. Könnten die Abdrücke am Griff dann von demjenigen stammen, der sie entgegengenommen hat?«
»Das könnte passen, ja, ziemlich sicher. Wir haben die Fingerabdrücke auf dem Lauf mit denen von Bjørn Lauritzen verglichen, weil wir dachten, er könnte die Waffe seinem Mörder gereicht haben. Aber sie passten nicht.«
Christoffer Brinch dankte der Technikerin, wandte sich an die Richterin, wartete ein paar Sekunden und sagte laut und langsam:
»Meine Mandantin behauptet, Kommissar Pedersen habe ihr, als er im Verlauf des Verhörs allein mit Irene Gallagher in ihrem Haus in Næstved war, die Waffe gereicht und gefragt, ob sie die schon mal gesehen hätte. Sie hat sie entgegengenommen, sie betrachtet und die Frage mit Nein beantwortet, woraufhin Pedersen die Waffe wieder eingesteckt hat. Meine Mandantin schließt daraus, dass die Fingerabdrücke auf dem Lauf von Pedersen stammen. Dass diese

nicht zugeordnet werden konnten, lässt vermuten, dass Pedersen oder andere, die mit ihm unter einer Decke stecken, seine Fingerabdrücke aus der Datenbasis entfernt haben. Eine weitere qualifizierte Vermutung meiner Mandantin ist, dass die Fingerabdrücke auf der Plastiktüte, in der die Pistole lag, als sie gefunden wurde, einem von Pedersens Kindern zuzuordnen sind. Als Anwalt von Frau Gallagher fordere ich das Gericht nachdrücklich dazu auf, diese Vermutungen zu verifizieren. Und zwar von einer Instanz, die unabhängig von der Kopenhagener Polizei ist. Bei diesem Prozess möchte ich zugegen sein und beantrage darüber hinaus die Anwesenheit eines Gerichtsvertreters.«

Es wurde still. Niemand rührte sich, alle hielten den Atem an und verdauten Christoffer Brinchs Worte. Die Richterin saß einen kurzen Moment wie in Trance da, ehe sie sich zusammenriss.

»Ich gehe davon aus, dass Sie sich der Ungeheuerlichkeit Ihrer Anklagen bewusst sind?«

»Das bin ich. Ich bringe sie auf Wunsch meiner Mandantin vor, und sie sind leicht zu verifizieren, was ich …«

»Ja, das habe ich verstanden. Und mir bleibt ja keine andere Wahl. Das Verfahren wird für drei Stunden unterbrochen, in der Zwischenzeit werde ich diese Behauptungen überprüfen. Um fünf Uhr wird die Verhandlung wieder aufgenommen. Eine derart radikale Frage muss beantwortet werden.«

Exakt um fünf Uhr wurde die Verhandlung wieder aufgenommen. Mit unheilvoller Stimme eröffnete die Richterin die Sitzung.

»Es wurde festgestellt, dass Kommissar Arne Pedersens Fingerabdrücke erstens aus der Datenbank der Polizei gelöscht wurden und zweitens identisch sind mit den Abdrücken auf dem Lauf der Waffe, mit der Bjørn Lauritzen erschossen wurde. Des Weiteren gehören die Fingerabdrücke auf der Plastiktüte einem seiner Söhne, sie sind Zwillinge, sodass nicht genau ermittelt werden konnte, welchem, aber das spielt auch keine Rolle. Aus diesem Grund«, die Richterin wandte sich jetzt an Staatsanwältin Kirsten Hansen, »bittet das Gericht darum, die Anklagen gegen Irene Gallagher sofort fallen zu lassen.«

Kirsten Hansen nickte, ihr blieb keine andere Möglichkeit. Die Richterin erklärte das Verfahren daraufhin für beendet und teilte Irene Gallagher mit, sie habe das Recht zu gehen.

*

Gut eine halbe Stunde später betrat Christoffer Brinch seine Kanzlei. Einige seiner Mitarbeiter waren geblieben, um ihm zu gratulieren, aber er ging ohne ein Wort an ihnen vorbei. Er nahm eine Flasche Cognac aus dem Schrank in seinem Büro, drehte den Korken heraus und trank direkt aus der Flasche. Als der Alkohol zu wirken begann, riss er seine gerahmten Diplome und Auszeichnungen von der Wand hinter seinem Schreibtisch und schlug sie gegen den Bildschirm seines Computers. Dann kippte er mit angesetzter Flasche sein Regal um. Mehrere Mitarbeiter stürzten, alarmiert durch den Lärm, in sein Büro.

»Raus, verschwindet. Raus aus meinem Büro!«, schrie er.

Einer der Partner rief daraufhin Brinchs Frau an und informierte sie, dass ihr Mann vollkommen außer sich sei und sie unbedingt kommen müsse. Frau Brinch blieb ruhig, hörte geduldig zu und entschied dann, dass es Christoffers Sache sei, wenn er seine eigenen Dinge zerstörte. Und wenn er trank, täte er das sicher, weil es nötig war. Sie wäre aber äußerst dankbar, wenn einer der Mitarbeiter ihn später, wenn ihr Mann sich beruhigt hatte, nach Hause fahren oder in ein Taxi setzen könne.

Teil 4

[DAS HAUS IN BOSNIEN]

Kapitel 55

Freitag, 12. November 2010,
Polizeipräsidium

»… bis zu drei Jahre für das Manipulieren von Beweismaterial. Und dazu noch die Anklage wegen Mordes an Bjørn Lauritzen.«

Der Reichspolizeipräsident ging tonlos die Anklagepunkte gegen Arne Pedersen durch sowie die daraus resultierenden Konsequenzen. Die Polizeipräsidentin, die aussah, als hätte sie die letzte Nacht kein Auge zugetan, hörte wortlos und mit blassem Gesicht zu. Die Besprechung fand in ihrem Büro statt. Die Sekretärin des Reichspolizeipräsidenten, eine freundliche Frau, die alle im Präsidium mochten und respektierten, schrieb das Protokoll. Immer wieder fuhr sie sich mit einem Taschentuch über die feuchten Augen. Die Comtesse, die zu der Besprechung nicht geladen worden war, ihr aber trotzdem gemeinsam mit ihrem Mann beiwohnte, ohne dass jemand dagegen protestierte, war außer sich. Ihre Augen waren zusammengekniffen, der Mund ein schmaler Strich, die Bewegungen ruckhaft und steif, als schlösse die Wut die Motorik ihres Körpers kurz. Nur Konrad Simonsen schien ruhig auf den Vortrag des Reichspolizeipräsidenten zu reagieren.

»Ich habe eine Sonderkommission eingerichtet, zwei erfahrene Polizeibeamte aus Aarhus und zwei vom PET, die im Fall Pedersen ermitteln sollen. Sie müssen damit rechnen, dass mit größter Wahrscheinlichkeit Anklage gegen ihn erhoben wird. Vermutlich muss er bereits heute Nachmittag in isolierte Untersuchungshaft – das schreiben Sie bitte nicht auf, Margarete. Eine weitere Sonderkommission widmet sich seinen bisherigen Ermittlungen. Das ist ein juristischer Erdrutsch, ein Albtraum, ich weiß wirklich nicht …«

Weiter kam er nicht. Die Comtesse beugte sich über den Tisch und schnappte sich das Papier, von dem er ablas und es wie ein Schild vor sich hielt. Sie knüllte es zusammen, warf es aus dem Handgelenk in den Papierkorb und sah den Reichspolizeichef verächtlich an.

»Glauben Sie bloß nicht, dass diese Sache ohne Folgen für Sie bleibt! Wenn sich in ein paar Wochen herausstellt, dass diese schwachsinnige Anklage manipuliert wurde, werde ich persönlich dafür sorgen, dass Sie von der Presse wegen fehlender Loyalität zu Ihren Angestellten in der Luft zerrissen werden und schneller zurücktreten müssen, als Sie auch nur *Ex* sagen können.«

Das Gesicht des Reichspolizeipräsidenten lief dunkelrot an. Auf seinem Nasenrücken bildeten sich Schweißperlen.

»Wollen Sie mir drohen?«, stammelte er.

»Ja, genau das tue ich. Und ich verspreche Ihnen, dass das keine leeren Drohungen sind.«

»Verdammt, Comtesse, wir müssen doch etwas finden. Irgendetwas … eine Lösung … mit der wir alle leben können.«

Der Mann sah sich beklommen um, ihm fehlten die Worte. Seine Sekretärin sah die Comtesse an.

»Glauben Sie wirklich, dass das die Situation besser macht?«

Die Comtesse beruhigte sich etwas, entschuldigte sich aber nicht. Dann meldete sich zu aller Überraschung die Polizeipräsidentin zu Wort. Sie war in den letzten Jahren an ih-

rem Job gewachsen und hatte sich auf ihre eigene, verschrobene Weise Respekt bei ihren Untergebenen verschafft.
»Ich übernehme jetzt die Leitung dieser Besprechung. Sie haben mich ja gründlich informiert. Ich hätte das gleich anbieten sollen.«
Mit einem Blick auf die Sekretärin sagte sie, dass sie auch das Protokoll übernehmen werde. Sie stand auf, bevor jemand etwas sagen konnte, und öffnete die Tür ihres Büros. Der Reichspolizeipräsident sah wie ein Ertrinkender aus, der wie durch ein Wunder einen Rettungsring zu fassen bekommen hatte.
»Das wäre natürlich das Beste. Viel direkter. Ein klarer Bezug …«, stammelte er und steuerte auf die offene Tür zu. Die Sekretärin sammelte seine Papiere zusammen.
»Danke«, sagte sie und nickte der Polizeipräsidentin zu, ehe sie ihrem Chef hinterherhastete.
Die Polizeipräsidentin schloss die Tür hinter ihrem Chef und dessen Sekretärin und ging zurück zu ihrem Platz. Auf dem Weg legte sie Konrad Simonsen kurz die Hand auf die Schulter, eine Geste, die bei allen anderen deplatziert gewirkt hätte, bei ihr aber nicht.
»Ich spiele jetzt mit offenen Karten. Wenn Sie, Konrad, der Meinung sind, dass ich nicht tun soll, was ich Ihnen jetzt gleich eröffne, sagen Sie es bitte sofort, dann tue ich es auch nicht. Natürlich müsste ich dann konsequenterweise meinen Hut nehmen, aber das ist dann halt so. Ich habe lange darüber nachgedacht, ob ich diese Befehle nicht besser verweigere, aber ich glaube, das würde niemandem nützen, im Gegenteil würde es Arne vermutlich sogar schaden. Aber auch das ist Ihre Entscheidung, nicht nur meine.«
Konrad Simonsen und die Comtesse akzeptierten.

»Sie haben folgende Möglichkeiten, Konrad. Sie können sich pensionieren lassen. Sollten Sie das tun, kann ich Ihnen eine äußerst großzügige Vorruhestandsregelung anbieten. Oder Sie bestehen darauf, im Amt zu bleiben, woraufhin ich Sie dann hier und jetzt auf unbestimmte Zeit suspendiere, wenn auch bei vollem Lohn. Für Sie beide – ja, im Grunde für das gesamte Dezernat – gilt, dass Sie sich der Presse gegenüber nicht äußern dürfen. Und Sie, Konrad, dürfen mit niemandem darüber sprechen. Diese Forderung könnte im Widerspruch zur freien Meinungsäußerung stehen, das habe ich nicht genauer überprüft, aber ich habe ja auch wirklich andere Probleme. Was sagen Sie dazu, Konrad?«
Die beiden Frauen sahen Konrad an und stellten fest, dass er noch immer relativ gelassen wirkte.
»Ich denke nicht im Traum daran, mich von jemandem in die Pension drängen zu lassen«, sagte er ohne Bedenkzeit. »Und nein, es nützt niemandem, wenn Sie zurücktreten, da bin ich ganz Ihrer Meinung.«
Die Polizeipräsidentin war erleichtert.
»Das hatte ich gehofft. Sie kriegen das natürlich alles schriftlich. Ist es notwendig, dass ich die Suspendierung formell wiederhole?«
Konrad Simonsen machte es ihr leicht.
»Nein, das ist nicht erforderlich, das habe ich verstanden. Ich lege meinen Polizeiausweis auf meinen Schreibtisch, bevor ich gehe.«
»Sie dürfen nur persönliche Dinge mitnehmen, und eigentlich müsste ich Ihnen einen Beamten mitschicken, aber das tue ich nicht, denn es ist mir egal, was Sie mitnehmen. So, jetzt ist es gesagt. Ich sorge dafür, dass Sie diskret die Schlüssel von Konrads Büro bekommen, Comtesse, denn ich gehe

davon aus, dass Sie – trotz aller Verbote – mit dieser Sache noch lange nicht fertig sind?«

»Das kann ich Ihnen hoch und heilig versprechen.«

Konrad Simonsen stand auf, aber die Polizeipräsidentin protestierte.

»Setzen Sie sich, Konrad.«

Er nahm wieder Platz.

»Ich gehe davon aus, dass ich nicht die Einzige bin, die sich Gedanken über Arnes Situation macht. Es glaubt natürlich niemand daran, dass er so komplett bescheuert wäre, eine Plastiktüte aus seinem eigenen Haus mitzunehmen und dann auch noch Fingerabdrücke auf dem Lauf der Waffe zu hinterlassen, die er angeblich bei Irene Gallagher platziert hat. Nicht einmal der unterbelichtetste Kriminelle würde solche Details übersehen, und Arne ist schon mehr als zwanzig Jahre bei der Polizei. Es ist vollständig ausgeschlossen, dass er solch elementare Fehler begeht. Des Weiteren ist es vollkommen unlogisch, dass er seine eigenen Fingerabdrücke aus der Datenbank löscht, um nicht durch die Abdrücke entlarvt zu werden, die er ja hätte entfernen können. Das ist im Übrigen auch die Meinung der Sonderkommission. Sie schließen das auch aus, aber was sie sonst glauben sollen, wissen sie noch nicht. Ebenso wenig wie ich. Sie können aber nicht so tun, als gäbe es diese Fingerabdrücke nicht.«

Sie sah Konrad Simonsen flehend an.

»Warum spekulieren Sie über Dinge, von denen Sie keine Ahnung haben?«, fragte er.

Die Polizeipräsidentin wurde rot.

»Aber Sie glauben doch auch nicht daran, dass er diese Dinge getan hat?«

»Nein, das hat er nicht. Sonst noch etwas?«

Die Polizeipräsidentin schüttelte den Kopf.
»Ich rufe diesen Trottel an und entschuldige mich. Es ist ja nicht sein Fehler«, sagte die Comtesse auf dem Weg zur Tür.
Und Konrad Simonsen fiel auch noch etwas ein.
»Sorgen Sie dafür, dass Arne eine Zelle hier im Präsidium bekommt. Egal, wem Sie dafür den Arm auf den Rücken biegen müssen. Und räumen Sie eine ganze Sektion für ihn. Sie wissen ja, Polizeibeamte werden in Gefängnissen von den anderen Insassen nicht zimperlich behandelt.«

Kapitel 56

Freitag, 12. November 2010,
Søllerrød

Die Stimmung war gedrückt.

Die Comtesse hatte Essen bestellt, teures Essen, das jetzt irgendwie deplatziert auf dem Tisch stand, schließlich gab es nichts zu feiern. Sie hatte einfach nur zeigen wollen, dass sie und ihr Mann sich nicht so einfach unterkriegen ließen und dass es noch andere Dinge im Leben gab. Der Dritte am Tisch war Kurt Melsing. Die Comtesse hatte ihn eingeladen, weil er derjenige war, mit dem Konrad arbeitstechnisch am besten zurechtkam. Auch wenn sie sehr unterschiedliche Temperamente hatten, waren sie doch beide die Leiter sehr spezialisierter Abteilungen und wurden von allen respektiert. Kurt Melsing war während des Essens noch wortkarger als sonst, und Konrad wirkte vollkommen abwesend, sodass sie jeden Satz, den sie an ihn richteten, wiederholen mussten.

»Ich verstehe gut, dass sie dich suspendiert haben, Konrad«, sagte Kurt Melsing. »Ihnen blieb keine andere Wahl. Ich hätte das auch so gemacht.«

Die Comtesse protestierte, Konrad nicht.

»Das ist doch nur eine Formsache, nicht wert, sich damit zu beschäftigen«, sagte er und tauchte wieder im Nirwana ab.

Die Comtesse versuchte, das Gespräch am Laufen zu halten, doch als ihr bewusst wurde, dass sie eigentlich Selbstgespräche führte, gab sie auf. Da das anschließende Schweigen die Männer nicht zu stören schien, griff sie zu einem Buch.

Gegen sieben klingelte es an der Tür. Die Comtesse sah verblüfft auf ihre Uhr. Anna Mia und Klavs Arnold wollten gegen acht kommen. Sie ging nach draußen, öffnete die Tür und blieb vor Erstaunen mit offenem Mund stehen. Vor ihr stand Christoffer Brinch, Irene Gallaghers Anwalt.
Er begrüßte sie höflich mit einer angedeuteten Verbeugung und entschuldigte sich für sein unangemeldetes Auftauchen.
»Ich würde gerne helfen, das ist mir ein echtes Anliegen«, sagte er.
»Wie helfen?«, fragte die Comtesse misstrauisch.
»Damit die schreckliche Situation, in die ich Kommissar Pedersen gebracht habe, schnell beendet werden kann.«
»Und wie wollen Sie helfen? Dafür ist es ein bisschen spät, finden Sie nicht auch?«
Wie genau seine Hilfe aussehen könnte, wusste er nicht, war aber überzeugt davon, sich bestimmt irgendwie einbringen zu können. Die Comtesse blieb in der Tür stehen.
»Wenn Sie gekommen sind, damit wir Ihnen Absolution erteilen, können Sie gleich wieder gehen.«
»Nein, das bin ich nicht. In Wahrheit war ich während der gesamten Verhandlung gezwungen, so zu handeln, wie ich es getan habe. Aber jetzt nach dem Ende stellen sich die Dinge anders dar.«
Die Comtesse kannte das Dilemma zwischen fachlichem Sachzwang und Ethik und dachte eine Sekunde nach. Dann trat sie einen Schritt zur Seite und bat ihn herein.
Im Wohnzimmer wiederholte Christoffer Brinch, was er zuvor der Comtesse gesagt hatte.
»Als Anwalt unterliege ich bekanntlich der Schweigepflicht über alles, was ich im Rahmen meiner Arbeit erfahren habe. Ich mache mich straffällig, wenn ich unberechtigt Informa-

tionen über einen Mandanten weitergebe. Aber ich habe das Recht, über einen fiktiven Verlauf zu sprechen. Sagen wir, mit einem Anwalt A und einem Angeklagten B sowie einer Reihe nicht existierender Personen.«

Danach ging er die Verhandlung im Detail durch und erzählte, dass B immer einen Schritt voraus gewesen sei, da er schon im Voraus Sachverhalte über die Polizei und die Staatsanwaltschaft wusste. Christoffer Brinchs Parallelgeschichte war gut vorbereitet und höchst interessant. Sogar Konrad Simonsen hörte zu.

»Ich weiß nicht, wie ich Ihnen helfen kann«, schloss der Anwalt, »aber ich bin ein sehr guter Anwalt mit einem großen Netzwerk, und ich disponiere über umfangreiche juristische Arbeitskraft. Außerdem bin ich nicht unvermögend und setze gerne auch private Mittel ein, wenn ich damit helfen kann.«

Niemand antwortete ihm, aber es war nicht zu übersehen, dass die Anwesenden ihn entgegenkommend aufnahmen.

»Darf ich Ihnen etwas anbieten?«, fragte die Comtesse.

»Ich habe mich gestern bis zur Besinnungslosigkeit betrunken, das erste und einzige Mal in den letzten dreißig Jahren. Vielleicht ein Glas Cognac, damit ich den letzten Rest Kater aus dem Kopf bekomme.«

Die Comtesse holte ihm lächelnd ein Glas.

»Geld haben wir selbst, das wird nicht nötig sein.«

Kurz darauf kamen Anna Mia und Klavs Arnold in Begleitung von Anica Buch und Louise Berg. Anna Mia gab ihrem Vater einen Kuss auf die Stirn, ebenso Louise Berg, die vorgab, ihm etwas schuldig zu sein. Und dann bekam er auch noch einen Kuss von Anica Buch. Die vier Neuankömmlinge holten sich Stühle und setzten sich zu ihnen. Anna Mia setzte gerade zu der Erklärung an, warum sie die beiden anderen mitgebracht hatte, aber die Comtesse unterbrach sie mit einem Kopfschütteln. Es war ihr nur recht, dass sie da waren.

Die drei jungen Frauen brachten Leben in die Runde. Sie diskutierten lebhaft, was in der betreffenden Situation zu tun sei und wie Arne Pedersen dazu gebracht worden war, diese famosen Fingerabdrücke auf dem Lauf der Waffe zu hinterlassen. Auch die Comtesse und Kurt Melsing beteiligten sich schließlich an der Diskussion. Nur Konrad blieb verschlossen. Nach einer Weile flaute die Diskussion ab, und die Aufmerksamkeit richtete sich auf Konrad Simonsen.

»Erde an Vater«, sagte Anna Mia. »Wach auf! Was meinst du? Was können wir tun?«

Konrad Simonsen sah jeden Einzelnen an, fast verblüfft, als registrierte er erst jetzt, dass alle da waren.

»Ich fahre nach Bosnien zu diesem Haus und finde heraus, was da passiert ist.«

Kapitel 57

Sonntag, 14. November 2010,
Polizeipräsidium

Arne Pedersen kam in den Arrest im Polizeipräsidium, ein paar Inhaftierte wurden verlegt, sodass er die halbe Abteilung für sich hatte. Dass die vom Amtsgericht verhängte zweiwöchige isolierte Untersuchungshaft damit mehr oder weniger vom Tisch war, wurde weder von der kleinen Sondereinheit, die in seinem Fall ermittelte, noch der Anklagebehörde infrage gestellt. Es war sozusagen das inoffizielle Eingeständnis, dass niemand ernsthaft glaubte, dass die Anklagen gegen Pedersen stimmten, auch wenn sie bei der momentanen Beweislage leider keinen anderen Ausweg sahen, als ... ja, als der Anklage nachzugehen. Mit dem Resultat, dass Kollegen und Bekannte Arne Pedersen im Arrest besuchen konnten, wie sie wollten. Der Gefängniswärter missachtete, ohne mit der Wimper zu zucken, sämtliche Regeln der Isolationshaft, wohl wissend, dass seine Vorgesetzten nicht einmal in die Nähe des Gefängnistraktes im Polizeipräsidium kommen würden, da keiner von ihnen in den Fall hineingezogen werden wollte. Kurz gesagt: Er drückte beide Augen zu, egal, wer zu Besuch kam oder wie lange der Besuch blieb, wie er auch hartnäckig das Mobiltelefon des Inhaftierten übersah, das offen auf dem einzigen Tisch in der Zelle lag, wenn es nicht in Gebrauch war.

»Fehlt dir irgendwas?«

Klavs Arnold hatte seinen Block aufgeklappt und war bereit, sich Notizen zu machen.
»Nee, ich habe alles, was ich brauche«, antwortete Arne Pedersen.
»Ansonsten meldest du dich, egal wie spät es ist. Auch, wenn du einfach nur reden willst. Hast du ein Ladegerät?«
»Ja, habe ich, und ich melde mich auch, wenn etwas ist.« Arne Pedersens Stimme klang müde.
»Und jetzt biete mir nicht auch noch an, dass Stella mir einen Kuchen backen kann, weil das dann der vierte Kuchen wäre, den ich heute angeboten bekomme.«
Als er die Enttäuschung des Jütländers sah, tat ihm seine Schroffheit leid.
»Sag ihr, dass ich mich sehr über ihren Backeinsatz freue, und dass es irre lieb ist, dass sie so fürsorglich an mich denkt. Aber jetzt gib mir endlich Informationen, was da draußen läuft, statt mein Kammerdiener zu sein. Ich will sehr viel lieber hier raus, als verhätschelt zu werden.«
Klavs Arnold erzählte das wenige, was er von Konrads Reise wusste. Nichtsdestotrotz hatte Arne Pedersen eine Reihe Fragen, von denen der Jütländer die meisten nicht beantworten konnte. Arne Pedersen fragte weiter, sodass es eine ganze Weile dauerte, ehe Klavs Arnold zu seinem eigentlichen Anliegen kam.
»Wir beide gehen jetzt zusammen alle Möglichkeiten und Situationen durch, in denen du in irgendeiner Weise, egal wie aberwitzig oder unwahrscheinlich es auch erscheinen mag, deine Fingerabdrücke auf dem Lauf dieser verfluchten Pistole hinterlassen haben könntest. Und wenn wir in der ersten Runde keine Lösung finden, fangen wir noch mal von vorne an. Wir machen das so lange, bis wir die Lösung

haben. Das kann heute sein oder morgen, vielleicht auch in zwei Wochen, das spielt keine Rolle, Hauptsache, wir finden irgendwann die Wahrheit heraus. Konzentrieren wir uns also im ersten Anlauf auf die Zeit zwischen den Morden auf dem Ausflugsschiff und dem Moment, als wir die Pistole in Irene Gallaghers Garage gefunden haben. Ich habe eine Kopie deines Kalenders dabei, verschaffen wir uns also erst mal einen Überblick.«

Arne Pedersen war skeptisch.

»Was glaubst du denn, wie oft ich schon sämtliche Situationen durchgegangen bin, da ist nirgendwo eine Wahrheit, wie du sagst, nirgendwo.«

»Doch, irgendwo muss es eine Erklärung geben, und jetzt fangen wir an.«

»Der Gedanke, dass diese Hexe sich Zugang zu meinem Haus und meinen privaten Dingen verschafft hat, macht mich wahnsinnig. Das ist unerträglich.«

»Ja, das ist alles andere als schön. Umso wichtiger ist es, dass wir in Gang kommen.«

»Was meinst du damit, dass wir uns im ersten Anlauf auf den Zeitraum zwischen den Morden und dem Fund in der Garage konzentrieren? Ich kann die Fingerabdrücke doch unmöglich vorher hinterlassen haben.«

Klavs Arnold, der ebenfalls bereits alle erdenklichen Szenarien durchgespielt hatte, reagierte scharf.

»Das ist jetzt das letzte Mal, dass wir das Wort *unmöglich* benutzen. Fakt ist, dass deine Fingerabdrücke auf der Waffe sind. Also ist nichts unmöglich. Los jetzt, Arne!«

Sie erstellten einen Plan, wann Arne Pedersen sich wo befunden hatte, mit wem er zusammen gewesen war und was er in der von Klavs Arnold vorgegebenen Zeitspanne von vierzehn Tagen getan hatte. Trotz Arne Pedersens ausgezeichnetem Gedächtnis kamen sie nur zäh voran. Der Jütländer wollte alle Details wissen, so präzise wie nur eben möglich. So robbten sie sich Meter für Meter vorwärts, bis sie nach fast vier Stunden Arbeit fertig waren.

»Ich gehe jetzt in mein Büro«, sagte Klavs Arnold, »und schreibe das hier ins Reine. Du siehst dir dann bitte die Kopie noch mal durch, gerne mehrmals, und ergänzt, was dir noch einfällt, egal, wie unwichtig oder nichtig es dir erscheinen mag. Schreib es einfach auf. In der Zwischenzeit überprüfe ich alles, was von anderer Seite verifiziert werden kann, damit wir so sicher wie nur möglich sein können, nichts übersehen zu haben.«

Arne Pedersen streckte sich mit den Armen unterm Kopf auf der Pritsche aus und sah den Jütländer an.

»Ich habe mal ein Buch über ein paar Häftlinge gelesen, die im Krieg einen Tunnel aus einer Baracke unter dem Zaun hindurch auf die andere Seite gegraben haben. Die Pointe ist, dass der Hauptverantwortliche für den Tunnel, der Tunnelarchitekt, wenn du so willst, das Projekt nicht mehr loslassen konnte, als er fertig war. Er vermochte nicht aufzuhören, ihn zu verbessern, ihn noch weiter abzustützen, zu beleuchten, die Wände zu begradigen, reine Schönheitsoperationen, obwohl er seinen eigentlichen Zweck längst erfüllte, nämlich den Gefangenen in die Freiheit zu verhelfen.«

Klavs Arnold runzelte die Stirn.

»Willst du einen Tunnel graben?«

Arne Pedersen zog eine Hand unter dem Kopf hervor und legte sie über seine Augen.

»Zwischendurch bin ich mir wirklich nicht sicher, wie weit du dich bewusst hinter deiner kindlichen Naivität ver-

schanzt. Das war eine Analogie zu dir und deiner pedantischen Liste, du Blödmann.«
Die Kritik perlte an Klavs Arnold ab.
»Aus dem ersten Stock kann man keinen Tunnel graben, und wo ich herkomme, interessiert sich keiner für deinen Analogie-Quatsch.«
Die beiden Männer liebten es, sich zu triezen und zu provozieren, sobald sich die Gelegenheit bot. Manchmal schlugen sie so die Zeit tot, wenn sich eine Ermittlung in die Länge zog. Schon erstaunlich, dass die Energie – selbst in einer Situation wie dieser – dafür noch reicht, dachte Arne Pedersen, und sagte dann, ohne darüber nachzudenken, ob er seinen Kollegen damit belasten könnte:
»Ich werde mich scheiden lassen. Meine Frau hat mir heute Morgen einen Brief geschickt – einen scheiß Brief –, hat es nicht mal fertiggebracht, mir das persönlich zu sagen. Aber so ist es.«
Klavs Arnold, der eigentlich gerade aufgestanden war, um zu gehen, setzte sich wieder.
»Und wie geht es dir damit?«
»Ich kann es dir gar nicht sagen. Wirklich traurig bin ich nicht, eher gar nicht, irgendwie bin ich fast ein bisschen erleichtert. Anders mit den Jungs, die werde ich vermissen.«
»Die verschwinden ja nicht aus deinem Leben, nur weil sie bei ihrer Mutter wohnen.«
Natürlich nicht, das wusste Arne Pedersen auch.
»Dürfte ich dich um einen großen Gefallen bitten?«
Klavs Arnold nickte.
»Könntest du zu meinen Jungs fahren und ihnen sagen, dass ich nichts Verbotenes getan habe, egal, was sie gehört haben? Das würde mich sehr glücklich machen.«

Klavs Arnold zeigte auf das Handy auf dem Tisch.
»Warum rufst du sie nicht einfach an?«
»Weil ich befürchte, dass ihre Mutter dann eine formelle Anzeige einreicht, weil ich ein Telefon in der Zelle habe. Vergiss nicht, dass ich in Isolationshaft sitze. Es ist nicht mal sicher, dass sie dich reinlässt, aber es wäre toll, wenn du es trotzdem versuchen würdest. Es ist total absurd – sie scheint den ganzen Zirkus als persönliche Schikane gegen sich selbst zu begreifen. Und jetzt geh, ich will noch ein Buch zu Ende lesen … und … und danke, Klavs.«
Klavs Arnold antwortete mit einem unbestimmbaren Grummeln und schaute auf die Uhr.
»Du wirst keine Zeit zum Lesen haben, in fünf Minuten kriegst du Besuch.«
»Jetzt?«
»Sie ist definitiv zu süß und zu jung für dich, Arne.«

Kapitel 58

Montag, 15. November 2010,
Paris

Gehen Sie zu ihr, und lächeln Sie sie an, das tun alle, wenn sie ihr das erste Mal gegenüberstehen.«
Anica Buch gab Konrad Simonsen einen leichten Schubs, der seine Chance sah, als eine Handvoll chinesische Touristen hinter ihrem Reiseleiter hertrabten.
»Ich kann gut verstehen, dass das Museumspersonal genervt ist«, sagte Anica Buch auf dem Weg nach draußen. »Da haben sie hier eine der größten und beeindruckendsten Gemäldesammlungen mit einem Überfluss an unsterblichen Kunstwerken, und die Hälfte der Besucher stürmt direkt vom Eingang durch alle Säle, ohne nach links oder rechts zu schauen, bis sie schließlich bei ihr sind. Und nachdem sie sie drei Minuten betrachtet haben, begeben sie sich wieder zum Ausgang.«
»Aber das Museum zeigt den Weg ja auch mit Pfeilen an.«
»Weil die Museumswärter sonst nichts anderes tun können, als den Besuchern zu erklären, wo sie sie finden. Und, wie ist es, erfüllt sie Ihre Erwartungen?«
»Schon«, sagte Konrad Simonsen mit einem Nicken.
Konrad Simonsen war zum ersten Mal in Paris. Obgleich er viel in der Welt herumgekommen war, hatte er es irgendwie nie in die Stadt geschafft. Es hatte sich einfach nicht ergeben.
Sie waren am Vorabend angekommen und direkt in ihr klei-

nes Hotel in Saint-Germain-des-Prés gefahren, wo sie sich nach den zwei hektischen letzten Tagen gleich schlafen gelegt hatten.
Als Konrad Simonsen am Freitag in der Kollegenrunde mitgeteilt hatte, dass er nach Serbien fahren werde, war im Laufe des Bruchteils einer Sekunde ein wilder Kampf entbrannt. Jeder von ihnen hielt sich unentbehrlich als Reisebegleiter für diese Unternehmung. Keiner von ihnen stellte infrage, dass Simonsen derjenige war, der am Ende entschied, wer mitkam. Und das tat er – gnadenlos und ohne Rücksicht auf die Gefühle der Kandidaten.
»Kurt kommt mit für die technischen Untersuchungen vor Ort, und Anica, weil sie die Sprache spricht. Sonst niemand und keine Diskussion – das ist schließlich keine Urlaubsreise. Und denkt dran, ehe ihr euch aufregt, weil Arne in Untersuchungshaft sitzt: Wir haben eine Aufgabe zu erledigen. Ihr seid hier zu Hause mindestens ebenso wichtig.«
Das akzeptierten selbst die Comtesse und Klavs Arnold, ohne zu mucken.
Christoffer Brinch warf dezent ein: »Ihr habt schon im Kopf, dass ihr keine Organisation im Rücken habt, die sich um Hotelzimmer, Zug- und Flugtickets kümmert sowie um einen Mietwagen und die private Unterbringung in Ljubičevac, um nur einen kleinen Teil eurer logistischen Probleme zu nennen? Außerdem reist ihr nach Bosnien-Herzegowina und nicht nach Serbien, genauer in die Republika Srpska – ja, für Nicht-Serben unmöglich auszusprechen –, wo Srebrenica und das Dorf Ljubičevac liegen.«
Kurt Melsing sah schon bei dem Gedanken daran erschöpft aus.
»Visa brauchen wir auch.«

Der Anwalt korrigierte ihn, als Däne konnte man sich ohne Visum bis zu 90 Tagen frei in Bosnien-Herzegowina bewegen. Und er schlug ihnen vor, den Zug zu nehmen, weil das so herrlich anonym sei: von Kopenhagen nach Paris und von dort weiter mit dem Flieger. Air France hatte, soweit er sich erinnerte, eine Verbindung nach Sarajevo über Zagreb.
Konrad Simonsen musterte den Anwalt interessiert.
»Sie sind viel gereist?«
Statt einer Antwort beugte Christoffer Brinch sich vor und sah Konrad Simonsen tief in die Augen.
»Ich kümmere mich um all das Praktische, darüber müssen Sie drei sich nicht den Kopf zerbrechen. Ich habe nämlich – im Gegensatz zu Ihnen – eine starke Organisation im Rücken. Niemand in meiner Firma, nicht einmal der vor Kurzem neu eingestellte Jurastudent, zweifelt daran, dass Ihre Unterstützung absolute Priorität hat.«
Konrad Simonsen ließ sich überzeugen.
»Dann sind wir also zu viert«, sagte er, und die Sache war abgemacht.
Sie fuhren frühmorgens am Hauptbahnhof Kopenhagen ab. Und der Anwalt hatte Wort gehalten, er hatte die Zugtickets reserviert – erste Klasse, ein Konferenzabteil für sie. Dazu hatte er für ein Arsenal an Getränken und Sandwiches gesorgt, welches das Angebot des Zugbistros um Längen schlug. Ganz entscheidend aber war, dass Brinch Kurt Melsing zugesagt hatte, dass alles, was er für ihren Ausflug brauchte, ihm in Sarajevo zur Verfügung stünde. Der Cheftechniker musste also nicht mit eigenem Instrumentarium und Material reisen, das nicht nur schwer wog, sondern vermutlich spätestens beim Zoll Probleme gemacht hätte. Er hatte dem Anwalt eine Liste mitgegeben. Brinch selber war

mit einem Direktflug vorausgeeilt, weil ihn vermutlich niemand überwachte.
Sie stiegen in Hamburg und Köln um, wo sie ein frühes Abendessen zu sich nahmen – Gulasch mit Kartoffelknödeln –, mit direktem Blick auf den gigantischen Dom gegenüber vom Hauptbahnhof. Während des Essens rief die Polizeipräsidentin an, um ihnen mitzuteilen, dass sie Anica Buch nun für die ihr direkt unterstellte Sondereinheit rekrutiert hatte und sie unbehelligt mit ihnen fahren konnte. Zu diesem Zeitpunkt befand sich die junge Frau bereits Hunderte von Kilometern von ihrem Arbeitsplatz entfernt. Konrad Simonsen bedankte sich, beendete das Gespräch und dachte, dass seiner neuen Mitarbeiterin sicher keine Passivität vorgeworfen werden konnte. Sie hatte alles auf das Morddezernat gesetzt, als die Abteilung in ihrer größten Krise seit Langem steckte. Ihr Verhalten hatte ihn sehr beeindruckt, und er würde sich daran erinnern, wenn die Lage sich wieder einigermaßen normalisiert hatte.
In Paris wurde Konrad Simonsen früh am Morgen von dem Krach auf der Straße geweckt. Die Gemüsehändler bauten ihre Straßenstände auf, und die ersten Autohupen schallten ungeduldig durch seine Balkontür. Das Frühstück nahmen sie am Seineufer zu sich. Danach war Kurt Melsing ins Hotel zurückgegangen, um sich noch einmal hinzulegen. Er fühlte sich schlapp und befürchtete, eine Erkältung auszubrüten. Anica Buch hatte fünf Sehenswürdigkeiten ausgesucht, die Konrad unbedingt gesehen haben musste, wenn er nun endlich zum ersten Mal in der Stadt der Städte war. So bewegte er sich den Rest des Tages als Tourist durch Paris – mit privater Stadtführerin.
Der Louvre war der letzte Punkt auf Anica Buchs Liste.

Von dort ging es zurück ins Hotel, wo Konrad Simonsen vor dem Abendessen noch ein kurzes Nickerchen machen wollte.
Aber dazu kam es nicht.
Anica Buch entdeckte in ihrem Zimmer einen Zettel auf dem kleinen Schreibtisch unter dem Fenster, der vorher nicht dort gelegen hatte. Ein weißes DIN-A4-Blatt, normales Druckerpapier. Der Text darauf war in roter Schrift und kyrillisch.

Kapitel 59

Dienstag, 16. November 2010,
Sarajevo

Kurt Melsing sah sich den Brief gründlich an. Er enthielt keine Drohung. Konrad Simonsen ließ ihn in Ruhe darüber nachdenken und betrachtete unterdessen die Wolkenformationen unter ihnen. Das Flugzeug befand sich im Landeanflug auf Sarajevo.

»Warum zeigst du mir das erst jetzt?« Kurt Melsing riss Konrad aus seinen Gedanken.

»Weil ich befürchtet habe, dass du die Reise dann abbrichst«, antwortete Konrad ehrlich.

Kurt Melsing kniff die Augen zusammen.

»Das kommt nicht noch einmal vor, Konrad, sonst fahre ich wirklich nach Hause. Was hast du dir dabei gedacht, verdammt?«

»Entschuldige, es war ein Fehler.«

»Ein Fehler, der sich nicht wiederholt.«

»Ja, ein Fehler, der sich nicht wiederholt.«

»Okay, Schwamm drüber. Und jetzt schilderst du mir noch mal die Umstände.«

Es gab aber nicht viel zu erzählen. Anica Buch hatte am späten Nachmittag des Vortages die Nachricht auf dem Tisch in ihrem Hotelzimmer gefunden. Sie waren zusammen zur Rezeption gegangen und hatten das Zimmermädchen ausfindig gemacht, das für ihre Etage zuständig war. Sie hatte den Brief auf dem Boden im Eingangsbereich gefunden, als sie gegen elf Uhr das Zimmer aufgeschlossen hatte, um zu putzen. Es sah aus, als hätte jemand das Blatt unter der Tür durchgeschoben, also hatte sie es aufgehoben und gut sichtbar auf den Tisch gelegt, damit der Gast es nicht übersehen konnte. Lesen konnte sie die Nachricht nicht, aber den Namen Anica Buch. Die in Serbisch verfasste Nachricht besagte, dass, wenn die Dänen sich nicht aus Bosnien fernhielten, sie eine Kugel im Hinterkopf riskierten.

»Freundlich klingt das nicht. Und was ist das da für eine Zeichnung?«

Die Drohung schloss mit einem Logo, das den Absender enthielt. Eine krakelige Zeichnung mit drei Worten in einem Zweidrittelkreis, der wie ein Hufeisen aussah.

»Das soll ein Wolf sein, auch wenn's eher aussieht wie eine Ente mit Zähnen. Und die Worte bedeuten: Wölfe von Drinje …«

Kurt Melsing unterbrach ihn.

»Drina Wolves. Ich dachte, mit denen wäre längst abgerechnet worden.«

»Du kennst die Organisation?«

»Eine Paramiliz im Balkankrieg – nicht zu verwechseln mit Drina Corps, die zur serbischen Armee gehörten. Das war die Einheit, die vorrangig verantwortlich für das Srebrenica-Massaker war. Ihr oberster Befehlshaber wurde, soweit ich weiß, später in Den Haag verurteilt. Die Drina Wolves hingegen waren ein zufällig zusammengewürfelter Haufen serbischer Psychopathen mit widerwärtigen Terrorinstrumenten: Mord, Folter, Brandstiftung, Vergewaltigungen, ethnische Säuberungen – sie repräsentieren das gesamte Register des Bösen. Meist traf es die bosnischen Muslime, aber auch kroatische Familien waren betroffen. Und trotzdem passt da was nicht.«

Auch Konrad Simonsen war zu diesem Schluss gekommen. Zum einen war es vollkommen ausgeschlossen, dass der Geheimdienst – in welcher Form auch immer – mit einer pervertierten Schlächterorganisation wie den Drina Wolves zusammenarbeiten würde. Zum anderen hatten die führenden Mitglieder dieses Zusammenschlusses – sollte er überhaupt noch existieren – sicher alle Hände voll damit zu tun, sich vor den Behörden zu verstecken, um nicht auf direktem Weg nach Den Haag geschickt zu werden. Die Vorstellung, dass die Organisation so professionell geworden war, dass sie drei Dänen in Paris aufspüren konnte, war mehr als abwegig, da waren die beiden Männer sich einig.

»Jemand weiß, dass wir nach Bosnien unterwegs sind, und das gefällt diesem Jemand gar nicht. Viel mehr können wir daraus nicht schließen.«

»Ganz deiner Meinung. Und was sagt Anica?«

»Sie hat Angst vor denen – also vor den Wölfen –, auch wenn sie es zu verbergen versucht. Eine Scheißangst. Ich denke, sie hat sie damals kennengelernt, hab sie aber nicht direkt gefragt. Andererseits … Sie ist 1990 nach Dänemark gekommen, und ob es die Organisation da schon gegeben hat, weiß ich nicht.«

»Trotzdem begleitet sie uns. Du hast ihr hoffentlich angeboten, nach Hause zu fahren, wenn sie das möchte?«

»Natürlich, sie meinte aber, es sei zu gefährlich für uns, allein weiterzufahren, und wenn ich nicht abbrechen würde, wolle sie auch bleiben.«

Die drei Dänen wurden anstandslos durch den Zoll gewinkt, der Mann an der Passkontrolle schaute kaum in ihre Pässe, ehe er sie durchließ, was Konrad Simonsens Warnlampen aktivierte.

In der Ankunftshalle wartete Christoffer Brinch auf sie. Er begrüßte sie herzlich wie alte Freunde, die er Jahre nicht gesehen hatte. Kurt Melsing erkundigte sich gleich nach seiner Werkzeugkiste: Chemikalien, Mikroskop, ein solider Computer mit ordentlicher Satellitenverbindung. Der Anwalt versicherte ihm, dass alles geregelt sei, und bat sie, ihm zu folgen. Er hatte einen Wagen gemietet, der gleich vor dem Eingang parkte. Sie nahmen ihre Gepäckstücke, kamen aber nicht weit, da ihnen gleich darauf drei jüngere Beamte den Weg versperrten. Einer forderte sie in perfektem Englisch höflich, aber bestimmt auf, ihnen zu folgen. Die zwei anderen bildeten mit drei, vier Metern Abstand die diskrete Nachhut. Sie wurden zurück in den Zollbereich und in einen Raum geführt, wo jedem ein Stuhl zugewiesen wurde. Dann mussten sie warten. Der Beamte entschuldigte sich für die Unannehmlichkeiten und verwies auf ein paar Umstände, die näher untersucht werden müssten. Christoffer Brinchs viele Fragen blieben unbeantwortet. Eine gute halbe Stunde später war der Beamte zurück, begleitet von einem Kollegen, der – mit Block und Kugelschreiber bewaffnet – offensichtlich für das Protokoll zuständig war. Der Beamte verlangte ihre Pässe, aus denen der Protokollant umständlich die Personendaten kopierte. Danach erkundigte sich der Beamte nach dem Grund ihres Besuches in Bosnien-Herzegowina. Christoffer Brinch antwortete für sie alle, dass sie Urlaub in diesem wunderschönen Land machen und die traumhafte Natur genießen wollten. Der Beamte wollte wissen, in welchem Verhältnis sie zueinander standen, worauf der Anwalt, ohne mit der Wimper zu zucken, einen Bridgeklub erfand, dessen Vereinskassenüberschuss einmal im Jahr für Europareisen ausgegeben

wurde. Dies sei ihre vierte Reise, zuvor wären sie in Portugal, Schottland und auf Korsika gewesen. Der Protokollant schrieb mit wie der Teufel. Als er fertig war, verabschiedeten sich die beiden Beamten mit einem kurzen »*Wait please*«.
Kurz darauf betrat eine Frau den Raum. Sie trug keine Uniform, die Art und Weise, wie sie den Soldaten, der sie begleitete, in die Ecke komplimentierte, zeigte aber, dass sie es gewohnt war, Befehle zu erteilen. Sie teilte ihnen mit, dass sie bedauerlicherweise alle vier in den nächsten Flieger zurück nach Paris gesetzt würden, sie wollte aber dafür sorgen, dass sie in der Wartezeit etwas zu essen und zu trinken bekämen. Auch sie sprach akzentfrei Englisch.
Christoffer Brinch protestierte empört. »Auf welcher Rechtsgrundlage beruht diese Ausweisung? Bosnien-Herzegowina ist nach meinem Wissensstand eine Demokratie mit einem ordentlichen Rechtswesen …«
Sie unterbrach ihn und erwähnte das gescheiterte Gerichtsverfahren gegen Irene Gallagher und die anschließende Untersuchungshaft eines Polizisten in leitender Position. Sie wusste auch, dass sie ins Land gekommen waren, um zu untersuchen, was im Sommer 1995, während des Bürgerkrieges, um den dänischen Observationsposten Decoy Ljubičevac herum passiert war. Vor einer Viertelstunde hätten sie allesamt falsche Angaben über den Grund ihres Besuches gemacht, womit sie gegen das Gesetz verstoßen hätten – es sei nicht erlaubt, die Polizei zu belügen. »Reicht das als Begründung, weshalb Ihnen die Einreise verweigert wird?«
Christoffer Brinch schwieg. Die Frau hatte recht, und seine Kompetenz als Jurist half in diesem Punkt nicht weiter. Daher zog er ein dickes Bündel Scheine aus der Innentasche

seiner Jacke und hielt es für alle sichtbar in der Hand. »Vielleicht können wir uns ja auf halber Strecke treffen?«

»Nein«, sie schüttelte den Kopf, »das können wir nicht. Stecken Sie das Geld weg, das könnte leicht missverstanden werden.«

Christoffer Brinch verstaute das Geld so schnell, wie er es hervorgezaubert hatte.

Die zivil gekleidete Frau wandte sich dann direkt an Anica Buch und wechselte zu Bosnisch. Ihre Hände sprachen mit, während sie sich erklärte. Als sie fertig war, übersetzte Anica Buch für die anderen.

»Sie sagt, Bosnien habe eine lange und traumatische Geschichte hinter sich, im Zweiten Weltkrieg die Nazis, dann die Ustaša, die faschistische kroatische Terrorbewegung, die Tausende unschuldiger Serben getötet hat, und schließlich der Völkermord der serbischen Armee an den Muslimen 1995. Und das sind nur drei von unzähligen grauenvollen Ereignissen. Das ist ihre Geschichte, die Geschichte ihres Volkes, und die soll nicht von irgendwelchen Ausländern erzählt werden, die nicht wissen, was für Wunden sie aufreißen könnten.«

Konrad Simonsen dachte, dass er diesen Standpunkt gut nachvollziehen konnte und dass es aussah, als würde ihr Besuch über die kurze Affäre am Flughafen nicht hinausgehen. Die folgenden zehn Minuten lasen sie die Ausweisungspapiere, die sie unterschreiben sollten, als plötzlich der Protokollant den Raum betrat und der Frau einen gefalteten Zettel überreichte. Die Kehrtwende, die sie nach der Lektüre machte, konnte kaum größer sein. Sie erklärte ihnen ohne den Hauch persönlichen Ärgers, dass hier allem Anschein nach ein großes Missverständnis vorliege.

»Es tut mir leid, Sie aufgehalten zu haben. Es steht Ihnen frei zu gehen.«

Vor dem Flughafen wandte Christoffer Brinch sich fragend an Konrad Simonsen.

»Was in aller Welt war das denn?«

»Keine Ahnung. Vielleicht hat unser militärischer Sicherheitsdienst in Kopenhagen ja um einen kleinen Gefallen gebeten.«

»Aber wieso dürfen wir dann doch einreisen? Wem haben wir das zu verdanken?«

»Jemandem mit sehr viel Macht«, stellte Konrad Simonsen fest, ohne zu ahnen, wer das sein könnte.

Kapitel 60

Dienstag, 16. November 2010,
Bosnien-Herzegowina

Christoffer Brinch hatte einen Landrover gemietet. Als er mit seinen Reisebegleitern aus dem Flughafengebäude trat, klemmte ein Strafzettel unter dem Scheibenwischer. Absolut verdient, dachte Konrad Simonsen, als er den halb auf einem Zebrastreifen geparkten Wagen sah.

Neben dem Auto stand ein Ordnungsbeamter und wartete auf sie, aber die in Zivil gekleidete Frau, die sie wenige Minuten zuvor aus dem Land hatte werfen wollen, winkte den Beamten weg und zerknüllte den Strafzettel.

Christoffer Brinch setzte sich ans Steuer und fuhr los. Er schien den Weg zu kennen. Bald darauf hatten sie Sarajevo hinter sich. Sie fuhren in nordöstliche Richtung. Das Wetter war diesig, die Sonne brach kaum durch die grauen Schleierwolken.

»Luftlinie sind es kaum mehr als 80 Kilometer bis in unser kleines Dorf«, erklärte Brinch, »aber die Landschaft wird immer bergiger, je weiter wir in die Dinarischen Alpen kommen. Außerdem werden die Straßen da immer schlechter, die letzten 16 Kilometer sind nicht einmal mehr asphaltiert. Gestern habe ich fast drei Stunden gebraucht, aber da war das Wetter schlechter als heute. Dafür ist die Strecke aber richtig schön – mit beeindruckenden weißen Kalkmassiven und einer wunderbaren Herbstlandschaft, wie ihr sie vermutlich noch nie gesehen habt. Wartet's ab.«

Konrad Simonsen entschloss sich, ein Nickerchen zu machen. Die Landschaft interessierte ihn wenig, so hübsch sie auch sein mochte.
»Wenn Sie müde werden, kann ich gerne fahren«, schlug Anica Buch vor und versuchte, das Angebot so freundlich klingen zu lassen wie möglich.
»Danke, aber ich kenne den Weg«, antwortete der Anwalt.
Nur Kurt Melsing schien sich wirklich für die Landschaft zu interessieren.
Irgendwann teilte Brinch Umschläge und Handys aus. Die Umschläge enthielten Geld für den Notfall.
»Auf dem Land können Sie Kreditkarten vergessen, die werden da nicht verwendet. Die Währung heißt Konvertibilna Marka, also konvertible Mark, und eine Mark entspricht etwa vier Kronen. Die Handys haben hier Empfang, außer wir fahren durch einen Tunnel, dann ist schlagartig Schluss. Wir werden jeweils zu zweit einquartiert, jedes Paar bei einer Wirtsfamilie, die auch für uns kocht. Die Verhältnisse sind primitiv, aber absolut erträglich, und eure Zimmer sind sauber und ordentlich, falls ihr euch da Sorgen machen solltet. Es gibt auch ein Bad, das ist aber ziemlich kalt.«
»Wer wohnt wo? Haben Sie das schon beschlossen?«, fragte Anica Buch.
»Noch nicht, das müssen Sie unter sich ausmachen.«
Kurt Melsing drehte den Kopf und sah zu Konrad Simonsen, der dann sagte: »Anica und ich nehmen das eine.« Er gab keine weitere Erklärung ab, warum er zu diesem Schluss gekommen war.
»Macht euch keine Sorgen, ich halte keinen längeren Vortrag«, begann Christoffer Brinch und erzählte, dass Bosni-

en-Herzegowina primär aus zwei Einheiten bestehe, nämlich der Föderation aus Bosnien und Herzegowina, die von Kroaten und bosnischen Muslimen dominiert werde, und der Republika Srpska, die von Serben dominiert werde. »Ljubičevac liegt in Letzterer. Insgesamt wohnen vier bis fünf Millionen Menschen in dem Land, und die offiziellen Sprachen sind Bosnisch, Kroatisch und Serbisch …«

Konrad Simonsen gähnte.

In Banja Luka, etwa auf halber Strecke, machten sie Pause. Die Stadt war die zweitgrößte des Landes und das administrative Zentrum der Republika Srpska. Sie fanden ein internationales Hotel, wo sie ausgezeichnet aßen. Christoffer Brinch betankte dort auch den Wagen.

Als sie weiterfuhren, gelang es Anica Buch, das Steuer zu übernehmen, was die Reise deutlich beschleunigte. Nicht weil sie halsbrecherisch fuhr, sondern weil der Anwalt zuvor extrem vorsichtig unterwegs gewesen war. Konrad Simonsen war froh über die Veränderung. Bereits nach einer halben Stunde wurde die Straße aber so schlecht und das Terrain so schwierig, dass sie teilweise nur im Schritttempo vorankamen. Jetzt war auch Konrad Simonsen fasziniert von den Ausblicken, die sich ihnen boten: Lang gezogene, leuchtend gelbe Höhenzüge wechselten einander ab, und immer wieder durchbrachen weiße, steil in den Himmel aufragende Kalksteinformationen die Horizontlinie. Dann wurde der Wald so dicht, dass es im Auto recht dunkel wurde. Nur auf den Brücken über die zahllosen Bäche war es etwas heller. Vollkommen finster wurde es in den unbeleuchteten Tunneln, durch die ihr Weg führte. Menschen sahen sie auf der ganzen Strecke nur wenige.

Kurz vor zwei Uhr erreichten sie ihren Bestimmungsort.

Das Dorf Ljubičevac lag unweit eines Bergmassivs, dicht an der Grenze zu Serbien. Sie fuhren von einem Höhenzug aus auf das Dorf zu. Etwa fünfundzwanzig Häuser standen dicht beieinander. Einige bestanden aus unverputzten Ziegelsteinen, andere aus grob gehauenen Natursteinen. Die Dächer waren ursprünglich wohl mit Holzschindeln gedeckt gewesen, doch nun fast überall mit Blechen ausgebessert, was das Dorf sehr ärmlich wirken ließ. Am Rand des Dorfes lagen ein paar Wiesen, auf denen Schweine weideten, sowie ein sorgsam eingezäunter Friedhof, dessen Größe nicht zu dem Dorf passte. Einer der vielen Hinweise auf den Bürgerkrieg. Ein anderer war ein Haus, dessen Dach fehlte. Verkohlte Balken ragten in den Himmel.

»Wovon leben die Leute hier?«, fragte Konrad Simonsen Christoffer Brinch.

»Tja, einige bekommen eine kleine Rente. Die meisten haben ihre Schafe und ein bisschen Gemüse, das sie auf dem Markt im etwa zehn Kilometer entfernten Nova Kasaba verkaufen. Die Größe des Dorfes täuscht aber. Einige der Häuser stehen leer. Ob das auch noch was mit dem Krieg zu tun hat, weiß ich nicht. Vielleicht sind die Leute einfach nur woanders hingezogen und haben ihre Häuser hier aufgegeben.«

»Gibt es Geschäfte?«

»Einen einzelnen Kaufmannsladen. Das ist auch der Treffpunkt, an dem die Alten sitzen, miteinander reden, etwas trinken und Boule spielen. Ich habe da gestern selbst ein Glas getrunken. Der Wein war richtig gut. Er kostet aber auch eine ganze Krone pro Glas. Anica, fahr hier links ab. Ich will euch was zeigen.«

Zweihundert Meter weiter hielten sie an. Vor ihnen lag eine

Weide, auf der ein einzelner Esel stand. Christoffer Brinch zeigte dorthin.

»Hier lag Decoy Ljubičevac oder Klein-Danewerk, wenn ihr so wollt. Ich habe mir das von ein paar Dorfbewohnern zeigen lassen.«

Konrad Simonsen sah sich um. Hinter und unter ihnen war Wald, linker Hand waren die oberen Dächer des Dorfes zu erkennen. Sie lagen etwa auf derselben Höhe hinter einigen trockenen Wiesen, über die keine Wege zu führen schienen. Der Weg verschwand in einem weiten Bogen im Grün. Abgesehen von den Häusern im Dorf sah er keine Bebauung, nur ein paar Schafe an den gegenüberliegenden Hängen. Sein Blick fiel auf eine Umzäunung vor ihm, ein Teil davon war aus frischen Stämmen errichtet worden, der Rest bestand aus altem, ausgebleichtem Holz.

»Wenn wir uns eingerichtet haben, müssen wir wieder hier rauf, Kurt«, sagte Konrad Simonsen. »Wir müssen ganz sicher sein, dass es diese Stelle ist. Und wenn wir das sind, brauche ich eine Karte. Eine Skizze reicht. Du kannst so etwas doch bestimmt?«

»Können ist optimistisch. So weit reichen meine kartografischen Fähigkeiten dann auch nicht. Ich kann es versuchen.«

Konrad Simonsen nickte. Eine Skizze, ergänzt durch ein paar Fotografien, genügte ihm.

Anica Buchs und Konrad Simonsens Wirtsleute erwiesen sich als älteres Ehepaar. Er dünn und sehnig mit Leberflecken und klaren wasserblauen Augen, sie klein und lebhaft mit großblumigem Kleid und abblätterndem hellroten Nagellack. Beide waren etwa siebzig und hatten das obere Stockwerk ihres Hauses für die Gäste geräumt. Sie schliefen

im Schuppen, erklärte Anica Buch, während die alte Frau wie ein Wasserfall redete.
Die beiden führten ihre Gäste durch das Haus, das ein bisschen an ein dänisches Sommerhaus aus den Fünfzigern erinnerte. Hinter der Küche ging eine steile Treppe nach oben.
»Es gibt ein großes Zimmer und eine Kammer«, sagte Anica Buch. »Ich nehme die Kammer. Um sechs gibt es Essen für uns in der Küche, Hühnchen. Die Wirtin hat gefragt, ob wir lieber allein essen, aber ich habe Nein gesagt. Ist das okay?«
Konrad Simonsen nickte und öffnete die Tür seines Zimmers, während Anica an ihm vorbeiging.
»Darf ich Sie zum Observationsposten begleiten?«, fragte sie.
»Ja, meinetwegen gerne«, sagte er und verschwand in seinem Zimmer.
Der helle, große Raum wurde von einem Doppelbett dominiert. Daneben gab es einen Schreibtisch, zwei große Schränke und einen ledernen Drehstuhl, der vor einem kleinen, tragbaren Fernseher stand. Auf dem Tisch stand eine Schale mit Äpfeln. Es hatte sich wirklich als Vorteil erwiesen, Christoffer Brinch mitzunehmen. Abgesehen von der Episode auf dem Flughafen war alles nach Plan gegangen.
Er hatte den Gedanken kaum zu Ende gedacht, als der Lehnstuhl vor ihm sich langsam drehte.
Darin saß ein junger Mann, den er schon einmal gesehen hatte.
»Willkommen in Bosnien, Kriminalhauptkommissar Simonsen«, sagte der Mann. »Würden Sie bitte die Tür hinter sich schließen?«

Kapitel 61

Dienstag, 16. November 2010,
Kopenhagen

Arne Pedersens Haftbedingungen hatten sich deutlich verbessert. Sein Wohnbereich war verdoppelt worden; er hatte jetzt auch Zugang zu der Nachbarzelle. Außerdem ließen die Wachleute die beiden Zellentüren offen stehen, wenn er ihnen versprach, sich nur im Bereich der Zellen zu bewegen. Die Öffnung der Nachbarzelle war eine logische Konsequenz gewesen, da sie einen Verhörraum brauchten, in dem bis zu fünf Leute an einem Tisch Platz fanden.

Die vier Ermittler der Sonderkommission waren schnell zu demselben Schluss wie Pedersens Kollegen gekommen. Ebenso alle Kriminalreporter des Landes. Der Vizedezernatsleiter war irgendwie getäuscht worden, anders konnten die Fingerabdrücke nicht auf die Waffe gekommen sein, mit der Bjørn Lauritzen getötet worden war. Nur diese Variante machte Sinn, alles andere war absurd. Andererseits war es einleuchtend, dass die Entdeckung von Pedersens Fingerabdrücken auf der Tatwaffe die Verhandlung gegen Irene Gallagher vorzeitig beendet hatte. Irene Gallagher war die Einzige, die von der Situation profitierte, schlossen die Sonderermittler. Und sie wurden darin in einem höchst vertraulichen Gespräch mit dem militärischen Nachrichtendienst bestätigt, der jede Beteiligung an dem Fall brüsk von sich wies. Er hätte vielleicht ein paar Beweise gegen seine frühere Angestellte entwertet, räumte er ein, und dass es ihm faktisch

lieber wäre, sie würde freigesprochen und verschwände aus dem Land. Aber er hätte zu keinem Zeitpunkt versucht, einem Unschuldigen die Verbrechen in die Schuhe zu schieben, derer Irene Gallagher angeklagt gewesen war.
Die beiden PET-Agenten der Sonderkommission waren sich sicher, dass ihre Kollegen vom Militär in diesem Punkt die Wahrheit sagten, und es gelang ihnen, die beiden Polizei-Ermittler von diesem Sachverhalt zu überzeugen. Blieb die Frage, wie die Fingerabdrücke auf die Waffe gekommen waren. Die Sonderkommission folgte gemeinsam mit Klavs Arnold der einzigen Spur, die sie hatten, und führte unablässig Gespräche mit Arne Pedersen, dem es irgendwann zu viel wurde.
»Als Angeklagter bin ich nicht verpflichtet, auszusagen«, schimpfte er.
»Arne, jetzt halt den Mund und komm mit in den Nebenraum.«
»Ich verlange einen Anwalt.«
»Und ich eine Lohnerhöhung, wenn du nicht mal dir selber helfen willst. Jetzt mach schon. Ich muss heute die Kinder holen, du weißt ja, was für einen Terror die Erzieher machen, wenn man nicht bis fünf da ist.«

*

Die Comtesse besuchte Arne Pedersen regelmäßig. Sie brachte ihm unter anderem drei leckere Sandwiches vom Metzger mit, wie Pedersen sie liebte. Sie kam mit einem ganzen Korb voll in die Zelle.
»Wie geht es dir?«, fragte sie, als sie den Tisch deckte.
»Schlecht, ich kriege ständig Gehirnwäschen. Der jütländische Grobian ist der Schlimmste von allen.«

»Ich dachte eher an deine Scheidung.«
»Das ist noch gar nicht richtig bei mir angekommen. Ich mache mir eigentlich keine Gedanken, und das sage ich nicht nur, weil ich nicht darüber reden will. Es ist die Wahrheit. Ich vermisse meine Kinder, aber das würde ich auch, wenn ich frei wäre. Hast du was von Konrad gehört?«
»Ich rede heute Abend mit ihm, dann gebe ich dir Bescheid. Versprochen.«
In diesem Moment rief er sie an.
Die Comtesse hörte zu – er hatte ihre spontan geäußerte Freude ausgebremst, weil dafür keine Zeit sei. Arne Pedersen verfolgte das Gespräch gespannt, konnte dem konzentrierten Gesichtsausdruck der Comtesse aber nichts entnehmen. Zum Schluss sagte sie bedauernd *Verstehe,* auch wenn es nicht so aussah.
»Was wollte er?«, fragte Arne Pedersen.
»Ich soll in die amerikanische Botschaft gehen.«
»Hätte ich mir denken können.«
»Jetzt, sofort.«
»Natürlich, so etwas kann nicht warten. Und was sollst du da?«
»Das weiß ich nicht. Kennst du den amerikanischen Botschafter in Dänemark?«
»Nein, ich war nicht zu seiner Amtseinführung eingeladen«, flachste er.
»Nicht persönlich, du Idiot. Nur wie er heißt oder aussieht.« Er nahm ihr Handy und googelte ihn. In so etwas war er schneller als die Comtesse.
Die Amerikaner hatten eine Botschafterin, etwa fünfzig Jahre alt und recht attraktiv.
»Normalerweise sind das irgendwelche reichen Säcke, die

einen wesentlichen Beitrag zum Wahlkampf des Präsidenten geleistet haben und dafür Dänemark oder ein anderes kleines Land als Prämie bekommen. Die hier ist eine echte Karrierediplomatin. Ich erinnere mich wieder, hatte nur den Namen vergessen und dass es eine Frau ist. Sie ist keine dieser Emporkömmlinge. Dann geh mal und finde heraus, worum es bei alldem hier geht. Und ruf mich an, wenn du schlauer bist.«

Er schob sie fast durch die Tür und betonte, wie leid ihm das alles täte und wie viel es ihm bedeute, dass sie an ihn dachte und ihn informierte, sobald sie etwas Neues wusste.

Sie versprach es.

*

Die amerikanische Botschaft in Østerbro gehörte zu den am besten gesicherten Bauwerken Dänemarks. Vor dem Gebäude wurde die Comtesse von zwei Männern empfangen, die auf sie zu warten schienen. Einer der beiden nannte fragend ihren Namen. Dann wurde sie an allen Sicherheitskontrollen vorbei zu einem Fahrstuhl geleitet, der sie in den zweiten Stock brachte, wo das Büro der Botschafterin war. Diese empfing die Comtesse herzlich, ohne jede Peinlichkeit. Sie bat sie, Platz zu nehmen, als auch schon ein Anruf ins Büro der Botschafterin durchgestellt wurde. Sie redete ein paar Minuten, dann gab sie den Hörer der Comtesse. Konrad Simonsen erzählte ihr ohne Umschweife von einem Mann, den er unter höchst seltsamen Umständen getroffen und der sich als Kulturmitarbeiter der Botschaft vorgestellt habe. Dieser Mann behauptete, ein häufiger Gast im Büro der Botschafterin zu sein und in Berkeley, California, Dänisch und Literatur studiert zu haben mit dem Spezialgebiet *Durchbruch der Moderne Ende des 19. Jahrhunderts.* Konrad bat die Comtesse, den Mann mit ein paar Fragen zu testen. Im nächsten Augenblick hatte sie eine fremde Stimme am Ohr, die sich bereit erklärte, ihre Fragen zu beantworten. Sie sah sich im Büro um.

»Hinter dem Schreibtisch hängt das Porträt des Präsidenten. Welches Bild hängt daneben?«

Er antwortete ihr, indem er die ersten Worte zitierte: *In Congress, July 4, 1776. A declaration by the representatives of The United States of America, in general Congress assembled,* und ihr dann erklärte, dass sie auf eine von etwa zweihundert Originalkopien der Erklärung blicke. Das Dokument sei persönliches Eigentum der Botschafterin und auf dem freien Markt mehr als drei Millionen Kronen wert. Die Comtesse dankte ihm und bat ihn, etwas über Andreas Brandes berühmte Vorlesung zur Kritik an der Dichtung des 19. Jahrhunderts zu sagen. Es täte ihm sehr leid, antwortete der Mann, aber diese Vorlesung habe er wohl versäumt. Brandes Vornamen korrigierte er nicht. Sie bedankte sich und hatte wieder Konrads Stimme im Hörer, dem sie mitteilte:

»Er hat mit der Botschaft zu tun, aber sicher nicht als Kulturattaché. Und dänische Literatur aus dem 19. Jahrhundert hat er auch nicht studiert.«

Dann fügte sie vorsichtig hinzu, um ihren Mann und seine Englischkenntnisse nicht zu brüskieren:

»Und dir ist sicher klar, dass er auch nicht John Doe heißt, oder?«

Kapitel 62

Dienstag, 16. November 2010,
Ljubičevac

»Und, überzeugt?«

Konrad Simonsen warf das Satellitentelefon aufs Bett. Ja, er glaubte jetzt, dass sein Besucher in gehobener Stellung für die Amerikaner arbeitete.

»Möglich, dass Sie als Kulturattaché in deren Registern stehen, aber Sie arbeiten nicht als solcher. Und Ihre akademische Expertise in dänischer Literatur ist Fake.«

Der Mann widersprach nicht, sah Konrad Simonsen aber ein wenig vorwurfsvoll an.

»Und John Doe heißen Sie auch nicht.«

Der Mann lächelte.

»Nein, so heiße ich nicht.«

»Und wie heißen Sie dann?«

»Suchen Sie sich einen Namen aus.«

Konrad Simonsen erhob sich vom Bett. Er war diese Geheimniskrämerei gehörig leid. Wütend riss er den Reißverschluss seiner Reisetasche auf und warf seine Sachen in einen der Schränke.

»Sagen Sie mir jetzt Ihren Namen, verdammt noch mal!«, raunzte er.

»John Tyler.«

»Und so heißen Sie wirklich?«

»Natürlich nicht.«

Konrad Simonsen leerte seinen Koffer und hievte ihn auf

den Schrank. Dann riss er sich zusammen und setzte sich auf den Stuhl neben John Tyler.
»Wo haben Sie so gut Dänisch gelernt?«
»Wie ich bereits sagte: in Berkeley und bei meinen vielen Aufenthalten in Kopenhagen.«
»Sie wissen ja offenbar eine Menge über mich, aber ich nichts über Sie. Das gefällt mir nicht. Haben Sie dafür gesorgt, dass unsere Reisegesellschaft doch noch einreisen durfte, nachdem wir zuerst ausgewiesen wurden?«
»Ja.«
»Und wie haben Sie das bewerkstelligt?«
»Indem ich mit einem Mann gesprochen habe, der wiederum mit einem anderen Mann gesprochen hat, der Sie dann reingelassen hat. Aber interessiert Sie nicht mehr das Warum?«
Konrad Simonsen ignorierte die Frage, obgleich ihn das natürlich interessierte.
»Woher wussten Sie, dass wir zurückgeschickt werden sollten?«
»Ich habe mitbekommen, dass Sie im Flughafenterminal abgefangen wurden.«
»Und jetzt sitzen Sie hier in meinem Zimmer, bevor ich selbst da bin. Wie haben Sie das geschafft?«
»Helikopter.«
»Woher wussten Sie, dass ich dieses Zimmer beziehen würde?«
»Wir haben uns gestern an Herrn Brinch gehängt und später hier im Dorf umgehört.«
»Ich hätte mich für ein anderes Zimmer entscheiden können, das konnten Sie nicht vorhersehen. Und wer, bitte, ist *wir?*«

»Wenn nicht mit Ihnen, hätte ich eben mit Herrn Melsing gesprochen, das spielt keine Rolle. Und *wir* sind die Menschen, mit denen ich zusammenarbeite.«

»Ich soll also nicht weiter nachfragen?«

»Das dürfen Sie gerne.«

Draußen begann ein Hund, aufgeregt zu jaulen. Konrad Simonsen erhob sich und schaute aus dem Fenster. Ein älterer sehniger Mann fuchtelte mit seinem Stock in der Luft herum. Es sah ganz so aus, als hätte er den Hund geschlagen, der nirgends zu sehen war. Konrad Simonsen drehte sich um und nahm die unsinnige Unterhaltung wieder auf, wobei er versuchte, Nachdruck in seine Worte zu legen.

»Jetzt erzählen Sie mir, wieso Sie und Ihr Land so interessiert an Irene Gallagher und unserem Aufenthalt in Bosnien-Herzegowina sind. Danach erzähle ich Ihnen dann, warum wir hier sind, auch wenn ich den Verdacht habe, dass Sie das längst wissen. Hinterher können wir dann ja entscheiden, ob das als Basis für eine Zusammenarbeit reicht.«

John Tyler schwieg kurz, dann sagte er:

»Ich werde Ihnen etwas über Irene Gallagher erzählen, wenn auch nicht alle Details. Dafür haben Sie im Gegensatz zu mir Kenntnisse über einen Ort, von dem ich sehr gerne wüsste, wo er ist. Den Grund dafür werde ich Ihnen später nennen, wenn Sie gefunden haben, wonach Sie suchen, und … und ein paar andere Lücken sich schließen.«

»Ich dachte, Leute wie Sie arbeiten eng mit den dänischen Kollegen zusammen. Warum fragen Sie nicht die, wo der Ort ist, den ich angeblich kennen soll? Es würde mich doch sehr wundern, wenn die Ihnen nicht weiterhelfen können.«

»Da haben wir etwas gemeinsam, mich wundert das nämlich auch. Was nun Irene Gallagher betrifft …«

John Tyler erzählte, dass sie – was Konrad Simonsen bereits wusste – ein paar Jahre bei den *amerikanischen bewaffneten Streitkräften* gedient hatte. In diesem Zusammenhang hatte sie sich umfangreiches Wissen über die globalen Schutzvorkehrungen der USA gegen den internationalen Terrorismus angeeignet. Sie kannte das System sozusagen von innen. 2002 teilte sie ihrem persönlichen Kontakt bei einer zentralen amerikanischen Organisation mit, dass sie in einer Al-Qaida-Zelle in Sarajevo einen besonders gefährlichen Akteur enttarnt hätte, der die Entführung eines hochrangigen amerikanischen Beamten plane. Die Mitteilung wurde an die lokale CIA-Residentur weitergeleitet, die vorerst keine Schritte gegen den Operateur einleitete, weil es dazu Hinweise aus zwei voneinander unabhängigen Quellen brauchte. Kurze Zeit später bekam die CIA-Residentur einen weiteren Hinweis aus Kopenhagen, woraufhin der Operateur, ein zwanzigjähriger bosnischer Student, in ein anderes Land gebracht wurde, wo die Behörden nicht sonderlich zimperlich mit ihren Verhörmethoden waren. Wie sich bedauerlicherweise zeigte, wusste der Operateur nichts von der Al-Qaida-Zelle. Wenn er etwas gewusst hätte, hätte er es gesagt. Aber, was schlimmer war, der Operateur hatte die Verhöre seines Wissens nicht überlebt …

Konrad Simonsen fasste kurz zusammen.

»Der Junge wurde entführt, in einen Diktaturstaat gebracht, wo er zu Tode gefoltert wurde, weil er nichts erzählen konnte.«

»Darauf bin ich nicht stolz. Ein paar Jahre später habe ich dann bei einem Gespräch zweier Kollegen zufällig mitbekommen, dass Irene Gallagher die Initiatorin beider Anzeigen gegen den in Wirklichkeit unschuldigen Mann war. Das wunderte meine Organisation dann doch. Und da noch ein paar andere Warnlampen zu blinken begannen, auf die ich jetzt nicht näher eingehen kann, wurde eine interne Untersuchung eingeleitet, die bis heute läuft. Ich bin ein Teil davon.«

»Und in welcher Verbindung steht ihre traurige Geschichte zu diesem Ort?«

»Bei intensiver Beschäftigung mit dem Fall zeigte sich, dass der Student gerade eine Vorladung vors Kriegsverbrechertribunal in Den Haag bekommen hatte, als Irene Gallagher ihre falsche Anklage gegen ihn abgesetzt hat.«

»Um als Zeuge über Vorfälle auszusagen, die sich im Sommer 1995 hier zugetragen hatten.«

»Ja, aber damit warten wir noch ein wenig.«

»Wusste Irene Gallagher von seiner Berufung nach Den Haag?«

»Ja, das tat sie. So wie sie auch weiß, dass wir uns äußerst gerne ausführlicher mit ihr unterhalten würden, aber der Wunsch ist garantiert nicht beiderseitig.«

Konrad Simonsen ahnte, worauf das Gespräch hinauslief.

»Wieso haben Sie sich zu erkennen gegeben und sind uns nicht einfach weiter gefolgt, bis wir Sie zu Ihrem sogenannten geheimnisvollen Ort führen?«, fragte Konrad Simonsen nach einigem Zögern.

»Weil wir gemeinsame Interessen haben und Sie mich garantiert entdeckt hätten.«

»Sie können uns aus dem Land schmeißen, wenn wir Ihnen nicht helfen.«

»Sicher, aber wem wäre damit geholfen?«

»Niemandem. Ich stelle nur fest, dass Sie mir nicht damit drohen.«

»Drohungen sind die denkbar schlechteste Ausgangsbasis für eine Zusammenarbeit.«
»Und wenn ich nicht mit Ihnen zusammenarbeiten will?«
»Dann habe ich mich in Ihnen geirrt und hätte Ihnen weiter folgen sollen, wie Sie es vorgeschlagen haben.«
»Wie soll ich den anderen Ihre Anwesenheit erklären?«
»Ganz direkt – dass wir jetzt fünf im Team sind.«
Konrad Simonsen streckte die Hand aus und bekam einen festen Händedruck.
»Sie hätten Irene Gallagher entführen sollen, nicht den armen Studenten.«
Zum ersten Mal während ihrer Unterhaltung schwang so etwas wie Empathie in John Tylers Stimme mit.
»Glauben Sie mir, das wurde sehr ernsthaft in Erwägung gezogen, aber das wird leider nicht passieren.«

Kapitel 63

Dienstag, 16. November 2010,
Ljubičevac

Der Esel stand jetzt am hinteren Ende der eingezäunten Weide. Ansonsten war alles wie gehabt.
Konrad Simonsen war kurz zuvor mit Anica Buch eingetroffen, Kurt Melsing war bereits dort gewesen. Er saß auf einem Klappstuhl mit einer Holzplatte auf dem Schoß als Unterlage für vier zusammengeklebte DIN-A4-Blätter und arbeitete mit einem weichen Bleistift an der Karte. Er war fast fertig, und das Ergebnis war grandios.
Wenig später kam Christoffer Brinch. Der Anwalt entschuldigte sich bescheiden für seine Anwesenheit und versicherte Konrad Simonsen, dass er sich natürlich nicht in ihre Arbeit einmischen wollte, und genau wüsste, dass er nur für den organisatorischen Teil der Reise zuständig war. Konrad Simonsen schaute zu dem Weg, auf dem John Tyler zu ihnen hochstapfte.
»Der Mann dort unten heißt John Tyler. Er ist Angestellter des amerikanischen Staates. Ich hatte gestern eine lange Unterhaltung mit ihm, aus der hervorging, dass er ein sehr ähnliches Interesse an Irene Gallagher hat wie wir. Von nun an arbeiten wir mit ihm zusammen. Er spricht Dänisch und verfügt über interessante Informationen, die wir noch nicht kennen, er könnte also eine große Hilfe sein. Zu eurer Information: Er ist recht zurückhaltend, was seine Person betrifft, darum fragt nicht weiter nach.«

»Und du bist sicher, dass Mr Tyler der Mr Tyler ist, der er behauptet zu sein?«, fragte Kurt Melsing.
»Das habe ich im Blick«, antwortete Konrad Simonsen und erntete ein Nicken von Kurt Melsing, der den neuen Teampartner damit akzeptierte. Anica Buch hingegen reagierte überraschend schroff.
»Spricht er Serbokroatisch?«
»Das müssen Sie ihn schon selber fragen«, antwortete Konrad Simonsen und fragte sich im Stillen, ob seiner neuen Mitarbeiterin die gleichaltrige Konkurrenz nicht passte.
John Tyler schüttelte allen die Hand, nannte lächelnd seinen Namen und trat dann einen halben Schritt zurück, als wollte er damit deutlich machen, dass er nicht der Typ war, der sich in einer etablierten Gruppe in den Vordergrund spielte. Konrad Simonsen erzählte dem Amerikaner von Klein-Danewerk, wie er den dänischen Observationsposten inzwischen nur noch nannte, und dass sie als Erstes eindeutig nachweisen wollten, dass der Posten sich an genau der Stelle befunden hatte, an der sie jetzt standen. Kurt Melsing, der wieder über seine Karte gebeugt saß, mischte sich ein, ohne den Blick zu heben.
»Es ist hier, Konrad. Aber den Beweis willst du, wie ich dich kenne, höchstpersönlich erbringen.«
Konrad überhörte den Kommentar, nahm ein aufgerolltes Papierbild aus der Innentasche seiner Jacke und glättete es. Es zeigte den Observationsposten im Frühjahr 1995.
Die Fotografie war mit Blick auf den Giebel des etwa drei Meter hohen Schutzbunkers aus schwarzen, armeegrünen und weißen Sandsäcken aufgenommen worden. Vor dem Posten stand ein Soldat, der mit stolzer Geste das Bauwerk präsentierte. Er trug eine Tarnuniform mit der dänischen

Flagge auf der Schulter und das blaue UN-Barett auf dem Kopf. Direkt hinter dem Gebäude ragten zwei Kanonenläufe von Leopard-Panzern hervor, potent und bedrohlich. Und weiter im Hintergrund, leicht verschwommen, war eine weiße Felsformation mit den Konturen eines umgedrehten W zu sehen. Davor erstreckte sich über den linken Bildrand hinaus die rotbraune Almlandschaft in vier sanften Hügeln.

Kurt Melsing zeigte auf einen grob behauenen Granitstein, der wenige Meter hinter Konrad Simonsen am Wegrand in die Erde eingegraben war.

»Stell dich dahin und geh in die Hocke, dann hast du genau die Perspektive wie auf dem Bild mit mindestens zwei eindeutigen Markierungen im Hintergrund. Das Kalksteinmassiv und die Konturlinien der Landschaft. Ich hätte noch ein paar andere Landmarken, falls du immer noch nicht überzeugt bist.«

Konrad Simonsen war schwer beeindruckt. Kurt Melsing hatte das Foto nur bei einer einzigen Gelegenheit vor einigen Wochen gesehen, aber er war weithin bekannt für sein außerordentliches fotografisches Gedächtnis.

Christoffer Brinch und Anica Buch folgten Konrad Simonsen die wenigen Schritte zu dem Grenzstein und gingen alle drei in die Hocke. Sie verglichen ihren Ausblick mit der Fotografie, während John Tyler zur Richtigstellung der Dimensionen unaufgefordert den Soldaten vor dem Posten mimte. Kein Zweifel – hier hatte Klein-Danewerk gestanden.

»Was für andere Hinweise hast du gefunden?«, fragte Konrad Simonsen seinen Kollegen.

»Zweifelst du immer noch?«, fragte der Kriminaltechniker.

»Nein, aber ich würde es trotzdem gerne wissen.«
Kurt Melsing schraffierte die letzte Ecke seiner Karte, dann stand er auf und zeigte den anderen ein paar Stellen am Hang, an denen Erde abgetragen worden war. Sandsäcke wurden mit Erde gefüllt, wenn kein Sand zur Verfügung stand, was hier offensichtlich der Fall gewesen war. Erde und Sand boten in etwa gleichwertigen Schutz gegen Beschuss. Kurt Melsing zog eine Handvoll Metallringe aus der Tasche und hielt sie den anderen hin.
»Die hab ich im Gras vor dem Waldrand gefunden, da sind noch viel mehr. Ansonsten haben unsere Soldaten gut aufgeräumt, das muss man schon sagen.«
»Sind das Dosenverschlüsse?«, fragte Anica Buch.
Kurt Melsing nickte.
»Genau, Zugringe aus Aluminium.«
Das Morddezernat hatte im Rahmen der Ermittlungen vierzehn Ex-Soldaten befragt, die mit Bjørn Lauritzen in Bosnien gewesen waren. Konrad Simonsen hatte alle Zeugenaussagen gründlich gelesen und kannte sie mehr oder weniger auswendig. Einer der Veteranen hatte Melsing erzählt, dass sie in Klein-Danewerk zum Zeitvertreib Poker gespielt hätten. Da aber einige immer Verluste machten, hätte Bjørn Lauritzen das Spielen um Geld irgendwann verboten. Stattdessen waren Zugringe von Getränkedosen als Jetons zum Einsatz gekommen, die sie als Trophäen an Ketten um den Hals getragen hätten.
Während der nächsten zehn Minuten suchte Konrad Simonsen mit seinem Feldstecher die Landschaft ab. Er hatte exakt die gleiche Marke aufgetrieben, die Bjørn Lauritzen fünfzehn Jahre zuvor benutzt hatte. Vergeblich hielt er nach dem Haus Ausschau, das sich, wie er wusste, einen bis an-

derthalb Kilometer hangabwärts am Waldrand befunden hatte, aber dort war nichts mehr.
»Das ist unser Programmpunkt für morgen. Wir nehmen den Wagen, da Kurt sicher einen Haufen Zeug transportieren muss. Aufbruch um neun Uhr. Und da wäre noch etwas, das wir uns genauer ansehen sollten. Bjørn Lauritzen und Ole Nysted sind laut verschiedener Aussagen mit ihrem Panzer da unten im Wald hin- und hergefahren, bevor sie wieder hierher zurückgekommen sind und sich den Kameraden der Observationsgruppe angeschlossen haben, die in Richtung Tuzla aufbrachen. Bei ihrer Fahrt durch den Wald haben sie eine Handvoll Flüchtlinge aufgesammelt, die auf dem Panzer saßen, als sie Klein-Danewerk erreichten. Und auch auf der Strecke nach Tuzla haben alle drei Panzer Flüchtlinge mitgenommen. Aber das ist möglicherweise eine andere Geschichte. Wie auch immer, die Panzer müssen da unten im Wald eine Strecke durch Wasser gefahren sein. Ob es sich dabei um einen Fluss, Strom, Bach, Wasserlauf oder ein ausgetrocknetes Flussbett handelt, kann ich nicht sagen, da gehen die Zeugenaussagen auseinander. Das würde ich gerne herausfinden.«
»Wäre es nicht besser, damit bis morgen zu warten? In einer Stunde wird es dunkel, Konrad. Anica könnte ja schon mal die Bewohner fragen, was das für ein Gewässer ist.«
»Ich würde gerne noch das letzte Tageslicht nutzen. Wenn ich mir die Landschaft anschaue und mit den Zeugenaussagen vergleiche, muss der Wasserlauf irgendwo hinter uns sein. Wenn wir schon mal hier sind, können wir doch wenigstens nachschauen und allenfalls an einem anderen Tag zurückkommen.«
John Tyler und Kurt Melsing schlossen sich Konrad Simon-

sen an, während Anica Buch ins Dorf zurückging, um Bewohner zu suchen, die sie befragen konnte. Christoffer Brinch begleitete sie. Er hatte keine Lust, in fremden Wäldern herumzustolpern, die mündliche Zusammenfassung der anderen reichte ihm aus.
Die drei Männer marschierten zügig zu dem Pfad, der ein paar Hundert Meter vom Observationsposten entfernt auf den Weg stieß, der weiter in den Wald führte.
Der Weg endete, ohne dass sie auf einen Wasserlauf gestoßen waren. Sie blieben vor dem sehr dicht gewachsenen Wald stehen. John Tyler schaute auf die Uhr.
»Wir haben noch etwa fünfundzwanzig Minuten, das heißt, zehn rein, zehn wieder raus und fünf Minuten Pufferzeit. Was sagen Sie? Es ist Ihre Entscheidung.«
Die beiden älteren Männer stimmten dem Vorschlag zu und baten John Tyler, die Führung zu übernehmen und auf die Zeit zu achten. An dem kalkfelsigen Hang wuchsen niedrige Krüppelkiefern. Der karge Boden war von vermodernden Blättern bedeckt. Konrad Simonsen rutschte zweimal aus, wobei glücklicherweise nicht mehr passierte, als dass er auf dem Hintern landete und grummelnd die Hände zurückwies, die ihm wieder auf die Beine helfen wollten.
Nach knapp hundert Metern kreuzte ein Wasserlauf ihren Weg. Er schlängelte sich in Serpentinen durch den Wald, die lang gestreckten Ufer gingen direkt in die dichte Vegetation über, und das von den Blättern gelb gefärbte Wasser strömte in südliche Richtung vom Bergkamm hinunter. Auf einem Stein in einer Kurve stand ein Reiher, halb verborgen hinter einem Lorbeerbusch, und suchte mit seinem langen Schnabel das Wasser ab.
»Hier kommt man gut mit einem Panzer durch, speziell im

Sommer, wenn der Wasserstand niedriger ist als jetzt. Und von hier aus auf den Weg zu gelangen, über den wir gekommen sind, dürfte auch kein Problem sein. Die jungen Bäume stellen sicher kein Hindernis für einen Panzer dar. Heute ist es zu spät dafür, aber morgen wüsste ich es sehr zu schätzen, wenn der eine oder andere jüngere Mann sich freiwillig melden würde, das Ufer von hier hangabwärts abzuschreiten. Vielleicht eine Stunde, bevor wir anderen aufbrechen?«

John Tyler grinste breit.

»Dann hätte der jüngere Mann aber gerne etwas genauere Angaben, wie weit er dem Wasserlauf folgen soll, das ist ihm nämlich noch nicht ganz klar.«

Konrad Simonsen gelobte ihm präzise Instruktionen, sobald sie wieder aus dem Wald heraus wären.

»Hier haben die Teufel also drauflosgemordet«, sagte Kurt Melsing finster. »Einfach grauenvoll. Aber wieso um alles in der Welt ist Bjørn Lauritzen mit seinem Panzer hier durchgepflügt. Das übersteigt meine Fantasie. Wenn es ihm um die Rettung der Flüchtlinge ging, hätte er in der offenen Landschaft doch viel mehr ausrichten können. Da hätte er freie Schusslinie auf die serbischen Heereinheiten gehabt, die die Flüchtlingsgruppen mit Mörsergranaten beschossen haben. Das muss er doch gewusst haben.«

Konrad Simonsen dachte sich seinen Teil. Er hatte den bösen Verdacht, dass Lauritzen und Nysted einen ganz anderen und viel egoistischeren Grund gehabt hatten, durch den Wald zu fahren.

Zurück auf dem Weg, reichte Konrad Simonsen John Tyler seinen Feldstecher.

»Bjørn Lauritzen und Ole Nysted sind die gesamte Strecke durch den Wasserlauf gefahren, von der Stelle, wo wir gerade waren, bis dorthin, wo der Weg endet und der Wald beginnt, nur in umgekehrter Richtung. Damals stand dort unten ein Haus, das jetzt nicht mehr da ist. Genau dort werden wir uns morgen umsehen.«

John Tyler nahm den Feldstecher von den Augen.

»Dort stand ein Haus?«

Konrad Simonsen nickte.

Der Amerikaner wurde blass.

»Oh, fucking shit«, presste er leise hervor.

Kapitel 64

Dienstag, 16. November 2010,
Polizeipräsidium

Arne Pedersen war enttäuscht. »Die Comtesse hat mich vergessen«, beschwerte er sich bei Klavs Arnold. »Wir hatten eine klare Vereinbarung. Sie hat es mir versprochen, und zwar mehrere Male. Sie wollte mich anrufen, nachdem sie in der Botschaft gewesen war, und mir sagen, was da läuft.«

Klavs Arnolds Anteilnahme hielt sich in Grenzen. Er wusste nichts von der Botschaft, und es war ihm auch egal, er kämpfte mit eigenen Problemen. Seine Frau hatte ihn nach dem Abendessen rausgeschmissen und gesagt, dass sie sich um die Kinder und alles andere kümmern würde, damit er sich ganz darauf konzentrieren könne, den armen Arne Pedersen endlich aus dem Gefängnis zu holen. Der arme Arne Pedersen war am Abend zuvor Gegenstand einer längeren Fernsehdebatte gewesen, die sehr emotionsgeladen darauf abgezielt hatte, wie schrecklich es für ihn war, seinen Job zu verlieren und von seiner geliebten Familie getrennt zu sein – und das alles nur wegen einer Situation, die auch noch der letzte Depp als Falle erkannte. Anschließend waren Pedersens Frau und die Zwillinge interviewt worden. *»Wir können nachts kaum schlafen, jetzt, wo Papa im Gefängnis ist.«* Als Letzter war ein Juraprofessor zu Wort gekommen, der etwas pompös die Mängel des dänischen Rechtswesens durchgegangen war. Die Sendung hatte Arne Pedersens Popularitätskurve senkrecht nach oben schießen lassen, insbesondere bei der weiblichen Bevölkerung, zu der auch Stella Arnold gehörte.

»Sie ruft bestimmt noch an. Lass uns jetzt erst einmal die drei wichtigsten Punkte durchgehen. Ich habe eine Theorie, vielleicht bringt die die Lösung.«

»Sie hat aber versprochen, gleich anzurufen, nicht erst später.«

Arnold ignorierte ihn und nahm eine dünne Mappe aus dem Stapel, der zwischen ihnen auf dem Tisch lag. Er schlug die erste Seite auf.

Die vier Beamten der Sonderkommission und Klavs Arnold hatten hart und systematisch gearbeitet. Aus einer Übersicht von Arne Pedersens Aktivitäten in der Zeit vom 22. August bis 29. September hatten sie nach langen Diskussionen acht Episoden ausgewählt, in denen ihr Kollege in Situationen gebracht worden sein konnte, seine Fingerabdrücke auf dem Lauf der Ruger zu hinterlassen. Darunter erschienen drei Vorgänge am interessantesten: Das Verhör von Irene Gallagher in ihrem Haus am 20. September sowie die beiden Gespräche, die Arne Pedersen am 13. und 17. September mit dem inzwischen verstorbenen Ole Nysted geführt hatte. Beim ersten der beiden Gespräche war Arne Pedersen betrunken gewesen, beim zweiten hatte Nysted ihn gebissen.

»Sollen wir nicht erst einmal eine Theorie erarbeiten?«, schlug Arne Pedersen vor.

Er wusste, wie anstrengend es war, einen Handlungsverlauf, über den er bereits gesprochen hatte, mit frischem Blick anzugehen. Es war so leicht, denselben Blickwinkel einzunehmen wie beim vorigen Mal, ja sogar die gleichen Worte zu nutzen und sie, ohne nachzudenken, erneut vorzubringen, was eine Aussage aber komplett wertlos machte.

»Es ist sehr wahrscheinlich, dass Irene Gallagher bei dir eingebrochen ist, ohne dass wir den genauen Zeitpunkt kennen. Sie muss auch bei Pauline Berg gewesen sein, vermutlich bereits am Vormittag des 22. August, bevor sie Bjørn Lauritzen am Strand von Charlottenlund eingesammelt und nach Jungshoved gefahren hat. Wenn sie in der Nacht nach dem 13. September bei dir gewesen ist, hätte sie deine Hand nehmen und deine Finger um den Lauf der Pistole legen können, ohne dass du davon wach geworden wärest. Da warst du ja voll wie eine Haubitze.«

Die beiden Männer diskutierten die Möglichkeit ein paar Minuten lang, aber keiner wollte sich recht damit anfreunden. Aus Irene Gallaghers Sicht wäre es zu riskant gewesen, zu viel hätte schiefgehen können. Sie verwarfen die Idee und begannen erneut mit der harten Arbeit, die drei Episoden noch einmal durchzugehen. Und dieses Mal hatte Klavs Arnold eine Ergänzung. Er hatte eine Auswahl an Fotografien mitgebracht, die die Kriminaltechniker in Ole Nysteds Unterschlupf gemacht hatten. Da Nysteds Tod als möglicher Mordfall eingestuft worden war, hatten die Techniker alles genau dokumentiert. Die meisten Fotos zeigten natürlich den Toten, aber auch sein Heim war fotografisch dokumentiert worden. Klavs Arnold ging es hauptsächlich um diese Fotos, mit denen er Arne Pedersens Erinnerung auf die Sprünge zu helfen hoffte. Die Idee war nicht dumm, und Arne Pedersen erinnerte sich tatsächlich an Details, die bisher noch nicht zur Sprache gekommen waren. Er hatte während seines ersten Besuchs einen Aschenbecher vom Boden aufgehoben, den er vom Tisch geschoben hatte, als sie getrunken hatten. Und beim zweiten Besuch hatte er die Tür offen stehen lassen, als er Brennholz geholt hatte, damit ein bisschen frische Luft in die Hütte kam.

Obwohl diese Informationen nicht spektakulär waren, lobte Klavs Arnold seinen Kollegen für die neuen Details.

»Vielleicht sollten wir morgen mal gemeinsam zu der Hütte fahren. Drinnen ist alles unverändert, formell wird die Hütte noch als Tatort angesehen. In der Hütte fallen dir vielleicht noch mehr Dinge ein.«

»Ich bin in Isolationshaft, weißt du noch? Meine Wärter sind so schon sehr großzügig. Um diesen Gefallen will ich sie nicht auch noch bitten.«

»Das brauchst du auch nicht. Die Sonderkommission nimmt dich mit zu einem wichtigen Ortstermin. Das kann ganz offiziell gemacht werden. Es wird mir eine Freude sein, dich in Handschellen auf Seeland herumzuführen.«

Arne Pedersen antwortete nicht. Er zeigte überrascht auf das Bild des toten Veteranen.

»Der hat seine Fußverletzung ja schnell auskuriert, die Bandage ist weg. Fünf Tage vorher, als ich bei ihm war, konnte er den Fuß kaum bewegen.«

»Stimmt. Daran hat niemand von uns gedacht. Ich habe den Obduktionsbericht nicht dabei. Ich geh schnell hoch und hole ihn.«

Die Spannung im Raum war greifbar. An diesem Punkt waren sie nie zuvor gewesen.

Schon auf dem Weg zurück in den Zellentrakt warf Klavs Arnold einen ersten Blick in den Bericht.

»Nichts, da steht nichts von einer Verletzung am Fuß. Der hat dich beschissen.«

Sie gingen die vier Seiten noch einmal gründlich durch: Ole

Nysted hatte sich nicht mit einem Axthieb am Fuß verletzt. Die nächste Frage lag damit auf der Hand.
»Warum hat er das gemacht?«, fragte Klavs Arnold.
Sosehr sie sich auch das Gehirn zermarterten und die Geschehnisse aus allen erdenklichen Blickwinkeln betrachteten, kamen sie immer wieder nur auf die beiden Episoden, die sie zuvor schon diskutiert hatten. Arne Pedersen hatte Brennholz in die Hütte getragen und nach Aufforderung eine Flasche Whisky aus einem Schrank geholt.
»Ich habe links von ihm auf dem Sofa gesessen«, begann Arne Pedersen, »als er mich gefragt hat, ob ich nicht so nett sein könnte, einen Armvoll … verdammt, das ist es, das ist es. Ich bin ein Idiot. Darauf hätte ich viel früher kommen müssen. Natürlich, deshalb war auch das Korn abgeschliffen. Jetzt passt alles zusammen, auch das, was diese Jugendlichen im Wald gesehen haben.«
Arne Pedersen war in seiner Begeisterung so rasch aufgesprungen, dass der Stuhl hinter ihm zu Boden gekippt war. Im selben Moment klingelte sein Handy. Er warf misstrauisch einen Blick darauf. Jetzt war nicht der Moment für Telefonate. Trotzdem nahm er das Gespräch an. Es war die Comtesse. Klavs Arnold versuchte, sich zusammenzureißen und in Geduld zu üben.

Kapitel 65

Mittwoch, 17. November 2010,
Ljubičevac

Ein Schuss riss Konrad Simonsen aus dem Schlaf. Er richtete sich im Bett auf, unsicher, ob er den Knall geträumt hatte. Nachdem er sich gesammelt hatte, tastete er nach dem Wecker, den er auf das Brett am Kopfende des Bettes gestellt hatte. Das Ziffernblatt leuchtete auf und zeigte halb drei. Er stand auf und schaltete das Licht ein, aber ohne Effekt. Christoffer Brinch hatte ihnen schon auf der Fahrt von Sarajevo mitgeteilt, dass die Elektrizitätsversorgung in Ljubičevac instabil war, besonders nachts gab es immer wieder Stromausfälle. Er tastete sich zu dem Stuhl mit seinen Kleidern vor und zog Hose, Schuhe und Jacke an. Auf Hemd und Socken verzichtete er. Es klopfte an der Tür, und er öffnete. Es war wie erwartet Anica Buch.

»Das war ein Schuss, oder?«, fragte sie.

»Ich glaube schon.«

»War das nicht direkt vor dem Haus?«

»Möglich, ich wollte gerade nachsehen.«

Ihre Angespanntheit grenzte an Panik. Sie wollte nicht allein sein, also folgte sie ihm und flehte ihn an, sie nicht irgendwo stehen zu lassen. Er spürte ihre Hand auf seinem Arm und versicherte ihr ruhig, dass er bei ihr bleiben würde, sie bräuchte keine Angst zu haben. Im Haus war es ruhig. Er löste sich von ihr und zog seinen Mantel an. Seine Augen hatten sich bereits an das Dunkel gewöhnt.

Draußen schien ein schwacher Mond, und sie erkannten den Landrover, der auf der anderen Straßenseite geparkt war. Konrad Simonsen sah zwei Gestalten neben dem Wagen stehen. Ein paar Hunde begannen in der Nähe zu jaulen. Irgendetwas stimmte nicht. Kurz darauf trat auch ihre Wirtin auf die Straße. Sie hatte ein Kind auf dem Arm, das er bis dahin noch nicht gesehen hatte. Das Kind klammerte sich mit beiden Armen an sie und versteckte sein Gesicht an ihrer Schulter. Konrad Simonsen und Anica Buch gingen zum Wagen hinüber, blieben aber auf halbem Weg stehen, als der kräftige Lichtkegel einer Taschenlampe aufleuchtete, kurz verharrte und sich dann näherte. Es war Kurt Melsing.
»Was ist los, Konrad? Das war doch ein Schuss.«
Sie gingen zum Wagen hinüber, wo sich jetzt vier alte Männer versammelt hatten. Sie grinsten, zeigten auf das Auto und redeten leise miteinander. Das Fenster auf der Fahrerseite war weg, nur am Rand hingen noch ein paar Splitter. Kurt Melsing schob die alten Männer zur Seite, leuchtete durch das Loch in den Wagen und schätzte den Schaden ein.
»Ein Jagdgewehr«, sagte er. »Der Streuung nach mit abgesägtem Lauf. Ein einzelner Schuss aus drei oder vier Metern Entfernung. Bleischrot. Bei uns seit 1996 aus Umweltschutzgründen verboten. Ich tippe auf 3,5 Millimeter, Größe 3. Das Auto selbst hat keinen Schaden genommen. Nur die Scheibe. Vermutlich können wir damit fahren, wenn wir die Scherben und das Schrot weggeräumt haben.«
»Wer macht denn so was?«, fragte Anica Buch. »Das gefällt mir gar nicht.«
Die beiden Männer spielten die Situation herunter. So schlimm sei das doch nicht. Dann baten sie sie, die alten Männer zu fragen, ob sie etwas gesehen hätten.

Alle vier schüttelten die Köpfe.

Sie blieben noch eine Viertelstunde beim Wagen. Einen vernünftigen Grund dafür gab es nicht, aber alle schienen das Bedürfnis zu haben, jetzt nicht allein zu sein. Erst als Konrad Simonsen zu frieren begann, sagte er:

»Das war's dann wohl. Wir können hier ohnehin nichts ausrichten.«

Kurt Melsing gab Konrad Simonsen seine Taschenlampe und lief mit dem Licht des Handys zurück zu seiner Bleibe. Anica Buch und Konrad Simonsen gingen nach oben zu ihren Zimmern. Auf dem Flur überließ er ihr die Taschenlampe, aber als er sich von ihr verabschiedete, sagte Anica Buch:

»Konrad?«

Sie hatte ihn nie so genannt, und irgendwie klang das aus ihrem Mund verkehrt, geradezu anmaßend. Vielleicht weil sie so jung war oder sie sich noch nicht lang kannten. Trotzdem antwortete er ihr mit einem entgegenkommenden »Ja?«.

»Ich weiß, dass das dumm ist, aber könnten Sie mit in mein Zimmer kommen, um zu schauen, ob da jemand ist. Als ich rausgegangen bin, habe ich nicht abgeschlossen und … Ich weiß ja, dass das blöd ist … aber trotzdem …«

»Natürlich, selbstverständlich«, antwortete er beruhigend.

Konrad Simonsen suchte das Zimmer systematisch mit der Taschenlampe ab, und auf ihre Bitte hin schaute er sogar unter dem Bett nach.

»Da ist niemand, Anica. Sie können beruhigt schlafen.«

Sie zögerte. Sie wusste ja, dass er recht hatte, aber die Angst war trotzdem da. Er bot ihr an, noch einen Moment in ihrem Zimmer zu bleiben. Dann sah er den Zettel, der auf ihrem Bett lag.

»Was ist das, Konrad? Die waren hier drin, die waren hier!« Sie drückte sich an die Wand und jammerte auf Serbisch.

Das Papier war dasselbe wie in Paris, ein einfacher weißer A4-Zettel. Auch die Schrift war ähnlich. Nur dieses Mal waren es rote kyrillische Blockbuchstaben. Die Zeichnung des Wolfes war dieses Mal besser gelungen. Das Blatt war mit einem Messer auf ihr Kopfkissen gesteckt worden. Der Schaft war wie ein Drachen geformt und vergoldet, irgendein billiges Zeug.

Er nahm das Messer und steckte es in seine Manteltasche. Mit der Nachricht und der Taschenlampe in der einen und Anica Buch an der anderen Hand ging er zurück in sein Zimmer. Er holte die Flasche Rum aus seinem Koffer und goss etwas in den Deckel, der wie ein kleines Glas geformt war. Nach zwei Runden beruhigte sie sich etwas.

»Legen Sie sich jetzt hin und versuchen Sie zu schlafen. Ich bleibe hier im Sessel sitzen und gehe nicht weg. Den Brief lesen wir morgen.«

Sie protestierte heftig. Sie hatte schon die ersten Worte gelesen und wollte wissen, wie es weiterging, sodass er sich ihrem Willen beugte und ihr das Blatt reichte, während er den Strahl der Taschenlampe an die Decke richtete, damit sie lesen konnte. Sie saß wie versteinert da, als verstünde sie die Buchstaben nicht, dann begann sie, leise zu schluchzen. Er fragte sich, ob er sich neben sie setzen und sie in den Arm nehmen sollte, entschied sich dann aber dagegen.

»Übersetzen Sie mir, was da steht. Jetzt will ich es auch wissen.«

Sie versuchte es, musste aber immer wieder absetzen.

»Du muslimische Schlampe, wenn wir …« Sie zögerte, fand nicht das richtige Wort auf Dänisch. Wieder begann sie zu weinen, und es dauerte eine Weile, bis sie zwischen zwei Schluchzern erneut ansetzte.

»Du muslimische Schlampe, wenn wir mit deinem Arsch fertig sind, wirst du uns anflehen, dich zu töten.«

Als ihre Tränen nach einiger Zeit versiegt waren, sagte sie entschlossen:

»Wir müssen morgen früh so schnell wie möglich abreisen.«

»Warten wir erst einmal ab«, antwortete er.

Sie protestierte aufgebracht.

»Verstehen Sie nicht? Die wollen mich vergewaltigen und zu Tode foltern.«

»Ja, das ist eine schlimme Drohung, aber das wird nicht geschehen!«

Er schaltete das Licht aus, und nach einer Weile hörte er, dass ihr Atem ruhig und gleichmäßig wurde. Er machte es sich im Sessel bequem, um auch ein wenig zu schlafen, als sie plötzlich sagte:

»Sie dürfen gerne hier bei mir schlafen, wenn Sie wollen.«

Konrad Simonsen antwortete nicht. Stattdessen simulierte er ein paar Schnarcher, als wäre er bereits eingeschlafen.

Kapitel 66

Mittwoch, 17. November 2010,
Polizeipräsidium

Louise Berg lachte, und Arne Pedersen lachte mit. Ihr Lachen war ansteckend, er mochte ihre Fröhlichkeit, sie tat ihm gut. Sie saßen auf der Pritsche seiner Zelle mit dem Rücken an der Wand und hochgezogenen Beinen und schauten einen Film auf Louise Bergs Laptop. *Toy Story 3*. Sie hatte auch Riesenbecher Cola mit Strohhalmen und Popcorn mitgebracht. Wie im Kino. Sie küsste ihn, und er aß Popcorn, die Cola aber wollte nicht richtig runter, er mochte das Zeug nicht. Es war kurz nach 12 Uhr mittags. Louise musste erst gegen 18 Uhr zur Arbeit. Arne Pedersen dachte, dass die Isolationshaft auch ihre guten Seiten hatte, und zwang sich, noch einen Schluck Cola zu trinken.

Etwa in der Hälfte des Films klopfte der Wachmann an die Zellentür und sagte, es seien Besucher zu ihm unterwegs, die er aber besser im angrenzenden Raum empfangen sollte. Kurz darauf kamen Klavs Arnold und die beiden PET-Männer der Sonderkommission.

»Tut mir leid, aber Sie müssen den Film leider unterbrechen«, sagte einer der beiden zu Louise Berg. »Wir müssen Ihnen Arne jetzt entführen. Aber Sie können gerne warten, wir brauchen vermutlich nicht länger als eine Stunde.«

Louise Berg versetzte es einen Stich, sie war es nicht gewohnt, auf diese Weise herumkommandiert zu werden. Sie stand auf, maß den PET-Mann mit den Augen und schnaub-

te leise. Dann hob sie das Kinn und sagte mit fast tonloser Stimme:
»Nein, danke, ich bleibe nicht allein in einer Zelle sitzen. Und ich bin mir sicher, dass Ihr Gespräch warten kann, bis unser Film zu Ende ist.«
Der PET-Mann blickte flehend zu Arne Pedersen, der sich still amüsierte.
Klavs Arnold, der schon als Türsteher einer Diskothek gearbeitet hatte, kannte diese Attitüde junger Frauen aus dem Effeff. Er schickte seine Kollegen schon mal vor, nahm sie resolut am Arm und drehte sie mit dem Gesicht zur Tür.
»Und jetzt tschüss, Louise, wir sehen uns ein anderes Mal.«
»Tschüss, Arne, ich komme morgen wieder«, rief sie und akzeptierte Klavs Arnolds Verhalten widerspruchslos. Im Grunde mochte sie den Jütländer, und jeden Kampf konnte man ja nicht gewinnen.
»Lass mich los, du Ork, ich kann selber gehen«, schimpfte sie trotzdem. »Du schuldest mir einen Film, und hol mir noch meinen Mac, ohne den gehe ich nicht.«

*

Einer der Beamten der Sonderkommission hatte einen Beamer aufgebaut, den er mit dem PC steuerte. Das Bild fiel direkt an die Zellenwand.
»Alle haben superschnell gearbeitet«, begann Arnold. »Insbesondere die Kriminaltechnik. Ich muss euch aber warnen, manche Resultate sind nur vorläufig. Eine Formalität, die ich aber erwähnen muss. Das erste Bild, bitte.«
Es zeigte Ole Nysteds Küchenschrank hinter dem orangen Vorhang.

»So hast du Ole Nysteds Küchenschrank gesehen, als du ihn das erste Mal besucht hast. Oder vielleicht nicht gesehen, denn da war der Vorhang vorgezogen. So sieht es da auch jetzt aus. Wir zeigen dir gleich noch mehr Bilder. Das ist ursprünglich ein Teakschrank, der aber angestrichen und direkt an die Hüttenwand geschraubt worden ist. Drinnen sind drei Regalbretter. Oben ist die Gardinenstange befestigt worden, die auf beiden Seiten etwa zwanzig Zentimeter breiter als der Schrank ist.«

»Musst du so ins Detail gehen?«, fragte Arne Pedersen.

Klavs Arnold ignorierte den Einwurf und fuhr fort.

»Die Gardine hatte vermutlich in erster Linie die Funktion, die Hitze vom Ofen ein bisschen abzuschirmen – nicht, den Raum zu verschönern. Nächstes Bild.«

Die nächste Fotografie zeigte die Nahaufnahme eines Schraubenlochs.

»Davon gibt es insgesamt dreizehn Stück. Diese Schraubenlöcher zeigen uns, dass jemand – mit größter Wahrscheinlichkeit Irene Gallagher – zwei Schrankschlösser unter der Gardine montiert hatte. Und zwar so, dass nach dem Abmontieren nur noch die unauffälligen Löcher bleiben.«

Einer der PET-Männer übernahm. Auch er war die Details leid.

»Die technischen Details sind Bestandteil unseres Berichts. Interessant ist das Ergebnis, wir sind nämlich zu dem Schluss gekommen, dass der Handgriff auf der einen Schrankseite – der abgeschlossenen – kein normaler Handgriff, sondern der Pistolenlauf war. Was nicht zu erkennen war, weil der Schrank einen sogenannten Schalengriff hat, bei dem man in eine Aussparung hineingreift.«

Klavs Arnold löste ihn wieder ab und erklärte peinlich genau, dass ein Teil dieser Schlussfolgerung auf Arne Pedersens sehr exakter und unbedingt glaubhafter Aussage beruhte.

»Neben deiner Aussage haben wir vier solide technische Indizien dafür gefunden, dass Irene Gallagher diesen Schrank in der Hütte aufgebaut und später wieder entfernt hat. Das erste ist die Beschaffenheit der Waffe. Sie ist relativ selten, und das kleine Kaliber kann nur damit erklärt werden, dass Irene Gallagher ein nicht zu dickes, rundes Rohr brauchte. Da ist die Ruger 22LR bestens geeignet. Außerdem hat sie das Korn abgeschliffen, um ein längeres, gerade Stück nutzen zu können. Das Beste ist aber, dass wir per Elektronenmikroskopie zwei Druckstellen nachweisen können, an denen der Lauf mit Kabelbindern am Schrankgriff befestigt war.«

Der PET-Mann übernahm wieder, ohne darum gebeten worden zu sein. Die Ungeduld des Mannes war Arne Pedersen nur recht.

»Die zwei anderen Beweise sind technischer Natur, die können Sie selbst nachlesen. Dann hätten wir noch den jungen Mann und seine Roma-Freundin, die am 14. September Irene Gallagher im Wald bei Lorup gefilmt haben, als sie mit Werkzeugkiste und zwei grauen Platten unter dem Arm dort unterwegs war. Das Datum passt perfekt, ebenso die Platten. Schätzt man die Plattengröße von dem Foto ein, passt das perfekt zu dem Küchenschrank. Auch wenn die Kriminaltechniker mit 1,4 Prozent einen recht hohen Unsicherheitsfaktor angeben.«

»Aber ist Irene Gallagher in der Lage, alleine einen solchen Schrank zu bauen?«, fragte Arne Pedersen. »Das hört sich nicht ganz einfach an.« Er stellte die Frage dem PET-Mann, um keine weitere detailreiche Erklärung von Klavs Arnold zu erhalten. Trotzdem antwortete der Jütländer.

»Das war sie. Als Jugendliche hat sie häufig in der Schreinerwerkstatt ihres Großvaters ausgeholfen. Und wir haben es hier ja nicht mit einer Altartafel zu tun.«

Einer der Beamten der Sonderkommission hatte vier Flaschen Bier dabei, er öffnete sie, ohne zu fragen, und teilte die Flaschen aus. Die Männer stießen auf das Resultat an.

»Es gibt da eine Kleinigkeit«, sagte einer der beiden PET-Beamten vorsichtig, »um die wir Sie gerne bitten würden. Wir wollen selbstverständlich nicht die Lorbeeren für den Ermittlungserfolg einheimsen, ich hoffe, das wissen Sie, aber es sähe definitiv besser aus, wenn die Lösung von uns und nicht von Ihnen käme. Nach einer gewissen Zeit können wir die Wahrheit gerne über ein paar Kollegen durchsickern lassen.«

Weder Arne Pedersen noch Klavs Arnold hatten etwas dagegen. Auch für sie klang das vernünftig.

»Ich spreche in einer halben Stunde mit der Staatsanwaltschaft«, sagte einer der beiden PET-Männer, nachdem er sein Bier ausgetrunken hatte. »Ich werde darum bitten, die Anklage gegen Sie fallen zu lassen. Sie können damit rechnen, im Laufe einer Stunde entlassen zu werden. Ich bin auch bereit, die Verantwortung zu übernehmen, wenn Sie schon jetzt nach oben in Ihr Büro gehen wollen, um dort zu warten. Aber bitte verlassen Sie das Präsidium nicht.«

»Schon gut, ich bleibe hier«, sagte Arne Pedersen. »All die Neuigkeiten haben mich echt müde gemacht, und oben im Büro gibt es keine Liege …«

Kapitel 67

Mittwoch, 17. November 2010,
das Haus in Bosnien

Sie entfernten mühsam die Scherben und Schrotkugeln aus dem Landrover. Dabei sprachen sie über alles Mögliche, nur nicht über die Ereignisse der Nacht. Konrad Simonsen hatte es als Lausbubenstreich abgetan, und Anica Buch, Kurt Melsing und Christoffer Brinch hatten ihm nicht widersprochen. Mehr war dazu nicht zu sagen. Der Drohbrief an Anica wurde ebenfalls schweigend übergangen. Auch das ein makabrer Streich, der sie nicht weiter beschäftigen musste. Sie hatten Wichtigeres zu tun, unterstrich der Hauptkommissar und schlug mit der flachen Hand aufs Autodach. Anica hatte nicht noch einmal gefordert, umgehend nach Dänemark zurückzukehren.

Als sie fertig waren, fuhren sie zuerst zur Stelle, wo Klein-Danewerk gestanden hatte. Konrad Simonsen wollte noch etwas nachschauen, sagte aber nicht, was es war. Die anderen blieben im Wagen sitzen, als er ausstieg und lange in die Landschaft schaute, bevor er den Feldstecher nahm. Schließlich holte er sein Satellitentelefon heraus, führte ein kurzes Gespräch und nahm wieder auf dem Beifahrersitz Platz. Anica Buch sah ihn neugierig an.

»Was haben Sie da gemacht? Und mit wem haben Sie telefoniert?«

»Da passt etwas nicht.«

Mehr sagte er nicht, und sie bohrte nicht weiter.

Anica Buch folgte dem Weg den Hang hinunter an die Stelle, an der nach Konrad Simonsens Aussage vor fünfzehn Jahren ein Haus gestanden hatte. Denselben Weg hatten damals Bjørn Lauritzen und Ole Nysted mit ihrem Panzer und Irene Gallagher mit ihrem Jeep genommen. Es war kühl und windstill, der Himmel grau verhangen.

»Weiter kommen wir nicht.«

Anica Buch sprach aus, was sie alle sahen. Vor ihnen endete der Weg im Wald. Sie stiegen aus und sahen sich um. Auf beiden Seiten des Weges erstreckte sich ein Areal in der Größe von sechs Fußballfeldern, schätzte Kurt Melsing. Nach Osten und Norden vom Wald begrenzt, nach Süden von einem Wasserlauf, nach Westen durch die monoton graubraune Fläche einer Alm, nur hier und da getupft von verkrüppelten Büschen. Der Bereich, den sie absuchen wollten, war grüner. Brennnesseln, Gräser, Sauerampfer, niedriges Gestrüpp, Büsche mit verwelkten Blüten und junge Eichen. Im Frühjahr war das hier vermutlich das reinste Blütenmeer. Konrad Simonsen ärgerte sich, dass er die Gummistiefel nicht trug, die die Comtesse ihn mitzunehmen genötigt hatte. John Tyler kam ihnen vom Waldrand entgegen, wo er auf sie gewartet hatte. Er war wie abgesprochen dem Wasserlauf gefolgt und bestätigte, dass es möglich war, die Strecke mit einem Panzer zurückzulegen, speziell im Juli, wenn der Bach wenig Wasser führte. Tyler sah beneidenswert frisch aus, und Konrad Simonsen dachte, dass er bestimmt in einem Luxushotel in Sarajevo übernachtet hatte und mit dem Helikopter hin- und hergeflogen wurde. Die USA ließen sich ihre Agenten etwas kosten. Er nahm ihn beiseite und weihte ihn in die Ereignisse der letzten Nacht ein. Der junge Mann hörte zu, ohne das Gesagte zu kommentieren.

Kurt Melsing übernahm die Leitung der Suche. Tatortuntersuchungen waren sein Terrain. Er informierte die Anwesenden, dass der Bereich, den sie durchkämmen sollten, groß war und die Vegetation das Vorankommen erschwerte und sie Zeit kosten würde. Trotzdem sollten sie langsam gehen und nichts forcieren. Am besten sollten sie sich erst einmal im Wald einen stabilen Stock suchen. Jeder von ihnen bekam einen Bereich zugeteilt, dazu eine Trillerpfeife und ein Bund Markierungsfahnen – rote Wimpel an einer halbmeterlangen, am Ende spitz zulaufenden Aluminiumstange.

»Hier stand einmal ein Haus«, sagte Kurt Melsing. »Das heißt, dass wir vorrangig nach einem Fundament suchen, keine Mauerbrocken, die ihr natürlich trotzdem markieren könnt, wenn sie euch interessant erscheinen, interessanter ist das eigentliche Fundament. Wenn ihr es findet, pfeift ihr, sonst nicht. Wenn ihr mehr Flaggen braucht, holt euch selber welche aus dem Kofferraum, ich habe ausreichend dabei. Aber bevor ihr losrennt, markiert die Stelle, an der ihr eure Suche abgebrochen habt, mit zwei Stangen. Die letzten zwei Wimpel werden also immer, wenn auch nur vorübergehend, zusammen gesetzt. Fasst die Fundstücke nicht an, markiert sie, aber lasst sie liegen, das ist wichtig. Und noch einmal: Lasst euch Zeit, lieber zu langsam als zu schnell.«

Sie gingen in den Wald, um Stöcke zu suchen, als Christoffer Brinch mit einem lauten Ausruf stehen blieb und auf ein Büschel Brennnesseln zeigte. Die anderen gingen zu ihm.

Der braun melierte Schädel lag auf der Seite. Stirn und Schädeldecke waren von Moos bedeckt, aus einer Augenhöhle wuchs Gras. Der Unterkiefer war heruntergeklappt und der

Mund zu einem grotesken Schrei aufgerissen. Mehrere der kreideweißen Zähne fehlten.
Alle sahen stumm zu, als Kurt Melsing eine von Christoffer Brinchs Markierungsstangen nahm und wenige Zentimeter neben dem Schädel in die Erde steckte. Als er weiterging, folgten sie ihm, ernster und nachdenklicher. Als wäre ihnen erst nach dem Fund des Schädels klar geworden, was sie eigentlich hier machten. Fünfzig Meter weiter vorne, kurz vorm Waldrand, setzte John Tyler die nächste Markierung. Konrad Simonsen, der hinter ihm ging, überholte ihn, ohne sich den Fund anzusehen.
Nach einer guten halben Stunde blies Kurt Melsing in seine Trillerpfeife. Sie gingen zu ihm und sahen, dass er tatsächlich gefunden hatte, wonach sie suchten: ein rotschwarzes Backsteinfundament, einen Viertel- bis einen halben Meter hoch, ungleichmäßig, als wäre der Rest des Hauses von einer Riesenhand abgerissen worden. Kurt Melsing machte Fotos, bis alle versammelt waren.
»Es ist deutlich zu erkennen, dass hier ein Haus gestanden hat«, sagte er. »Die Grundfläche beträgt etwa 150 Quadratmeter. Es gab einen natursteingepflasterten Hofplatz, wo wir jetzt stehen, und da drüben ein oder mehrere Holzgebäude, vermutlich eine Scheune oder möglicherweise ein Stall. Wer von euch hat unterwegs Mauerbrocken oder so was in der Art gesehen, egal ob groß oder klein?«
Christoffer Brinch und Konrad Simonsen meldeten sich. Ihre Suchbereiche waren am weitesten von dem Fundament entfernt gewesen.
»Die ersten habe ich noch markiert«, sagte der Anwalt. »Später dann nicht mehr, das waren zu viele.«
Kurt Melsing nickte zustimmend. Dann nahm er ein Päck-

chen Wattestäbchen und eine Rolle Plastikbeutel im Miniformat aus seiner Anoraktasche. Er beugte sich vor, rieb mit einem Wattekopf über einen Backstein, riss einen Beutel von der Rolle und schob behutsam das Wattestäbchen hinein. Den Prozess wiederholte er mit einem zweiten Wattestäbchen am nächsten Stein.

»Was machen Sie da?«, fragte Anica Buch.

Kurt Melsing, der den dritten Abstrich genommen hatte, schaute hoch.

»Ich bin ziemlich sicher, dass das Haus von einer Explosion getroffen wurde, die es komplett zersprengt hat. Jetzt suche ich nach Sprengstoffresten, um ganz sicherzugehen. Mit viel Glück kann ich sogar hier draußen den Sprengstofftyp bestimmen, ansonsten muss das warten, bis wir wieder zu Hause sind.«

»Das wird nicht notwendig sein«, sagte John Tyler. »Bei dem Sprengstoff handelt es sich um PBXN-7 oder PBXN-107, eine Mischung aus 14 Prozent Polyacrylat und 86 Prozent RDX. Letzteres ist in Europa wohl bekannter unter der Bezeichnung T4.«

Alle Blicke waren auf den Amerikaner gerichtet.

»Serbische Bomben?«, fragte Christoffer Brinch.

»Nein, drei Tomahawk Cruise-Missiles, abgeschossen vor Bosniens Küste vom Zerstörer Utah am Donnerstag, dem 13. Juli 1995, die erste um 13.02 Uhr, die folgenden zwei im Abstand von 30 Sekunden.«

Es wurde still. Die technische Beschreibung, die nüchterne logistische Präzision, das passte irgendwie nicht zu den vielen Fähnchen, die um sie herum in der Erde steckten. Und doch waren das zwei Seiten ein und desselben Ereignisses. Sie brauchten etwas Zeit, um die Neuigkeiten zu verdauen, nahmen den schimpfenden Vogel über ihren Köpfen nicht wahr, und auch nicht die ersten dicken Regentropfen. Kurt Melsing holte sie in die Realität zurück.

»Das ist nur ein kurzer Schauer. Setzen wir uns ins Auto, bis er vorbei ist.«

Im Auto versuchte Konrad Simonsen, seine Gedanken zu sortieren.

»Dann wurde das Haus also in die Luft gesprengt?«, fragte er.

John Tyler bejahte seine Frage.

»Ja, leider.«

»Warum?«

»Da bin ich mir noch nicht ganz sicher.«

»Wann werden Sie das sein?«

»Demnächst, sobald wir etwas nachgeprüft haben.«

Als der Schauer vorbei war, sagte John Tyler:

»Suchen Sie die Randbereiche des Gebietes ab, vielleicht auch noch davor, gerne im Wald, und halten Sie nach Überresten Ausschau ... wie von einem Auto, Schutzbleche, Platten, Sitze, Reifen ... in jedem Fall größere Objekte, Metallteile.«

»Warum sollen wir da draußen nach Autos suchen?«

Es war Anica Buch, die John Tyler das fragte, aber Konrad Simonsen, der antwortete.

»Das tun wir nicht, nicht nur jedenfalls, wir suchen nach einem mobilen Flugabwehrsystem.«

John Tyler korrigierte ihn.

»Nicht nach einem, nach sieben. Sie hat sieben Batterien gemeldet.«

»War es das, wonach Sie im Wald gesucht haben, als wir angekommen sind?«

»Ja.«
»Sind Sie fündig geworden?«
»Nein.«
Nach einer Stunde war ihre Suchaktion beendet. Sie war ebenso ergebnislos wie John Tylers vorangegangene.
»Sie hat euch übers Ohr gehauen«, sagte Konrad Simonsen zu dem Amerikaner.
»Ja, das hat sie. Sie hat direkt beim Kommandeur der Flugzeugträgergruppe angerufen, bei dem sie als juristische Beraterin gedient hatte. Er hat ihr blind vertraut. Und sieben Flugabwehrsysteme an einem Ort, so einen Riesenleckerbissen kann man sich nicht entgehen lassen. So einen Marschflugkörper feuert man nicht einfach mal so aus Vergnügen ab, die Dinger sind scheißteuer. Die großen – die hier zum Einsatz gekommen sind – kosten um die zwei Millionen Dollar das Stück.«
»Die von ihr angegebenen Koordinaten sind nicht gespeichert worden, nehme ich an.«
»So lief das nicht. Sie hatte eins der allerersten Satellitentelefone, das außerhalb des Labors in Gebrauch war. Das hat sie positioniert, und der erste Marschflugkörper hat das Signal angepeilt und die folgenden zwei das der ersten Rakete. Und doch, wir haben die Koordinaten übernommen und lehrbuchmäßig an eine Aufklärungseinheit übermittelt, die das gesamte Gebiet am nächsten Tag fotografiert hat. Das ist Standard. Aber die Bilder wurden nie überprüft, oder wenn sie es wurden, hat niemand Notiz genommen von den fehlenden Überresten der SAM-Batterien. Die Bilder und Koordinaten liegen also irgendwo in einem unserer Archive, aber da lagern Millionen von Bildern. Will man da ein einzelnes Bild finden, ist das, wenn nicht unmöglich, so doch

kolossal ressourcenfressend und extrem kostspielig. Da hilft auch die Schwere des Falls Gallagher nicht. Ich soll Ihnen übrigens aus Washington einen freundlichen Gruß ausrichten. Dort zweifelt niemand daran, wie bedeutend diese Sache ist.«
»Hat sich denn niemand gewundert?«
»Doch, mehrere. Besonders darüber, dass die Serben sieben SAM-Systeme an einem Ort positionieren, das hat es aus leicht nachvollziehbaren Gründen noch nie gegeben. Aber es hat sich bislang auch niemand richtig mit dem Fall befasst.«
»Dann suchen Sie jetzt also nur noch nach dem Grund für Irene Gallaghers Anforderung der Marschflugkörper?«
»Den Sie mir, wenn ich es richtig verstanden habe, nennen können.«
»Ja, das kann ich. Aber damit würde ich gerne warten, bis Kurt zurück ist, weil er uns noch ein paar Dinge zeigen möchte.«
Kurt Melsing lief zwischen den Markierungswimpeln hin und her und machte Fotos.
Als er fertig war, führte er John Tyler und Konrad Simonsen zu drei ausgesuchten Stellen, die er bei seiner Kameratour mit doppelten Markierungen versehen hatte. Anica Buch und Christoffer Brinch, die kein Bedürfnis verspürten, sich weitere sterbliche Überreste anzusehen, setzten ihre Suche in einem Areal oben am Wald fort, das noch nicht durchkämmt worden war.
Als Erstes zeigte Kurt Melsing John Tyler und Konrad Simonsen die obere Hälfte von zwei parallel angeordneten Unterschenkelknochen, ganz sauber, ohne Reste von Weichteilen. Am unteren Ende der Knochen war eine unre-

gelmäßige zackige Bruchlinie zu erkennen. Kurt Melsing zog sich Plastikhandschuhe an und nahm behutsam die Knochen hoch, um seine Beobachtungen zu demonstrieren.
»Dieser Knochen hat etwa dreißig Zentimeter über Fersenniveau einen gewaltsamen Schmetterbruch erlitten, und zwar vor der Explosion. Eine Explosion würde niemals einen Bruch wie diesen verursachen.«
»Zeigen die anderen beiden Stellen, die du markiert hast, das Gleiche?«, fragte Konrad Simonsen.
»Das gleiche Muster. Ein Fuß in einem platt gewalzten Stiefel und ein Schienbeinknochen mit zerschmettertem Kniegelenk. Seit damals waren hier natürlich jede Menge Tiere unterwegs, die die Knochen mit in den Wald genommen haben, jedenfalls sind die Reste über das ganze Gebiet verteilt, was aber auch durch die Explosion passiert sein kann. Ich gehe davon aus, dass Bjørn Lauritzen mit dem Panzer über die Beine der Männer gefahren ist, nachdem er sie in einer Reihe aneinandergefesselt und sie gezwungen hat, sich auf den Hofplatz zu legen.«
Konrad Simonsen stimmte ihm zu.
»Ja, so muss es gewesen sein. Und das passt auch zu Ole Nysteds Aussage, dass er die Schreie irgendwann nicht mehr ertragen hat. Damit meinte er nicht die Schreie der Frauen in dem Haus, die noch dort waren, sondern die Schreie der Männer, die ihn bis nach Dänemark verfolgt haben. Und das erklärt auch die Fahrt mit dem Panzer durch den Wasserlauf …«
»Um die Ketten von Blut und Fleischresten zu reinigen«, brachte Kurt Melsing den Gedankengang zu Ende.
Konrad Simonsen nickte. Genauso muss es gewesen sein.
Die zwei Männer erklärten John Tyler den Handlungsver-

lauf, dem Amerikaner fehlte das Hintergrundwissen aus den Zeugenaussagen der Veteranen.
»Und Irene Gallagher hat anschließend äußerst effektiv und kaltblütig dafür gesorgt, alle Spuren vom Verbrechen ihres Geliebten zu beseitigen. Und die Zeugen gleich mit«, sagte John Tyler.
»Aber auch, um Dänemark vor einer äußerst prekären Situation zu bewahren. Weder die dänische Öffentlichkeit noch die serbische Armee wären sehr erbaut von Bjørn Lauritzens und Ole Nysteds eigenmächtigem Vorgehen gewesen, um es mal stark untertrieben auszudrücken. Das hätte zu Hause einen Riesenaufschrei und Aufstand gegeben, außerdem hätten die Serben sich garantiert an unseren hier stationierten Soldaten gerächt.«
»Warum hat Irene Gallagher dann die Meldung nach Kopenhagen gemacht?«
»Sie hatte keine andere Wahl. Bjørn Lauritzen und Ole Nysted mussten so schnell wie möglich raus aus Bosnien, so viel stand fest. Wieder zu Hause, mussten sie mit Sicherheit eine Geheimhaltungsvereinbarung unterschreiben, dafür sind sie als Gegenleistung bis lange nach ihrer Rückkehr als Soldaten im Auslandseinsatz besoldet worden und durften ihre Dienstgrade als Oberleutnant beziehungsweise Hauptmann behalten. Die beiden haben nichts gesagt, warum sollten sie auch? Und die paar wenigen oberen Chefs beim FE und den Streitkräften, die Bescheid wussten, hatten nicht nur einen, sondern mehrere gute Gründe, die Ereignisse zu vertuschen, auch noch nach fünfzehn Jahren.«
Kurt Melsing brachte Konrad Simonsens Argumentation auf den Punkt.
»Die dänische Öffentlichkeit ist es nicht gewohnt, dass ent-

sendete Soldaten Kriegsverbrechen begehen, und hier gleich in zwei Fällen. Die Zustimmung zu unserer Anwesenheit in Afghanistan wird kaum steigen, wenn das bekannt wird. Ganz zu schweigen von den Konsequenzen für die Karrieren gewisser leitender Mitarbeiter der Streitkräfte. Aus der Perspektive des FE sind das alles gute Gründe, das Geheimnis weiter zu bewahren.«

»Und was machen wir jetzt? Suchen wir noch weiter die Umgebung ab?«, fragte Konrad Simonsen.

»Nein«, antwortete John Tyler. »Wir brechen an dieser Stelle ab, und ich sorge dafür, dass morgen ein paar kompetente Leute hier sind, um uns zu helfen.«

Die drei Männer gingen langsam zum Landrover zurück. Es gab nach wie vor eine Menge Fragezeichen. Zum Beispiel das Motiv für Irene Gallaghers und Bjørn Lauritzens Morde auf dem Ausflugsschiff. Es passte irgendwie nicht, dass Irene Gallagher vier Morde beging, um die Wahrheit über das Doppel-Massaker nicht ans Licht kommen zu lassen. Es war eine Sache, die Wahrheit zu kennen – wie es Pauline Berg aller Wahrscheinlichkeit nach getan hatte –, aber eine ganz andere, jemanden ohne handfeste Beweise von dieser Wahrheit zu überzeugen. Pauline Berg hätte bestenfalls zum Problem für die Streitkräfte werden können, aber nicht für Irene Gallagher und Bjørn Lauritzen. Das war nicht wirklich überzeugend.

Konrad Simonsen widersprach dieser Argumentation von John Tyler.

»Sie können Bjørn Lauritzen kein Motiv im landläufigen Sinn anlasten. Nach seiner Rückkehr war sein Leben ein einziger Scherbenhaufen, und sein Respekt vor dem eigenen und dem Leben anderer war ausgelöscht. Er ist garantiert nicht der erste Heimgekehrte, dem es so ergangen ist. In seinem Fall können wir aber davon ausgehen, dass der Prozess bereits in Bosnien begonnen hat, wo seine Maßnahmen immer gewalttätiger und brutaler wurden. Ich bin darum sicher, dass er die Menschen umgebracht hat, weil Irene Gallagher es ihm befohlen hat. Mehr Motivation brauchte er nicht.«

»Und was ist Irene Gallaghers Motiv?«

»Ein ganz anderes, viel bodenständiger und persönlich, denke ich.«

John Tyler führte den Gedanken weiter.

»Bjørn Lauritzen und Ole Nysted haben nichts von unseren Cruise-Missiles gewusst. Sie waren wenige Kilometer entfernt in ihrem Panzer unterwegs, und falls sie den Explosionslärm bei dem Gedröhne der Rathausglocken überhaupt gehört haben, werden sie keine Ahnung gehabt haben, wo er herkam und wodurch er verursacht worden ist. Hinterher hat sie niemand mehr aufgeklärt, was ja auch widersinnig gewesen wäre. Für sie ist das Ganze nie passiert.«

»Genau«, sagte Konrad Simonsen. »Bjørn Lauritzen wusste nicht, dass seine Geliebte für den Tod der Frauen verantwortlich war, die er vorher zu retten versucht hatte. Und ich bin mir sicher, dass Irene Gallagher daran nichts ändern wollte. Trotzdem fehlt mir ein Puzzleteilchen, etwas, das Bjørn Lauritzen so viel bedeutete, dass es sich sogar Irene Gallaghers Einfluss entzog. Und außerdem tappen wir noch immer ziemlich im Dunkeln, was Pauline Bergs Wissensstand angeht. Dabei glaube ich, dass das von ganz zentraler Bedeutung ist.«

Konrad Simonsen wurde von Christoffer Brinch unterbrochen, der eilig auf sie zugelaufen kam. Sein Gesicht verriet, dass etwas nicht stimmte.

»Was ist passiert? Warum haben Sie es so eilig?«, rief Konrad Simonsen ihm entgegen.

Der Anwalt schnappte nach Luft, seine Kondition war nicht die beste.

»Anica ist verschwunden.«

Kapitel 68

Donnerstag, 18. November 2010,
Haus in Bosnien

Als John Tyler tags zuvor Unterstützung von außen versprochen hatte, hatte er nicht übertrieben. Die Gegend rund um die Ruine, die über Jahre hinweg sich selbst und der Natur überlassen worden war, wimmelte mit einem Mal vor Aktivität. Konrad Simonsen ließ seinen Blick über das Areal schweifen. Dort, wo der Weg endete, waren vier riesige Zelte errichtet worden. Zwei weitere wurden gerade aufgestellt. Außerdem waren sechs Container herbeigeschafft und am anderen Ende des Areals aufgestellt worden – wie eine kleine Stadt für sich. Sie enthielten Waschräume, Toiletten und Arbeitsplätze, die in Windeseile eingerichtet wurden. Auf dem Areal selbst arbeiteten mindestens zwölf Rechtsmediziner mit ihren Mitarbeitern. Sie trugen weiße Overalls und durften sich als Einzige frei im ganzen Areal bewegen. Alle anderen mussten sich an die Wege halten, die eingerichtet und zu den Seiten hin mit grellgelbem Absperrband gesichert worden waren. Diese Wege führten kreuz und quer über das Gelände, manche von ihnen waren so breit, dass zwei Bagger aneinander vorbeikommen konnten, während andere kaum Platz für einen Menschen boten. Wenn die Rechtsmediziner Leichenteile gefunden, dokumentiert und fotografiert hatten, wurden diese in Bodybags in die Zelte gebracht, wo andere Rechtsmediziner an zahlreichen Arbeitstischen DNA-Analysen und Geschlechts-

und Altersbestimmungen vornahmen. Die Leichentransporte hatten Vorfahrt, für sie hielten sogar Bagger und große Lastwagen an. Alles war durchorganisiert von den Vertretern der lokalen Polizei, die am Rand standen und darauf achteten, dass kein Unbefugter das Gelände betrat.
Kurt Melsing stand mit Konrad Simonsen zusammen und betrachtete die Szenerie. Mehr konnten sie nicht tun.
»All das in weniger als dreißig Stunden, das ist wirklich beeindruckend«, sagte Kurt Melsing. »Sie haben sogar die Scheibe in unserem Wagen gewechselt. Mit einer Originalscheibe, die aus Belgrad eingeflogen worden ist. Die Mechaniker haben nur zehn Minuten gebraucht.«
Konrad Simonsen zeigte zur Ruine des Hauses hinüber, wo eine Gruppe Soldaten mit Presslufthämmern und Baggern die Mauerreste abtrugen.
»Sie entfernen das Fundament, hier soll kein Stein auf dem anderen bleiben, glaube ich. Und wenn sie neue Wege anlegen, werden erst alle Gebäudereste entfernt, da sind sie sehr genau.«
»Wollen die alle Beweise vernichten?«
»Ich glaube schon.«
»Ich war in einem der Leichenzelte. Sie arbeiten absolut professionell, zweifellos. Mich umsehen durfte ich, aber Fotos machen nicht. Sie entfernen alles, womit die Männer identifiziert werden könnten. Nicht bei den Frauen, nur bei den Männern. Kleider und Schuhe werden draußen hinter einem der Zelte verbrannt. Aber guck mal, was ich an mich nehmen konnte.«
Er reichte Konrad Simonsen ein echtes Drina-Wolves-Abzeichen. Es war rund und zeigte einen heulenden Wolf mit roten Augen.

»Was willst du damit?«
»Nichts, das ist nur ein Souvenir. Apropos, irgendwelche Neuigkeiten über Anica?«
»Nein, noch nicht. Ich musste Christoffer heute Morgen eine halbe Stunde lang beruhigen, er macht sich Riesensorgen. Vielleicht kannst du ja mal mit ihm reden, du hast so eine beruhigende Wirkung auf Menschen. Und gehen wir ins Messezelt, was essen, bevor wir mit John reden? Durch das Wegelabyrinth brauchen wir bestimmt eine Viertelstunde bis zu den Containern. Oder sollen wir außen herumgehen?«
»Nein, das geht nicht«, antwortete Melsing. »Das ist *restricted area*. Da stehen überall Schilder und Wachen, die keinen durchlassen.«

*

Sie saßen an einem Tisch in Container IV, jeder mit einem frisch gebrühten Kaffee vor sich, dem besten, den sie seit Tagen bekommen hatten. Konrad Simonsen, Kurt Melsing und Christoffer Brinch auf der einen und John Tyler auf der anderen Seite.
»Sie schaffen das gesamte Beweismaterial weg«, begann Konrad Simonsen. »Könnten Sie uns erklären, was hier vor sich geht?«
»Was Sie hier sehen, sind die Vorbereitungsarbeiten für ein neues Ferienlager. Eine Naturoase für kroatische, bosnische und serbische Kinder mit Spielplätzen, Fußballfeldern, einem Tennisplatz, einer Hindernisbahn und natürlich Schlafsälen, einer Küche, Gemeinschaftsräumen und vielem mehr. Das ist ein Geschenk meines Landes an Bosnien-Herzego-

wina und die Republika Srpska. Etwas pathetischer könnte man sagen, dass es eine Art Anerkennung für die Demokratie ist, die die Serben hier und auf der anderen Seite der Grenze aufgebaut haben. Und was das Beweismaterial angeht, so haben Sie natürlich recht – es ist unser Ziel, alles zu vernichten, aber das wissen nur die wenigsten.«

»Sie mieses Schwein«, fauchte Melsing ohnmächtig.

Der Amerikaner ließ sich durch die Beleidigung nicht provozieren, sondern erklärte offen und ehrlich, dass es nicht im Interesse der USA sei, die Vorkommnisse aus dem Krieg an die Öffentlichkeit kommen zu lassen. Und er sei sich sicher, dass dies auch nicht im Interesse Dänemarks wäre, wobei er sich da natürlich nicht einmischen wolle.

»Okay, moment of truth«, fuhr er fort. »Stellen wir uns vor, wir dürften entscheiden. Glauben Sie, dass es gut für Ihr Land wäre, wenn das alles bekannt würde? Eine einfache Frage. Und ersparen Sie mir alle Zwischenrechnungen. Ja oder nein?«

Es vergingen ein paar Sekunden, bis den drei Dänen bewusst wurde, dass er tatsächlich auf eine Antwort wartete, und zwar von jedem Einzelnen. Sie dachten gründlich nach. Konrad Simonsens Nein kam zuerst, dann das von Kurt Melsing, und schließlich sagte auch Christoffer Brinch:

»Alles in allem, nein, leider.«

John Tyler genoss seinen Sieg nicht. Stattdessen bot er ihnen an, sich ihre Fragen anzuhören und im Rahmen seiner Möglichkeiten zu helfen.

»Ich finde es unerträglich, dass Irene Gallagher straffrei davonkommt«, begann Christoffer Brinch. »Das trifft mich bis ins Mark. Aber hier werden alle Beweise gegen sie gerade vernichtet, und in Dänemark wird sie für ihre Taten niemals verurteilt werden. In einem Monat sitzt sie in Wellington und genießt den Sonnenschein, mit so vielen Morden auf dem Gewissen.«

John Tyler stimmte Brinch zu. Die USA würden sie liebend gerne ausgeliefert bekommen. Aber kein dänisches Gericht würde akzeptieren, dass sie in den USA vor ein nicht öffentliches Militärgericht der US-Navy gestellt würde.

»Es steht fest, dass sie niemals das lebenslange Urteil bekommen wird, das ihr sonst sicher gewesen wäre«, schloss er.

»Befürchten Sie nicht, dass sie irgendwann mit der Presse reden könnte?«, fragte Kurt Melsing.

John Tyler schüttelte den Kopf.

»Ganz und gar nicht. Genauso wenig, wie wir befürchten, dass Sie reden könnten. Wir haben bereits darüber gesprochen, die Geschichte ist einfach nicht klar genug. Ohne unanfechtbare Beweise denkt keine Zeitung und kein Nachrichtensender auch nur im Traum daran, so etwas zu bringen. Außerdem sähe Dänemark, oder besser gesagt, gewisse Kreise im dänischen Militär, nichts lieber, als dass Irene Gallagher von der Bildfläche verschwindet. Je weiter weg, desto besser. Wobei es auch um das skandalöse Verfahren geht, das hinter ihr liegt, nicht nur um das, was hier vor fünfzehn Jahren passiert ist. Außerdem ist man in Kopenhagen sicher nicht stolz darauf, die Wahrheit so lange vor uns geheim gehalten zu haben. Dieses Wissen war die ganze Zeit über ihre Trumpfkarte, aber die ist jetzt weg.«

»Was werden Sie mit den Leichen tun?«

»Die Frauen versuchen wir zu identifizieren, werden aber angeben, dass sie Opfer eines serbischen Mörserangriffs waren. Die Männer erhalten eine anonyme Beerdigung auf ei-

nem christlichen Friedhof, sonst nichts. Und das steht nicht zur Diskussion, leider.«
Dann war Konrad Simonsen an der Reihe. Er begann mit der vorsichtigen Anmerkung, dass er ohne Beweise für die Vorfälle 1995 nach Dänemark zurückkehren werde, obgleich das natürlich nicht weiter von Belang sei, wie er einräumte, weil er ohnehin nie damit an die Öffentlichkeit gehen könnte.
»Es ärgert mich aber trotzdem. In der nächsten Woche werde ich eine Reihe von Menschen treffen, um das hier ... nun, sagen wir, aufzuarbeiten. Und dafür wäre es wirklich gut, ein paar offizielle Papiere in der Hand zu haben ...«
Er deutete Anführungszeichen in der Luft an.
»Damit niemand auf die Idee kommt ... weitere Nachforschungen anzustellen ...«
John Tyler unterbrach ihn lachend. Er hatte verstanden.
»Wann fahren Sie?«, fragte er.
»Morgen, dachten wir.«
»Okay, ich werde dafür sorgen, dass Sie eine hübsche Mappe mit den ausgesuchtesten Beweisen bekommen. Aber ich warne Sie – das sind Beweise, die Ihnen – sagen wir mal so – vor der Nase explodieren, wenn Sie die öffentlich machen. Damit dürfen Sie nur bluffen.«
Etwas überraschend äußerte Christoffer Brinch einen Folgewunsch.
»Es würde auch nicht schaden, wenn unser großer Alliierter über inoffizielle Kanäle andeuten könnte, dass jetzt gründlich hinter uns aufgeräumt wurde – also hier in Bosnien – und Washington nun erwartet, dass unsere schmutzige Wäsche nicht mehr in der Öffentlichkeit gewaschen wird. Etwas in dieser Art, natürlich in Diplomatensprache.«

John Tyler gefiel die Idee.
»Das würde zweifellos einen gewissen Druck auf gewisse Menschen ausüben ... Eine durchaus relevante Bitte, finde ich. Ich verspreche Ihnen, das Anliegen mit einem Vorgesetzten zu besprechen. Bleibt abzuwarten, was dabei herauskommt«, sagte er.
Konrad Simonsen hatte noch eine letzte Sache, über die er im Vorfeld bereits mit den beiden anderen gesprochen und sich ihrer Unterstützung versichert hatte.
»Der junge muslimische Mann, der auf Irene Gallaghers Falschaussage hin in Sarajevo gekidnappt und in eine geheime Folterkammer gebracht wurde, in der die Behörden – Ihren Worten zufolge – nicht so zimperlich waren ... War dieser junge Mann möglicherweise eine Frau? Und hieß sie Jelena Khrobic?«
Die Frage traf John Tyler wie ein Faustschlag, auch wenn er das zu verbergen suchte. Er wich Konrad Simonsens Blick aus und sah an die Decke.
Sie ließen ihn ein paar Sekunden in Ruhe, dann ergriff Christoffer Brinch wieder das Wort.
»Junger Mann, Sie haben uns eben eine sehr einfache und zugleich sehr schwere Frage gestellt, für deren ehrliche Beantwortung wir wirklich tief in uns gehen mussten. Jetzt sind Sie an der Reihe. Die USA, die per Stellvertreter Menschen ohne jedes Recht entführen und foltern, wie es in den Jahren nach dem 11. September mehrfach passiert ist, sind das die USA, für die Sie stehen?«
John Tyler atmete tief ein. Dann sagte er mit fester Stimme:
»Nein, das sind nicht die USA, für die ich stehe. Und ja, sie hieß Jelena Khrobic.«

Kapitel 69

Donnerstag, 18. November 2010,
Polizeipräsidium

Die Comtesse hatte keine Freude an ihrer Arbeit. Es war nie angenehm, einen Kollegen zu überprüfen, insbesondere dann nicht, wenn ein Verdacht sich bestätigte. In dem aktuellen Fall war das bereits tags zuvor geschehen, als sie auf dem Weg zur Arbeit von Konrad Simonsen angerufen worden war.

Es ging um die muslimischen Frauen in dem Haus, die sich laut dem Artikel in der *Dnevni Avaz* vom 13. Juli 1995 gemeinsam auf den Weg nach Tuzla gemacht hatten, um dort Schutz vor den Serben zu suchen. Anica Buch hatte Teile des Artikels vor etwa einem Monat in Konrad Simonsens Büro übersetzt. Mit dieser Übersetzung kann etwas nicht stimmen, sagte er und erklärte ihr den Sachverhalt.

Auch Klavs Arnold wunderte sich darüber, als sie ihm später davon erzählte:

»Warum hat keiner der dänischen Soldaten, die im Klein-Danewerk stationiert waren, davon gesprochen? Der Weg, der vom Haus wegführte, in dem sie vergewaltigt worden sind, lief doch direkt an der dänischen Stellung vorbei.«

»Vielleicht saßen die Soldaten da schon in den beiden verbliebenen Panzern«, versuchte Klavs Arnold sich an einer Erklärung. »Die Motoren liefen, und sie warteten auf die Rückkehr ihres Hauptmanns, um nach Tuzla zurückzufahren. Ich weiß nicht, wie viel man aus so einem Panzer sieht.

Auf jeden Fall hat keiner von denen erzählt, dass das Haus unter ihnen in die Luft gesprengt worden ist.«

»Okay, die Aussagen sind sehr unterschiedlich. Einige haben von serbischem Kanonen- und Mörserbeschuss gesprochen, andere von Gewehrsalven aus dem Wald und wieder andere von Luftangriffen. Aber fünfundzwanzig Frauen, die am helllichten Tag auf einem drei Meter breiten Weg an einem Panzer vorbeimarschieren, die sieht man doch. Außerdem ist es erstaunlich, dass die Frauen nicht um Hilfe gebeten haben – ich meine, dafür waren unsere Soldaten doch da.«

Natürlich konnte es sich um eine kollektive Gedächtnislücke der Soldaten handeln, was aber schon ein großer Zufall wäre. Andererseits wussten beide Kommissare, dass so etwas durchaus vorkam. Sie vereinbarten, die Zeugen noch einmal alle anzurufen und nach den Frauen zu fragen. Zwei Stunden später waren sie zu einer klaren Schlussfolgerung gelangt. Der Treck der Frauen hatte nicht über diesen Weg geführt. Zehn Minuten später hatte Konrad Simonsen erneut angerufen und Informationen geliefert, die ihre geleistete Arbeit überflüssig machte, gleichzeitig aber auch zementierte, was sie herausgefunden hatten. Das Haus war von drei amerikanischen Marschflugkörpern zerstört und alle Frauen darin getötet worden.

»Das wirft ein paar interessante Fragen auf, was Anica Buchs Zeitungsartikel angeht«, sagte Klavs Arnold.

Die Comtesse hatte bereits Anica Buchs Mappe in der Hand und stellte fest, dass nur die Übersetzung des Artikels abgeheftet war.

»Es wird nicht leicht sein, den Artikel zu finden«, sagte die Comtesse. »Vorschläge?«

»Malte Borup hat doch die Fotos gezeigt, als sie ihr Referat gehalten hat. Vielleicht hat er …«
Die Comtesse war bereits auf dem Weg zu dem Studenten. Zehn Minuten später war sie mit einem Ausdruck wieder zurück.
»Hier ist der Artikel, oder genauer gesagt, ein Bild davon. Ich habe Malte gebeten, sich das Foto genauer anzuschauen. Jetzt brauchen wir noch einen Übersetzer, aber der sollte zu finden sein. Kümmerst du dich darum, Klavs? Ich muss in die Stadt. Habe eine Verabredung zum Essen. Spätestens um zwei Uhr bin ich wieder da.«

*

Die Übersetzerin war eine junge Frau, der sie die Aufgabe zweimal erklären mussten, bis sie sie verstand.
»Ich soll Ihnen also sagen, ob der Text des Zeitungsartikels mit der Übersetzung übereinstimmt?«
Die Comtesse nickte.
»Ja, genau das sollen Sie tun.«
»In dem Zeitungsartikel geht es um einen Streik der Müllabfuhr in Mostar, bei dem der Name Jelena Khrobic an drei Stellen eingefügt ist, wo er aber keinen Sinn macht. In der Bildlegende heißt es, dass sich der Müll in den Straßen anhäuft, aber … das sehen Sie ja selbst.«
Klavs Arnold bedankte sich.
»Ich weiß, dass Sie mich jetzt nur zwei Minuten gebraucht haben, ich muss Ihnen aber trotzdem eine Rechnung über eine Stunde stellen. Sonst zahle ich mit An- und Abfahrt drauf.«
Die beiden Kommissare hatten keine Einwände.

All das war am Tag zuvor geschehen. Heute kam der Comtesse und Klavs Arnold damit die Aufgabe zu, herauszufinden, was mit Jelena Khrobic tatsächlich geschehen war, da sie nun ja nicht am 13. Juli 1995 südlich der Stadt Cerska nach serbischem Beschuss verblutet war.
Sie gingen zu Malte Borup, der gerade erst gekommen war.
»Tut mir leid, ich bin erst gestern Abend dazu gekommen, mir das Bild anzuschauen. Ich musste Emil früher abholen, weil ihm schlecht war, und dann … Tja, ihr wisst ja, wie das ist. Also, das Bild wurde manipuliert, und das noch nicht mal professionell. Sieht man genau hin, erkennt man das sogar mit bloßem Auge.«
»Das Bild spielt keine Rolle«, unterbrach ihn Klavs Arnold. »Sag uns lieber etwas über Anica Buch. Sie hat sich doch das Büro mit dir geteilt. Vielleicht kannst du uns helfen.«
»Hat Anica Buch dir erzählt, dass sie Jelena Khrobic aufspüren soll?«, fragte die Comtesse.
»Könnt ihr bitte mit diesem Kreuzverhör aufhören? Ich weiß ja gar nicht, wem ich antworten soll. Wenn ich euch helfen soll, dann sagt mir das deutlich.«
Die Comtesse sah zu Klavs Arnold und lächelte.
»Anica Buch hat uns hinters Licht geführt, wie du es dir sicher schon gedacht hast. Sie hat lauter falsche Informationen über Jelena Khrobic erfunden und zusammengetragen. Wir verstehen nur nicht, warum sie nicht einfach gesagt hat, dass sie nichts über das Mädchen finden konnte. Das wäre wesentlich einfacher gewesen. Hat sie mit dir über ihre Recherche gesprochen? Über das, was sie herausgefunden hat? Wäre ja nicht auszuschließen, schließlich habt ihr im selben Büro gesessen.«
Malte Borup bestätigte, dass ihm Anica täglich ihre Fort-

schritte mitgeteilt habe – große wie kleine. Manchmal habe er ihre Ermittlungsergebnisse über das Mädchen richtig spannend gefunden.

»Gut«, sagte die Comtesse. Genau auf die Antwort hatte sie gehofft.

»Erinnerst du dich, was Anica dir als Letztes über ihre Suche erzählt hat, bevor sie über den Zeitungsartikel gesprochen hat?«

»Nicht im Detail. Ich hatte ja auch meine Arbeit zu erledigen. Aber ich glaube, das war, als sie den Namen des Mädchens herausgefunden hat und auf welche Schule sie gegangen ist. Sie hat mir ein Schulfoto von ihr gezeigt. Daran erinnere ich mich noch.«

»Kommst du ohne unsere Passwörter in unsere Computer?«, fragte Klavs Arnold.

»Das würde ich nie tun. Konrad würde ausrasten.«

»Aber du könntest, wenn du wolltest?«

»Nicht ohne Passwort. Das ist unmöglich.«

»Kannst du das Passwort herausfinden?«

»Das darf man nicht, das ist verboten.«

Klavs Arnold beherrschte sich.

»Ich versuche es mal andersherum«, begann er erneut. »Wie lang würde es dauern, Zugriff auf Anica Buchs Computer zu bekommen?«

»Zehn Minuten, wenn ihr mir den Auftrag gebt. Und wenn ihr Konrad sagt, dass ich das nur für euch tue.«

*

Die Comtesse ging Anica Buchs Computer durch, während Klavs Arnold die Papiere auf ihrem Schreibtisch durchblät-

terte. Plötzlich hielt er ein Blatt hoch. »Sieh dir das mal an, wonach sieht das für dich aus?«, fragte er die Comtesse und hielt ihr ein paar handschriftliche Notizen hin.
Bx204Glo und Bx231Glo.
»Sind das Nummern von BX-Berichten aus Glostrup? Normalerweise wird doch kein Bericht geschrieben, wenn die Polizei Vermisste findet, außer es gibt Verbindungen zu einer Straftat. Eine weitere Ausnahme sind Abgänge aus psychiatrischen Kliniken, die werden häufig in BX-Berichten registriert, da mitunter ja immer dieselben Personen verschwinden und zu denselben Orten gehen.«
»Genau, dieser Zettel lag unter dem Ausdruck ihrer falschen Übersetzung. Sollen wir nachschauen, was diese Berichte beinhalten?«
Es handelte sich um zwei kurze Berichte der Polizei Vestegnen, beide zum selben Thema, aber unterschiedlichen Datums. Am 17. April 2007 war die flüchtige Patientin Jelena Khrobic im Einkaufszentrum von Glostrup von der Polizei aufgegriffen worden. Ebenso am 2. August desselben Jahres. In beiden Fällen war die Frau, die als vollkommen ungefährlich, aber hilflos eingestuft wurde, zurück in die Psychiatrische Klinik Glostrup gebracht worden.
Die Comtesse rief den Professor an, der die Klinik leitete. Sie kannte ihn und wusste, dass er zur Zusammenarbeit mit der Polizei bereit war, wenn er der Überzeugung war, dass dies zum Wohle seiner Patienten war. Die Comtesse wurde nach kurzer Wartezeit durchgestellt. Sie erzählte dem Professor von Jelena Khrobic und dem Grund ihres Interesses. Er hörte geduldig zu und erbat sich Bedenkzeit. Es war unklar, ob seine Patientin von einem Gespräch mit der Polizei profitieren würde. Er wollte das erst nachprüfen und ver-

sprach der Comtesse zurückzurufen. Kurze Zeit später klingelte das Telefon. Es war aber nicht der Professor selbst, der anrief, sondern eine Frau, die der Comtesse mitteilte, sie dürfe gerne mit dem Zentrum für Folteropfer im Krankenhaus von Gentofte Kontakt aufnehmen. Das Zentrum warte auf ihren Anruf.

Kapitel 70

Donnerstag, 18. November 2010,
Ljubičevac

Der Landrover war gepackt, Christoffer Brinch saß hinterm Steuer und Kurt Melsing auf der Rückbank. Er hatte die Schuhe ausgezogen und die Füße auf die Bank gelegt. Konrad Simonsen stand mit John Tyler vor dem Wagen. Der Amerikaner hielt ein Päckchen in den Händen.

»Wie lange bleiben Sie noch hier?«, fragte Konrad Simonsen. »Und kommen Sie anschließend nach Dänemark zurück und machen wieder in … Kultur?«

»Ich werde hierbleiben, bis alle menschlichen Überreste geborgen sind. Das kann zwei oder zehn Tage dauern, je nachdem. Und dann kehre ich nach Dänemark zurück, ja. Vielleicht darf ich vorher noch ein paar Tage nach Hause. Das hoffe ich.«

Er reichte Konrad Simonsen das Päckchen. »Das ist alles, was Sie brauchen. Zur Sicherheit habe ich noch eine dänische Übersetzung hinzugefügt. Im Übrigen haben meine Chefs den Vorschlag einer freundlichen Kontaktaufnahme sehr positiv aufgenommen. Angeblich ist das bereits geschehen.«

John Tyler gab den drei Männern die Hand. »Es war mir eine Freude«, sagte er und schien es wirklich so zu meinen. »Leben Sie wohl, Konrad. Ich hoffe, wir sehen uns wieder.«

»Das hoffe ich auch. Leben Sie wohl, John.«

Konrad Simonsen streckte die Hand aus, wurde stattdessen von Tyler umarmt.

Als der Amerikaner gefahren war, ging Konrad ein paar Schritte die Straße hinunter bis zu einem leeren Haus und rief laut:
»Willst du mit nach Hause oder hast du vor, hier zu überwintern?«
Er wartete zehn Sekunden. Als er keine Antwort erhielt, rief er noch einmal:
»Wir warten noch eine Minute, dann laden wir dein Gepäck ab.«
Anica Buch kam aus dem Haus. Ihr Gesicht war steif wie eine Maske. Sie blickte zu Boden, um Augenkontakt zu vermeiden. Konrad Simonsen öffnete ihr die Tür, und Kurt Melsing nahm die Beine von der Bank.
»Wenn ich dein Anwalt wäre, würde ich dir raten, bis Kastrup kein Wort zu sagen, Anica«, sagte Christoffer Brinch.

Kapitel 71

Freitag, 19. November 2010,
Zentrum für Folteropfer, Gentofte

Sind Sie die sogenannte Comtesse?«

Die Comtesse nickte überrascht und schluckte die Frage herunter, woher er das wusste. Sie saß an einem Tisch etwas abseits von den übrigen Gästen. Ihr Gegenüber war Psychiater und Oberarzt im Zentrum für Folteropfer. Ein kleiner, nicht gerade hübscher Mann, der mit schnarrender Stimme sprach. Sein Gesicht war blass und aufgedunsen. Die gegelten Haare hingen ihm bis zu den Augenbrauen in die Stirn. Allen Äußerlichkeiten zum Trotz strahlte er Vertrauen aus.

»Es ist schon ein wenig putzig«, sagte er. »Ich habe fünf nach wissenschaftlichen Vorgaben eingerichtete Sprechzimmer, damit die Besucher sich wohl und sicher fühlen, und trotzdem nutze ich jede Gelegenheit, um meine Gäste in die Kantine zu schleppen. Sagen Sie mir, was Sie über unser Zentrum wissen.«

Die Comtesse wusste nicht viel, weshalb der Oberarzt ihr eine kurze Einführung in die Geschichte des Instituts gab.

»Sie haben den Wunsch geäußert, in Kontakt mit einer meiner ehemaligen Patientinnen zu treten, Jelena Khrobic. Das erstaunt mich. Als Sie mir gesagt haben, dass Sie vom Morddezernat kommen, habe ich mit einem anderen Anliegen gerechnet. Aber wie dem auch sei, Sie müssen sich an eine gewisse Prozedur halten: Sie erklären mir, warum und worüber Sie mit Jelena sprechen wollen. Danach entscheide ich, ob das infrage kommt, und falls ja, nehme ich Kontakt zu ihr auf. Wobei es letztendlich die Entscheidung der Patientin ist, ob sie mit Ihnen reden möchte oder nicht. Das mag restriktiv wirken, aber glauben Sie mir, dass meine Praxis bei Anfragen wie Ihrer nicht als Schikane gedacht ist, sondern ausschließlich dem Schutz meiner Patienten dient. Wollen Sie noch einen Kaffee? Die Kringel sind auch ganz ausgezeichnet.«

Er holte Kaffee und Kringel, und die Comtesse erzählte ihm danach detailliert von Bjørn Lauritzen, Ole Nysted und Irene Gallagher in Bosnien 1995 und Kopenhagen 2010, wobei sie die Details, was später in dem Haus in Bosnien passiert war, ausließ.

»Ich bin bestens über die Vorfälle in Bosnien informiert, zumindest so, wie Jelena sie erlebt hat. Aber davon kann sie Ihnen gegebenenfalls selber erzählen, wenn Sie mit ihr reden. Ole Nysted war zweimal hier und hat mit ihr gesprochen, als Teil ihrer Therapie. Beide Male habe ich ihn von einer Hütte im Wald abgeholt und wieder zurückgebracht. Ich hab es ihm hoch angerechnet, dass er sich für diese Gespräche zur Verfügung gestellt hat, wenn man bedenkt, dass er selbst unter einem schweren psychischen Trauma litt und vieles aus dem Krieg, in dem er war, verdrängt hat. Jelena wollte auch mit Irene Gallagher sprechen, aber die hat abgelehnt. Am liebsten aber wollte sie Bjørn Lauritzen wiedersehen, dem sie sich sehr verbunden fühlte, aber ihn konnte ich nicht aufspüren.«

»Darf ich ein paar Fragen stellen? Ich habe eine Menge«, sagte die Comtesse.

»Nein, damit müssen Sie sich noch etwas gedulden. Es gibt

zwei Dinge, die Sie wissen und berücksichtigen müssen, wenn Sie mit Jelena sprechen.«

Die Comtesse nickte.

»Jelena ist in vielerlei Hinsicht eine meiner Erfolgsgeschichten. Sie hat grauenvolle Dinge erlebt, furchtbarer als alles, was ein normaler Mensch sich vorstellen kann, und ihre Psyche hat einen Knacks bekommen. Heute lebt sie ein fast normales Leben, es geht ihr gut, und ich glaube, sie ist sogar glücklich. Es passiert sehr selten, dass meine Patienten sich so entwickeln, was in diesem Fall hauptsächlich der Tatsache zuzuschreiben ist, dass Jelena einer der stärksten Menschen ist, mit denen ich je zu tun hatte. Nichtsdestotrotz leidet sie an Folgeerscheinungen, eine davon sind zwei große Lücken in ihrem Leben, auf die Sie sie auf keinen Fall ansprechen dürfen, weil niemand sagen kann, was passiert, wenn … egal, weshalb – die Themen sind absolut tabu.«

Der Oberarzt erzählte, dass Jelena Khrobic 2003 entführt und von Sarajevo nach Minsk in Weißrussland geflogen worden war. Dort war sie monatelang gefoltert worden, bis ihr Verstand kollabierte und keiner mehr zu ihr durchdrang. Knapp drei Jahre später war sie an ein Bett gekettet in einer psychiatrischen Einrichtung in Kiew in der Ukraine gefunden worden, mehr als 400 Kilometer von Minsk entfernt. Niemand – auch sie selbst nicht – wusste, wie sie dorthin gekommen war. Gefunden wurde sie rein zufällig von vier dänischen Ärzten, die im Rahmen eines dänischen Hilfsprojekts für das ukrainische Psychiatriewesen dort waren. Als Jelena hörte, dass die Ärzte sich auf Dänisch unterhielten, sang sie spontan zwei Zeilen aus einem dänischen Kinderlied. Laut Personal waren das die ersten Worte, die Jelena überhaupt äußerte. Zu diesem Zeitpunkt wusste noch niemand, wer sie war, aber die Ärzte-Delegation sorgte dafür, dass sie nach Dänemark gebracht und in das Psychiatriezentrum in Glostrup eingewiesen wurde. Hier besserte sich ihr gesundheitlicher Zustand Schritt für Schritt, und sie konnte sich an immer mehr Dinge erinnern. Im Frühjahr 2007 habe Jelena dann die Therapie bei ihm begonnen, die im Sommer 2008 erfolgreich abgeschlossen werden konnte.

»Erstaunlicherweise hat Jelena Khrobic kaum Erinnerungen an die Zeit von August 1995 bis zu ihrer Entführung 2003. Sie war möglicherweise in einer Schule oder ist kellnern gegangen. Da konnten wir wirklich nichts Konkretes herausfinden. Im Allgemeinen sind es die schrecklichen Ereignisse, die verdrängt werden oder über die man nicht reden kann, aber bei Jelena ist es umgekehrt. Die Zeitspanne, die sie vergessen hat, war, wie ich glaube, relativ ruhig und normal für sie, zumindest verglichen mit dem, was sie ansonsten erlebt hat. Mir ist das in meiner persönlichen Arbeit nie untergekommen, aber ich habe von vergleichbaren Fällen gelesen, ganz einzigartig ist es also nicht.«

Er machte eine Pause, trank einen Schluck Kaffee und sah die Comtesse an, als warte er auf ihr Zeichen, fortzufahren.

»Ein weiterer Umstand, den Sie respektieren müssen, ist, dass Jelena inzwischen ein sehr einfaches Leben lebt. Sie hat einen Mann und ein Kind, das zweite ist unterwegs. Das ist ihr Lebensinhalt, den Rest der Welt schließt sie aus. Sie schaut niemals fern, liest keine Zeitung und hört kein Radio. Sie weiß zum Beispiel nichts von den Morden auf dem Ausflugsschiff, Bjørn Lauritzens und Ole Nysteds Tod oder Irene Gallaghers Prozess, und daran sollen Sie auch nichts ändern. Ihr Leben besteht aus ihrer Familie, ihrem kleinen Kräutergarten und ihrem Klavierspiel, damit ist sie glücklich. Außerdem hat sie für sich beschlossen, dass die Welt eine gute Welt ist. Sie hat allen verziehen, die ihr Böses getan haben, und für sich entschieden, dass die drei Dänen, die sie 1995 in Bosnien kennengelernt hat, ihr geholfen haben und ihre Freunde sind. Und sie geht noch einen Schritt weiter – negative Erlebnisse, wenn beispielsweise jemand unfreundlich ist, wendet sie augenblicklich zu etwas Gutem. Sie lebt sozusagen in einer rosaroten Welt, und so soll es gerne auch bleiben, auch wenn man ihr dafür immer mal wieder eine Lüge erzählen muss. Das ist ihre Überlebensstrategie, die Sie um jeden Preis akzeptieren müssen. Genau die gleichen Konditionen habe ich auch Pauline Berg gestellt.«

Nachdem die Comtesse ihn eine Weile wie ein Schaf mit offenem Mund angesehen hatte, wurde ihr klar, dass er Pauline Bergs Namen mit voller Absicht wie eine Bombe ins Spiel geworfen hatte.

Er lächelte sie an, durchaus nicht uncharmant.

»Ich hoffe, Sie haben noch ein wenig Zeit«, sagte die Comtesse, als sie sich von der Überraschung erholt hatte.

Er begann zu erzählen, ohne dass sie nachfragen musste. Pauline Berg hatte sich im letzten Herbst mit exakt dem gleichen Anliegen wie die Comtesse an ihn gewandt, was der Oberarzt anfangs abgelehnt hatte.

»Sie war psychisch instabil, und ich hielt es für keine gute Idee, sie mit Jelena zusammenzubringen. Bei unserem ersten Treffen haben wir lange darüber diskutiert … gestritten, sollte ich wohl eher sagen.«

Pauline Berg war im Zorn gegangen, weil sie sich ungerecht behandelt fühlte. Als sie ein paar Wochen später wiederkam, einigten sie sich darauf, dass sie ein paar Sitzungen bei ihm besuchte – in denen es nicht um Jelena ging, sondern um Pauline selbst.

»Pauline Berg war bei Ihnen in Therapie?«, unterbrach ihn die Comtesse.

»Therapie würde ich es nicht nennen, wir haben uns nur unterhalten. Vier oder fünf solcher Gespräche hatten wir im Oktober und November letzten Jahres. Manchmal braucht es nicht viel, damit es einem Menschen besser geht, aber für eine dezidierte Therapie reichten die Voraussetzungen nicht. Obgleich ihre Erlebnisse während der Entführung ohne Frage schrecklich waren, standen viele Leute auf der Warteliste, die Traumatischeres erlebt hatten. In einer perfekten Welt ohne Ressourcenknappheit hätte ich sie angenommen, aber die Realität sieht anders aus.«

Der Comtesse wurde schnell klar, dass er alles über das Morddezernat und von Paulines Besessenheit von dem Juli-Fall wusste, der eine Reihe anderer Ereignisse nach sich gezogen hatte.

»Wie hat Pauline zu Ihnen und Jelena Khrobic gefunden? Wissen Sie das?«

»Ja, das weiß ich. Durch einen Zufall und harte Arbeit von ihrer Seite.«

Vor etwa einem Jahr war Pauline Berg von einer Frau kontaktiert worden, die mit Jonas Ziegler liiert gewesen war, dem Verkäufer und ehemaligen Waldarbeiter, Paulines einziger Verbindung zum Todesfall Juli Denissen. Die Frau war wegen einer anderen Frau sitzen gelassen worden und stinksauer auf Jonas Ziegler. Sie wünschte sich nichts sehnlicher, als diesem Mann eins auszuwischen, weshalb sie Pauline Berg alles erzählte, was Jonas Ziegler ihr anvertraut hatte, als sie noch ein Paar waren. Juli Denissen war in Melby

Overdrev von Bjørn Lauritzen überfallen worden. Jonas Ziegler hatte ihre Schreie gehört und versteckt hinter einer Düne beobachtet, was mit ihr passiert war. Er kannte den Angreifer, den er öfter im Wald gesehen hatte, einen Einsiedler, der zeitweise in dem alten Munitionslager ein paar Kilometer den Strand hoch wohnte. Drei Tage später nahm er seinen Mut zusammen und suchte den Mann im Bunker auf, als dieser gerade einen Gast hatte. Jonas Ziegler hat ihn nicht direkt mit seinem Wissen bedroht oder erpresst, aber das Ende vom Lied war, dass die Frau, die zu Besuch war, ihm einen besser bezahlten Job als Verkäufer in einem Laden in Tune anbot. Im Gegenzug sollte er seinen Mund halten und niemandem sagen, was er zwei Tage zuvor in den Dünen beobachtet hatte. Später hatte Jonas Ziegler herausgefunden, dass die Frau Irene Gallagher hieß und ihrem Mann die Supermarktkette gehörte, in der er jetzt arbeitete.
»Das war der lang ersehnte Durchbruch in Pauline Bergs Fall, der erste überhaupt. Sie fuhr raus zum Bunker, in dem Bjørn Lauritzen wohnte, aber der war nicht da. Als sie sich dort umsah, entdeckte sie an der Bunkerwand ein Bild, eine herausgerissene Seite aus dem norwegischen Magazin *Streitkräfte Forum*, auf dem Bjørn Lauritzens Panzer zu sehen war, wie er im Sommer 1995 mit acht muslimischen Flüchtlingen als Freiluftpassagiere in Tuzla einfuhr. Bjørn Lauritzens Name und Rang wurden erwähnt, obgleich er auf dem Bild nicht zu sehen war. In dem Artikel war auch von dem dänisch-bosnischen Mädchen, Jelena Khrobic, die Rede, das er aus der Kriegshölle gerettet hatte. Sie hatte die Seite mitgenommen.«
Pauline Berg hatte danach alle Webseiten gelesen, auf denen etwas über dänische Soldaten in Bosnien zu finden war, und

war dabei auf den zweiten Soldaten in dem Panzer gestoßen, Ole Nysted. Im Gegensatz zu Bjørn Lauritzen war Ole Nysted leicht aufzuspüren, er hatte eine feste Adresse, so schäbig seine Hütte auch sein mochte.

»Pauline hat ihn bis Weihnachten letzten Jahres dreimal besucht, bis Irene Gallagher davon Wind bekam und ihm den Umgang mit ihr verbot. Das hat er Pauline bei ihrem letzten Treffen selbst gesagt. Zu dem Zeitpunkt hatte er ihr bereits von seinen Gesprächen mit Jelena Khrobic im Zentrum für Folteropfer erzählt. Leider konnte er nicht sagen, wo Bjørn Lauritzen wohnte, was Paulines vorrangigstes Interesse war.«

»Das sind wirklich außerordentlich interessante Informationen, aber warum um alles in der Welt haben Sie sich nicht schon längst als Zeuge bei uns gemeldet?«

»Das habe ich, dreimal, um genau zu sein, aber irgendwann habe ich es aufgegeben. Der Chef des Morddezernats hat versprochen zurückzurufen, sobald er Zeit hätte, was aber nie passiert ist.«

Die Comtesse ahnte, was da schiefgelaufen war, und ging nicht weiter auf seine Aussage ein. Das würde auch erklären, wieso keiner von ihnen jemals etwas von Jonas Zieglers Ex-Freundin gehört hatte.

»Und am Ende haben Sie Pauline Berg erlaubt, sich mit Jelena Khrobic zu treffen?«

»Zuerst in meinem Beisein, aber wie sich zeigte, kamen die beiden hervorragend miteinander klar. Pauline ging äußerst rücksichtsvoll mit Jelena um, einfühlsam und vorsichtig. Danach haben sie sich häufiger privat getroffen, glaube ich, aber das weiß ich nicht genau.«

»Haben Sie eine Idee, warum Pauline uns im Morddezernat

nichts von ihrem Durchbruch erzählt hat, wie Sie es so treffend beschrieben haben?«
»Ja, das weiß ich genau. Sie hat es mir selbst erklärt. Weil niemand sie in den letzten Jahren ernst genommen hat, wollte sie den Fall allein lösen und euch Bjørn Lauritzen auf dem Silbertablett servieren. Ich erwähne nur der Ordnung halber, dass ich versucht habe, sie in ihrem Entschluss umzustimmen und Sie in jedem Fall einzuweihen, aber erfolglos. Sind wir damit am Ende des Weges angelangt?«
»Wenn Sie meinen. Ich hätte noch eine ganze Reihe von Fragen, insbesondere, wenn ich nicht mit Jelena sprechen kann. Aber vielleicht könnten wir …«
Der Oberarzt stand auf, und gemeinsam trugen sie ihre Tabletts zu dem Geschirrständer.
»Sie sind jederzeit willkommen. Ich werde die Angelegenheit überdenken und mich bei Ihnen melden. Haben Sie sonst noch was auf dem Herzen, so zwischen Tür und Angel?«
»Ja, eine Sache: Was genau wollte Pauline Berg von Jelena Khrobic?«
»Na ja, die beiden hatten ein gemeinsames Interesse, wenn auch aus unterschiedlichen Motiven.«
»Bjørn Lauritzen zu finden?«
»So ist es.«

Kapitel 72

Samstag, 20. November 2010,
Rødovre

Die Wohnung war leer. Sie lag zwischen den Bahnhöfen Rødovre und Brøndbyøster in einem ruhig gelegenen modernen Wohnblock mit acht Eingängen und zwei Etagen und hatte 110 Quadratmeter Wohnfläche mit drei Zimmern, Küche, Bad und Flur.

»Wie findest du sie, ist die was für uns?«, fragte Louise Berg.

Arne Pedersen riss sich vom Fenster los, von dem er eine Mutter in einem Sandkasten ihr Kind sanft auf den Knien schaukeln sah.

»Sie ist super, perfekt.«

»Ich könnte sie gegen Paulines Wohnung tauschen, die zentraler gelegen und etwas größer ist, aber die hier finde ich besser. Der Papierkram wird ein bisschen was kosten, aber da die Miete hier niedriger ist, haben wir das schnell wieder drin. Außerdem wären wir ja zu zweit, auch wenn du natürlich was für deine Kinder zahlen musst, vermutlich mehr als nötig, damit sie in ihrer Wohnung bleiben können. Das verstehe und respektiere ich.«

Arne Pedersen war froh für ihr Verständnis, aber in diesem Punkt musste er sie korrigieren.

»Die Mutter meiner Kinder ist Wirtschaftsprüferin und verdient mindestens dreimal so viel wie ich. Wohnen bleiben können sie also auf alle Fälle.«

»Dann sind deine Kinder so kleine, verwöhnte Oberklassegören?«
Sie zog ihn auf, das wusste er, nichtsdestotrotz krampfte sich sein Magen zusammen. Die Zwillinge würden gleich kommen, und ihm lag so viel daran, dass sie und Louise sich verstanden. Er war nervös, Kinder in dem Alter konnten furchtbar altkluge Teufel sein.
»Und, was sagst du, ziehen wir zusammen hier ein oder nicht?«
Er war stumm, tausend Gedanken schwirrten ihm im Kopf herum, und er verstand selber nicht, wieso er das kleine Ja, das er so gerne ausgesprochen hätte, nicht über die Lippen brachte. Plötzlich wurde sie ernst, als hätte sie seine Gedanken gelesen, und streichelte seine Wange.
»Das war dumm von mir. Nimm dir die Zeit, die du brauchst, Arne. Du musst nicht gleich antworten, überdenk das Ganze noch mal. Aber wenn du magst, erzähl, was dir durch den Kopf geht, dann können wir darüber reden.«
Was sollte er sagen? Dass er zwischendurch Angst hatte, in einem Monat festzustellen, der unbedeutendste in einer langen Reihe von Ex-Lovern zu sein, der so dumm gewesen war zu glauben, einen Platz im Leben dieser sorglosen jungen Frau zu haben, einer Frau, die sich so offensichtlich in einer ganz anderen Lebensphase befand als er.
»Ich weiß wohl, dass du das nicht hören willst, aber …«, sagte er.
Sie legte ihm eine Hand auf den Mund.
»Ich weiß, dass du hundert Jahre älter bist als ich und dass du das nicht einfach abstreifen kannst, aber ich will das jetzt nicht hören. Ein andermal, aber nicht heute. Du und ich, das fühlt sich für mich so richtig an. Das fühle ich, und ich füh-

le es immer stärker, wenn du verstehst, was ich meine, und ich bin kein bisschen im Zweifel.«
»Ja!«
»Was meinst du?«
»Ich meine: Ja, wir ziehen zusammen in diese Wohnung und schauen, was kommt.«
Sie lächelte, als sie halb im Ernst aufzählte: »Im Sitzen pinkeln, Haushaltsaufgaben teilen, nicht untreu sein. Und irgendwann will ich zwei Kinder.« Dann sah sie auf ihre Uhr.
»Sie kommen in zwanzig Minuten, genug Zeit, um von Anica zu erzählen. Das hast du versprochen. Die schien eigentlich so nett, aber das war dann ja wohl nur Fassade.«
Sie setzten sich mit dem Rücken an der Wand auf den Boden. »Es begann in Paris«, sagte Arne Pedersen. »Da hat Anica Buch einen Drohbrief an die Reisegruppe geschrieben – eine Warnung, nach Bosnien zu reisen. Verfasst hat sie den Brief im Namen einer gefürchteten Miliz, die allerdings seit fünfzehn Jahren nicht mehr aktiv ist und die niemals außerhalb von Bosnien operiert hat. Konrad Simonsen hat sich da schon gewundert. Das erste Mal.
Nicht zuletzt, weil der Brief in ordentlicher, roter Mädchenschrift geschrieben war. In Bosnien hat sie den Trick wiederholt, diesmal mit einem albernen Touristendolch aus Paris und der brutalen Drohung, dass sie vergewaltigt und getötet werden sollte. Und dann hat sie einen der Männer aus dem Dorf dafür bezahlt, mitten in der Nacht eine Scheibe von unserem Mietwagen zu zerschießen.«
»Warum hat sie das getan?«, wollte Louise Berg wissen. »War sie vom Geheimdienst instruiert?«
»Mit ziemlicher Sicherheit, aber die waren so clever, sich

nicht mit ihr zu treffen, das lief alles nur telefonisch. Ihre einzige Aufgabe bestand darin, Konrad und die anderen zur Umkehr zu bewegen, mehr nicht. Für weitere Dienste dürften die sie kaum eingeplant haben.«

»Warum hat sie das getan?«

»Ambitionen, Raffgier. Sie hat den Gerüchten geglaubt, dass sie eine steile Karriere beim militärischen Geheimdienst machen könnte, wenn sie ihnen zuarbeitete. Hoffnungslos naiv. Am Ende hat sie sich so weit in die Sache verstrickt, dass sie keinen anderen Ausweg mehr sah, als die Gruppe zu verlassen. Sie hat sich vierundzwanzig Stunden in einem leer stehenden Haus versteckt, ohne etwas zu essen oder zu trinken, bis Konrad sie gerufen und ihr gesagt hat, dass sie jetzt nach Hause fahren würden, zur Not auch ohne sie. Da ist sie ziemlich kleinlaut aus dem Haus gekommen.«

»Und was passiert jetzt mit ihr?«

»Keine Ahnung, das entscheidet Konrad.«

»Bestimmt er alles bei euch?«

»Er bestimmt, was er bestimmen möchte.«

»Er kann ganz schön scary sein, aber er ist auch … ein Mann, vor dem man Respekt hat, auf eine positive Art. So ging es auch Pauline mit ihm. Er war der Einzige, der ihr die Meinung gesagt hat, wenn sie übers Ziel hinausschoss, und das fand sie ziemlich gut. Glaubst du, dass er Anica noch eine zweite Chance gibt?«

»Das kommt darauf an, was sie sonst noch so gemacht hat. Aber sie hat eindeutig das Zeug zu einer guten Ermittlerin, das muss man ihr lassen«, antwortete Arne Pedersen.

Die Zwillinge kamen, und aus den zehn Minuten, auf die ihre Eltern sich einvernehmlich für ihr erstes Treffen mit Louise Berg geeinigt hatten, wurde eine Stunde. Louise begrüßte sie völlig unverkrampft und ungekünstelt, als sie die Wohnung betraten. Als Erstes zeigte sie ihnen ihr Zimmer. Natürlich müssten sie sich das Zimmer teilen, weil sie und ihr Vater sich keine größere Wohnung leisten könnten. Aber sie würde ihren Computer zum Spielen dort hinstellen. Sie hätte zwar einen 36-Zoll-Monitor, aber der Rechner sei total lahm, wenn sie also die richtig coolen Spiele spielen wollten, müssten sie gemeinsam in eine neue Grafikkarte investieren. Sie würde eine Hälfte übernehmen, den Rest müssten sie zusammenkratzen. Sie diskutierten lange über dieses Thema, und Arne Pedersen hörte glücklich zu.

Danach spielten sie Squash im Esszimmer – nach ganz eigenen Regeln. Louise hatte vier Schläger und einen kleinen Flummi mitgebracht. Alle wollten gewinnen und preschten drauflos. Louise zog die Jungs nach Strich und Faden auf, die auch nicht auf den Mund gefallen waren und sie *Loser Louise* nannten. Es stand unentschieden, als Arne Pedersen den Ball durchs Fenster schlug. Die Jungs und Louise waren sich sofort einig, dass er jetzt die Wohnung auf alle Fälle kaufen musste.

Arne Pedersen war selig, als seine Jungen sich verabschiedeten. Seine Bedenken hatten sich in Luft aufgelöst, womit er nicht hinterm Berg hielt.

»Ich konnte schon immer gut mit Kindern, besonders Jungen. Komm, lass uns ein Bad nehmen, ich schwitze wie ein Schwein. Außerdem hab ich Lust auf dich – das erste Mal in unserem neuen Zuhause.«

»Und Details wie Handtücher?«

»Hab ich in der Tasche. Komm.«

Kapitel 73

Sonntag, 21. November 2010,
Birkerød

Ihre Mutter und ihr Vater hatten jahrelang auf die Reise gespart, und ihr Bruder und sie hatten sich all die Jahre darauf gefreut. Für Jelena Khrobic war es das erste Mal, dass sie ins Ausland fuhr – von einem Schulausflug nach Flensburg abgesehen, bei dem es noch dazu geregnet hatte. An dem Morgen, an dem die Familie aufgebrochen war, hatte die Sonne geschienen, und die Hauptstraße von Randers war für das abendliche Stadtfest geschmückt worden. Das Bild von den vier großen Männern in den blauen Arbeitsklamotten der Stadt hatte sich in ihrem Gedächtnis eingebrannt. Ihre routinierten Bewegungen, mit denen sie die weißen Fahnenstangen von der Ladefläche des Lastwagens nahmen und in die Löcher in der Straße steckten. Sie hatte in den zehn oder elf Jahren, bis sie nach Dänemark zurückgekommen war, immer wieder daran denken müssen. Für sie war dies das Bild von Dänemark.

Sie fuhren mit einem Fernbus, weil das am billigsten war. Hamburg, Berlin, Prag, Wien, Zagreb, Tuzla – eine Perlenkette spannender Städte, unbekannter Landschaften, fremder Sprachen und neuer Gerichte. Sie sog das alles in sich auf und freute sich bereits darauf, ihren Freundinnen davon zu erzählen, wenn sie wieder zu Hause war. Von Tuzla aus fuhren sie nach Bratunac, wo ihre Großeltern lebten. Auf dem Weg dorthin sahen sie viele Soldaten, und ihre Eltern begannen, sich Sorgen zu machen. In Dänemark hatten sie viel darüber diskutiert, ob die Reise in dieser Zeit zu verantworten war, aber andere Bosnier, die trotz der Unruhen zu Hause zu Besuch gewesen waren, meinten, sie sollten sich nur nicht einmischen oder die Konfrontation suchen, dann würde schon alles gut gehen. Und wenn sie erst im Dorf seien, wären sie sicher. Ihre beiden Eltern waren in Bratunac geboren worden, aufgewachsen und zusammen mit Serben und Kroaten zur Schule gegangen. Viele ihrer Freunde lebten noch dort. In ihrem Dorf würde schon nichts geschehen, dachten sie.

Sie hatten Geschenke für die Großeltern mitgebracht, Kleinigkeiten, die voller Begeisterung entgegengenommen wurden. Die Großmutter hatte Jelena mit auf den Markt genommen. In einer Woche sollte eine große Hochzeit gefeiert werden. Einer von Jelenas Vettern heiratete, und die Frauen waren bereits bei den Vorbereitungen. Jelena Khrobic half mit. Und dann kam über Nacht der Krieg nach Bratunac. Zwei muslimische Familien verbrannten in ihren Häusern, tags darauf nahm man ihren Vetter und einen seiner Freunde, einen serbischen Lehrer, gefangen und hängte ihn an einem Fenster auf, während die Frau und die Töchter des Mannes sie anflehten, sein Leben zu verschonen. Die Hochzeit wurde abgesagt, der Hass explodierte, und alle hatten panische Angst.

Jelena Khrobic machte eine Pause, sie streckte die Hand in den Kinderwagen und zog das Kissen unter ihrer Tochter zurecht. Die Kleine schlief, und sie nahm ihr den halb aus dem Mund gerutschten Schnuller ab und steckte ihn in die Tasche. Die Comtesse nutzte die Gelegenheit, um sich umzusehen. Sie spazierten durch das Wäldchen Bistrup Hegn, das sie gut kannte, wobei es Jahre her war, dass sie zuletzt hier gewesen war. Dann ging ihr Blick verstohlen zurück zu Jelena Khrobic, als wäre es falsch, die junge Frau direkt anzusehen.

Sie war mager und nicht sonderlich groß, schmale Hüften und Schultern, kleine Brüste, und ihre hastigen Bewegungen erinnerten die Comtesse an einen Körner pickenden Vogel. Ihre Nase war recht groß und leicht gebogen, wie man es oft bei Frauen aus dem Balkan sah. Die tief liegenden dunklen Augen waren von feinen Gesichtszügen eingerahmt. Die langen schwarzen Haare waren mit einer silbernen Spange zu einem wilden Knoten zusammengefasst. Die junge Frau erzählte weiter, mit heller Stimme, als erklärte sie, warum sie zu spät zu einer Verabredung gekommen sei. Sie waren nach Srebrenica geflohen. *Sigurna zona, slobodna zona, tampon zona* – das Land innerhalb des Landes, die sichere Zone, von der alle sprachen. Die Sicherheit wurde dort von der UN garantiert. Die Stadt wurde von niederländischen Streitkräften bewacht. Zwei Tage später übernahm das serbische Heer die Kontrolle über die Stadt. Sie, ihr Bruder und ihre Eltern wurden gemeinsam mit einer Unmenge anderer muslimischen Familien in eine Fabrikhalle gesperrt. Kurze Zeit später holten die Soldaten ihren Vater und Bruder. Sie hat sie nie wiedergesehen. Ihre Mutter und sie schliefen in der Fabrikhalle, dicht beieinander auf dem harten Steinboden. Sie hatte Hunger, wollte aber nicht nach Essen fragen. Auch nicht nach ihrem Vater oder Bruder. Was sollte ihre Mutter schon sagen? Oder tun? Am nächsten Vormittag kam eine Gruppe Männer und suchte einige Frauen aus. Sie waren dabei. Mit fünfzehn oder zwanzig anderen Frauen wurden sie auf zwei Lastwagen getrieben. Die

Männer waren ungepflegt, jeder trug eine andere Uniform, einige waren sogar in Zivil. Und sie machten ihr mehr Angst als die Soldaten, die sie tags zuvor gefangen genommen hatten. Sie fuhren eine Stunde bis zu einem leeren Haus an einem Waldrand. Dort warteten andere Männer auf sie. Auch sie ohne richtige Uniformen.
Sie wurde auf einen Tisch gelegt und der Reihe nach von den Männern vergewaltigt. Ihre Mutter musste zusehen, während sie von anderen Männern festgehalten wurde. Sie hat geschrien und sich zu wehren versucht, aber ohne Erfolg. Danach war die Mutter an der Reihe, und nachdem die Männer mit ihrer Mutter fertig waren, haben sie sie einfach umgebracht. Der Mann, der sie getötet hat, war Schmied. Er hatte starke, knochige Hände, krumm von Jahren harter Arbeit. Er hat sie mit bloßen Händen erwürgt, um seinen Kumpanen zu zeigen, dass er das konnte. Die anderen Männer haben nur gelacht und sich dann auf die anderen Frauen gestürzt. Als ihr Interesse nachließ, haben sie zu ihren Messern gegriffen.
Dann trat Bjørn Lauritzen die Tür ein. Draußen vor den Fenstern stand ein Panzer. Eine deutliche Drohung, sich nicht zur Wehr zu setzen. Die Männer hatten Angst. Sie versuchten, die Frauen in einem Hinterzimmer zu verstecken, und warfen Decken über die schlimmsten Blutflecken, aber Bjørn Lauritzen hatte mitbekommen, was vor sich gegangen war. Er rief mit donnernder Stimme nach ihrem Anführer *leader, boss, who,* und zehn Finger deuteten auf einen Mann mittleren Alters, Koch im Hotel Royal in Srebrenica, Familienvater mit vier Kindern, angeblich ein fleißiger, frommer Kirchgänger. Bjørn Lauritzen stieß ihm ein Messer in den Bauch und riss seine Eingeweide heraus. Damit löschte er den letzten Funken Widerstand in dem Haufen

Milizsoldaten. Er führte sie alle nach draußen auf den Hofplatz, verprügelte den Jüngsten und jagte ihn dann in den Wald. Die anderen fesselte er aneinander und zwang sie, sich auf den Boden zu setzen, dann warf er ihnen Sand und Kies in die Augen.

»Er ist mehrmals ins Haus zurückgegangen, um mit den Frauen zu sprechen, die noch lebten, aber sie wollten nicht raus, sie hatten Angst vor ihm. Das war dumm von ihnen, aber sie wussten es nicht besser. Ich war die meiste Zeit draußen, wollte nicht in dem Zimmer bleiben, in dem meine Mutter lag.«

»Haben Sie mit Bjørn Lauritzen gesprochen?«

»Ja, ein paar Worte. Er hat nicht viel gesagt. Aber er hat irgendwo im Haus frische Unterwäsche gefunden, ich weiß nicht, wo, und er hat mich hinter das Haus getragen, wo ich mich waschen konnte. Es tat weh, wenn ich lief, aber er versprach mir, dass die Schmerzen nachlassen würden. Dann forderte er die Frauen ein letztes Mal auf, aus dem Haus zu kommen, aber sie wollten nicht.

Als er mit dem Panzer wegfuhr, rollte er in einem Bogen mit hohem Tempo über die Beine der Männer. Keine zwei Sekunden später war der Panzer über eine Böschung im Wald verschwunden. Kurz darauf läuteten die Rathausglocken von Kopenhagen zwischen den Bäumen. Die Männer auf dem Hofplatz schrien, sie hatten wahnsinnige Schmerzen und wälzten sich hin und her, waren aber noch aneinandergefesselt. Kurz darauf fuhr Irene Gallagher in ihrem Jeep auf den Hofplatz. Auf dem Wagen war eine dänische Flagge, also habe ich sie auf Dänisch angesprochen und sie gefragt, ob die Männer sterben würden und ob jemand den Frauen im Haus helfen könne.

Sie hat einen Krankenwagen gerufen, der bald kommen sollte. Ich sollte ins Haus gehen und warten, dann würde alles gut werden. Sie gab mir ihre Halskette, drückte sie mir in die Hand, hängte sie mir dann aber um. Ich habe sie später in einem Flugzeug verloren, kriegte sie aber irgendwann zugeschickt, als ich in Glostrup war. Ich weiß nicht, von wem, aber diese Kette trage ich jetzt jeden Tag.«
Sie zeigte der Comtesse die vergoldete Kette mit dem Schmetterlingsanhänger. Dann nahm sie ihre Tochter aus dem Kinderwagen. Die Kleine war aufgewacht. Sie setzten sich auf eine Bank, und Jelena Khrobic erzählte beim Stillen weiter.
»Ich bin ins Haus gegangen, wie sie gesagt hat. Durch das Fenster habe ich gesehen, wie Irene Gallagher den Jeep wendete und wegfuhr. Aber sie hatte ihr Telefon vergessen. Ich bin nach draußen gelaufen und habe ihr nachgerufen, aber der Jeep war bereits weit weg. Ich bin ihr dann langsam hinterhergehumpelt. Ich kam kaum voran vor Schmerzen. Aber ich wollte einfach weg. Weg von den Männern, ihre Schreie waren unerträglich. Weg von dem schrecklichen Haus. Zehn Minuten später haben die Serben das Haus zerstört. Ich habe die Bomben über die Bäume fliegen sehen. Nur gut, dass Mama schon tot war. Nach einer Weile kam ich zu einem Haus aus Sandsäcken mit dänischen Soldaten. Dort habe ich Wasser bekommen und ein paar weiße Pillen, die ich nehmen sollte. Später kam auch Bjørn Lauritzen, und dann sind die Soldaten gemeinsam mit einigen Flüchtlingen nach Tuzla gefahren. Einen Teil der Fahrt habe ich im Panzer bei Bjørn Lauritzen gesessen. Er hat mich auf den Kopf geküsst, mich seine kleine Prinzessin genannt und versucht, mir nicht zu zeigen, dass er weinte.«

»Haben Sie ihm gesagt, dass das Haus in die Luft gesprengt worden ist?«

»Nein, ich habe ihn angelogen. Habe es nicht übers Herz gebracht, ihm die Wahrheit zu sagen. Er verdiente das nicht. Ich habe ihm gesagt, die Frauen seien nach Tuzla gegangen. Wir waren ja auch auf dem Weg dorthin. An diesem Tag waren viele Leute unterwegs, ich hatte Glück, dass ich mitfahren durfte. Das habe ich in den folgenden Wochen immer wieder gedacht. Dass ich Glück hatte und mich nicht beklagen dürfte. Ich hatte Bjørn und Ole und Irene. Viele der anderen hatten niemanden. Im Wald sah man immer wieder junge Mädchen wie mich, die sich erhängt hatten. Plötzlich hingen sie da, inmitten von all dem Grün. Aber ich wollte mich nicht aufhängen, das konnte ich doch nicht tun, wo sie sich doch so große Mühe gemacht hatten, mich zu retten.«

Sie setzte die Tochter in den Kinderwagen und stützte sie seitlich mit Kissen ab. Dann suchte sie nach dem Schnuller. Die Comtesse zeigte auf ihre Tasche.

»Ach ja, dumm von mir«, sagte sie, steckte sich den Schnuller in den Mund, um ihn sauber zu machen, und schob ihn dann zwischen die Lippen des Kindes. Als sie weitergingen, fuhr sie fort:

»Ich wurde auf offener Straße in Sarajevo entführt. Zwei Männer waren plötzlich neben mir und schleppten mich in einen Wagen, der am Straßenrand hielt. Es ging so schnell, dass ich kaum nachdenken konnte, bevor das Auto auch schon wieder unterwegs war. Sie haben mir einen Lappen auf Mund und Nase gedrückt und einen dunklen Stoffsack über den Kopf gestülpt.

Irgendwo in einer Wohnung wurde ich dann die ganze

Nacht lang von drei Amerikanern verhört. Sie fragten mich nach Personen und Begebenheiten, die ich nicht kannte und von denen ich nie gehört hatte. Irgendwann am Morgen habe ich mich dann geweigert, noch irgendwelche Fragen zu beantworten. Die drei haben diskutiert, was sie mit mir machen sollen, als wäre ich gar nicht da. Die beiden Jüngeren waren nicht einverstanden mit dem weiteren Verlauf des Verhörs, wohl weil ich eine Frau war. Der Ältere hatte aber das letzte Wort. Fünf Wochen zuvor waren vier Marines in Jbala südlich von Bagdad einem Anschlag zum Opfer gefallen. Eines der Opfer war sein kleiner Bruder, und der Selbstmordattentäter war eine Frau gewesen. Er hatte deshalb nicht das geringste Mitleid mit der ›kleinen arabischen Terroristenhure‹, wie er mich nannte. Er meinte, ich würde nur schweigen, um meinen Hals aus der Schlinge zu ziehen. Seine Argumente überzeugten die beiden anderen. Am Morgen des 4. Januar 2003 wurde ich dann auf dem Flughafen von Sarajevo in ein Spezialflugzeug nach Weißrussland gesetzt. In Weißrussland haben sie direkt mit den Verhören weitergemacht. Die gleichen Fragen, die mir schon in Sarajevo gestellt worden waren. Diesmal waren es vier Männer. Sie sprachen Englisch, Arabisch, Russisch und Weißrussisch, aber nur schlecht Bosnisch, sodass ich sie kaum verstand. Sie haben mich geschlagen, aber dadurch habe ich sie auch nicht besser verstanden. Irgendwann wurde ein neuer Verhörleiter gerufen, der Deutsch gesprochen hat. Sie haben mich wieder geschlagen. Ich habe geschrien und geweint, aber sie haben nur gelacht und weitergemacht. Schließlich haben sie mich ausgezogen und mich mit ihren Knüppeln … das war schrecklich. Irgendwann haben sie mich in eine leere Zelle gezerrt, wo ich ein paar Stunden lag. Ich habe vor Kälte ge-

zittert und die Schreie der anderen Gefangenen gehört. Ich war wie gelähmt. Schließlich haben sie mich wieder zum Verhör geholt. Diesmal war ein Serbisch sprechender Mann dabei, klein, freundlich, mit schmalem Oberlippenbart und eiskalten Augen. Ich habe alles gestanden, habe alles unterschrieben, bin aber immer wieder in Tränen ausgebrochen und habe viele seiner Fragen bestimmt nicht vernünftig beantwortet. Sie haben mich an den Händen hochgezogen und Wasser über mich gekippt. Dann haben sie Elektroden an mir befestigt. Das waren wahnsinnige Schmerzen, so was kann man sich nicht vorstellen, ich habe gezappelt wie eine Marionette, sie angefleht, endlich aufzuhören, alle möglichen Geschichten erfunden. Aber das hat immer nur für kurze Zeit geholfen. Sie haben die Lügen durchschaut. Der freundliche Mann hat bedauernd den Kopf geschüttelt, und die Stromschläge sind stärker geworden. Irgendwann hat mein Körper aufgegeben, ich hab die Besinnung verloren, und sie haben mich zurück in meine Zelle geschleppt.
Das ging Wochen so weiter, bis mein Kopf einfach nicht mehr mitgemacht hat und ich die Verbindung zur Umwelt verloren habe. Sie haben einen Arzt gerufen, der mich untersucht hat und kopfschüttelnd meinte, ich sei mental abgetreten und sie könnten sich jedes weitere Verhör sparen.«
Die Comtesse zwang sich, die junge Frau anzusehen.
Jelena Khrobic strahlte eine kindliche Freude aus, ungekünstelte Dankbarkeit dafür, dass sie ihre Tochter in einem Secondhand-Kinderwagen spazieren fahren konnte. Sie winkte der Kleinen zu und sprach dabei präzise und nuanciert von der unmenschlichen Bosheit und den unvorstellbaren Ängsten, die sie erfahren und durchgemacht hatte.
Die Comtesse senkte den Blick und konzentrierte sich auf

die Straße vor ihnen, eine typische Wohnstraße mit typisch dänischen Einfamilienhäusern. Alles war so alltäglich, so normal, die Pflastersteine, Kantsteine, Rasenflächen und asphaltierten Straßen, die frisch gestrichenen roten Hydranten. Es war wie früher, als sie klein gewesen war und ihren Kopf unter einem Kissen versteckt hatte, wenn im Fernsehen etwas Unangenehmes gezeigt wurde.

Jelena Khrobic erzählte, wie sie im Psychiatriezentrum in Glostrup wieder zu sich selbst fand. Dank vieler liebevoller Menschen. Es habe Zeit gebraucht, aber es habe geklappt. Dann hatte sie geheiratet. Sie hieß jetzt nicht mehr Khrobic, sondern Sørensen. Sie hatte eine Tochter geboren, und bald würde die zweite auf die Welt kommen. Und sie hatte Pläne: Wenn ihre Kinder klug waren und Lust hatten, sollten sie studieren und eine gute Ausbildung machen. Das hoffte sie, und vielleicht könnte sie selbst ja auch irgendwann arbeiten und etwas dazuverdienen. Per war oft so müde, dass sie ihm gerne helfen würde. Sehr gerne.

»Ich bin mir sicher, dass ich bald so weit bin. Vielleicht schon nächstes Jahr.«

»Bestimmt«, sagte die Comtesse. »Ich habe übrigens ein Geschenk von Pauline.«

Sie hatte sich vorbereitet und erzählte Jelena eine lange Geschichte: dass Pauline geheiratet habe und weggezogen sei, an einen Ort, von dem sie weder schreiben noch anrufen könne. Aber sie sei glücklich und richte ihr herzliche Grüße aus. Die Lüge war absolut unlogisch, aber Jelena Sørensen schluckte sie ohne jeden Zweifel. Sie freute sich über die guten Neuigkeiten und für Pauline.

»Vielleicht kommt sie ja irgendwann zurück und besucht mich.«

»Ja, vielleicht.«
»Das würde mich freuen.«
Sie setzten sich noch einmal auf eine Bank. Jelena Sørensen packte aufgeregt das Geschenk aus und freute sich über das Duplo-Set für das Kind, für das es eigentlich noch zu klein war, und über den teuren lila Nagellack für sich selbst.
»Wie nett von Pauline, wo sie doch eigentlich immer knapp bei Kasse ist.« Sie nahm ihre Halskette ab und reichte sie der Comtesse.
»Geben Sie die Pauline, wenn Sie sie das nächste Mal sehen?«
Die Comtesse versprach es ihr. Dann sammelte sie sich, um ihre letzten Fragen zu stellen.
»Jelena, haben Sie Pauline von den Bomben der Serben erzählt?«
»Ja, und bei unserem nächsten Treffen haben wir uns Bilder auf einem Computer angeschaut und sie schließlich gefunden.«
»Haben Sie ihr auch erzählt, dass Irene Gallagher ihr Handy vergessen hat, als sie weggefahren ist?«
»Sie kennen Pauline gut, höre ich. Ja, das habe ich, und sie hat sich sehr dafür interessiert. Pauline will immer alles ganz richtig verstehen, sie ist so klug.«
Jetzt fehlte nur noch ein Detail.
»Sie und Pauline wollten Bjørn Lauritzen finden?«
»Ja, sehr, sehr gerne. Er wohnt irgendwo bei Præstø, aber wo genau, haben wir nie herausgefunden. Pauline hat mit Leuten gesprochen, die rausfinden können, wo jemand ist, der ein Handy hat.«
»Hat Bjørn Lauritzen ein Handy?«
»Nein, ich glaube nicht. Aber Irene hat eins, und wenn sie

ihn anruft … ach nein, das geht ja nicht. Ich weiß es nicht, aber Pauline konnte anscheinend sehen, wohin sie fährt … irgendwie so was.«

»Was haben Sie dann gemacht?«

»Ich habe Irene angerufen und gefragt, ob sie so nett wäre, mir Bjørns Adresse zu geben, aber Bjørn hatte wohl zu viel zu tun.«

»Wann war das? Erinnern Sie sich noch?«

»Ja. Das war am 20. Juli, am Tag vor Pers Geburtstag.«

»Haben Sie es danach aufgegeben?«

»Nein. Pauline hat auch mit ihr gesprochen, aber sie haben sich gestritten.«

»Worüber?«

»Pauline hat geschrien, dass wir Bjørn schon finden werden, sie hätte Zeit. Aber ich weiß, warum sie aneinandergeraten sind.«

»Warum?«

»Weil sie sich einfach noch nicht gut genug kennen.«

Kapitel 74

Mittwoch, 24. November 2010,
Finanzministerium

Montagmorgen bekam Konrad Simonsen einen Anruf vom Reichspolizeipräsidenten, der seinem suspendierten Kriminalhauptkommissar leicht exaltiert und deutlich nervös erklärte, dass er gute Neuigkeiten habe. Seiner höchst kompetenten Einschätzung zufolge könne Konrad Simonsen vermutlich schon sehr bald wieder seine Arbeit aufnehmen, aber vorher müssten noch ein paar Umstände geklärt werden, wozu er Konrad Simonsen bereits an diesem Nachmittag in sein Büro einlade, zusammen mit einigen Vertretern des Justizministeriums.

Konrad Simonsen antwortete kühl, dass er sich melden würde, wenn er ein Treffen wünsche, und vor allem, mit wem. Der Reichspolizeipräsident protestierte aufgebracht, dass er das so unmöglich dem Justizministerium weiterleiten könne, woraufhin Konrad Simonsen ihm vorschlug, das doch seiner Sekretärin zu überlassen, und auflegte.

Eine Viertelstunde später hatte Konrad Simonsen einen lautstark lamentierenden Vertreter des Justizministeriums am Apparat, der wissen wollte, was um alles in der Welt er sich eigentlich einbildete. Konrad Simonsen brüllte zurück, dass er sich einbildete, keine Zeit für irgendeinen Termin zu haben, weil er unter Hochdruck an einer Pressemeldung über die Vorfälle arbeite, die sie in Bosnien aufgedeckt hätten. Damit knallte er den Hörer auf.

Eine Stunde später rief der Staatssekretär des Justizministeriums persönlich an und erkundigte sich mit zuckersüßer Stimme, wann sie sich treffen könnten. Konrad Simonsen blieb bei seiner harten Linie und antwortete schroff, dass er sich melden würde, wenn ihm nach einem Treffen zumute sei. Das habe er nun schon dreimal gesagt.
Diesmal beendete er das Gespräch nicht, sondern legte den Hörer vor sich auf den Tisch und amüsierte sich über das *Herr Simonsen* und *Hallo, sind Sie noch am Apparat, Herr Simonsen?*, das noch erstaunlich lange zu hören war.
Nach dieser Unverschämtheit hatte er gut vierundzwanzig Stunden Ruhe. Dann kam Helmer Hammer unangemeldet zu Besuch. Der Ministerialrat war bester Laune. Konrad Simonsen hatte ganz Slotsholmen in Aufregung versetzt, samt Verteidigungsministerium, das einen weiteren Skandal neben den vielen anderen befürchtete, die es schon gab. Konrad Simonsen habe eine Menge einflussreicher Menschen sehr nervös gemacht, und er, Helmer, flehe ihn auf Knien um ihrer alten Freundschaft willen an, ihn als Mediator mit zu dem Treffen zu nehmen, von dem alle sprechen würden, für das es aber – wie er selbst am besten wisse – noch keinen Termin gebe und das er um keinen Preis verpassen wolle.
Konrad Simonsen tappte direkt in die Falle. Er versprach dem Ministerialrat, dass er natürlich als Verhandlungsleiter mitkommen dürfe, wobei er völlig vergaß, dass Helmer Hammer ja gekündigt hatte und damit nur noch eine knappe Woche für das Treffen blieb. Abzüglich des Wochenendes und der bereits festgezurrten Termine der Topbürokraten waren damit nur noch wenige Zeitfenster übrig.
»Dann also morgen um 13 Uhr im Finanzministerium.«

Helmer Hammer versicherte Konrad Simonsen, die Teilnehmerzahl auf ein notwendiges Minimum zu begrenzen.
»Willst du jemanden dabeihaben?«, fragte Helmer Hammer.
Konrad Simonsen meldete drei beziehungsweise vier Personen an, wenn die vierte sich denn überreden ließ, und fragte: »Warum im Finanzministerium?«
»Du bist da oben im Zentrum der Macht das Gesprächsthema Nummer eins«, erklärte Helmer Hammer amüsiert. »Die Koordinationskommission hat die Angelegenheit mindestens eine Viertelstunde lang am Protokoll vorbeidiskutiert, bis der Ministerpräsident vom Finanzminister – du weißt ja, das ist der starke Mann der Regierung – verlangt hat, diesen Fall ein für alle Mal abzuschließen, und das lieber heute als morgen. Ich weiß das alles, weil ich das Protokoll geschrieben habe … aber das weißt du nicht von mir, okay?«
Konrad Simonsen hielt sich die Ohren zu.

*

Als Konrad Simonsen an dem großen, reich gedeckten finnischen Designertisch Platz nahm, dachte er, dass die Angestellten im Finanzministerium offensichtlich diebischer veranlagt waren als der Rest der Bevölkerung – warum bedruckte man sonst Untertassen und Löffel mit dem eigenen Logo?
Der Tisch war für elf Personen gerichtet. Außer Konrad Simonsen, der Comtesse, ihren zwei Beratern und Helmer Hammer waren bereits der Justizminister, der Chef der Streitkräfte aus dem Verteidigungsministerium sowie die Chefs des Militärischen Nachrichtendienstes FE, die beide

Uniform trugen, und ein Staatssekretär anwesend. Die Sitzungsteilnehmer schenkten sich Kaffee ein und warteten auf ihren Gastgeber, den Finanzminister. Die Stimmung war ungewöhnlich gedrückt, nur Helmer Hammer, der am Tischende saß, und der Justizminister schienen guter Laune zu sein. Der Finanzminister traf ein, grüßte in die Runde und entschuldigte sich für seine Verspätung, ohne den Grund dafür zu nennen. Dann signalisierte er Helmer Hammer mit einem Nicken, dass sie beginnen könnten. Der Ministerialrat eröffnete die Sitzung mit einer Reihe formvollendeter Nichtigkeiten, denen niemand widersprechen konnte, worauf er der Comtesse das Wort erteilte. Zum Erstaunen der Anwesenden fuhr sie in demselben unverbindlich schwammigen Stil fort. Das Morddezernat habe in den vergangenen Wochen eine Reihe Vorfälle so beunruhigenden Charakters aufgedeckt, dass sie keinen anderen Ausweg als dieses unkonventionelle Treffen sähen, um Hilfe zu erbitten, wie mit den betreffenden Informationen umzugehen sei. Ein paar Minuten später wurde sie deutlicher und fasste mit klarer Stimme die Geschehnisse in Bosnien im Sommer 1995 zusammen. Sie erklärte, in welchem Zusammenhang diese mit den Morden auf dem Ausflugsschiff stünden. Danach wandte sie sich direkt an den FE-Chef und legte ihm als Beleg für ihre Behauptung mehrere Dokumente vor, eins überzeugender als das andere. Die Originale amerikanischer Überwachungsfotos aus Bosnien vom 14. Juli 1995, eine Liste mit Namen ermordeter muslimischer Frauen und eine weitere mit den Namen der getöteten serbischen Milizsoldaten. Dann folgten eine Abschrift von Irene Gallaghers Kommunikation mit dem amerikanischen Flugzeugträger USS Theodor Roosevelt vom 14. Juli 1995 mit dem Ersuchen um den Abschuss von Marschflugkörpern, eine Handvoll Fotografien von den zerschmetterten Unterbeinknochen serbischer Milizsoldaten sowie der Augenzeugenbericht einer Frau, die das Geschehen von Anfang bis Ende miterlebt hatte. Eine Augenzeugin, auf die sie später noch einmal zurückkommen würde.

»Ich habe noch viel mehr«, schloss sie ihren Bericht ab, »unter anderem einen vom Morddezernat erarbeiteten Bericht, inwiefern der FE systematisch unsere Ermittlungen behindert hat, um den Freispruch von Oberst Irene Gallagher zu erwirken, wie bekannt ist, mit Erfolg. Aber lassen Sie mich die Ausführungen hier fürs Erste beenden.«

Der Finanzminister sah den Chef der Streitkräfte an.

»Das verlangt nach einem Kommentar, würde ich sagen.«

Der Justizminister fiel ihm ins Wort.

»Sollte das auf die Forderung hinauslaufen, Irene Gallaghers Fall noch einmal aufzurollen, haben Sie sich geschnitten. Das liegt schlicht und ergreifend außerhalb unserer Befugnisse. Ein nüchternes juristisches Gutachten ist überdies zu dem Schluss gekommen – das habe ich gerade heute erfahren –, dass der Fall nicht wiederaufgenommen wird.«

Die Comtesse stimmte ihm mit finsterer Miene zu. Der FE-Chef reagierte eiskalt. Die Beschuldigung, der militärische Nachrichtendienst habe bewusst Prozesse oder Mordermittlungen behindert, wies er aufs Entschiedenste zurück. Darüber hinaus interessierten ihn keine vagen Anklagen gegen Irene Gallagher, die Frau sei freigesprochen und damit als unschuldig zu betrachten. Aber das Morddezernat wünsche sich ja ganz offenbar Standgerichte zurück, um Menschen anhand von Gerüchten und Vermutungen verurteilen zu können.

»Bei dem Material, das das Morddezernat – völlig außerhalb seines Zuständigkeitsbereichs und auf Kosten der Steuerzahler – ausgegraben hat, seien sie wahr oder nicht wahr, das ist in dem Fall von untergeordneter Bedeutung, handelt es sich um vertrauliche Informationen, deren Veröffentlichung als staatsgefährdende Aktivität einzustufen ist. Ich will nicht versäumen, darauf aufmerksam zu machen, dass ... gewisse Staaten ... ihre Haltung sehr deutlich kundgetan haben für den Fall, dass die erwähnten Geschehnisse publik gemacht werden. Wenn das passiert, wird das sehr übel aufgenommen.«
Er wandte sich im Folgenden direkt an die Comtesse.
»Jeder Versuch, das Material zu veröffentlichen, sei es über Zeitungen, Fernsehen oder Internet, wird unmittelbar ein Verbot durch eine einstwillige Verfügung nach sich ziehen.«
Die Comtesse lächelte ihn breit an und nickte der jungen Frau zu, die neben ihr saß und bis jetzt noch nichts gesagt hatte. Daraufhin beugte sich diese vor und fixierte den FE-Chef abschätzig, wobei sie sich beiläufig vorstellte: »Alva Axelsson, *Dagens Nyheter,* aus Stockholm. Ich soll von meinem Chefredakteur ausrichten, dass er auf dänische einstweilige Verfügungen pfeift.«
Der FE-Chef sah sie stumm an, während der Finanzminister sich Konrad Simonsen zuwandte.
»Was verlangen Sie, Kriminalhauptkommissar Simonsen? Denn ich gehe davon aus, dass Sie, wenn Sie es denn wollen, unsere schwedische Freundin zur Besinnung bringen können.«
Konrad Simonsen schüttelte nur den Kopf, als fühle er sich belästigt. Die Comtesse antwortete an seiner Stelle.
»Zuerst einmal wollen wir, dass Sie sich die Geschichte einer jungen Frau namens Jelena anhören.«

Das war das Stichwort für den Oberarzt, der als einer der Berater der Comtesse angemeldet war. Er stand auf, stellte sich schräg hinter Helmer Hammer, der mit seinem Stuhl beiseiterückte, und erzählte mit leiser Stimme Jelena Khrobics Geschichte. Besonders detailliert ging er auf die Misshandlungen in Minsk im Jahr 2003 ein. Das, was er erläuterte, war brutal und in höchstem Maße unangenehm. Als er zum Ende gekommen war, blieb es eine ganze Weile still, bis Helmer Hammer sich an die Comtesse wandte.

»Ich gehe davon aus, dass Sie Forderungen haben, finanzieller, behördlicher oder personeller Art – das wäre jetzt der richtige Zeitpunkt, darüber zu sprechen.«

Der Chef der Streitkräfte richtete sich auf seinem Stuhl auf.

»Was meinen Sie mit personell?«

Helmer Hammer erklärte, dass es erfahrungsgemäß zwei einfach zu bedienende Stellschrauben gäbe, wenn Spitzenpolitiker Probleme hätten, die eine sei Geld, die andere Beamte. Mit Geld könne man Probleme lösen, und Beamte könne man entlassen.

»Es ist immer gesund, ab und zu im Topf zu rühren und ein paar Köpfe rollen zu lassen, das hält alle anderen wach, sozusagen …«

»Ich habe für solche Wortspielereien jetzt keine Zeit, Helmer. Ein andermal gerne, aber nicht jetzt. Comtesse?«

Die Comtesse begann mit der Abarbeitung ihrer Liste, die mehr oder weniger ohne Diskussion durchging.

Als Entschädigung an Jelena Khrobic schlug sie eine Leibrente von 10 000 dänischen Kronen pro Monat vor, steuerfrei und zahlbar bis zum Ende ihres Lebens, sowie einen nicht zu knauserigen Fonds für die Ausbildung ihrer Kinder. Sie war überzeugt davon, dass der FE sich eine glaubwürdige und kreative Hintergrundgeschichte ausdenken könne, warum die Frau das Geld bekam. Der Finanzminister bewilligte den Vorschlag, ohne mit der Wimper zu zucken. Als Nächstes schlug die Comtesse vor, dass der dänische Staat den Unterhalt für das von der USA in Bosnien errichtete Ferienlager übernahm. Der Finanzminister unterbrach sie und sagte, er wolle das positiv berücksichtigen.

»Positiv berücksichtigen?«, hakte sie skeptisch nach.

Helmer Hammer übersetzte, dass das *Ja* heiße, und sie fuhr fort.

Konrad Simonsens Suspendierung müsse natürlich mit sofortiger Wirkung aufgehoben werden. Und als Wiedergutmachung für den Stress, dem er ausgesetzt gewesen sei, fände sie drei Wochen Zusatzurlaub als durchaus angemessen. Aller Augen waren auf den Reichspolizeipräsidenten gerichtet, der sich unter den Blicken wand. Der Justizminister befreite ihn mit einem »Ja, selbstverständlich, und für Sie natürlich auch« aus der peinlichen Situation. Die Comtesse bedankte sich.

»Dann bräuchten wir noch Ihren Segen zur … nennen wir es Zusammenarbeit mit dem PET in einer speziellen Angelegenheit, auf die ich hier nicht näher eingehen möchte. Nur so viel, dass wir für ein paar Dinge Ihre Unterstützung bräuchten.«

Der Justizminister lachte.

»Die bekommen Sie doch längst. Ganz unwissend, was unter mir vor sich geht, bin ich dann doch nicht. Aber gut, nun ist es offiziell. Können wir sonst noch etwas für Sie tun?«

Der FE-Chef zeigte unhöflich und mit misstrauischem Blick auf Konrad Simonsen und die Comtesse.

»Und wer garantiert uns, dass Sie nicht trotzdem an die Öffentlichkeit …«

»*Uns*, sagen Sie, sind Sie noch bei Verstand?«, unterbrach ihn wütend der Finanzminister. »Für Sie gibt es ganz sicher kein *Uns*. Kümmern Sie sich um Ihre Arbeit und überlassen Sie die wichtigen Fragen dem Justizminister und mir. So eine Selbstüberschätzung, das wird ja immer schlimmer …«
Der FE-Chef bekam einen hochroten Kopf, beherrschte sich aber, selbst als der Justizminister sagte: »Wir vertrauen dem Morddezernat, wir haben keine Alternative.«
Das Treffen war damit beendet. Helmer Hammer fragte die Comtesse – mehr aus Höflichkeit –, ob sie noch etwas vorzubringen habe, aber sie schüttelte nur den Kopf und gab die Frage an Konrad Simonsen weiter.
Dieser hatte während der gesamten Sitzung kaum ein Wort gesagt, die Comtesse war das Sprachrohr der Abteilung gewesen. Die wenigen Male, die sie versucht hatte, ihn einzubeziehen, hatte er sie mit knappen, genuschelten Kommentaren abgespeist. Die Anwesenden begannen, ihre Sachen zusammenzusammeln, als Konrad Simonsen plötzlich doch noch das Wort ergriff.
Er erzählte von seinen Besuchen in der Veteranenunterkunft in Vesterbro und wie es vielen der Männer dort ging. Von ihren vergessenen Leben, vom Verrat und Versagen der Behörden, von Ungerechtigkeiten, die die Norm und nicht die Ausnahme waren, und von dem Preis, den Dänemarks Kriege kosteten, einem Preis, vor dem Dänemark sich drücke. Die anderen hörten höflich zu, es fehlte aber nicht mehr viel, bis es peinlich wurde.
»Stellt euch vor, bei den Streitkräften oder im Verteidigungsministerium wäre es karrierefördernd für die Mitarbeiter, in den verschiedenen Veteranenvereinen auszuhelfen oder etwas Gutes für einen einzelnen Veteranen zu tun«, fuhr Kon-

rad Simonsen fort, »und, dass ein fehlendes Engagement umgekehrt karrierehemmend wäre. Stellt euch vor, dass die Chefs bis ganz nach oben mit gutem Beispiel vorangehen. Das wäre fantastisch. In den Veteranenunterkünften gibt es mehr als genug zu tun. Die Leute brauchen Hilfe beim Ausfüllen von Formularen und Anträgen für Psycho- und Physiotherapien. Außerdem ist für die Beratung vor Ort und auf der Straße nie Zeit genug. Aber all das ist nicht das Wesentliche, das wirklich Wesentliche ist, dass so eine massive persönliche – er wiederholte: *persönliche* – Unterstützung vonseiten der Streitkräfte dafür sorgen kann, dass die Veteranen nicht wie bisher auf allen politischen und sozialen Ebenen vergessen und ignoriert werden.«

Betretene Stille. Was sollte man dazu sagen? Der Verteidigungschef meinte halbherzig, dass sich das nach einer ausgezeichneten Idee anhöre, der FE-Chef stimmte gähnend zu, während der Staatssekretär unverbindlich nickte, *sicher, sicher, interessanter Gedanke, sehr sympathisch*.

In diesem Moment schlug Konrad Simonsen ebenso überraschend wie unerwartet zu. Mit einem Mal war er hellwach.

»Da bin ich aber richtig froh, dass Sie das finden. Sagen Sie mir: Wie viele Therapiestunden kommen auf einen Panzer, so in etwa?«

Der Chef der Streitkräfte schüttelte den Kopf.

»Wer kann das beantworten?«

»Sie offensichtlich nicht. Dann sagen Sie mir wenigstens, was teurer ist: ein Maschinengewehr oder eine Beinprothese, wenn beide von höchster, modernster Qualität sein sollen?«

Wieder erwies sich der Finanzminister als der Cleverste von ihnen.

»Die Idee ist durchaus bedenkenswert. Das Angebot für Angestellte der Streitkräfte einer freiwilligen Besuchsvereinbarung bei Kriegsveteranen … freiwillig wie in *freundlichst zu befolgen*. Das Projekt hört sich nicht ganz dumm an, muss aber konkretisiert werden. Ich kann mir vorstellen, dass die Idee in der Bevölkerung gut ankommt, und das kann ja nie schaden. Möglicherweise könnten wir bei der nächsten Regierungskonferenz gemeinsam die Einsetzung eines kleinen Ausschusses vorschlagen.«

Der letzte Satz war an den Justizminister gerichtet, der keine Einwände erhob. Konrad Simonsen zeigte auf den Finanzminister.

»Damit das keine Lippenbekenntnisse bleiben, geben Sie mir einen Zeithorizont, für den Sie persönlich bürgen. Und denken Sie dran, das ›mit gutem Beispiel voran‹ gilt bis nach ganz oben, ohne Ausnahme! Und vor allen Dingen keine Tischreden, die haben wir schon reichlich zu hören bekommen. Nein, ab in die Küche und einen Berg Frikadellen braten und hinterher beim Abwasch helfen.«

»Pass auf, Konrad, was du sagst«, sagte Helmer Hammer warnend. »Du bewegst dich am Rand dessen, was du dir erlauben kannst.«

Der Finanzminister ging trotzdem auf Konrad Simonsens Vorschlag ein.

»Acht Monate. Gut Ding will Weile haben. Und wir brauchen den Segen der Opposition, um das durchzukriegen. Außerdem kann so etwas nur in Zusammenarbeit mit der Führung der Streitkräfte und den involvierten Gewerkschaften durchgeführt werden, sonst wird das nur eine Paradenummer. Sobald wir eine konkrete Idee haben, lade ich Sie ein, damit wir darüber reden können. Sie haben natürlich kein formelles Widerspruchsrecht und schon gar kein Vetorecht, aber ich werde mich nicht vor meinem Versprechen drücken. Und wenn Sie mit dem Resultat nicht zufrieden sind, können Sie mir zu gegebener Zeit eine Standpauke halten.«

Epilog

Mittwoch, 1. Dezember 2010,
Pazifik 19°40'S 169°04'W

Der Mann wimmerte und gab in kurzen Abständen ein unterdrücktes Stöhnen von sich, als wolle er die übrigen Passagiere nicht belästigen, aber dann schien ihn doch wieder der Schmerz zu übermannen.

Die Comtesse schaute auf ihre Uhr. Sie war sehr gespannt auf die vor ihr liegende Viertelstunde, auf die sie die vergangenen zehn Tage zusammen mit dem PET hingearbeitet hatte. Sie trank einen Schluck Wasser aus der Flasche und stellte zufrieden fest, dass die Frau auf dem Platz neben ihr die Schlafbrille abgenommen hatte und aufmerksam verfolgte, was im vorderen Teil der Maschine vor sich ging. Irene Gallagher hatte den größten Teil der Strecke geschlafen, weshalb die Comtesse und sie bisher noch nicht miteinander ins Gespräch gekommen waren. Sie hatten sich nur einmal kurz zugenickt, als Irene Gallagher vor etwa drei Stunden auf dem Weg auf die Toilette an ihr vorbeigemusst hatte.

»Guten Morgen«, sagte die Comtesse jetzt.

Irene Gallagher sah sie überrascht an.

»Sie sind Dänin?«

Die Comtesse bejahte ihre Frage.

»In den Schützengräben im Ersten Weltkrieg sollen die Soldaten Chinin genommen haben, um Übelkeit vorzutäuschen. Das habe ich irgendwo gelesen. Sie haben todkrank ausgesehen, obgleich ihnen nichts fehlte. Heutzutage gibt es andere und bessere Mittel, obwohl ich nicht weiß, was unser Freund genommen hat, er sah aber übel aus, als die Flugbegleiterin ihn nach vorne geholt hat. Als hätte sein letztes Stündchen geschlagen. Sie haben das verpasst, weil Sie geschlafen haben.«

»Wer zum Teufel sind Sie?«

»Ach, nur eine, die buchstäblich um den halben Globus reist, um zu erleben, was jetzt gleich passieren wird. Aber soll ich Ihnen etwas verraten? Ich freue mich wie ein Kind darauf. Passen Sie auf, unser kranker Freund ist richtig gut, ein Schauspieler vom Königlichen Theater in Stockholm. Sein Name ist übrigens Oskar Svensson.«

Das Jammern des Mannes wurde lauter, die Pausen zwischen den Anfällen wurden immer kürzer. Die meisten Passagiere waren mittlerweile wach und verfolgten besorgt das Geschehen. Draußen war es dunkel, bis Tagesanbruch waren es noch ein paar Stunden.

»Wir waren doch ein wenig verwundert über Ihre Wahl der Flugverbindung. Kopenhagen–London, London–Montreal, Montreal–Vancouver und schließlich Vancouver–Auckland. Ein ziemlicher Umweg, auf jeden Fall im Vergleich zu der direkten Verbindung von Kopenhagen über London und Sydney nach Wellington. Aber ich glaube, wir haben das Rätsel gelöst. Über diesen Umweg haben Sie sich abgesichert, sich ausschließlich in dänischem, englischem oder kanadischem Luftraum zu bewegen – alles Länder mit einem funktionierenden Rechtswesen, die Sie nicht ohne handfeste Beweise für ein Verbrechen an die USA ausliefern. Die andere Route wäre in der Hinsicht wesentlich riskanter gewesen. Sie sind wirklich eine sehr vorsichtige Frau, die alles bedenkt. Oder fast alles.«

Irene Gallagher schwieg und sah die Comtesse verächtlich, wenn auch sichtlich nervös an.

»In Wirklichkeit hatten Sie nie Angst vor dem CIA oder dem FE oder davor, dass Ihre Sauereien in Bosnien auffliegen könnten. Der Einzige, den Sie wirklich gefürchtet haben, war Bjørn Lauritzen, oder genauer, dass Bjørn Lauritzen herausbekommen könnte, was Sie mit den armen Frauen in dem Haus in Ljubičevac gemacht haben. Wäre das ans Licht gekommen, hätte er Sie garantiert umgebracht, Freundschaft oder alte Liebe hin oder her. In diesem Gefüge waren Pauline Berg und Jelena Khrobic ein zerstörerischer Cocktail. Jede für sich war ungefährlich für Sie. Pauline Berg allein hätte es niemals geschafft, Bjørn Lauritzen davon zu überzeugen, dass die drei Marschflugkörper auf Ihre Initiative hin abgeschossen wurden. Jelena Khrobic an sich stellte auch kein Problem dar. Ihre Wahrheit, auf die sie sich festgelegt hatte, waren die serbischen Bomben. Davon abgesehen hegt sie eine starke Sympathie für Sie. Wie gesagt, jede für sich war kein Problem, aber zusammen – zusammen waren sie eine tickende Zeitbombe. Gemeinsam hätten sie es schaffen können, Bjørn Lauritzen von der Wahrheit zu überzeugen, und dann hätten Sie plötzlich ein ganz großes Problem gehabt. Bjørn Lauritzen einfach umbringen konnten Sie nicht, weil sowohl Jonas Ziegler als auch Pauline Berg dann zwei und zwei zusammengezählt und verstanden hätten, was passiert war. Das jedenfalls war naheliegend und ein Risiko, das Sie auf keinen Fall eingehen wollten. Also haben Sie Jonas Ziegler dazu gebracht, sich mit Pauline Berg zu verabreden, die als Treffpunkt das Ausflugsboot wählte, auf dem sie regelmäßig zur Entspannung unterwegs war. Den Rest kennen wir.«

»Neugier ist der Katze Tod«, fauchte Irene Gallagher.
Die Comtesse lachte angestrengt.
»Wenn Sie damit auf Pauline Berg anspielen, um mich zu provozieren, muss ich Sie enttäuschen. Aber apropos Neugier: Was, wenn nicht vier, sondern vierundzwanzig Erwachsene auf dem Ausflugsboot gewesen wären? Hätte Bjørn Lauritzen die alle umbringen sollen?«
»Geplant war, dass die übrigen Passagiere und die Besatzung über Bord springen, was sie nicht getan haben, die Idioten. Das hatte seinen Preis.«
Vorne im Flugzeug stieß der Mann einen ersten lauten Schrei aus. Gleich darauf fragte der Pilot über Lautsprecher, ob es einen Arzt an Bord gebe. Ein kleiner Mann um die dreißig hastete durch den Mittelgang nach vorn. Als er an der Comtesse vorbeilief, drehte die sich wieder zu Irene Gallagher um.
»Was für ein Glück. Das ist übrigens ein echter Arzt. Er heißt Allen Stirling und ist Leiter der Parenchymchirurgischen Abteilung des Queen Elizabeth Hospital in Birmingham, also genau der Richtige, um die akute Blinddarmentzündung zu diagnostizieren, an der unser hervorragender schwedischer Schauspieler leidet. So eine Entzündung ist eine riskante Sache, ohne Behandlung platzt der Blinddarm und entleert sich in die Bauchhöhle, woran der Patient sterben kann. Ich vermute, das erklärt Doktor Stirling gerade unserem Kapitän.«
»Sie widerwärtiges Miststück, ich bring Sie um.«
Die Comtesse blieb ganz ruhig.
»Nahkampf war nie Ihre Stärke, meine schon seinerzeit. Außerdem habe ich den jungen Mann auf Ihrer anderen Seite mitgenommen, als Mann für alle Fälle, wie es so schön heißt.«

Irene Gallagher drehte den Kopf. Ihr Sitznachbar am Fenster, ein wohlproportionierter, durchtrainierter Mann, war inzwischen ebenfalls wach geworden. Er sah sie ungerührt an, ohne etwas zu sagen.

Wieder ertönte die Stimme des Kapitäns aus dem Lautsprecher mit der Mitteilung, dass sie in zehn Minuten einen kurzen Zwischenstopp am Flugplatz Pago Pago einlegen würden, da ein Passagier erkrankt sei. Ihre Ankunftszeit in Auckland würde sich dadurch um etwa zwanzig Minuten verzögern.

Die Comtesse legte eine Hand auf Irene Gallaghers Unterarm und genoss den Augenblick, als Irene Gallagher sie zornig abschüttelte.

»Zermartern Sie sich jetzt das Hirn, wo dieses bekloppte Pago Pago liegt? Ich werde es Ihnen gleich verraten, aber vorher habe ich noch etwas für Sie.«

Sie zog ein Schmuckstück aus ihrer Tasche, eine Halskette, und legte sie auf Irene Gallaghers Schoß.

»Das ist Ihre, nicht wahr? Wie unglaublich geschmacklos. Ach ja, bevor ich es vergesse: Pago Pago ist die Hauptstadt von Samoa, genauer Amerikanisch-Samoa, aber das haben Sie bestimmt schon erraten. In fünf Minuten befinden Sie sich im Bereich der amerikanischen Gerichtsbarkeit, und ich kann mir gut vorstellen, dass die Behörden gerne ein paar Worte mit Ihnen wechseln würden, wo Sie schon mal so unerwartet zu Besuch kommen.«

Irene Gallagher begann zu zittern, ein Muskel über ihrem rechten Auge zuckte. Die Comtesse tröstete sie.

»Nehmen Sie es nicht so schwer. Man lebt, man stirbt, man gewinnt und verliert, man fliegt in den Urlaub – das trifft auf mich zu – oder landet für den Rest seines Lebens im

Gefängnis – das gilt für Sie. Unser Leben ist ein ständiges Auf und Ab. Man muss es so nehmen, wie es eben kommt. Dass das Ihre Lebensphilosophie ist, hat Christoffer Brinch mir verraten. Ich soll Ihnen übrigens herzliche Grüße von ihm und dem Morddezernat in Kopenhagen ausrichten.«

*

Die Comtesse schaute Irene Gallagher lange nach, als sie von zwei hochgewachsenen Marinesoldaten über die Landebahn zu einem Fahrzeug geführt wurde, das am Ende des Flughafenterminals stand. Es war noch Nacht, aber das Gelände war hell erleuchtet. Dann konzentrierte sie sich auf ihren Mann, der mit einer Sondermaschine der U.S. Navy in Kopenhagen abgeholt worden und eine Viertelstunde vor ihnen in Pago Pago gelandet war. Sie begrüßte ihn mit einem Kuss und rügte ihn, dass er keine Windjacke angezogen hatte. Die Nacht sei kalt.

»Wie war dein Flug?«, fragte Konrad Simonsen.

»Die ersten sechzehn Stunden waren ziemlich langweilig, die letzten zehn Minuten äußerst unterhaltsam. Ist mein Gepäck da? Wo kann ich es holen?«

John Tyler, der neben Konrad Simonsen stand, beruhigte die Comtesse, dass ihr Gepäck angekommen sei und sie sich in den nächsten zwei Wochen über diese praktischen Dinge keine Gedanken mehr machen müsse. Sie und Konrad Simonsen seien Gäste der amerikanischen Regierung, was bedeute, dass sie sich um nichts anderes als ihre Entspannung zu kümmern bräuchten.

»Das ist eine wunderschöne Insel, warten Sie, bis es hell wird. Ich schlage vor, jetzt an die Ostküste zu fahren – bis dahin sind es weniger als zehn Kilometer –, wo Deirdre mit dem Frühstück wartet. Und mittags gibt es dann gegrillten Hummer. Sie haben natürlich Ihr eigenes Haus, wenige Hundert Meter von unserem entfernt, wo Sie sich nach dem Frühstück vielleicht erst einmal einrichten und ein kleines Nickerchen machen wollen. Fühlen Sie sich ganz wie zu Hause.«

John Tyler führte sie in den Bereich, wo die Soldaten mit Irene Gallagher verschwunden waren.

»Deirdre Tyler, Ihre Frau?«, fragte die Comtesse.

John Tylers Ja war ein halbes Nein. »Da gibt es noch ein kleines Detail.«

Die Worte waren hauptsächlich an die Comtesse gerichtet, aber Konrad Simonsen antwortete für sie.

»Ah, wunderbar, ich bin ganz Ohr.«

Konrad Simonsen legte den Arm um die Comtesse und ging mit ihr zum Flughafengebäude, während John Tyler zu erzählen begann …

»Der Leser watet durch menschliche Abgründe, aber das auf sensationell hohem Niveau!«
WDR Mordsberatung

LOTTE HAMMER · SØREN HAMMER

SCHWEINEHUNDE

Wer sind die Toten, die von zwei Schulkindern in einer Turnhalle entdeckt werden? Was haben die fünf Männer verbrochen, dass sie so grausam ermordet wurden?
Dänemark steht unter Schock. Kommissar Konrad Simonsen und sein Team müssen den Mörder finden, bevor eine Hetzjagd das ganze Land erschüttert.

DAS WEISSE GRAB

Ein perfider Killer und ein spektakulärer Leichenfund im Inlandeis auf Grönland rauben dem so genialen wie schwer kranken Kommissar Konrad Simonsen die letzte Energie. Dann verleitet falscher Ehrgeiz seine junge Kollegin Pauline zu einem fatalen Fehler. Jetzt sind Simonsens Ermittlergeschick und Mut gefragt, weit über die Grenzen des Legalen hinaus zu agieren, um das Leben seiner Kollegin zu retten.

EINSAME HERZEN

Unfall oder Mord? Mit einem einfachen Fall soll Kommissar Simonsen nach einem Herzinfarkt seine Wiedereingliederung beginnen. Doch der tödliche Treppensturz des Postboten Jørgen Kramer Nielsen weist zahlreiche Ungereimtheiten auf. Bei seinen Nachforschungen stößt Simonsen auf ein Geflecht miteinander verwobener Schicksale. Und auf den »Club der einsamen Herzen«, den sechs Abiturienten 1969 gegründet hatten. In einem Ferienhaus am Meer, in dem sie damals für die Prüfungen büffelten, entgleiste die Situation und fordert nun ihren Tribut.

TOTENMOOR

In einer entlegenen Hütte im Wald nördlich von Kopenhagen wird eine junge Prostituierte von Gangstern gefoltert. Als die Frau stirbt, wird ihre Leiche in einem Moortümpel versenkt. Nur durch Zufall werden ihre Überreste von einem streunenden Jagdhund entdeckt. Niemand weiß, wer sie ist, niemand hat sie vermisst gemeldet.

Kommissar Konrad Simonsen übernimmt die Ermittlungen. Die Moorleiche ist für ihn der Schlüssel zu einer Welt gnadenloser Gewalt. Es geht um Menschenhandel, Geldwäsche und Zwangsprostitution. Die Spur führt in beste Kreise …